国家社科基金后期资助项目（20FYSB017）

动画电影改编与文学经典传承

吴斯佳 著

·北京·

图书在版编目(CIP)数据

动画电影改编与文学经典传承 / 吴斯佳著. -- 北京：中国传媒大学出版社, 2025.4.

ISBN 978-7-5657-3943-9

Ⅰ. I053.5

中国国家版本馆CIP数据核字第2025FU2098号

动画电影改编与文学经典传承
DONGHUA DIANYING GAIBIAN YU WENXUE JINGDIAN CHUANCHENG

著　　者	吴斯佳
责任编辑	温晓芳
封面设计	拓美设计
责任印制	李志鹏

出版发行	中国传媒大学出版社			
社　　址	北京市朝阳区定福庄东街1号	邮　编	100024
电　　话	86-10-65450528　65450532	传　真	65779405
网　　址	http://cucp.cuc.edu.cn		
经　　销	全国新华书店		
印　　刷	北京中科印刷有限公司		
开　　本	710mm×1000mm　1/16		
印　　张	19		
字　　数	348千字		
版　　次	2025年6月第1版		
印　　次	2025年6月第1次印刷		
书　　号	ISBN 978-7-5657-3943-9	定　价	96.00元

本社法律顾问：北京嘉润律师事务所　郭建平

目　录

绪论 ……………………………………………………………………（ 1 ）

第一章　动画电影改编的理论渊源与思想启示 …………………（ 17 ）

　　第一节　动画的起源与哲理思辨 …………………………………（ 17 ）

　　第二节　经典改编的重复与差异 …………………………………（ 23 ）

　　第三节　动画研究的疆域拓展 ……………………………………（ 28 ）

第二章　动画电影改编的影响因素 …………………………………（ 38 ）

　　第一节　时代语境对改编主体的影响 ……………………………（ 39 ）

　　第二节　受众因素对改编主体的影响 ……………………………（ 52 ）

　　第三节　商业因素对改编主体的影响 ……………………………（ 63 ）

第三章　动画电影改编的语言转码与叙事结构 ……………………（ 71 ）

　　第一节　文本形象的动画重构 ……………………………………（ 72 ）

　　第二节　文本语言向视觉语言的转码 ……………………………（ 89 ）

　　第三节　动画电影改编的叙事结构 ………………………………（ 122 ）

第四章　动画电影改编中的双重作者 ………………………………（ 132 ）

　　第一节　动画电影改编中的"源语作者" …………………………（ 132 ）

　　第二节　动画电影改编中的"动画作者" …………………………（ 136 ）

　　第三节　动画电影改编中双重作者的对话 ………………………（ 146 ）

第五章　动画电影改编与伦理过滤 …………………………………（ 179 ）

　　第一节　动画电影改编与斯芬克斯因子 …………………………（ 182 ）

　　第二节　过滤伦理混沌与建立伦理秩序 …………………………（ 184 ）

　　第三节　伦理过滤与道德教诲 ……………………………………（ 192 ）

第六章　动画电影改编的跨文化变异 ································ （197）

　　第一节　多元文化碰撞下的新角色 ································ （198）
　　第二节　审美意识的跨文化表达 ···································· （207）
　　第三节　动画电影改编对异质文化的"误读" ················ （217）

第七章　动画电影改编与文化资本 ·· （223）

　　第一节　作为动画电影文化资本的文学经典 ···················· （224）
　　第二节　文化资本在动画电影改编中的历史作用 ············ （228）
　　第三节　动画电影改编：文学经典生命的延续方式 ········ （235）

第八章　动画电影改编与动画产业 ·· （239）

　　第一节　动画电影改编与产业发展的启示 ························ （239）
　　第二节　经典改编对中国动画产业的影响 ························ （249）
　　第三节　中国动画"走出去"与文化对外传播 ················ （258）

结语 ·· （275）

参考文献 ··· （279）

绪　　论

相对于已经具有数千年历史的文学而言，动画的历史是较为短暂的。也正是因为有了历史悠久的经典文学这一文化宝库和素材的支撑，动画的生成才能够从中汲取营养，所以，有学者断言："动画的历史在很大程度上也是一部改编的历史。"① 源自文学经典的动画改编，对于动画艺术而言，是将文学经典当作情节的基础和灵感的源泉，或者说是将文学经典当作一种文化资本；而对于文学经典而言，动画改编则是一种传播的途径，是传承"源语文本"的精神内核，并且让其在新的媒体上得以再生。从形式上看，通过动画改编，文学文本以不同的媒介形式进行传播，是从文字文本朝视觉文本的转换，然而，从实质上看，这类动画改编是对文学经典精神内核的传承，而且是一种典型意义的文化传承。

一

改编无所不在。缺乏源语文本的绝对独立的文本是极为罕见的，正如著名的法国文学批评家热拉尔·热奈特（Gérard Genette）所说："任何文本都是一个超文本，将自己嫁接到一个超文本，一个它所模仿或改造的早期文本上。"② 电影改编也是广泛存在的。布莱恩·麦克法兰（Brian McFarlane）认为："电影首次被确立为叙事媒介之前，电影制作者本身就一直在利用文学资源，特别是具有不同程度的文化声望的小说。"③ 詹姆斯·威

---

① RALL H. Adaptation for animation: transforming literature frame by frame [M]. Boca Raton: CRC Press, 2020: 11.
② GENETTE G. Palimpsests: literature in the second degree [M]. NEWMAN C, DOUBINSKY C, trans. Lincoln: University of Nebraska Press, 1997: ix.
③ MCFARLANE B. Novel to film: an introduction to the theory of adaptation [M]. Oxford: Clarendon Press, 1996: 3.

尔士（James Welsh）在其专著的导言中就开宗明义地写道："几乎从一开始，改编就一直是电影制作过程的核心。"① 对此，甚至有学者提出："电影改编的历史进程就是电影的历史进程。"② 这些绝非夸大之词。"经美国海斯法典办公室通过的影片，竟有百分之五十以上是从小说改编而成的。"③ 更有学者做过统计，85%的奥斯卡最佳影片是改编本。④

虽然改编现象普遍存在，但是对于改编的轻视，甚至是敌视的现象，也同样存在。英国兰卡斯特大学教授、著名的改编学研究专家卡米拉·艾略特（Kamilla Elliott）在她的专著《改编理论化》（*Theorizing Adaptation*）中愤愤不平地写道："我的研究发现，改编受到了各种理论的谴责，包括新的理论，以及截然相反和相通的理论。改编既被指责为不符合浪漫主义的原创性，也被指责为后结构主义对原创和复制的解构；既被指责为违反了美学的纯粹性和媒介特异性理论，也被后现代和激进理论家指责支持的这些理论。在形式主义、结构主义和后结构主义下，它被宣判为符号学的不可能；它被保守派和激进派学者指控为政治的不正确；它被现代主义和后现代理论家指控为哲学上的不真实。在学科之争中，文学作品的电影改编被谴责为不良文学和不良电影。据我所知，没有任何一个领域的主题——除了其学术研究之外——因为各种理论上的不符合要求而受到如此大的抨击。"⑤

卡米拉·艾略特并没有妄言，对改编，尤其是对文学经典的影视动画改编抱有轻视态度的学者大有人在。对此，罗伯特·斯塔姆（Robert Stam）在其论文《超越忠实：改编的对话学》（"Beyond Fidelity：The Dialogics of Adaptation"）的开篇就不无遗憾地说，围绕改编作品研究的话语是"深刻的道德主义的，充斥着诸如不忠、背叛、诽谤、侵犯、庸俗化和亵渎等术语，每一种指控都带有其特定的愤怒的负面指控"⑥。早在1926年，弗吉尼亚·伍尔芙（Virginia Woolf）就已经"把电影称为'寄生虫'而称文学作品为它的'受害者'和'牺牲品'"⑦。显而易见，伍尔芙将文

---

① WELSH J, LEV P eds. The literature/film reader：issues of adaptation [M]. Lanham：The Scarecrow Press, inc. 2007：xiii.
② LEITCH T. Film adaptation and its discontents [M], Baltimore：Johns Hopkins University Press, 2007：22.
③ 瓦格纳, 陈梅. 改编的三种方式 [J]. 世界电影. 1982 (1)：32.
④ 哈琴. 改编理论 [M]. 任传霞, 译. 北京：清华大学出版社, 2019：3.
⑤ ELLIOTT K. Theorizing adaptation [M]. Oxford：Oxford University Press, 2020：5.
⑥ STAM R. Beyond fidelity：the dialogics of adaptation [M] //NAREMORE J. Film adaptation. New Brunswick：Rutgers University Press, 2000：54.
⑦ 哈琴. 改编理论 [M]. 任传霞, 译. 北京：清华大学出版社, 2019：2.

学看作更为高贵的艺术形态，而电影改编则是损害了文学。阿伦·罗布－格里叶（Alain Robbe-Grillet）也在《我的电影观念和我的创作》中论及："经验证明，当人们把一部伟大的小说搬到银幕的时候，这部伟大的小说将遭到完全的破坏，一般来说，改编出来的影片总是荒唐可笑的。"① 他明确地将小说原著形容为"伟大的"，而改编自小说的电影则是"荒唐可笑的"，其对改编行为的看法和立场清晰可见。匈牙利诗人、电影评论家和学者贝拉·巴拉兹（Béla Balázs）"对改编进行了加倍的打击，认为从一种语言改编成另一种语言不仅在美学上是错误的，在实践上是困难的，在理论上也是不正确的"②。他还进一步指出改编不合适的原因："情节的大体骨架保留下来了，但思想深层的活生生的结构和表现抒情气氛的迷人外衣却从银幕上消失了。我们看到的只是最娇美的、赤裸裸的、冷峻的框架。这已不是文学，也不是电影，而恰好是并没有表现二者中任何一个的本质的'内容'。"③ 这番评判更是将改编电影置于一个非文学非电影的畸形产物的位置。加布里埃尔·米勒（Gabriel Miller）从人物创作的角度也发表了类似的观点："小说中的人物在转移到银幕上时经历了一个简化的过程，因为电影在处理复杂的心理状态或梦境、记忆方面都不是很成功，也不能呈现思想。"④ 可见，改编常常处在被抨击的位置，不论是伟大的作家还是卓有建树的电影家都对其充满敌意。

电影改编文学的行为饱受诟病，连带着改编研究也一起被边缘化，处在文学研究和电影研究的夹缝中。"多年来，改编研究一直被困在学术界的后方。"⑤ 著名的改编学研究学者黛博拉·卡特梅尔（Deborah Cartmell）在牛津大学出版社主办的改编学研究期刊《改编》（Adaptation）创刊号的第一篇文章中写道："尽管自电影诞生以来，文学作品的银幕改编就一直存在，并在广大公众中引发了最激烈的争论，但在文学和电影研究中，这一主题却长期被忽视。"⑥ 同时，卡特梅尔也无奈地承认："电影的拥护者，尤其是在20世纪上半叶，将改编电影视为'不纯洁的电影'，并对电

---

① 格里叶，卞卜. 我的电影观念和我的创作 [J]. 世界电影. 1984 (6)：197.
② ELLIOTT K. Theorizing adaptation [M]. Oxford: Oxford University Press, 2020: 97.
③ 巴拉兹. 可见的人：电影文化、电影精神 [M]. 安利, 译. 北京：中国电影出版社，2000: 28-29.
④ MILLER G. Screening the novel: rediscovered American fiction in film [M]. London: Bloomsbury Academic, 2016: xiii.
⑤ LEITCH T. Adaptation studies at a crossroads [J]. Adaptation, 2008, 1 (1): 63.
⑥ CARTMELL D, CORRIGAN T, WHELEHAN I. Introduction to adaptation [J]. Adaptation, 2008, 1 (1): 1.

影对文学的依赖性感到不满，尤其是在电影正努力被视为'新文学'，成为一种独立的艺术形式的时期。"①西蒙·穆雷（Simone Murray）也道出了改编研究所处的尴尬位置："长期以来，改编研究被认为是文学研究和电影理论的私生子，自20世纪50年代成立以来，一直在努力争取学术上的尊重。"②

虽然改编的历史由来已久，且在电影发展的进程中起到不可替代、不容忽视的作用，但是改编行为被过度批评，改编研究被边缘化的状况一直未能得到明显改善。改编以及改编研究成为一个常常被提及，却一直不被重视的悖论式的存在。

二

作为一种视觉体验，动画概念的历史甚至远远早于电影。人类想让静止的画面动起来的愿望由来已久："西班牙阿尔塔米拉洞穴内的旧石器时代壁画中奔跑中的野猪有八条腿；古埃及的墓室壁画，尤其明显且充分地表现了连续的动作。例如，一场摔跤表演的连续过程和歌舞、祭祀过程的表现，恰如放电影一般；我国青海马家窑文化时期的舞蹈纹盆也描绘了连续的动作。"③ 但是动画真正成为一门艺术，是在确立了其叙事地位以及摄影技术发展起来之后。从这个角度来看，动画与真人实拍电影的发展方向是相似的，以至于动画常常被当作电影的一个分支来看待。但是，动画实际被赋予的位置，却连电影中的一个分支都谈不上。数字文化研究专家列夫·马诺维奇（Lev Manovich）将动画称为"电影的私生子，它的补充，它的影子"④。悉尼大学动画研究学者艾伦·乔罗登科（Alan Cholodenko）在动画研究论文集《生命的幻觉》（The Illusion of Life）的绪论中写道："就学术研究而言，动画是电影中理论化程度最低的领域。在忽视动画的同时，电影理论家们——当他们思考这个问题时——将动画视为电

---

① CARTMELL D, CORRIGAN T, WHELEHAN I. Introduction to adaptation [J]. Adaptation, 2008, 1 (1): 1.
② MURRAY S. Materializing adaptation theory: the adaptation industry [J]. Literature/Film Quarterly, 2008, 36 (1): 4.
③ 段佳. 世界动画电影史 [M]. 武汉：湖北美术出版社, 2008: 8.
④ MANOVICH L. The language of new media [M]. Cambridge: The MIT Press, 2001: 298.

影的'继子',或者根本不属于电影,而是属于图形艺术。"① 这一观点也得到了英国皇家艺术学院(Royal College of Art)动画系主任、A&HCI 收录期刊《动画:跨学科期刊》(Animation: An Interdisciplinary Journal)的主编、著名动画学者苏珊娜·布坎(Suzanne Buchan)的认同。② 更有甚者,乔·阿达姆森(Joe Adamson)无奈地写道:"当一个人要写一部包容性的电影史时,在卷起袖子和清理桌子上的橡皮筋之后,扔掉动画片似乎是首要任务。"③ 对于动画研究在学界的如此边缘化地位,美国芝加哥大学资深电影学者汤姆·冈宁(Tom Gunning)犀利地将此描述为"电影理论的最大丑闻之一"④。

可是,动画所指代的范围远远超过人们从狭义上对动画的认识,尤其是在电影高度依赖计算机制造特效的今天。ASIF(国际动画协会)对动画的定义是:"动画艺术是指除使用实拍方法之外的各种技术所创造出来的动态影像。"⑤ 现今大量的真人实拍电影中都需要借助动画手段来表现摄影机无法拍摄的场面或者自然界不曾拥有的场景。对此,不少理论家们都认为电影与动画的关系是值得被重新定义的,动画不该是电影的一个分支,相反,电影应是动画的一部分。肖恩·库比特(Sean Cubitt)认为:"电影在本质上都是动画的某种形式,而反之则不成立。"⑥ 无独有偶,艾伦·乔罗登科也提出了动画的"第一原则",即:"电影'本身'也是动画的一种形式。"⑦ 汤姆·冈宁在为汉娜·弗兰克(Hannah Frank)的专著所作的序言中写道:"长期以来,动画片被视为电影史的一个次要方面,是边缘化的'短小题材',仅仅是小孩子的游戏。但是,对移动图像技术、感知心理学甚至电影考古学的新方法已经把动画推到了电影研究的中心。从单一的静止画面到运动体验的飞跃,实际上构成了所有电影的奇迹。颠

---

① CHOLODENKO A. The illusion of life: essays on animation [M]. Sydney: Power Pubilications, 1991: 9.
② BUCHAN S. Animation, in theory [M] //BECKMAN K. Animating film theory. Durham and London: Duke University Press, 2014: 114.
③ ADAMSON J. Tex Avery: king of cartoons [M]. New York: Da Capo Press, 1985: 11.
④ GUNNING T. Moving away from the index: cinema and the impression of reality [J]. Diffences, 2007, 18 (1): 38.
⑤ 刘书亮. 重新理解动画:动画概论 [M]. 北京:电子工业出版社, 2016: 2.
⑥ 安德鲁. 电影是什么! [M]. 高瑾,译. 北京:北京大学出版社, 2019: 25.
⑦ CHOLODENKO A. First principles of animation [M] //BECKMAN K. Animating film theory. Durham and London: Duke University Press, 2014: 98.

覆了传统的等级制度,我们现在可以把'电影'视为动画的一个子类。"①这些动画研究专家试图通过对动画和电影二者关系的重新定位来确立动画的非边缘位置,从而让动画能够进入主流视野。且不论这样的努力是否有效,但至少说明了动画正在被不断地重新认识,对动画研究的关注度也应该被不断提高。

正是因为上述两个原因:改编不论在文学还是在电影研究领域的边缘化,以及动画在电影艺术中的被轻视地位,注定了动画改编研究一直游离于主流研究的视野之外,甚至连一直强调改编研究重要性的改编学者也忽视了动画改编的存在。卡米拉·艾略特在其《改编理论化》一书中做了详细的关于改编研究的数据统计,她在 MLA 国际书目数据库(MLA International Bibliography)中搜索了与改编相关的文献数量,并制作了表格,见表 0-1②。

表 0-1　按媒体形式分类的 MLA 国际书目改编研究

Subject Search Terms	No. of Publications
Film adaptation	15320
Novel adaptation	10777
Theatrical adaptation OR Dramatic adaptation	4048
Television adaptation	2163
Short story adaptation	1404
Poetry adaptation	1272
Music adaptation OR musical adaptation	1319
Operatic adaptation	916
Comic adaptation OR graphic novel adaptation	762
Radio adaptation	265
Dance adaptation OR Ballet adaptation	254
Ballet adaptation	116
Video game adaptation	162
Illustration adaptation	99

---

① FRANK H. Frame by frame: a materialist aesthetics of animated cartoons [M]. Oakland: University of California Press, 2019: xiii.
② ELLIOTT K. Theorizing adaptation [M]. Oxford: Oxford University Press, 2020: 25.

续表

Subject Search Terms	No. of Publications
Painting adaptation	44
Photography adaptation	20
Visual arts adaptation	16

(数据来源：MLA 国际书目数据库 MLA International Bibliography)

从表 0-1 可以看出，艾略特从 17 个改编媒介的角度进行了文献检索，涉及电影改编、小说改编、电视改编、诗歌改编，甚至包括舞蹈改编、绘画改编等多个门类，但令人遗憾的是，她的检索没有提及动画改编。可见，对于专业的改编研究者而言，动画改编也未能获得关注。

有学者也已发现了动画改编一直未得到应有的重视这一问题，"很少有批评家仔细考虑过动画片改编。正如动画理论家保罗·威尔斯（Paul Wells）所观察到的：'大多数（关于改编的）作品都是有关如何将小说、剧本、短篇故事转换成一部真人电影的，很少有人关注由文学作品改编的动画片'"①。此外，还有学者尝试着去解释这一现象。"依梅达尔·威尔汉从受众的角度解释了动画片改编缺乏关注的原因：'动画片就像主流电影的远方表亲一样……它们主要的观众是儿童，人们通常认为其结构性和主体性都较为贫乏。'"② 威尔汉的观点显然是一种偏见。首先，儿童当然是动画的受众群体之一，但是动画的观众绝非只有儿童，越来越多成人观众的出现不断证明动画的受众群体在 0~80 岁之间。其次，即便儿童构成了动画不可或缺的重要受众，给儿童所看的艺术作品就得是"结构性和主体性都较为贫乏"的吗？儿童的审美观念、价值观念乃至伦理观念都在建构和完善的过程中，因此，更需要通过有价值、有美感的作品的熏陶来帮助其正确、快速地建立起对世界和人生的基本观念。倘若动画还不能够肩负这一应尽的责任，那么学界对于动画研究的忽视是脱不了干系的。

无论如何，不可否认的是，动画长片自从诞生之日起，就一直与文学，尤其是文学经典形影相伴：德国的第一部动画长片，同时也被众多研究者认为是世界上现存第一部动画长片的《阿基米德王子历险记》（The Adventures of Prince Achmed，1926）改编自著名的阿拉伯民间文学故事集

---

①② 德斯蒙德，霍克斯. 改编的艺术：从文学到电影 [M]. 李升升，译. 北京：世界图书出版公司，2016：294.

《一千零一夜》；美国的第一部动画长片《白雪公主与七个小矮人》（Snow White and the Seven Dwarfs，1937）改编自格林童话经典《白雪公主》；中国的第一部动画长片《铁扇公主》（1941）改编自中国文学经典《西游记》；日本的第一部动画长片《桃太郎：海之神兵》（Momotaro，Sacred Sailors，1945）改编自日本著名的民间故事；苏联的第一部动画长片《神驼马》（The Humpbacked Horse，1947）改编自俄国著名作家彼·巴·叶尔绍夫（Pyotr Pavolich Yershov）的长篇童话诗《神驼马》；英国的第一部动画长片《动物农庄》（Animal Farm，1954）改编自英国著名作家乔治·奥威尔（George Orwell）的小说经典《动物农庄》……

可见，众多国家在创作本国的第一部动画长片时，都会从经历过时间磨砺的文学经典中取材。改编文学经典绝非个例，而是多国达成共识的动画发展的必经之路。

三

改编文学经典的动画创作方向被随后引领美国动画走在世界前列的迪士尼工作室继续推进。"自1937年推出首部动画电影《白雪公主》以来，截至2019年9月，迪士尼共制作了57部动画电影长片，其中46部均为基于IP改编的题材，所占比例高达80%。作品大都改编自世界各地广为流传的民间传说和童话故事，如格林童话、安徒生童话、经典文学名著、希腊神话、英国/中国民间传说、阿拉伯民间故事集《一千零一夜》、知名儿童读物等。"[①]

迪士尼动画主要通过两种方式选材：第一，改编经典童话。迪士尼从创作美国第一部动画长片《白雪公主与七个小矮人》开始，就坚定不移地走上了改编经典童话的道路，其作品主要包括：改编自意大利作家卡洛·科洛迪（Carlo Collodi）的童话《匹诺曹》的《木偶奇遇记》（Pinocchio，1940）；改编自格林童话《灰姑娘》的《仙履奇缘》（Cinderella，1950）；改编自英国作家刘易斯·卡罗尔（Lewis Carroll）的同名小说的《爱丽丝漫游奇境记》（Alice's Adventures in Wonderland，1951）；改编自苏格兰小说家詹姆斯·巴利（James Barrie）的小说和戏剧《彼得·潘》的《小飞侠》

---

① 牛兴侦. 文化符号赋能中国动画学派影片价值研究［M］//孙立军，孙平. 文化与审美：中国动画学派的启示. 北京：海洋出版社，2020：265.

(*Peter Pan*，1953)；改编自格林童话的《睡美人》(*The Sleeping Beauty*，1959)；改编自安徒生童话《海的女儿》的《小美人鱼》(*The Little Mermaid*，1989)；改编自格林童话的《美女与野兽》(*Beauty and the Beast*，1991)；改编自格林童话《青蛙王子》的《公主与青蛙》(*The Princess and the Frog*，2009)；改编自格林童话《莴苣姑娘》的《长发公主》(*Rapunzel*，2010)；改编自安徒生童话《白雪皇后》的《冰雪奇缘》(*Frozen*，2013)；等等。这些动画作品的原著部部都是人们耳熟能详的童话经典。经典童话本身的知名度也为动画电影带来了极好的宣传效果，在一定程度上奠定了动画电影拥有强大观众群体从而获得高额票房的基础。第二，改编文学经典。迪士尼自由地从外国文学经典中汲取创作素材，从而创作出属于自己的动画经典，比如：改编自英国著名作家狄更斯的代表小说《雾都孤儿》的《奥丽华历险记》(*Oliver & Company*，1988)；改编自阿拉伯民间故事《一千零一夜》的《阿拉丁》(*Aladdin*，1992)；改编自英国文学巨匠莎士比亚的悲剧经典《哈姆莱特》的《狮子王》(*The Lion King*，1994)；改编自法国文学大师雨果的长篇小说《巴黎圣母院》的《钟楼怪人》(*The Hunchback of Notre Dame*，1996)；改编自中国南北朝民歌——"乐府双璧"之一的《木兰辞》的《花木兰》(*Mulan*，1998)；改编自莎士比亚的悲剧经典《罗密欧与朱丽叶》的《狮子王2：辛巴的荣耀》(*The Lion King II：Simba's Pride*，1998)；改编自英国著名小说家罗伯特·路易斯·史蒂文森（Robert Louis Stevenson）的《金银岛》的《星银岛》(*Treasure Planet*，2002)；等等。

我们可以很清楚地看出，文学经典是迪士尼创作动画电影的一个重要素材来源。而迪士尼能够成为美国动画的霸主，成为世界动画界的佼佼者，改编文学经典恐怕是其制胜法宝之一。毕竟，文学经典经历了岁月的洗礼，经历了数代读者的考验，是人类智慧的结晶，能够达成人类的审美共识，动画电影有了这样的文学基础，相当于站在文学巨匠们的肩膀上进行创作，无疑离成功近了一大步。

在中国动画电影创作的历程中，一样可见改编文学经典的影响力。相对而言，中国动画电影诞生的日期并不算晚，并惊人地在短时期内取得了卓越的成绩。1938年夏天，迪士尼动画电影《白雪公主与七个小矮人》在上海公映，短短三年后，即1941年，万氏兄弟创作的动画电影长片《铁扇公主》便已面世。这部画稿多达16~20万张、摄制胶片长达9700多英尺、放映时长达80分钟的动画电影是亚洲第一部动画电影长片，其制作水准在世界范围内居于领先位置，甚至如今的动画大国日本在当时也对中国动画望尘莫及。日本漫画家、动画制作人手冢治虫在《栩栩如生的影片》一文中引述了这样一段话："抱着轻视的眼光去看中国第一部动画片的人们，看到这部影片如此有趣，如此豪华，惊得目瞪口呆。"① 随后，万氏兄弟更是以上、下两部《大闹天宫》将中国动画电影推向了巅峰。《大闹天宫》获得了美国评论界的高度赞扬，美国《世界报》(The World) 评论道："《大闹天宫》不但具有一般美国迪士尼作品的美感，而且造型艺术又是美国迪士尼作品所做不到的，它完全表达了中国的传统艺术风格。"② 中国动画诞生不久就攀上了后人难以企及的高峰，个中原因除了万氏兄弟在动画制作上的精湛表现之外，动画选材也在极大程度上促成了这两部动画电影的成功。《铁扇公主》和《大闹天宫》都是改编自中国四大古典名著之一的《西游记》，文学经典本身就为动画的创作提供了非常成熟的故事来源。我们无法相信中国动画史上这两部意义非凡的作品的成功与其改编文学经典的创作方式毫无关联。这两部动画电影的成功在相当长的一段时间内为中国动画电影的选材定下了基调，那就是改编文学经典。中国随后出现了多部改编自文学经典的动画长片作品，比如：改编自明代神魔小说《封神演义》的动画电影《哪吒闹海》（1979）；改编自明代神魔小说《平妖传》的动画电影《天书奇谭》（1983）；改编自中国文学经典《西游记》的动画电影《金猴降妖》（1985）；等等。这几部动画长片为"中国动画学派"的形成奠定了坚实的基础。所谓"中国动画学派"，是指20世纪50年代中期至80年代中后期，我国动画界以上海美术电影制片厂为主要基地而创作的一大批具有浓郁民族特色的动画作品。③在中国动画的辉煌时期，出现了大量改编自文学经典的动画，我们不禁要去思索，是否是这种改编文学经典的行为在某种程度上促成了中国动画的发展，促成了"中国动画学派"的最终形成？

中国动画虽然有过举世瞩目的辉煌，但是也曾经历了数量猛涨却质量堪忧的尴尬时期。"中国动漫产业从2004年起步，经过十多年的发展，动漫企业达到了6000余家、动画片年产量超过了26万分钟——目前企业数和年产量都已居'世界第一'。"④ 从数量上来看，中国动画早已超越了"中国动画学派"时代的辉煌，但是从质量上来说，"受人关注的作品少

---

① 李铁. 中国动画史（上）[M]. 北京：清华大学出版社，2018：46.
② 冯文，孙立军. 动画艺术概论[M]. 北京：海洋出版社，2007：28.
③ 李三强. 重读"中国学派"[J]. 电影艺术，2007（6）：142.
④ 盘剑. 动漫研究：理论与实践[M]. 杭州：浙江大学出版社，2016：81.

得可怜，在国际市场上的影响力远不及美国、日本"①。这些现象不能不发人深省。造成中国动画发展坎坷的根本原因还是在其源头上，即动画的创意和剧本之上，没有好的剧本根基，徒有技术的炫耀，是无法让动画成为一件真正的艺术品的，关于这一点，世界动画发轫之初的种种尝试已足以说明。更值得深思的是，在中国动画的低迷时期，其创作是与文学经典保持着距离的（对于这一问题，笔者在本书的"动画电影改编与动画产业"章节中还有进一步论述），大量对于外国动画尤其是日本动画的模仿之作充斥着整个动漫产业，简单地模仿外国动画的外在皮毛，模仿它们的人物造型、绘画风格、动作程式等等，而鲜有改编自文学经典的动画作品。这不能不让人产生联想，到底是不是因为对文学经典的忽视，导致了中国动画长时期表现不佳？然而，让人宽慰的是，近年来《西游记之大圣归来》（2015）、《大鱼海棠》（2016）、《哪吒之魔童降世》（2019）、《白蛇：缘起》（2019）、《姜子牙》（2020）、《白蛇2：青蛇劫起》（2021）、《新神榜：哪吒重生》（2021）、《新神榜：杨戬》（2022）、《白蛇3：浮生》（2024）、《哪吒之魔童闹海》（2025）等口碑和票房双丰收的动画电影的出现，似乎在宣告中国动画的复兴与崛起，而从上述作品的选材中，可以清晰地看出中国动画的复兴之路也与文学经典紧密相关，改编文学经典即使在21世纪的今天依旧是动画电影创作的一道有效的魔法、一条获取成功的捷径。

四

改编文学经典对动画创作而言有着不可忽视的意义。在著名动画学者保罗·韦尔斯（Paul Wells）看来，动画这种艺术形式甚至天然就适于对文学经典进行改编："动画电影制作中的'逐帧'过程有一种特殊的细节和具体性，直接呼应了文本描述和叙事要求的构建，从而为以最贴切的方式表现文学文本提供了最合适的机会。动画提供了一种特殊的改编模式，因为它在阐述自己的时候，将翻译、转换和过渡的概念不仅作为动画形式的词汇，而且作为将文学文本变成动态画面的过程。"②

改编文学经典的动画创作方式不仅创作出了大量优秀的动画作品，促

---

① 张颖. 中国动画与"中国学派"研究 [M]. 上海：东方出版中心，2012：206.
② WELLS P. Animation: genre and authorship [M]. London: Wallflower, 2002: 84.

进了整个动画产业的蓬勃发展，而且对于文学经典在新的时代背景下的传承也有积极意义。然而，对于文学经典动画改编的学术研究却乏善可陈。国内学界关于文学经典动画改编的研究专著只有笔者于2021年出版的《莎士比亚戏剧经典动画改编研究》，该书研究了根据莎士比亚戏剧经典改编的近百部动画作品，对此国内和国外都未有过系统的研究，但该专著只限于对单一作家作品的改编研究。国外关于文学经典动画改编的研究也屈指可数，其中，主要有丹尼·卡瓦拉罗（Dani Cavallaro）出版于2010年的《动画和改编艺术》（Anime and the Art of Adaptation），该书围绕着《悲伤的贝拉多娜》（Belladonna of Sadness）、《萤火虫之墓》（Grave of the Fireflies）、《如风似云》（Like the Clouds, Like the Wind）、《岩窟王》（Gankutsuou：The Count of Monte Cristo）、《白雪皇后》（The Snow Queen）、《罗密欧×朱丽叶》（Romeo × Juliet）、《海猫鸣泣之时》（Umineko no Naku Koro ni）、《源氏物语》（The Tale of Genji）这8部文学改编动画作品展开研究，分别对每部作品进行了深入细致的分析，但是这些作品大多为日本动漫，范围较为狭窄，而且局限于个案分析，并未能够形成系统的研究框架。还有汉内斯·莱尔（Hannes Rall）出版于2020年的《动画改编：逐帧改变文学》（Adaptation for Animation：Transforming Literature Frame by Frame）。莱尔作为一名创作型学者，将自己的动画改编创作实践很好地融入这本专著中，其中包含了大量第一手的创作资料和崭新的动画改编资讯，对研究者和动画创作从业人员都很有启示，但是该书同样未能形成完整的动画改编研究体系。此外，杰克·兹普斯（Jack Zipes）的《施了魔法的银幕：童话电影不为人知的历史》（The Enchanted Screen：The Unknown History of Fairy-Tale Films）较为系统地研究了人们耳熟能详的经典童话，如《白雪公主》《灰姑娘》《小红帽》《蓝胡子》《汉赛尔和格莱特》《青蛙王子》等童话的电影改编，不仅包括动画电影改编，也包括真人电影改编，但该书关于动画改编的研究仅占了一小部分，且局限于童话的动画改编，依旧无法展现动画改编研究的全貌。另有黛博拉·卡特梅尔（Deborah Cartmell）主编的论文集《改编：从文本到银幕，从银幕到文本》（Adaptation：From Text to Screen, Screen to Text）中收集了两篇关于动画改编的文章，在整部论文集一共17篇文章中占据了很小的比例，同样难以展现文学经典动画改编研究的全貌。

文学经典动画改编拥有大量优秀作品，并且在动画史上产生了巨大的影响，却并未充分得到学界的重视，相关的学术研究极为罕见。本研究希望能够为处在边缘中的边缘的文学经典动画改编研究发出微弱之声。

本研究以文学经典传承为视角聚焦于文学经典动画改编，拟从以下八章展开论述：

第一章对动画电影改编的理论渊源进行梳理，力图构建文学经典动画改编研究的理论框架，研究动画这一艺术形态的辩证性，认为动画促使我们更好地理解静与动、瞬间与永恒、虚与实的辩证关系，并探讨动画的本体性特征，这些本体性特征是研究动画改编的立足点，也是动画改编与电影改编的本质区别所在。本章还对文学经典动画改编的一些批评观点进行考察，强调动画电影与源文本的差异恰恰正是改编的意义所在，并认为动画改编的研究无论对动画研究还是改编学研究而言都是研究疆域的拓展，有着不可忽视的价值和意义。

第二章研究了动画电影改编的影响因素，认为动画电影在改编过程中受到了时代语境、受众因素和商业因素三方面的共同影响和共同作用。本章研究了现代社会的呈现形态和特殊时代语境在改编动画中的存在形式，认为动画在改编文学经典的过程中，融入了当下的话语体系，结合了新的时代背景，对文学经典中的传统既有承袭，也有反叛，让文学经典与新的时代进行对话，从而让文学经典焕发出勃勃生机；本章还从受众审美意识的影响和受众文化转型的影响两个维度研究了受众对于动画改编的反作用力，认为文学经典的改编过程是创作者与观众共同作用的产物，在文学经典的传承过程中，受众不仅接受了文学经典，也在某种意义上参与了文学经典的再创作；本章更从商业音乐加快叙事、插科打诨配角的植入以及通过明星效应保证市场等角度研究了文学经典动画改编过程中的商业因素所形成的影响，认为动画改编需要在艺术和商业之间寻求平衡点。

第三章研究了动画电影改编的语言转码与叙事结构，认为文学与动画有着不同的语言体系，正是因为表达方式的差异才使得改编行为具有价值。本章从文本形象的动画重构、文本语言向视觉语言的转码以及动画电影改编的叙事结构三个方面展开研究：讨论了经典文学形象在动画改编中的族裔重构、年龄重构和性格重构现象；研究了文学语言和动画语言之间的"翻译"和"转码"过程，结合动画的本体特质，从弹性和变形、符号和奇观以及"万物有灵"等角度研究了动画语言的修辞策略，并从音乐和音效等角度分析了动画改编中的听觉语言转码现象；此外，还探究了改编过程中出现的套层叙事等叙事结构的变化。

第四章聚焦动画电影改编中的双重作者，认为不同于文学经典，也不同于原创动画，动画改编作品拥有"动画作者"和"源语作者"双重作者。动画作者的存在以及对动画作者意识的强调,是文学经典经过动画改编之后,能否顺利实现"再经典化",成为动画经典的关键。"动画作者"与"源语作者"对话的过程,就是动画改编与制作的过程。通过"动画作者"对原著的删减、选择和增补可以反映出他对于"源语作者"创作的思考和对自身创作观念与创作诉求的表达,这二者之间会形成冲突和交融,而这些冲突和交融便可以理解为双重作者跨越时空的对话。双重作者的对话让文学经典有了被重新讲述的可能。

第五章从文学伦理学批评的角度去研究动画电影改编过程中所发生的"伦理过滤"现象。本章认为"返回伦理"是动画研究不可忽视的方向,动画由于其特定的艺术表达手段以及不可忽视的少年儿童受众群体,需要在改编文学经典之时考虑到受众的伦理混沌状态,通过伦理过滤,净化作品的内涵,使观众获得正确的伦理选择方向,从而形成伦理意识,建立伦理秩序。本章还结合了普希金作品的动画改编讨论了伦理过滤与道德教诲之间的内在联系。

第六章研究动画电影改编的跨文化变异,认为文学经典是全人类共同的文化遗产和精神财富,文学经典的传承也同样不应为国界所限制。对于文学经典的跨文化跨国别的动画改编是广泛存在的,本章从多元文化碰撞下的新角色、审美意识的跨文化表达以及动画对异质文化的"误读"等角度研究了动画在改编文学经典时所发生的跨文化变异现象,认为这种变异对于动画风格的拓展和文学经典的传承都具有积极意义。

第七章借助皮埃尔·布尔迪厄(Pierre Bourdieu)的文化资本理论去研究文学经典与动画电影之间的关系。本章从宏观层面上分析各国的动画电影改编素材来源,认为经过时间洗礼而流传下来的文学经典是重要的文化资本,为动画提供了不可忽视的素材来源,而同时,动画电影改编成为文学经典生命延续的方式,文学经典在动画电影改编中获得普及,获得再生,动画电影改编同时也是将文化资本转化为经济资本的重要途径。

第八章探究动画电影改编在动画产业中所发挥的重要作用。本章通过大量数据和实例证明,在世界各国的动画发展历程中,改编文学经典都起到了不容忽视的作用,改编文学经典是动画电影获得高额票房的重要保证,甚至对于改编文学经典的重视与否在一定程度上决定了该时期动画产业的兴衰。本章还借助美国、日本等动画强国的发展经验,认为兼容并包、消除改编对象的国界限制是中国动画产业走出去和加强文化对外传播的重要方式。

五

　　动画改编虽然是一种"旧瓶装新酒"的行为，但正是因为人们对于经典的熟悉，往往会带来一种奇妙的观影体验，"熟识和记忆也是改编给人带来愉悦之情的原因之一"①。动画在改编文学经典的时候，使用了一种完全不同于文学的语言来重述经典，让观众沉浸在因为熟悉所带来的舒适感和因为陌生所带来的惊奇感彼此交织的观影体验之中。"由经典改写而成的文学艺术作品先是让受众想起他们所熟悉的文学艺术作品的体裁、语言、情节、人物、手法、叙事技巧，亦即唤起他们的前在思维和接受习惯，继而用改写、戏仿或仿作制造陌生化，改变他们的文化期待和接受习惯。这样，他们熟悉的或传统的图式被改变；他们所熟悉的套路以及他们的期待同作品已被陌生化了的套路之间，产生了一个渴望填充的空间，一个让受众发挥自己的想象力的空间。这两者之间的碰撞产生审美张力。"②因此，虽然文学经典广为人知，但是观众还是会对于改编自文学经典的动画充满着期待，期待看到改编作品如何挑战和重述文学经典，改编这一行为本身就为动画奠定了强大的观众基础。

　　文学经典能够给动画创作提供宝贵的素材来源，在很大程度上可以奠定动画成功的基石；而反过来，动画又能够承担起传播文学经典的使命。文学经典是人类智慧的结晶，是全世界无法估价的精神财富。可是，在传播媒介多元化的今天，如果仅仅只靠纸质媒体传播，而没有一种新的媒体、新的传播手段来扩大文学经典的受众群体，那显然是不够的。影像媒体传播的速度和广度要大大地优于纸质媒体，在现今讲究速度和效率的时代，将文学经典与影像融合对于文学经典的传承而言具有非凡的意义。

　　文学经典并不是孤独地存在于泛黄的古籍之中，它需要被重新提出，重新认知，重新解读，不同时代能够给予文学经典不同的解读方式。"经典是在过去与现在、文本与读者之间的对话和张力关系中动态地存在的，它需要重新被提出问题并从中寻找答案。无论过去还是现在，其经典性都不是永恒的，而是在新的时代审美需要及其期待视野的满足与拒斥中获得

---

① HUTCHEON L. A theory of adaptation [M]. Oxford: Routledge, 2006: 5.
② 张中载. 经典的重述 [J]. 中国外语, 2008 (1): 102.

经典性的。"① 因此，从某种程度上来说，新媒体的传播促成了大众对于文学经典的认同。如此说来，动画改编就具有了另一层重要的意义，即对人类文学经典的再创造与再传播。因此，动画改编与文学经典的传承便形成了一种辩证的关系：文学经典是动画改编的重要源泉，缺乏这一源泉，动画的生命便会显得贫瘠，甚至枯竭；反之，动画改编也是文学经典得以普及和流传的重要媒介，文学经典在动画改编中获得再生，被更多的观众接受。所以，研究文学经典动画改编无论对于文学经典的当代传承还是对于动画的创作实践而言都是具有价值的。

---

① 董学文. 西方文学理论史 [M]. 北京：北京大学出版社，2005：354 – 355.

第一章 动画电影改编的理论渊源与思想启示

研究文学经典的动画改编,首先需要明确动画改编是如何扮演了不同于电影改编的角色。动画作为一种具有"高度假定性的艺术"①,本身就不是为了反映真实和自然而生的。动画"摆脱了自然和物理学的限制"②,用无所不能的表现力为观众不断制造视觉奇观,并以此拉开与真人电影之间的差距。"电影是用摄像机去收录、撷取生活中真实存在的景物,动画却是以绘画、雕塑或在磁性空间中创造一种艺术的仿真景物。"③ 二者的艺术本源便是存在差异性的。在具体展开文学经典动画改编研究之前,很有必要探究动画这一艺术形态的本体特征,以及经典改编对于动画艺术的意义所在。

第一节 动画的起源与哲理思辨

动画的起源由来已久,动画学者吉南博特·本达兹(Giannalberto Bendazzi)在其著作——3卷集《世界动画史》(Animation: A World History)中,不仅概述了动画艺术在各个区域的发展状态,而且追踪了动画的发展渊源,认为在德黑兰发现的迄今5000多年前的器皿上所描绘的山羊跳向一棵大树去吃树叶的连续的图案,是人类"最早的动画"④。本达兹对此进行了富有说服力的描述,认为:"在这个直径8厘米、高10厘米的

---

① 葛玉清. 对话虚拟世界:动画电影与跨文化传播[M]. 北京:中国传媒大学出版社,2011:29.
② GIESEN R, KHAN A. Acting and character animation: the art of animated films, acting, and visualizing [M]. Boca Raton: CRC Press, 2018: xix.
③ 王健. 动画艺术概论[M]. 长沙:湖南师范大学出版社,2008:3.
④ BENDAZZI G. Animation: a world history, volume 1: foundations – the golden age [M]. Boca Raton, FL: CRC Press, 2016: 7.

高脚杯上，画面以错综复杂的方式展现了运动，是一个前所未有的发现。"①

还有学者认为动画的起源可以再往前追溯。"远在三万多年以前，旧石器时代的尼安德特人在法国阿尔塔米亚的一处洞穴里，就用树枝和赭石，画下了当时人们狩猎的情景。其中有一处引起了世代人们的兴趣：在一块大岩壁上，一头野猪死命地追逐着猎人。它除了形象的生动、逼真以外，还试图创造一种动感，他们把野猪的尾巴和腿部在其周围重复画了几次，使原本静止、凝滞的形象好似跃然石上。它就是长期以来为人们公认的最早的'动画现象'。"②

可见，在这两种界定动画起源的观点中，重复运动的画面都被赋予了极大的意义。运动，是动画的本质之一，是动画得以与绘画区分开来的重要手段。与电影的画面运动不同的是，动画的运动是一种非生命体的虚幻运动。从某种意义上来说，这种运动的幻觉对人类世界观的形成和发展的启示是革命性的。正是因为动画，我们重新思考动与静、虚与实、光与影、瞬间与永恒等对立面的辩证关系以及它们之间的相互转换等命题。这些转换本身就是运动着的，同时，也解释了动画艺术的本质。

第一，动画促使我们更好地理解动与静的辩证关系。动与静不是绝对的，而是在特定的场合可以相互转化的。看起来属于静态的物体，通过时间的调节，可以发生变更，在时间的作用下，静态的物体可以转换为动态的物体。这一点，对于人类的思维活动以及人类思想的发展具有重要的启示作用，甚至让人们意识到：通常视力可见的物质世界并不是唯一的现实世界，由艺术家创造的想象的世界也是一种现实的存在，于是，艺术家如同自然科学家，其所从事的工作也是一种发现、一种创造。关于"动画"的定义数不胜数，但是，《韦伯斯特辞典》的定义经常被人们引用。《韦伯斯特词典》所作的动画（animation）的定义是："a）通过拍摄无生命物体（如木偶或机械部件）的连续位置而制成的运动画面；b）动画卡通，由一系列的图画通过轻微的渐进式变化模拟运动而制成的运动画面。"③《韦伯斯特词典》所作的两个方面的定义中，所强调的是"运动画面"，而这一"运动画面"却是由没有运动的"无生命物体"制作而成

---

① BENDAZZI G. Animation: a world history, volume 1: foundations – the golden age [M]. Boca Raton, FL: CRC Press, 2016: 7.
② 楚汉. 动画作为一种语言：从叙事工具到动画语言的转化 [J]. 当代电影，1989（3）：48.
③ PILLING J. A reader in animation studies [M]. London: John Libbey Publishing Ltd., 2011: 1.

的。所以，动画不仅促使我们理解动与静的辩证关系，而且从本质上来看，动画艺术的特征就是将静止的图像以一种特别的方式呈现出来，通过"模拟运动"，依托视网膜的视觉暂留现象，让观众产生一种貌似运动的错觉。实际上，这种使静态变为动态的运动假象，不是由艺术作品本身实现的，而是在观众的参与中实现的。

第二，动画促使我们更好地思考"瞬间"与"永恒"的问题。动画艺术，在特定时间的作用下，让静态画面构成一个个"瞬间"，再由这些"瞬间"构成活生生的形态，使"瞬间"成为"永恒"。在某种意义上，动画就是使得"瞬间"得以"永恒"，使得"死寂"得以"复生"的艺术。正是这一特性，使得人们对时间和空间的概念产生了新的理解。关于时间问题，茨维坦·托多罗夫（Tzvetan Todorov）在《文学作品分析》中中肯地写道："时间问题是因为存在着被描述的世界的时间和描述这世界的话语的时间这两种不同的时间性之间的关系而产生的。事件的序列与话的序列显然是不同的。"① 这一点，在动画中表现得极为明显。动画时间可以不与物理时间等长，动画的制作可以将时间的某一细枝末节放大，更可以将时间的速率放慢或变快。于是，"时间在动画故事中通常被作为结构事件或情节的因素而出现，它本身并不是创作者或观众体验的对象"②。谈及时间和运动的关系时，亚里士多德认为："如果有任何运动发生在脑海中，我们马上就会认为时间也已经过去了；而且，当我们认为时间已经过去了，一些运动似乎也随着时间的推移而发生了。因此，时间要么是运动，要么是属于运动的东西。"③ 亚里士多德在此所暗示的时间的空间特性，能在动画中尤为明显地呈现。可见，有关"瞬间"与"永恒"的问题的思考，在一定程度上引发了人们对相应的时空问题更为深邃的思考。

第三，动画促使我们思考虚与实的问题。虚与实的辩证关系在动画中得到了丰富的阐释和消解。就动画本身而言，它具有极为丰富的创造功能，更能突出人类艺术所能发挥的极致作用。动画电影不同于真人电影的一个重要的区别，就在于动画是创造出来的，而不是演出来的，甚至连动画电影中的人，也不是以生命实体为对象拍摄出来的，而是由造型艺术手段制作出来的，是由人类的艺术所创造的。在这层意义上，这是人类与动物的最大区别之一，即，人类具有艺术创造和艺术想象的才能。而动画的

---

① 托多罗夫. 文学作品分析 [M] //王泰来. 叙事美学. 重庆：重庆出版社，1987：23.
② 葛玉清. 动画电影叙述艺术 [M]. 北京：中国传媒大学出版社，2010：93.
③ ARISTOTLE. Physics, Book IV [M] //MCKEON R. The basic works of Aristotle. New York: Random House, 1941: 291.

虚与实的辩证关系，促使了人类想象力的拓展，甚至在自然科学的发现中都产生着潜移默化的作用。自然科学家桑达·维热（Sanda Veres）在题为《利用动画片形成对地球和太阳系的表现力》的文章中，就提出动画电影中的虚与实的辩证关系对自然科学教学与研究发挥了重要的作用，他认为："动画提供了虚拟的或真实材料无法提供的动态信息。"① 正是动画在虚与实的问题上的辩证作用，使得虚拟也具有了"动态"，对于少年儿童而言，观看动画电影更是能够促使其想象力的提升和发展，让他们展开想象的羽翼，在艺术的天地里自由翱翔，这或许也是少年儿童尤其钟爱动画的一个重要原因。对于虚与实这一问题在真人电影和动画电影之间的区别方面，动画理论家盘剑教授的观点颇为中肯："尽管所有虚构的艺术都具有'无中生有性'，传统的真人电影也是如此，但真人电影'虚构'或'无中生有'的只是内容，即故事以及故事中的角色，而故事的展示/叙述却都是由真实的演员通过在真实的场景中扮演角色行动而完成的，并通过摄影机镜头的客观记录而形成影像——显然，这些演员、场景、摄影机就都不是'无中生有'的，而是一种客观存在；以此创作的影像也具有客观实体的对象。"② 可见，在真人电影艺术中，不管故事性强弱与否，不管内容真实与否，重要的是"影像"是客观真实的。而动画电影则不相同。动画电影中"既没有真实的生命体存在，也没有客观的场景，甚至连影像本身都是用没有镜头的虚拟摄影机创造的。"③ 这一点，在相当程度上颠覆了人们关于虚与实的概念，从而更能展现艺术表现力。正因如此，动画理论家保罗·威尔斯在《理解动画》（Understanding Animation）一书中坚持认为："动画有能力将幻想真实化。"④

第四，动画能够赋予无生命的物体以生命的形态。这一点，使得动画对于生命产生了新的认识。西方文字中的动画"animation"一词，源自拉丁语的"anima"，而"anima"意为"灵魂"（soul）或"生命气息"（the breath of life）⑤。同样，我们如果更进一步思考，就会发现，西方文字中的"animal"（动物）一词，无疑也是源自拉丁语的"anima"，这样的渊源，使得"动画"与"动物"之间有了必然的关联，这一关联，不仅使

---

① VERES S, MAGDAS I. The use of animation film in forming representations about the planet earth and the solar system [J]. Romanian Review of Geographical Education, 2020, 9 (1): 40.
②③ 盘剑. 动漫研究：理论与实践 [M]. 杭州：浙江大学出版社, 2016: 8.
④ WELLS P. Understanding animation [M]. London: Routledge, 1998: 26.
⑤ PIKKOV Ü. Animasophy: theoretical writings on the animated film [M]. Tallinn: Estonian Academy of Arts, 2010: 2.

得"静的物体"成为"动的物体",而且使得无生命的物体具备有生命的"动物"的概念。所以,在一定意义上,"animation"(动画)的功能,就是将无生命的一幅幅静止的画面点缀为有生命的"animal"(动物),"animation"(动画)的进程,就是一种"being animal"(成为动的物体)的进程。这些特性,也在一定程度上引发我们思考人与自然一体性的问题。

与动画"animation"一词一样,也是源自拉丁语"anima"的,还有宗教哲学层面的一个词语"animism"(万物有灵论)。"万物有灵论"是指在一切物体中以及一切生物中都存在着处于支配地位的超自然的灵性,换句话说,这就是人类最原始的宗教意识。在人类第一部书面文学——古埃及的《亡灵书》的时代,人们就具有这种朴素的或最原始的宗教意识了,人们相信人在死亡之后,还有另一种生命的存活方式,《亡灵书》在某种意义上就是以另一种方式而存活的亡灵在下界的旅行指南。万物有灵论者相信宇宙万物所存在的灵魂,与人类灵魂相互关联,由于"万物有灵论"肯定某种形而上的实体的存在,所以,这与动画具有相同之处。从某种意义上说,动画就是"万物有灵论"的体现,因为动画赋予任何无生命的物体以生命的形态。我们甚至可以说,"animism"(万物有灵论)是"animation"(动画)的意义所在和最高的艺术追求。有学者在定义"万物有灵论"时认为:"万物有灵论,这是一个关于运动的问题。"① 这更是中肯地说明了"万物有灵论"这一思想观念与以运动为根基的"动画"之间的关联。一部动画作品成功与否,在很大的程度上取决于它是否具有动画特定的"灵气",是否呈现"万物"之中的"灵",是否给观众造成一种"活灵活现"的印象。从这一思想层面来说,一名动画人,就应当将自己看成一名"animist"(万物有灵论者),使得平淡无奇的静态的意象化为富有"灵气"的动态的画面。

"animism"(万物有灵论)这一术语尽管最早是由爱德华·泰勒(Edward Tylor)在1871年出版的《原始文化》(Primitive Culture)中首次使用,但是,它确实古而有之。正如大卫·威特利(David Whitley)所言:"万物有灵论是人类学最早的概念之一,如果不是最早的概念的话。"② 威特利解释说:"传统术语万物有灵论,是指非人类动物(甚至非

---

① ROONEY C. African literature, animism and politics [M]. London: Routledge, 2000: 1.
② WILLERSLEV R. Soul hunters: hunting, animism, and personhood among the siberian yukaghirs [M]. Berkeley: University of California Press, 2007: 2.

动物，如无生命的物体和灵魂）被赋予与人类相似的智力、情感和精神品质。"①可见，"万物有灵论"这一理念以及基本内涵正是动画所体现的实质和基本内涵。

第五，动画使得人与自然之间的关系，尤其是动物与人类的关系达到一种空前和谐的高度。弗洛伊德认为："儿童和原始人对动物的态度有很大的相似之处。儿童没有表现出傲慢的痕迹，这种傲慢促使成年文明人在他们自己的本性和所有其他动物的本性之间画出一条硬性的界线。儿童对允许动物与他们完全平等的地位毫无顾忌。由于他们在公开自己的身体需求方面不受约束，他们无疑觉得自己比他们的长辈更接近于动物，而长辈很可能对他们来说是个谜。"② 动画常常着力于表现动物世界，以动物作为叙事的主人公，这一特征与弗洛伊德的观点恰好契合，因此，不难理解为什么儿童会对动画情有独钟。而动画电影也因为表达了人与动物的和谐关系而使得其相比真人电影而言更易与自然融合一体。人类的艺术家们一直关注人与自然的关系，尤其是善于探索无生命物体中的生命形态。而动画的出现，无疑使得人类对这一生命奥秘的探寻达到了一个理想的状态。尤其是进入21世纪之后，由于电脑等高新技术进一步的发展，动画电影在体现人与自然一体性的关系方面，显得更加得心应手，如宫崎骏的动画便弘扬人与自然的一体性关系，突出了生态意识的重要意义，在地球命运共同体的层面，丰富了人类命运共同体的内涵。当然，动画影片中对人与自然关系的探讨，对于没有较多接触到人类文明以及没有过多受到人类文化熏陶的少年儿童而言，也是极好的人与自然关系的教育，让人类世界与自然界的主要元素更紧密地接触，可以弥合自然与社会塑造之间的某些裂痕，促使少年儿童对人与大自然的既和谐又冲突的复杂关系进行力所能及的思考，"在迪士尼的《丛林之书》中，生存的主题激发了影片中对身份、价值观和生活态度的更多关注"③。

第六，动画促使我们更好地理解抽象与具体的辩证关系。所谓抽象，是指事物某方面的特质和属性在思维中的反映，我们所说的抽象物体，实际上是指没有形体的意识的载体；所谓具体，是指客观存在着的或认识中

---

① WILLERSLEV R. Soul hunters: hunting, animism, and personhood among the siberian yukaghirs [M]. Berkeley: University of California Press, 2007: 2.
② FREUD S. Totem and taboo [M] //STRACHEY J. The standard edition of the complete psychological works of sigmund freud. vol. 13, totem and taboo; and other works: (1913 – 1914) [M]. London: Hogarth Press and the Institute of Psychoanalysis, 1958: 126 – 127.
③ WHITLEY D. The idea of nature in Disney animation [M]. Surrey: Ashgate Publishing Company. 2012: 103.

的事物的整体反映。抽象通常是一种概念，而具体则通常是一种形象。在宇宙万物中，所谓抽象的物体实际上是没有实际形体的，然而，它却是意识力量的载体。动画，具有化抽象概念为具体形象的本领，动画使得抽象的概念也有了具体的形象，尤其是动画所采用的图像叙事，使得抽象的物体变得栩栩如生。

由此可见，动画得以产生，与人类世界观的形成和发展也是密不可分的，同时，又在一定程度上促使了有益于人类发展的进步世界观的形成。所以，动画艺术是人类世界观的结构在人类文明的漫长历史过程中得以形成的一种折射。

而文学经典，不仅为动画艺术提供素材，为动画的产生和发展打下了坚实的文化资本基础，并且为人类思想的形成和弘扬提供了重要的启示。

第二节 经典改编的重复与差异

电影，包括动画电影，其诞生都是与技术紧密相连的，但是倘若电影没有能够尽快与叙事联姻，那么恐怕只能沦为"活动的照相术"，成为一种单纯的技术形态了。因此，也不难理解为什么电影从诞生之初就执着于文学改编，"自从电影首次被确立为叙事媒介，电影制作者本身就一直在利用文学资源，特别是具有不同程度的文化声望的小说"[1]。并且，随着电影产业的蓬勃发展，电影与文学的联系并无消减之意，反而是越来越紧密，文学资源，尤其是已经成为文化资本的文学经典，为电影的创作提供了宝贵而丰富的素材。改编，一直以来都是电影创作，包括动画电影创作的重要方式。

文学经典改编电影是电影产业中不可忽视的存在，在文学经典改编电影的研究中，比较文学和电影二者的重复和差异，几乎是任何研究视角都很难绕过的议题，也成为改编研究一直以来讨论的焦点。正如乔治·布鲁斯东（George Bluestone）在《从小说到电影》（*Novels into Film*）中所说："对小说与电影进行比较性的研究，往往以寻求两者之间的相似点开始，却以公开宣告两者之间的差异而告终。"[2]

---

[1] MCFARLAN B. Novel to film: an introduction to the theory of adaptation [M]. Oxford: Clarendon Press, 1996: 3.
[2] 布鲁斯东：从小说到电影[M]. 高骏千，译. 北京：中国电影出版社，1982: 3.

要讨论电影与源文本之间的重复和差异问题,势必无法逾越关于电影改编的忠实性的论争。电影与原著的关系是什么?在改编中到底应该把原著置于怎样的地位?是忠实还是颠覆?在面对不同地位的源文本的时候,改编方式是否也需要进行相应的调整呢?这一系列问题多次成为改编研究领域讨论的焦点。

有多位学者对改编方法,或者也可以认为是电影改编对文学所持的态度进行了归类。迈克尔·克莱因(Michael Klein)和吉利安·帕克(Gillian Parker)提出了三种分类:第一,"忠实于叙事的主旨";第二,"保留叙事结构的核心,同时对源文本进行重大的重新解释,或者在某些情况下,解构源文本";第三,将"源文本仅仅作为原材料和一种简单的场合"①。这种归类方式得到了美国学者约翰·M.德斯蒙德(John M. Desmond)和彼得·霍克斯(Peter Hawkes)的认同,他们据此进一步将剧本改编分为紧密型、松散型和居中型:"文学作品中的大部分故事元素都被保留在电影中,而只放弃或添加很少部分元素,我们把这种改编称为紧密型改编;当文学作品只作为一个出发点,其中的大部分情节都被舍弃时,我们称之为松散型改编;当一部电影既不完全符合也不完全分离于文学作品,而是介于紧密型改编和松散型改编之间,我们称之为居中型改编。"② 类似的划分方式也出现在杰克·布泽(Jack Boozer)的著作《电影改编中的作者》(*Authorship in Film Adaptation*)中。布泽认为改编的忠实性问题被批评家和改编理论家们反复讨论,并由此按照电影与源文本的距离远近进行了类型划分,也将改编划分为三个层次:(1)直读或细读(A literal or close reading);(2)大致上相似(A general correspondence);(3)遥远的引用(A distant referencing)③。杰弗里·瓦格纳(Geoffrey Wagner)也提出了三种改编的类型:"第一种是'移植式',即直接在银幕上再现一部小说,其中极少明显的改动。第二种类型的改编是'注释式',这里指的是把一部原作拿出来以后,或者出于无心,或者出于有意,对它的某些方面有所改动。也可以把它称为改变重点或者重新结构。第三种是'近似式',近似式影片都必须与原作有相当大的距离,以便构成另一部艺术作品。"④ 达

---

① KLEIN M, PARKER G. The English novel and the movies [M]. New York: Frederick Ungar Publishing, 1981: 9-10.
② 德斯蒙德,霍克斯. 改编的艺术:从文学到电影 [M]. 李升升,译. 北京:世界图书出版公司, 2016: 4.
③ BOOZER J. Authorship in film adaptation [M]. Austin: University of Texas Press, 2008: 9.
④ 瓦格纳:改编的三种方式 [J]. 世界电影, 1982 (1): 35-40.

德利·安德鲁（Dudley Andrew）同样将电影与原著小说之间的关系模式简化为三种，这三种模式与瓦格纳的分类大致对应（但与坚持原著的顺序相反）："借用、交叉和转换的忠实性"①。他还进一步阐明，"借用"是这些模式中最常见的：它或多或少地广泛使用了先前作品的材料、想法或形式，通常是被潜在观众所珍视的成功作品，但它是以一种"广阔而大气"的方式进行的。"交叉"是借用的反面：是一种折射，而不是对原作的改编，它使源文本没有被吸收。"转化"是中间地带：它将保留故事的骨架，同时也为"原作的语气、价值、图像和节奏"在电影中找到风格上的对应物②。黛博拉·卡特梅尔（Deborah Cartmell）也对文学经典的电影改编类型进行了三种划分，即：第一，转位（transposition）；第二，评述（commentary）；第三，类比（analogue）③。此外，中国学者吴辉还借助结构主义的理论术语对电影改编进行了类型归纳，认为"改编可以分为解读、解构和重构三种方式"④。菲利斯·赞特林（Phyllis Zatlin）在自己的专著《剧场翻译和电影改编：一个实践者的视角》（*Theatrical Translation and Film Adaptation: A Practitioner's View*）中对根据戏剧改编的电影进行了充分的研究，并且从翻译的角度对于改编的类型进行了三个层次的划分，他认为"一个成功的戏剧电影版本代表了一个完整的光谱，从换位（相当于直译，或多或少地逐字翻译源文本）到转换（相当于语义翻译，在忠于源文本的同时更积极地将口头文本转换为视觉屏幕语言），再到类比（一种自由、交流的翻译，重新安排材料，甚至改变语气，因为它或多或少地使源文本适应不同类型的要求）"⑤。

  上述多位学者用不同的术语和定义对于文学经典的电影改编进行了类型上的划分。可以看出，这些划分方式虽然在表述上并不一致，却不约而同地将改编类型的划分与相较于源文本的忠实程度挂上了钩，即按照对源文本的重复程度进行了三种区分。由此可见，改编本同源文本相比，其忠实性一直是相关研究关注的焦点。正如德斯蒙德所言，"改编的主要问题

---

① ANDREW D. The well-worn muse: adaptation in film history and theory [M] //CONGER S, WELSCH J R. Narrative strategies. Macomb: West Illinois University Press, 1980: 10.
② ANDREW D. Concepts in film theory [M]. Oxford: Oxford University Press, 1984: 98-100.
③ CARTMELL D, WHELEHAN I. Adaptations: from text to screen, screen to text [M]. London: Routledge, 1999: 24.
④ 吴辉. 改编的艺术：以莎士比亚为例 [M] //张冲. 文本与视觉的互动：英美文学电影改编的理论与应用. 上海：复旦大学出版社，2010: 24.
⑤ ZATLIN P. Theatrical translation and film adaptation: a practitioner's view [M]. Clevedon: Multilingual Matters Ltd., 2005: 197-198.

在于对原著的忠实度是多少"①。

改编对原著的忠实性,在相当长一段时间内是被绝对推崇的。罗伯特·斯塔姆(Robert Stam)谈及:"文学将一直拥有超越它的任何改编的不言自明的优越性。"② 按照这样的观点,文学永远是优于其电影改编作品的,那么,电影改编如果想要获得相对接近于原著水平的艺术表现的话,贴近原著便会是一个更安全的选择。基于这种思考,忠实于原著,重复源文本,是相当一部分改编理论家们所倡导的方向。德国电影理论家齐格弗里德·克拉考尔(Siegfried Kracauer)说过:"任何'文学'电影的唯一职责应该是:保存原作的完整性。"③ 类似强调改编忠实于原著的观点也在安德烈·巴赞(André Bazin)那里得到了表达,他认为要"原封不动地再现原著"④。法国著名导演弗朗索瓦·特吕弗(François Truffaut)也认为:"改编不必为文学形式寻求电影化的'对应物',反而仍应尽量接近原作。"⑤

可是,在研究改编方法之前需要注意到这样一个现象,那就是改编作品本身是可以脱离原著而存在的,也就是说,改编亦是可以创造经典的,甚至是能够超越原著的。比如莎士比亚的戏剧都可视为改编作品,"威廉·莎士比亚,西方文学典籍中最伟大的人物之一,没有写出一部纯粹意义上的'原创'剧本。"⑥ 以戏剧经典《罗密欧与朱丽叶》为例来看,这部戏剧最早可以在公元5世纪以弗所人色诺芬(Xenophon)所写的希腊传奇小说《以弗所传奇》(*Ephesiaca*)中找到雏形,后来但丁的《神曲》中也出现了互为敌人关系的蒙太古家族(Montecchi)和凯普莱特家族(Cappelletti)⑦,还有薄伽丘的《十日谈》中关于麦当娜·卡塔利娜(Madonna Catalina)和根蒂尔·卡里森迪(Gentil Carisendi)的故事也有父母不认可恋爱对象、女主人公被"卖给"自己不想要的追求者,以及女主人公死亡的假消息等情节段落,这些元素显然可以拼凑出《罗密欧与朱丽叶》的故

---

① 德斯蒙德,霍克斯. 改编的艺术:从文学到电影[M]. 李升升,译. 北京:世界图书出版公司,2016:3.
② 哈琴. 改编理论[M]. 任传霞,译. 北京:清华大学出版社,2019:3.
③ 克拉考尔. 从卡里加利到希特勒:德国电影心理史[M]. 黎静,译. 上海:上海人民出版社,2008:17.
④ 陈犀禾. 电影改编理论问题[M]. 北京:中国电影出版社,1988:144.
⑤ 奥蒙,玛利. 电影理论与批评辞典[M]. 崔君衍,胡玉龙,译. 上海:上海人民出版社,2011:18.
⑥ COLLARD C. Adaptive collaboration, collaborative adaptation: filming the mamet canon[J]. Adaptation, 2010, 3(2):83.
⑦ LEHMANN C. Screen adaptation: Shakespeare's Romeo and Juliet, the relationship between text and film[M]. London: Bloomsbury Methuen Drama, 2010:5.

事框架。再后来，英国诗人亚瑟·布鲁克（Arthur Brooke）于 1562 年出版了长诗《罗密乌斯与朱丽叶哀史》（*The Tragical History of Romeus and Juliet*），甚至在莎士比亚之前，也已有人将这个故事搬上过戏剧舞台。莎士比亚正是将前人的这些文学素材综合改编创作了享誉世界的戏剧经典《罗密欧与朱丽叶》。而今天为世人所津津乐道，奉为世界文坛经典之作的，恰恰是后来居上的莎士比亚的作品。随后，《罗密欧与朱丽叶》又被多次改编为电影作品，其中包括 1961 年获得第 34 届奥斯卡最佳影片的《西区故事》（*West Side Story*），该片一举囊括包括最佳影片和最佳导演在内的 10 项奥斯卡大奖，成为电影史上的经典之作。

由此可见，不同体裁的艺术经典正是在不断改编的过程中得到创造的。即便莎士比亚戏剧《罗密欧与朱丽叶》已经取得了戏剧领域至高无上的经典地位，《西区故事》还是可以挑战经典，创造属于电影领域的经典之作。而若是始终持有忠实于原著的思想，恐怕很难在不同艺术门类之间顺畅地转换。对原著的重复，不应该是改编的唯一声音。以乔治·布鲁斯东、杰弗里·瓦格纳等人为代表的学者认为"忠实的改编是不可能的，或者认为是不必要的"[1]。甚至还有学者做出了与忠实派完全相反的论断："改编失败的一个可能的原因是，改编电影与原著的关系过于紧密了。"[2] 与源文本重复的地方是亮明改编作品身份的地方，但是过多的重复，或者说过分的忠实，会让改编作品被原著困扰和束缚。改编学领域的研究权威琳达·哈琴（Linda Hutcheon）不否认改编是一种重复的艺术，"但却是没有复制的重复"[3]，同时也阐明了对于差异的渴求："对于改编本，我们似乎渴望重复与变化一样多。"[4] 一个只有重复而没有差异的改编作品，便只是原著的机械复制品，它自身的艺术价值和思想观点无处安置，毕竟"被改编文本不是什么被复制的东西，而是被解释和再创造的东西"[5]。和原著的差异之处，恰恰是最有价值的地方，也是观众内心深处渴求获得的那种置身于熟悉事物之中的陌生感。正如朱莉·桑德斯（Julie Sanders）所言："通常是在不忠实的地方，发生了最具创造性的改编和挪用行为。"[6] 一些重要的电影导演也对改编过程中的忠实问题提出了抗议："奥

---

[1] 陈犀禾. 电影改编理论问题［M］. 北京：中国电影出版社，1988：144.
[2] 德斯蒙德, 霍克斯. 改编的艺术：从文学到电影［M］. 李升升, 译. 北京：世界图书出版公司，2016：330.
[3] 哈琴. 改编理论［M］. 任传霞, 译. 北京：清华大学出版社，2019：5.
[4] 哈琴. 改编理论［M］. 任传霞, 译. 北京：清华大学出版社，2019：6.
[5] 哈琴. 改编理论［M］. 任传霞, 译. 北京：清华大学出版社，2019：58.
[6] SANDERS J. Adaptation and appropriation［M］. London：Routledge，2005：20.

逊·威尔斯曾经建议,对于一篇小说,导演如果已经没有任何新的观点,那就干脆不要改编!阿伦·雷乃也认为,为改编而改编一篇小说,如果没有任何改变,无异于重复地加热一杯牛奶。"①

而正是改编相较于原著的差异,让电影工作者具备了成为艺术家的可能,他有了表达自己艺术立场的空间。"一位电影工作者并不是一位有成就的作家的翻译者,他是另外一位有自己的意志的作家,而且是一位不折不扣的作家。"②

改编在对原著的重复中确立了其行为的性质,在与原著的差异中获得了其艺术表达的可能性。重复与差异在改编中缺一不可。没有重复,就意味着不是改编;没有差异,就意味着改编的艺术缺失。而在改编经典之中的重复,具有更大的文化传承的意义。"作为一种重复,改编可能有助于确认和加强与前文本相关的文化假设,从而确保其作为文化资本的地位,即讲述一个故事,体现一个社会认为具有文化价值的价值观和思想。因此,在不同的媒体、不同的文化中反复讲述一个故事的冲动,可能是对基本意识形态和价值观的一种表达。"③ 而改编的差异,同样是成功转换为另一种艺术形态不可缺少的部分。"一种艺术,它的局限性来自活动的形象、广大的观众和工业化的生产方式,另一种艺术,它的局限性来自语言、人数有限的读者和个体的创作方式;两者之间的差异是必然的。简单地说,小说拍成影片以后,将必然会变成一个和它所根据的小说完全不同的完整的艺术品。"④

第三节 动画研究的疆域拓展

小说、戏剧及一些叙事性的诗歌往往作为源文本而被挪用,成为电影的改编对象。这些叙事形态在艺术特征上存在较大的差异性,而正是这些差异性,让改编成为可能,也让改编作品具备了成为独立艺术门类的可能。

基于前文所论及的"万物有灵论"的思想渊源以及技术进步的影响,

---

① 斯塔姆. 电影改编:理论与实践 [J]. 北京电影学院学报, 2015 (2): 47.
② 布鲁斯东. 从小说到电影 [M]. 高骏千, 译. 北京: 中国电影出版社, 1982: 68.
③ MCCALLUM R. Screen adaptations and the politics of childhood: transforming children's literature into film [M]. London: Palgrave Macmillan, 2018: 2.
④ 布鲁斯东. 从小说到电影 [M]. 高骏千, 译. 北京: 中国电影出版社, 1982: 69.

本节旨在讨论源文本的主要形态（小说、戏剧）与电影，以及电影与动画的差异性，并由此确立文学经典对于动画改编的价值以及文学经典借助动画载体进行传承的意义。

一、语言、冲突和视觉：小说、戏剧和电影的差异

相较于小说、戏剧这些文学艺术类型，电影是一门年轻的艺术，从1895年12月28日法国卢米埃尔兄弟在位于巴黎卡普辛大道14号一间咖啡馆的地下室里用活动电影放映机向观众展示影片算起，至今也不过一百余年的历史。所以，电影从小说和戏剧中汲取素材进行改编创作，这是一个自然而生的过程，但是，作为不同的艺术门类，它们彼此存有明显的差异。

"小说是一种语言的艺术，而电影基本上是一种视觉的艺术。"① 小说利用语言和文字进行叙述和说明，具有文字层面上最为宽容的表现能力。小说可以自由地表达作者的意图、思想和观点，可以自然地将人物隐秘的心理活动和人物的动作、语言交融表达。戏剧则不然，按照戏剧理论家谭霈生的观点："戏剧，就其本质来讲，是动作的艺术。"② 戏剧需要用一种可以被视觉和听觉感知的动作呈现作家的主观叙述，同时，在表达人物的内心活动方面，相较于小说而言，戏剧处于明显的劣势，常常依托程式化痕迹较为明显的独白的形式来传达人物的内在思想和情感。此外，更被广泛接受的对戏剧本质的定义则是"戏剧是冲突的故事。没有冲突，就没有戏剧"③。对立双方之间的冲突的形成和爆发，以及最后的解决，构建起了戏剧的核心动作和事件。戏剧的叙事功能显著弱于小说，但是在表达对抗双方的冲突的时候，则是有其优势的。

而电影，人们往往将其和戏剧进行类比，甚至会认为电影和戏剧是相似的艺术形式，因为它们都需要依托编剧、导演、演员等团体共同完成，它们都是综合性的艺术。然而，在小说、戏剧和电影这三者之间，戏剧和电影的差异更大，甚至超过了小说和电影的差异。从贝拉·巴拉兹到克里斯蒂安·麦茨（Christian Metz），包括阿尔贝·拉费（Albert Laffay）、让·米特里（Jean Mitry）等人，这些理论家们殊途同归的结论是：影片归

---

① 布鲁斯东. 从小说到电影 [M]. 高骏千, 译. 北京：中国电影出版社, 1982：2.
② 谭霈生. 论戏剧性 [M]. 北京：北京大学出版社, 1981：10.
③ ZATLIN P. Theatrical translation and film adaptation: a practitioner's view [M]. Clevedon: Multilingual Matters Ltd., 2005：1.

根到底更似一部小说，而不是一部戏剧。① "电影不是戏剧，与舞台叙事相比，电影的表现方式在许多方面更像书写叙事。"② 电影是一门视觉的艺术，在艺术表现手段上确实与小说相差甚远，但是在叙事逻辑的层面上，却和小说有着共通之处，它们都擅长讲述一个具有一定时间延续性的故事，而不是像戏剧那样去表现一个特定时空下的人物的冲突和状态。此外，戏剧舞台上具有强有力的假定性，电影则是自然和真实形态的呈现。西班牙当代剧作家何塞·路易斯·阿隆索·德-桑托斯（Jose Luis Alonso de Santos）打了一个颇为形象的比方："戏剧中的海是一块蓝布；电影中的海是大海。"③ 同时，他又进一步说明："戏剧中的基本剧情是思想的斗争；在电影中，它是人类的斗争。"④ 可见，戏剧和电影呈现出两种截然不同的创作取向。在戏剧中，情节并不是最为重要的，戏剧集中表现的是人与人之间思想的抗争，而讲述一个完整的故事，则是电影不可推卸的重要任务，这一点，与小说是相似的。因此，在电影改编作品中，选择改编小说的电影占据了绝大多数，而改编自戏剧的电影，数量上完全不占优势。

虽然电影和小说在叙事上有着相通之处，但是在艺术形式上完全不同。"小说的最终产品和电影的最终产品代表着两种不同的美学种类，就像芭蕾舞不能和建筑艺术相同一样。"⑤ 如果抛开二者的叙事性来看的话，布鲁斯东的这句话确实是正确的，小说和电影的外在呈现形式以及语言表达方式是完全不一样的，一个是利用语言文字制造的思维幻觉，一个却是用画面和声音制造的视听盛宴。"电影偏重视觉，这也使它更需要直接性，即现时性，来取得更大的效果。……小说依托语言，这使它能放手讨论种种思想观念，或者通过对话和描写思想活动的段落，或者通过作者的议论。"⑥ 所以，即便在讲述同一个事件的时候，小说和电影所采用的方式也是存在区别的，小说可以顺畅地表达各种主观性议论和人物内心活动，而电影则需要对此进行视觉和听觉的间接呈现。电影相较于小说，虽然在表现文字和语言上受到一定程度的束缚和限制，但是电影也因为其视听语言的丰富性和依托蒙太奇所形成的多义化的表达能力而具备文字难以企及

---

① 戈德罗. 从文学到影片：叙事体系 [M]. 刘云舟，译. 北京：商务印书馆，2010：122.
② 戈德罗. 从文学到影片：叙事体系 [M]. 刘云舟，译. 北京：商务印书馆，2010：72.
③④ ZATLIN P. Theatrical translation and film adaptation: a practitioner's view [M]. Clevedon: Multilingual Matters Ltd., 2005：158.
⑤ 布鲁斯东. 从小说到电影 [M]. 高骏千，译. 北京：中国电影出版社，1982：6.
⑥ 卡斯蒂. 电影的戏剧艺术 [M]. 郑志宁，译. 北京：中国电影出版社，1992：6.

的强大表现力和感染力。正如弗吉尼亚·伍尔夫（Virginia Woolf）所言："电影能够抓住无数表达情感的符号，而这些是至今为止文字所无法表达的。"①

正是因为电影在表现手段上区别于小说，甚至在艺术表现力方面超越了小说，同时也优越于戏剧，所以，文学的电影改编才有了再现源文本的可能性，即用一种具有强大表现能力的艺术手段对原有的艺术形态进行重述，将文字影像化的过程便是改编施展魔法的地方。电影是一种结合了多种传统艺术的最为年轻的艺术形态，"像戏剧一样，电影是一种在观众面前演出的、诉诸视觉和听觉的、应用语言的艺术手段。像芭蕾舞一样，电影在很大程度上依靠动作和音乐。电影又像小说一样，通常总是表现一个故事，通过一连串的冲突来刻画出一些人物。电影又像绘画一样，是两度空间的，由光和影——有时还有彩色——所构成。"② 同时，电影又是现代科技发展下的产物。技术和叙事的结合让电影成为艺术，摄影技术手段与传统艺术手段的结合让电影成为复合艺术，同时也使得电影具备了超强的表现能力。

小说、戏剧和电影在艺术表现手法上存在明显的差异，"小说家用文字描写来表述他的作品基点，戏剧家所用的则是一些尚未加工的对话，而电影编剧在进行这一工作时，则要运用造型（能从外形来表现的）形象思维"③。简单来说，小说是语言的艺术，是文本的艺术；戏剧是动作的艺术，是冲突的艺术；电影是画面的艺术，是视觉的艺术。小说、戏剧为电影的发展提供了重要的文化资本，它们彼此存在差异，但又互相牵连。因为有了这些特性，改编便具有了价值。

二、真实与虚幻：电影与动画的差异

动画和电影一样，是一门年轻的艺术，它的历史不过一百余年。1824年，彼得-马克·罗杰特（Peter Mark Roget）发表了《关于移动物体的视幻觉暂留性》（"Persistence of Vision with Regard to Moving Objects"）一文，为现代动画的诞生奠定了理论基础。1892年10月28日法国人埃米尔·雷诺（Émile Reynaud）放映了短片《小丑和他的狗》（*The Clown and His Dogs*）、《可怜的皮埃罗》（*Poor Pierrot*）、《好啤酒》（*A Good Beer*），这次

---

① 哈琴. 改编理论 [M]. 任传霞, 译. 北京：清华大学出版社, 2019: 2.
② 布鲁斯东. 从小说到电影 [M]. 高骏千, 译. 北京：中国电影出版社, 1982: 1.
③ 普多夫金. 论电影的编剧、导演和演员 [M]. 何力, 译. 2版. 北京：中国电影出版社, 1980: 22.

放映被乔治·萨杜尔（Georges Sadoul）认为是"动画片的第一部杰作"（the first masterpiece of the animated cartoon）①。值得注意的是，这次放映比1895年卢米埃尔兄弟著名的电影放映早了三年。

虽然"动画产生在电影之前"②，但是，动画却一直在某种形式上成了电影的附庸，成了电影研究者、电影史学家们在研究电影的同时稍稍附带的对象。这一现象，直到今天，都并未发生本质上的改变。对于动画的这一尴尬地位，研究者们早已发觉。虽然汤姆·冈宁（Tom Gunning）不无愤怒地将动画的边缘化描述为"电影理论的最大丑闻之一"③，但依旧无济于事。动画被认为是电影的一个亚类型，"作为特殊审美形式的动画，无论在一般艺术学还是具体艺术学，尤其是电影史论中都未得到过充分重视。作为'电影类型的动画'，在电影史论中的身份是尴尬的，它几乎缺席于所有电影论者"④。

虽然动画学界一直想要改变将动画视为电影附属品的观念，并且期望建立起动画是一个比电影更大的范畴的概念，试图以此来改变动画研究一直弱于也低于电影研究的现状，但是，动画与电影的差异性决定了二者很难是一个包含与被包含的关系，而且，也并非包含者就会得到重视，被包含者便先天不足，理应被边缘化。研究动画与真人实拍电影之间的差异性，并且强化动画与生俱来的特性，恐怕是奠定其成为一种独立、完整的艺术形态的基础。

简单来说，动画与真人实拍电影最大的差异便在于二者对待真实与虚幻的态度和方式。当然，真人实拍电影绝非一种完全的真实，正如普多夫金所说："实际发生的事件与它在银幕上的表现是有显著区别的。正是这个区别使电影成为一种艺术。"⑤虽然电影也并非对于现实的直接记录，但是真人演员演出、真实场景拍摄等因素使得电影相较于动画，显得更为真实。

虚幻是动画最大的魅力，也是动画与真人电影最大的差异体现。电影

---

① SADOUL G. Dictionary of films [M]. MORRIS P, trans. Berkelry: University of California Press, 1972: 278.
② 萨杜尔. 世界电影史 [M]. 徐昭，胡承伟，译. 北京：中国电影出版社，1982：485.
③ BECKMAN K. Animating film theory [M]. Durham and London: Duke University Press, 2014: 1.
④ 苟强诗. 学派·史料·方法：中国动画学派研究的再思考 [M] //孙立军，孙平. 文化与审美：中国动画学派的启示. 北京：海洋出版社，2020：48.
⑤ 普多夫金. 论电影编剧、导演和演员 [M]. 何力，译. 2版. 北京：中国电影出版社，1980：55.

虽然被称为造梦工厂，为观众营造出类似于梦境般的虚幻空间，但是动画在虚幻的层面上比电影走得远得多。"动画从诞生之始，就刻意保持并表现出与现实世界的间离，彰显同现实世界的'异质性'。……动画通过其独特的审美元素精神性地满足观众的生命需要，用其他艺术无法企及的'自由性'来满足与现实之间有着间离效果的审美需求。"① 动画与现实世界的区别，也成为动画存在的意义和价值，如果动画也是对于现实世界的直接反映的话，那么它与真人实拍电影有何不同呢？同时，这一区别也让动画具有了独特的艺术魅力。"动画电影的魅力不在于表现客观真实（这方面并非动画所擅长），人们对动画电影的期待同样不会止于客观真实，也不会限于客观真实，而在于超越客观真实——动画电影不像真人电影那样以还原客观真实的影像创造艺术真实，而是通过非客观真实的绘制影像实现艺术真实的自由表达。"②

也正是因为虚幻的魅力，动画具有了远远超越真人实拍电影的艺术表现力。"动画师不仅是在复制自然，他可以改变它。他几乎摆脱了自然和物理学的限制。"③ 我们在真实生活中无法看到的情景，在真人电影中无法展现的内容，都可以轻易地在动画中表现出来。动画的虚幻性让它无所不能，毕竟动画人物"和它们所处的空间可以在视觉上违背物理、光学和自然的重力、电磁、透视及熵的规律"④。

当动画具有了可以违背一切自然和物理学规律的能力之后，它的表现力便获得了空间的突破。真人电影所受到的一切限制，比如演员的限制、场景的限制、摄影机的限制在动画这里全都不存在。"动画是完全'假定'的媒介形态，它不使用真实的摄影机去记录现实，而是艺术地创造和记录它自己，动画本身就是'非现实'或者'超现实'的存在。"⑤ 唯一能够限制动画的表现力的恐怕就是人类的想象力，只有人类想不到的，没有动画无法表达的。

因此，动画拥有了一整套独特的语言表达系统。这一套语言表达系统与真人实拍电影有着相似的地方，但又对其进行了大胆的突破。"动画堪

---

① 唐忠会. 动画电影艺术论 [M]. 北京：中国书籍出版社，2013：2.
② 盘剑. 动漫研究：理论与实践 [M]. 杭州：浙江大学出版社，2016：30.
③ GIESEN R, KHAN A. Acting and character animation: the art of animated films, acting, and visualizing [M]. Boca Raton: CRC Press. 2018: xix.
④ BECKMAN K. Animating film theory [M]. Durham and London: Duke University Press, 2014: 120.
⑤ 佟婷. 动画美学概论 [M]. 北京：中国电影出版社，2015：52.

称用途最广泛和最有自主意识的艺术表达形式。"① 电影在表达人物内心情感的时候，相较于戏剧而言，已经拥有更为自由的表达空间了，它可以利用蒙太奇将不同画面进行组接，来完成对观众的理解的引导。苏联电影导演列夫·库里肖夫（Lev Kuleshov）曾经做过一个著名的实验。他给俄国演员伊万·莫兹尤辛（Ivan Mozzhukhin）拍了一个没有表情的特写镜头，然后这个镜头和一盆汤、一口棺材、一个女孩的镜头分别组接在一起。观众在观看的时候，一致认为莫兹尤辛是一个伟大的演员，演技极为精湛，恰到好处地表达出了一个人饥饿、悲伤和喜悦的心情。而事实上，莫兹尤辛什么也没有做，他只是面无表情地拍了一个特写镜头而已。这个实验充分地说明了观众在观影的时候，会代入自己的情感投射，与此同时，也证明了蒙太奇的意义和价值。通过角色和不同画面的剪辑，可以让观众依照导演的想法去认同角色现阶段的情绪和内心世界。这是电影独特的语言体系，这一切对于动画来说，同样适用。但是动画因为其可以超越一切自然规律的逻辑前提，以及无所不能的表达能力，在表现人物的内心情感时有着更为直接和特殊的方式："公开的风格化的情感图标也可以用来传达简洁和无言的特定情感状态——例如，鼓起的血管表示努力或强度，汗滴表示焦虑或恐惧，流鼻血暗指色情欲望甚至变态的想法。"②

　　动画独特而卓越的艺术表现能力也在一定程度上决定了动画的风格。和电影相对写实的风格不同的是，虚幻、奇幻、梦幻、魔幻这类形容词用来形容动画的风格往往是恰当的。即便是改编自文学经典的动画作品，也常常会对于原著进行幻象化的处理。动画研究者达尼·卡瓦拉罗（Dani Cavallaro）说得很准确："动画电影的特长是奇幻与魔法及无与伦比的娱乐功能。因此，美国动画早早地与现实主义风格分道扬镳，走上了娱乐、梦幻风格之路。"③ 对于动画区别于真人实拍电影的这一重要特质，中国的动画研究者们也意识到了："动画电影创作要侧重表现奇幻、奇趣和超凡的想象。"④ 动画的虚幻风格有利于它的无所不能的表现力的表达，同时也让其能够带领观众超越现实生活，获得某种幻觉满足的情感体验。

　　动画，可以自由地创造一个与我们的现实世界相间离的世界，超越自然规律的限制，制造一个让观众获得想象力满足的情感空间。"做动画的

---

① 韦尔斯. 动画语言［J］. 世界电影，2011（4）：158.
② CAVALLARO D. Anime and the art of adaptation eight famous works from page to screen［M］. Jefferson：McFarland & Company，Inc.，Publishers，2010：14.
③ 王波. 好莱坞动画电影类型研究［M］. 北京：社会科学文献出版社，2016：91.
④ 盘剑. 动漫研究：理论与实践［M］. 杭州：浙江大学出版社，2016：31.

人,是像上帝一样在创造世界,因为他面对的只是一张白纸。一般电影注重对物质现实的复原,动画电影则致力于对物质世界的变形,而这种变形正是由影视动画的高度假定性所决定的。"①

真人实拍电影和动画之间的真实与虚幻的差异让二者产生了距离,不应该因为电影和动画都是依托影像叙事就认为它们是一种艺术门类,甚至还要在二者之间相较个高下先后。电影和动画之间的差异不小于电影和戏剧之间的差异,而电影和戏剧分属于两种艺术,这一点应该没有多少人会提出反对意见。可是,在面对动画和电影的时候,大家却往往将二者归为一类,甚至,动画还是居于劣势的。动画和电影的差异性有必要被重新认识,它们之间的界限也有必要被更为清晰地划分。

三、动画改编的意义与经典的传承

"改编"(adaptation)一词的拉丁语词根为 adaptare,意味着"使之适合"。改编作为一种艺术形态与另一种艺术形态之间连接的桥梁,不仅仅要适合源文本,更要适合新的艺术。研究改编的关键也便在于改编本是如何合适地对源文本进行挪用。

对于合适源文本的选择在学界也产生过一些分歧。有一些学者认为选择要改编的源文本时应该避免选择文学经典,而应该关注一些二、三流的文学作品,台湾学者李欧梵在其著作中就这样写道:"我得到一个悖论式的结论:真正的第一流电影经典,并不一定来自经典文学的改编;而取材自二、三流的通俗文学,反而能造就出色的电影作品。"② 西班牙著名导演马里奥·卡穆斯(Mario Camus)也表达过类似的观点,他在 1987 年改编西班牙剧作家费德里科·加西亚·洛尔卡(Federico Garcia Lorca)的戏剧《贝尔纳达·阿尔瓦的家》(*La casa de Bernarda Alba*,1936 年创作,1945 年在布宜诺斯艾利斯首演)时就曾指出:"将'神圣的文本'(sacred text)拍成电影可能是有风险的。"③

这样的观点确实有一定的道理,毕竟经典之所以被称为经典,必定有其特殊之处。"享有经典地位的文本都被视为创造性天才的个人作品:它们是某一特定作家的个人想象力的表现——它'体现'了普遍而永恒的价

---

① 葛玉清. 对话虚拟世界:动画电影与跨文化传播 [M]. 北京:中国传媒大学出版社,2011:114.
② 李欧梵. 不必然的对等:文学改编电影 [M]. 北京:人民文学出版社,2017:22.
③ ZATLIN P. Theatrical translation and film adaptation: a practitioner's view [M]. Clevedon: Multilingual Matters Ltd. , 2005:173.

值观，并蕴含着一种被所有读者欣然接受和理解的思维方式。"① 对于这样的天才式的作品，及其在读者心目中所形成的近乎于"神化"的存在状态，改编者在改编之时必然会承受着巨大的心理压力，像走钢索一般游走于忠实与背离之间，小心翼翼，如履薄冰，甚至稍不留神，就会千夫所指。但是，这并不能说明"神圣的文本"就不能被成功地改编，也确确实实有太多改编文学经典从而铸就新的电影经典的例子，况且，按照伊冯娜·格里格斯（Yvonne Griggs）的观点，经典文本并不仅仅是作家一个人天才式的作品，也是"文化产物"②。作家常常是在数代人集体重述的文化资本的基础之上加以创作的，所以，受众天然地会对文学经典具有一种文化认同。以朱莉·桑德斯为代表的学者反而认为应该选择文学经典来作为改编对象，"经典性几乎是改编和挪用的原材料的一个必要特征"③。

至少，在改编过程中，不应该回避文学经典。文学经典不是改编者不敢靠近、只敢远观的"神"，而是可以转化挪用的文化资本、文学遗产。改编行为对文学经典本身而言，也是一次极有意义的文化传播。

琳达·哈琴在其代表性的研究著作《改编理论》（A Theory of Adaptation）中对改编行为进行了如下描述："对已知的其他作品或作品们的公认的转换。富有创造性和解释性的挪用、挽救行为。对被改编作品的一次扩展的互文性的参与。"④ 这一描述非常准确地定义了改编行为以及改编研究的范围。张冲在《改编学与改编研究：语境·理论·应用》一文中对改编学（adaptology）的研究内容进行了归纳，认为"狭义的改编研究主要研究：文学文本的视觉化产品（电影、电视）、文学文本视觉化过程中的各种机制（文本如何被视觉化）、文学视觉产品与文学文本的比较、文学（特别是"经典文学"）视觉化改编的限度与合法性等等"⑤。改编研究的对象主要落在改编本上，但是少不了对源文本的比较研究，二者的区别恰恰是最能反映改编者的立场和观念的地方，也是改编作品存在的主要意义所在。文学文本如何在改编的过程中以一种近乎"翻译"的方式被视觉语言加以呈现，换句话说，这两套语言系统是如何找到交汇点的，这也是改

---

① 格里格斯．文学改编指南：改编电影、电视、小说和流行文化中的经典 [M]．阎海英，译．北京：中国华侨出版社，2021：11．
② 格里格斯．文学改编指南：改编电影、电视、小说和流行文化中的经典 [M]．阎海英，译．北京：中国华侨出版社，2021：16．
③ SANDERS J. Adaptation and appropriation [M]. London: Routledge, 2005: 120.
④ 哈琴．改编理论 [M]．任传霞，译．北京：清华大学出版社，2019：6．
⑤ 张冲．改编学与改编研究：语境·理论·应用 [M] //张冲．文本与视觉的互动：英美文学电影改编的理论与应用．上海：复旦大学出版社，2010：308．

编研究需要着力关注的地方。"从文学文本到银幕作品,故事元素的取舍固然重要,关键的处理还是两种媒介系统和语言的转换。"①

对于动画电影而言,改编文学经典是动画创作的一个重要的而且行之有效的方式,文学经典往往经历了数代人的品读,经历了岁月的磨砺,是文明的沉淀,是超越时代的产物,任何时代的任何读者都能够从文学经典中找到情感的依托和共鸣,使其审美需要得到一定程度的满足。这是文学经典的重要价值,也是动画改编文学经典得以实行的根本原因。

动画与文学经典分别处于不同时代所带来的差异恰恰让改编具备了可能性。不同时代有着不同的关注点,有着不同的价值观,动画改编者在改编文学经典的时候,势必受到自己所处的时代的影响,而将文学经典按照一定的目的和意愿进行改编,甚至会在某些程度上与文学经典的作者意图相悖,但正是这些地方才使得根据文学经典改编而成的动画具有意义。超越时代的文学经典在与时代碰撞的改编过程中为另一种艺术门类奠定了成功的基石。

当纸质媒体还是人类唯一的传播媒介的时候,文学经典的传承只能借助纸质文本的形式得以完成,只能通过读者的阅读来使得经典代代相传。而到了当今电影、电视、网络这些新媒体已经充斥着大众生活的时候,纸质文本形式的传播显然在传播效率方面居于下风。当文学经典以动画这一形式更快捷地传播的时候,其最显著的好处就是可以快速地拥有观众群,从而极大地扩充文学经典的受众。而且,文学经典也并不因此而局限于动画等新媒体的传播。一旦观众通过观赏动画等大众传媒形式了解、熟知并爱上了文学经典,他们就会设法去了解和欣赏原著的表现方式,从而会在观看过根据文学经典改编的影视作品之后,再去翻阅纸质文本,研读纸质文本,从纸质文本中获取自己审美、认知等方面的需求,这样的例子应该不少。从这层意义上来说,文学经典动画改编所担负的文化传承使命是十分鲜明的。

---

① 张琼. 从文本述说的时代到述说文本的时代:论改编研究的跨学科视野[M]//张冲. 文本与视觉的互动:英美文学电影改编的理论与应用. 上海:复旦大学出版社,2010:5.

第二章 动画电影改编的影响因素

文学经典之所以是经典，在于其不朽的文化价值和艺术价值能够在人类社会中不断传承，正如英国批评家弗兰克·柯莫德（Frank Kermode）所言："经典，它不但取消了知识和意见的界限，而且成了永久的传承工具。"① 文学经典不仅可以代代延续，永远传承，不断影响后世的人们，还可以跨越艺术形式，以不同的形态去获得更广泛的受众群体。同时，正是因为文学经典的连绵传承，它会比作家本人经历更广阔久远的时代，所以，它会遭遇不同时代的变迁，也会在时代变迁的过程中被重新解读，莎士比亚研究专家让·马斯登（Jean Marsden）说道："每一个新的时代都试图以当代的方式重新定义莎士比亚的天才，把自己的欲望和焦虑投射到他的作品上。"② 这句话也道出了改编的基本意义。

而文学经典的跨媒体改编，恰恰给予了现代人一种更为有利的方式去重新解读和阐释文学经典，让文学经典以一种崭新的形态去贴近当下的观众。这一经典传承的行为与"改编"一词的词根恰好契合："改编"（adaptation）的拉丁语词根为 adaptare，意味着"使之适合"。而文学的跨媒体改编，便是让文学经典以一种更为"适合"现代受众需求的形式进行传承。改编者带领着更为广泛的观众通过改编行为站在现代的立场与过去进行对话，这就是"改编之于受众的意义所在——部分地创造了重写本的双重愉悦"③。本章主要从时代、受众和商业这三个角度来论证动画在改编文学经典时所受到的影响。改编主体包含改编者和改编对象两层内涵，改编者是行为主体，改编对象是文本主体。时代、受众和商业这三个影响因子不仅仅影响到了改编者，也影响到了改编对象。

---

① 布鲁姆. 西方正典：伟大作家和不朽作品 [M]. 江宁康，译. 南京：译林出版社，2005：3.
② MARSDEN J. The appropriation of Shakespeare: post–renaissance reconstructions of the works and the myth [M]. New York: St. Martin's Press, 1991: 1.
③ 哈琴. 改编理论 [M]. 任传霞，译. 北京：清华大学出版社，2019：79.

第一节　时代语境对改编主体的影响

文学经典是经过时间考验的人类文明的结晶,数百年前的文学经典直到今天还在熠熠生辉。然而,当下读者阅读时的社会语境与文学经典创作时的社会语境已经大不相同,改编,在某种程度上,是让文学经典与现代社会语境融合的一个途径。"改编一个已经被多次改编和重述的'经典'文本,就是进入一个过去和现在的元叙事之间的持续对话。通过这种对话,一种文化形态的核心价值和假设可以通过与另一种文化形态的价值和假设的比较和对比来进行审视。"① 文学经典改编的过程往往会融入新的时代元素,表现出改编者所处时代的社会形态,以及改编者所处的文化形态和价值观念。

动画从某种意义上来说是科学技术与艺术相结合的产物,科学技术在特定的时代发展到一定程度才得以促使动画的诞生,所以动画是时代的产物,是科技的产物,现代性是动画与生俱来的属性。动画带着这种天生的特性与文学经典进行碰撞时,便会呈现闪耀着时代光芒的火花。

一、现代社会形态的融合

现代社会形态是时代语境的重要表述之一,动画电影是一种视觉艺术,社会的形态可以在第一时间以视觉的形式呈现给观众。

莎士比亚的戏剧经典《罗密欧与朱丽叶》被多次改编为动画,而在进入 21 世纪以来的改编中,改编者更热衷于将这部创作于文艺复兴时期的戏剧经典的故事背景放置在现代社会。如 2010 年的动画电影《吉诺密欧与朱丽叶》(*Gnomeo and Juliet*),虽然罗密欧与朱丽叶的故事发生在一些瓷娃娃身上,我们可以清晰地看到瓷娃娃的生活环境完全是当代社会的模样:马路上横冲直撞的汽车差点撞碎了吉诺密欧;蓝色瓷娃娃们为了对付死对头红色瓷娃娃们,趁主人不在家使用主人的"香蕉牌"电脑下单买了一台超大马力的电动除草机;红色瓷娃娃们生活的花园里有霓虹灯和可以通过开关来控制的电子音响。这些细节统统都在交代故事发生的时代背景,同时也为文艺复兴时期的爱情悲剧增添了鲜明的时代色彩,更不用说

---

① MCCALLUM R. Screen adaptations and the politics of childhood: transforming children's literature into film [M]. London: Palgrave Macmillan, 2018: 40.

对电脑品牌的诙谐影射让动画增添了些许现代社会的商业元素。再如2013年的美国动画电影短片《罗密欧与朱丽叶》（*Romeo & Juliet*），故事虽然发生在海底世界，却分明表现了现代社会的各种特征。在短片中，观众可以看到罗密欧与茂丘西奥出入酷似麦当劳的快餐店，可以看到电视台新闻主播在电视荧屏上播报有关朱丽叶去世的新闻，还可以看到电视新闻记者前往案件发生地进行现场报道以及法医、警察等案件调查人员在现场勘查等等。这些事件和细节全都发生在当代观众熟悉的生活环境中，而绝不可能出现在莎士比亚生活的年代。

在19世纪初由格林兄弟收集、整理的《格林童话》中，包含了诸如《小红帽》《灰姑娘》《白雪公主》等世人耳熟能详的童话经典。原著中这些故事发生的具体时代并不明确，但是根据人物的装扮、所处的环境可以推断出一定是发生在早于19世纪的近代社会中，人们处在一种前工业社会。在动画诞生之后，《格林童话》给动画带来了源源不断的创作素材，但是，童话原著中的时代背景也在动画中发生了明显的变化。以《小红帽》为例，这部童话多次被改编为动画电影。"美国动画黄金时代最著名的动画师之一"① 特克斯·埃弗里（Tex Avery）在20世纪30年代到50年代间，与弗里兹·弗莱伦（Friz Freleng）进行合作，共导演了13部关于小红帽和狼的动画短片②。其中最具有代表性的是《热辣小红帽》（*Red Hot Riding Hood*，1943）和《乡村小红帽》（*Little Rural Riding Hood*，1949）。此外，还有2005年的动画电影长片《小红帽后现代版》（*Hoodwinked!*）、2011年的《小红帽后现代版2》（*Hoodwinked Too! Hood vs. Evil*）以及2016年的动画电影《反叛的童谣》（*Revolting Rhymes*）。以上几部动画电影都是将小红帽的经典故事情节放置在现代社会语境之中。《热辣小红帽》中的外婆并不是像原著描述的那样住在偏僻乡间的小木屋里，而是住在灯红酒绿的繁华都市，外婆所住的摩天大楼室内灯火通明，室外霓虹灯闪烁，一副现代社会的模样。狼在追逐小红帽的过程中并非靠双脚奔跑，而是驾驶着一辆加长版的豪华轿车，狼甚至穿上了属于现代的服装——一套笔挺的黑色燕尾服，戴上了黑色礼帽。而《乡村小红帽》中的小红帽会给外婆打个电话，提前告知外婆自己要去拜访，现代通信手段分明也在交代动画所设置的社会背景。更不用说《小红帽后现代版》讲述了一个属于现代

---

① DOBSON N. Historical dictionary of animation and cartoons［M］. Plymouth：Scarecrow Press，Inc.，2009：19.
② ZIPES J. The enchanted screen the unknown history of fairy - tale films［M］. New York：Routledge，2011：62.

社会的侦探故事。当狼攻击外婆案件发生后，警方迅速封锁现场，案发现场警灯闪烁、警笛鸣叫，摄影记者们的相机快门不断被按响、闪光灯闪个不停，警长从容地应付着记者们的各种提问。当西装革履的侦探在收集小红帽口供的时候，一旁的录音设备正在缓缓运转，小红帽的证词将会被录音设备完整地记录下来。至于在《反叛的童谣》中，小红帽还会熟练地走入现代化的银行，完成存钱、领取存折等一系列操作。汽车、高楼大厦、电话、相机、燕尾服和超短裙，这些事物完完全全就不是童话故事所处的那个时代会有的，分明是现代社会的产物。将童话经典搬至现代社会，在动画改编中融入现代语境，可以擦出对观众具有独特吸引力的陌生化火花来。

  中国的改编动画中也存有将文学经典转换到现代语境之下的例子。明代神魔小说《封神演义》从中国动画学派的巅峰时期开始就一直成为中国动画人不断改编的对象，尤其是《封神演义》中的第十二回《陈塘关哪吒出世》至第十四回《哪吒现莲花化身》，数十年来一直受到中国动画人的青睐。早在1979年上海美术电影制片厂就已经创作出了"中国动画学派"的代表作品《哪吒闹海》，随后，哪吒题材屡屡出现在动画之中。除了2003年的《哪吒传奇》之外，还有2019年的狂揽50亿元票房的现象级动画电影《哪吒之魔童降世》，2021年的《新神榜：哪吒重生》以及2025年登上有史以来中国电影票房和世界动画电影票房榜首的动画电影《哪吒之魔童闹海》。在这些动画中，多多少少体现了一些对于改编者所处的现代社会形态的直接或间接的反映。尤其是《新神榜：哪吒重生》，这部动画电影完整地再现了哪吒与东海龙王以及敖丙之间的恩恩怨怨，从故事内核来看，比较忠实地反映了原著。但是，观众在影片中看到了身穿机车服、骑着摩托车一路狂飙的哪吒；看到了身为富商并且无底线地争夺商业利润的东海龙王；看到了被保镖和美女簇拥着，沉溺于豪车和奢靡生活的敖丙。甚至，敖丙的机械脊柱和龙王的机械手掌也在无声地表明故事是发生在一个科技含量极高的现代社会之中，而"机械与人类躯体的融合，使他们成为具有典型后人类主义特征的赛博格"[①]。《新神榜：哪吒重生》的导演赵霁在访谈中谈及该片的故事背景设定，称其"主要参考20世纪二三十年代的老上海"[②]。确实，我们在影片中看到了身穿中山装和旗袍的男男女女，也看到了上海的老弄堂和租界中的洋房，可是也看到了戴着

[①] WU S. Posthumanism in recently animated adaptations of Chinese literary classics [J]. Animation, 2025, 20 (1): 62.
[②] 赵霁, 於水, 赵欣.《新神榜：哪吒重生》：中国神话的当代书写和视觉表达：赵霁访谈 [J]. 电影艺术, 2021 (3): 86.

金属面具的孙悟空和戴着机车手套、擅长改装摩托车的李云祥（即哪吒），这些让影片充斥着一种二三十年代的老上海并不存在的朋克元素，从而给影片制造了一种现代质感。

同样于2021年上映的动画电影《白蛇2：青蛇劫起》中也出现了对于现代社会形态的表述。小青在与法海的打斗中受伤，灵魂穿越到了修罗城——一个介于阴阳两界之间的地带，这座城市的形态是1000年之后的现代社会。《白蛇2：青蛇劫起》的导演黄家康说："对修罗城我只给了它三个规则：第一是不同朝代的人和妖都能掉到这个空间里；第二就是它里面有老的建筑物被吞噬，也有新的建筑物出来，新的建筑物会带来一些新的物资，让他们能继续活下来，所以你会看到它有一些现代的元素在里面；第三就是里面有不同的劫难。"[①] 修罗城里有大量空置的高楼大厦、废弃的汽车、锈迹斑斑的火车车厢和摇摇欲坠的商店招牌。这些场景都是现代社会的模样。更值得一提的是，小青在这里遇见了一位女孩，她为了告诉小青身在何时，打开了一台笔记本电脑，给小青看看她未曾经历的这1000年都发生了什么。电脑屏幕上显示了一些极具现代社会特征的图片：挂着"我要上一本！""炼成最牛学霸，铸就高考神话！"的红色横幅的高三学生誓师大会，人头攒动的"相亲角"，"开往996产业园"的拥挤的地铁……这种种的一切，都与观众所熟悉的现代社会一模一样，文学经典中那些来自古代的人物出现在了观众身边常见的场景和环境中，制造出一种奇异的陌生化的情感体验。

将文学经典中反映的时代背景进行迁移，放置于现代时空之中，这一做法在动画改编中十分常见，这也是最为直接和简便的让文学经典与现代社会融合的手段之一。文学经典中展现的数百年前的时空环境与现代社会人们耳熟能详的时空环境产生错位和交融，陌生与熟悉的碰撞给观众带来了新奇和亲切之感。

二、对传统的承袭与反叛

文学经典在时代长河中的流传是固态和静止的，其文本变化是极为微小的，但是动画在对文学经典进行改编创作的时候，常常会在对其继承的基础上进行一定的叛离，从中彰显自己的创作意图。而这种反叛常常是改编中最值得关注的地方，同时也是最能体现改编者所处时代和社会变化的地方。

[①] 黄家康，刘佳，於水．《白蛇2：青蛇劫起》：中国动画电影的类型探索与制作体系建构：黄家康访谈［J］．电影艺术，2021（5）：78．

马泰·卡林内斯库（Matei Calinescu）在《现代性的五副面孔：现代主义、先锋派、颓废、媚俗艺术、后现代主义》的序言中写道："'现代'主要指的是'新'，更重要的是，它指的是'求新意志'——基于对传统的彻底批判来进行革新和提高的计划，以及以一种较过去更严格更有效的方式来满足审美需求的雄心。"① 卡林内斯库对于现代性的论断非常精准，现代较之过去，最大的区别就在于对"传统的彻底批判"以及"革新与提高"。而这种源自"传统"，同时又要对传统"批判"与"革新"的态度在动画改编中并不鲜见。

2016年的英国动画电影《反叛的童谣》便充分地体现了这种"批判"与"革新"。《反叛的童谣》曾在法国安纳西国际动画电影节上获奖，也曾获得第90届奥斯卡最佳动画短片提名。作为一部改编动画，《反叛的童谣》显得有点儿另类，它是对改编作品的改编。这部动画是根据英国著名儿童文学作家罗尔德·达尔（Roald Dahl）的同名小说改编而成，而达尔的小说则拼贴了几部世人最为耳熟能详的童话故事，包括《白雪公主》《小红帽》《三只小猪》《灰姑娘》《杰克与魔豆》。所以，《反叛的童谣》可以认为是一部具有双重源文本的改编作品。

关于《小红帽》的动画改编已不胜枚举，有像美国动画导演特克斯·埃弗里这样执着于改编《小红帽》，并大胆地对其增入成人元素的情况；也有像《小红帽后现代版》这样直接将小红帽的故事搬演到现代社会，并对其进行侦探片的类型改造的情况。这些影片也都在很大程度上给观众带来陌生与熟悉交织的观影体验。但是像《反叛的童谣》这样将小红帽与狼的性格进行调换，让小红帽身上呈现出"狼性"、狼身上呈现出"人性"的做法，比前二者对于原著传统的"反叛"和"革新"力度更甚。

影片中，小红帽先后遇见了两匹狼。第一匹狼吞吃了外婆，穿上外婆的衣服，躺在外婆的床上，对着小红帽垂涎三尺。第二匹狼吃掉了盖稻草房子和盖木头房子的小猪，现在对第三只盖了砖头房子的小猪虎视眈眈。小猪打电话给小红帽请求救援。小红帽两次经历危机，分别面对着这两匹饿狼，她丝毫没有畏惧，冷静得像个老练的杀手，不慌不忙地两次对着凶残的狼扣动了手枪的扳机。她甚至像个胜利的猎人那样充分展示和炫耀了自己的战利品——将两张狼皮做成了两件皮草大衣，一件送给白雪公主，

---

① 卡林内斯库. 现代性的五副面孔：现代主义、先锋派、颓废、媚俗艺术、后现代主义[M]. 顾爱彬，李瑞华，译. 南京：译林出版社，2015：2.

一件留给自己。后来，当小红帽发现身为银行家的第三只小猪侵吞了自己多年存放在银行的积蓄后，怒火中烧，毫不犹豫地开枪打死了小猪，并用猪皮制作了一只精致的旅行包。这里的小红帽，全然不是一个柔弱的小女孩，反倒有了狼一般的冷酷和凶残，在面对生命威胁和利益损害之时，她会毫不留情地加以反击，甚至在杀死敌人之后，还要通过剥皮制作衣物的方式来为自己争取更大的利益以及彰显自己的胜利成果。

而动画中的灰狼，则比原著增添了些许"人性"。小红帽杀死的那两匹狼是灰狼的侄儿，灰狼看着自己的亲人被小红帽杀害，整个家族只剩自己孤独无依，看着小红帽穿着用自己亲人做成的狼皮大衣保暖，他想要复仇。复仇的日子终于来临了，灰狼找到了机会，冒充小红帽一双儿女的保姆，闯进了只有两个未成年孩子的小红帽的家。灰狼打算用这两个白白嫩嫩的孩子填充自己饥饿的肠胃，同时也替自己的侄儿报仇。可是，两个天真无邪的孩子缠着灰狼给自己讲睡前故事，他们真的把灰狼当作了温柔而亲切的保姆。灰狼原本计划在给孩子们讲一个残酷的童话之后就吞食他俩。可是，在讲故事的过程中，灰狼身上的"人性"开始萌芽，他甚至为了不吓着孩子，不惜将童话中可怕而黑暗的情节变成了温暖而美好的结局。故事讲完的时候，两个孩子信任地趴在灰狼的膝上沉沉睡去。灰狼身上的"人性"彻底被唤醒了，他放弃了吃掉孩子的念头，悄然离去，独自消失在夜幕之中。

童话原著中天真无邪、人畜无害的小红帽变成了冷酷的杀手，而凶残暴虐、吃人不吐骨头的灰狼则完成了从邪恶到善良的人性蜕变。动画中的小红帽被注入了残酷的"狼性"，而狼则被渗透了善良的"人性"。这一颠一倒，一反一转，大力地对原著进行了"革新"和"反叛"。

动画电影《反叛的童谣》对于童话原著的"反叛"还表现在对荒诞的世界的描绘之中。

童话原著《白雪公主》中的皇后是一个心肠歹毒的人，她命令猎人把白雪公主带到森林里杀死，并带回她的心脏加以证明杀戮行为的完成。这一情节已经是非常残忍了，但是在《反叛的童谣》中，不仅沿用了这一情节，而且更加凸显其残酷性：影片中的猎人放走了白雪公主，然后去一家肉铺买了一颗牛心，带回给皇后交差。令观众意外的是，邪恶的皇后露出了狰狞的笑容，捧起那颗心脏，贪婪地生吃了下去。影片中的皇后不仅是一个虚荣邪恶的巫婆，更是一个嗜血的恶魔。这一过度残酷的情节，让皇后所处的世界充满着荒诞性。人与人之间的憎恶究竟为什么可以深到这种地步？人类的邪恶为什么能达到这种嗜血的程度？影片中的这些情节让人感觉到一种不可置信的荒诞。

此外，影片中也出现了童话原著中的重要道具——魔镜。皇后每日擦拭着魔镜，问它谁是这个世界上最美丽的女人。魔镜可以告知人们想要知道的未知信息，这一符合原著设定的魔镜的特点在动画中被继续延伸。白雪公主在遇到了七个小矮人之后，和他们一起生活，但是动画中的这七个小矮人和童话原著里不一样，他们生活在繁华的现代都市，除了工作之外也沾染上了现代社会的一些恶习——沉溺于赌博，所有的财产几乎都被输光了。而白雪公主为了帮助小矮人，冒险从皇后那儿把魔镜偷了出来，让魔镜预测赌博结果。就这样，小矮人们和白雪公主、小红帽在魔镜的帮助下，次次赌马获胜，很快个个都成为百万富翁。这一情节设置简直让人啼笑皆非，那个纯真无邪、善良美好的白雪公主竟然成了令人不齿的赌徒，并且是靠作弊赢取巨额钱财的赌徒。魔镜倒是被利用到了极致，它不再只做告知主人世界上谁最美丽这样无聊的事情，而是成了敛财的机器。无论是魔镜的使用方式还是白雪公主的行为，都充满了荒诞之感，这是一种对于原著的彻底的反叛。

此外，动画电影《反叛的童谣》还讨论了比原著更为深刻的充满着现代性的情感观念。拯救白雪公主的不是王子，灰姑娘爱上的也不是王子。高贵英俊、勇敢深情的王子只存在童话中，而不存在于现实中。《反叛的童谣》里的王子形象从高处轰然坍塌：灰姑娘在仙女的帮助下，穿上了华美的衣裙，与王子共舞，王子被其深深地迷住。但是第二日，当王子满世界寻找灰姑娘的时候，灰姑娘穿着朴素的衣衫现身了，王子却嫌恶地看着面前这位素面朝天的灰姑娘，甚至还满怀杀意地对着灰姑娘举起了大刀。在关键时刻，仙女救下了灰姑娘，仙女让灰姑娘许愿，灰姑娘心灰意冷地许下了不想再和王子结婚的心愿。影片中的灰姑娘不再像原著那样把成为王子的新娘当作自己的人生梦想，她看清了权力和富贵背后的伪善和邪恶，她只需要平凡而真挚的爱情。仙女满足了灰姑娘的心愿，让她遇见了《杰克与魔豆》中的杰克。杰克是灰姑娘的邻居，一直暗恋着灰姑娘，现在他通过自己的努力和冒险，从魔豆茎顶端摘下了许多金叶子，开了一家灰姑娘最喜欢的果酱店，专卖"辛迪瑞拉牌"果酱。灰姑娘兜兜转转，发现真爱就在自己身旁，她没有选择高贵却薄情的王子，而是选择了温暖而真诚的杰克。这种爱情观念充满着现代色彩，是对于原著的一种反叛，却拥有了现代的温情。

影片还重点表现了白雪公主和小红帽之间的友情。当白雪公主失去了母亲痛苦不已的时候，是小红帽用真心和友谊慰藉了白雪公主；当白雪公主被猎人掳走，是小红帽奋力去救援；当白雪公主和小矮人身无分文的时候，是小红帽带着一袋子钱币给她以经济支持；当白雪公主和小红帽长大成人，甚至有了孩子之后，她们俩还是彼此相依、情同姐妹，每周都会固定约会。这样的友情超越了亲情和爱情，以至于影片中并未出现两人的爱情对象，而着力于去表达两人之间诚挚且永恒的友情。

动画电影《反叛的童谣》融合了童话的基本情节架构和人物关系，却站在一个极为现代的角度去重新阐释，给观众带来了一种全新的陌生化的感受。在现代社会，人们凝视古老童话的角度会发生变化，随之而来的"反叛"式的改编让原著与时代碰撞出了耀眼迷人的火花。

三、现代战争语境的动画表达

动画中的现代社会形态还呈现在对现代战争的表现中，通过将战争语境融合到文学经典中来强调动画作品的时代性和历史感。20世纪，爆发了人类历史上的两次大规模战争，给欧亚大陆带来了深重的灾难，也成为特定历史时期的人们心头难以抹去的创伤。

动画虽然诞生于19世纪，但是直到20世纪才渐渐走向成熟，尤其是美国迪士尼发行第一部动画长片《白雪公主与七个小矮人》之后，人们才逐渐意识到动画的艺术价值，动画也开始在世界各国迅速发展起来。相比较第一次世界大战而言，第二次世界大战期间涌现出的反映战争的动画作品数量明显增多，无论是从动画本身的艺术成熟度上还是从对战争的艺术表现上来看，都获得了显著的进步。1940—1945年间出现了多部根据文学经典改编，却加入新的社会语境，即反映战争问题的动画电影，其中包括中国的第一部动画电影长片《铁扇公主》，本片虽然改编自中国古典小说《西游记》，但是巧妙地融合了抗战元素，表达了创作者号召更广大群众一起抗战的主题。此外，美国米高梅和华纳等大型动画公司也在"二战"期间创作了一系列具备战争元素的动画电影短片，如《夜班灰姑娘》（1945）、《热辣小红帽》（1943）、《黑炭公主与"骑"个小矮人》（1943）、《小红兔》（1943）等。这些电影短片将经典童话放置在战争背景之下，使其具备了时代的脉搏。

前文所提及的几部创作于"二战"期间且改编自文学经典的动画作品，其原著中所述的时代都非现代，也与战争没有任何关联。《西游记》由吴承恩创作于明代，讲述了唐朝贞观年间的高僧玄奘西天取经的故事；而《格林童话》则是由19世纪的德国语言学家雅各布·格林和威廉·格林两兄弟收集、整理、加工而成的，其中的《灰姑娘》《小红帽》《白雪公主》等童话经典更是抹去了时代背景。

　　于"二战"期间创作的这几部改编自文学经典的动画电影，其共同的特点，都是在动画中注入了战争元素。如果说《铁扇公主》没有直接展现时代背景，仅是通过影片的主题来含蓄隐晦地告诉人们，唯有人民团结一致，才能够打败强大的敌人的话，那么改编自《格林童话》的几部美国动画电影短片则是明确地宣告了故事发生的战争时代背景，并且通过一些"二战"时期特有的细节加以强调，此外，还从创作者自身的国家立场出发对战争中的敌对方进行了讽刺。

　　在特定的战争历史时期，动画在一定程度上成了宣传征兵的手段，即便是改编自与战争毫无关联的文学经典的动画电影也不例外。1943年前后正是"二战"日趋激烈的时候，战火已经烧遍了欧亚大陆，甚至远在北美洲的美国也加入了战争。一时间，对外作战，对内号召民众提供战争支持，肯定军人的荣誉和价值，号召符合要求的民众加入军队、奔赴前线，这些成为当时美国社会的重要任务。因此，涌现出了一系列宣传征兵的艺术作品，动画因为其优越的传播能力和广大的受众群体，成为良好的传播媒介。

　　改编自格林童话《白雪公主》的动画短片《黑炭公主与"骑"个小矮人》便是一个典型的例子。影片在大体情节上还是遵循了原著：公主尽管是黑色皮肤，但是她还是清丽脱俗、婀娜多姿，成为邪恶的皇后的眼中钉，皇后一心想要通过杀死公主来重获"世界上最美女人"的称号。公主逃出皇宫后，与七个小矮人一起生活，但是皇后紧追不舍，用毒苹果害死了公主，好在最终公主获救，起死回生。动画的主体情节线与原著并无太大差异，但是，动画改编者却在细节上下足了功夫，在童话经典中已有的故事脉络的基础上，"夹带私货"般地插入了大量宣传军人荣誉的内容，以达到征兵的目的。黑炭公主来到大森林，当她一筹莫展的时候，七个小矮人出现了。不同于原著深山里的矿工的身份设定，动画中的七个小矮人是七位身着戎装的军人，他们一出场就排着整齐的队列，迈着雄赳赳、气昂昂的步伐，唱着嘹亮的军歌，黑炭公主在一旁看到了这七个一出场就"自带光环"的军装小矮人，崇敬之情溢于言表，立刻挨个儿给每位军哥哥献上香吻。小矮人"高大"的军人形象，以及由此获得的"额外福利"一下就表明了创作者的立场和态度。影片结尾处，公主吃下了皇后的毒苹果，昏死在地，无论王子怎样拼命亲吻她都无济于事，但是穿着军装的小矮人只消一次亲吻就让公主立马原地复活。这一情节与原著相比，是做出了明显的改动的，救活公主的不是王子，而是穿着军装的小矮人。王子在军人面前一无是处，小矮人的"军人之吻"远远胜过了王子的"真爱之吻"。此外，当黑炭公主在给小矮人们做饭的时候，她的炉灶旁边挂着一个广告牌，上面写着"Keep'Em Frying"，恰好与黑炭公主正在做的煎蛋呼应上，同时，这句话也是对"二战"时期美国空军征兵标语"keep'Em Flying"的戏仿。由此，影片间接地传达出了战争时代的语境。

通过以上种种可以看出，动画短片在树立军人的高大形象方面，做出了各种努力，以期盼观众在看到这样的"战争题材格林童话"时能够被影响，对军人产生尊敬和向往之情，从而积极参军。动画改编让古老的童话和现实生活之间建立起了紧密的联系，让童话经典也能够转型为时代的传声筒，为时代的潮流推波助澜。

此外，美国"动画领域的拓荒者之一"[①] 特克斯·埃弗里于1945年导演的动画电影短片《夜班灰姑娘》（Swing Shift Cinderella）也将《格林童话》发生的故事背景放在"二战"期间，埃弗里"被认为是动画片黄金时代最有天赋的动画师之一"[②]，他不仅在影片中用明确的细节交代了战争背景，更巧妙地将战争时期人们特有的生活状态融入童话情节。该片标题 Swing Shift Cinderella 中的"swing"表示"摇摆舞"，"shift"意为"变换、更替"，同时也有"轮班"的意思，而"swing shift"连在一起既可以形容"换了装去跳舞"的灰姑娘，也可以表示"轮值夜班"的灰姑娘。于是，这一双关语既呼应了原著，又点明了动画短片的战争时代背景。短片中的灰姑娘的身份不再是原著中那孤独无依的柔弱女孩，她有着自己的社会属性：一间工厂的夜班女工。动画短片中的灰姑娘和童话原著一样，被仙女教母用魔法换上了一身精致华丽的衣裙，前去参加舞会，但是动画中的灰姑娘要在午夜十二点之前离开舞会，其原因不仅仅是因为十二点的钟声敲响后，仙女教母的魔法就会消失，豪华的马车会变回南瓜，美丽的衣裙会恢复破旧，更是因为灰姑娘要赶午夜班车去工厂上班。灰姑娘从舞会回来后，火速换上了一身质朴粗糙的颇为男性化的工装，头戴护目镜，飞快地登上了开往洛克伟德（Lockwild）工厂的午夜班车。这里分明是将童话原著中灰姑娘一定要在十二点之前离开的理由与战争期间人们的生活状态进行结合，"二战"期间，由于男性劳动力不足，大量女性工人进入当时主要的战斗机生产商之一洛克希德工厂（Lockheed）上夜班。

---

① 薛燕平. 世界动画电影大师 [M]. 2版. 北京：中国传媒大学出版社，2010：96.
② ZIPES J. The enchanted screen the unknown history of fairy-tale films [M]. New York：Routledge, 2011：28.

真实存在的洛克希德（Lockheed）工厂与影片中虚拟存在的洛克伟德（Lockwild）工厂名称相似，显然是有意提醒观众对二者展开联想。为了支援前线去军工厂上夜班的女工与楚楚可怜、柔弱美丽的灰姑娘辛迪瑞拉合二为一，童话故事中不食人间烟火的女孩竟然也与时代局势紧密相连，相信当时的观众在看到这样的灰姑娘时，一定会感同身受地会心一笑。

无独有偶，在上映于1943年的动画电影短片《小红兔》（*Little Red Riding Rabbit*）中，也有类似细节的呈现。该片是华纳动画导演福瑞兹·弗里伦（Friz Freleng）的代表作之一，在"史上动画短片五十佳"榜单中排名第39位，影片将格林童话《小红帽》与华纳的动画明星兔八哥进行融合，让家喻户晓的兔八哥穿上红色披风，演出了一回小红帽。短片中的小红帽如童话中的小红帽一样蹦蹦跳跳前去外婆家，但是外婆不在家，在家门口留了一张纸条，上面写着自己去洛克希德（Lockheed）工厂上夜班了。"二战"期间著名的军工厂，以及大量的人们去工厂上夜班从而加班加点制造军械支援前线的生活状态也在格林童话《小红帽》中体现了出来。无疑，这也是将童话经典的故事发生时间放置于"二战"期间的一个典型例子。

"二战"期间上映的这一系列改编自童话经典的动画短片除了以当时人们的生活和工作状态作为时代背景加以交代之外，还通过一些颇具讽刺意味的细节来凸显"二战"的时代背景。1943年上映的《黑炭公主与"骑"个小矮人》采用了戏中戏的叙事结构，以奶奶给孙女讲故事的方式作为开场画面："有一位非常富有的皇后，她拥有一切宝物……"伴随着奶奶的话语，画面切换到皇后所拥有的各种宝物之上，我们在画面中看到了闪闪发光的珍宝：钻石、珍珠、蓝宝石、红宝石、祖母绿、金子……整个屋子都被衬得熠熠生辉。可是，就在这些稀世珍宝中间，却还堆放着轮胎、咖啡和糖！这些物资在今天看来非常平凡，完全不能与上述珍宝的贵重程度相提并论，但是它们却同时出现在皇后的保险库里。这是因为这些今天看来平平无奇的东西正是"二战"期间最为紧缺的物资，在战争时代，它们的价值绝不亚于稀世珍宝。这一场面"把女巫描绘成一个囤积者"[①]，也是对"二战"时期囤积问题的嘲讽。动画以此暗示观众剧情发生的时代背景，同时也讽刺了战争的荒诞。此外，《热辣小红帽》也有这

---

① ZIPES J. The enchanted screen the unknown history of fairy-tale films [M]. New York：Routledge，2011：127.

样的细节表达。野狼在动画中不像童话中那样将吃掉小红帽作为主要目的。小红帽在影片中被塑造成一位性感迷人的女郎，野狼为她深深着迷，追求小红帽成为野狼的终极目标。为了满足自己的欲望，野狼想用物质去诱惑风情万种的小红帽，承诺要送给小红帽钻石、珍珠、貂皮大衣，甚至一套全新的橡胶轮胎！钻石、珍珠、貂皮大衣，恐怕是能够让女孩心动的物品，但是"一套全新的橡胶轮胎"又是什么套路呢？要知道，在"二战"期间，物资匮乏，美国对橡胶进行限量配给，要在普通市场上购得橡胶制品，实为难事。野狼在追求小红帽的过程中许下的物质诺言，同样巧妙地结合了"二战"期间的时代环境。

上述这几部改编自文学经典《格林童话》的动画电影短片，以独特的方式，对战争大背景进行隐语式交代，用战争时代所特有的生活场景引起观众对于战争的联想，不仅将童话中的故事与时事相连，更或明或暗地抨击和讽刺了摧毁人类文明、让无数生灵涂炭的战争。

此外，在文学经典改编的动画电影中，甚至还有对于战争立场的明确表达。

1941年12月，日军偷袭珍珠港，正式向美国宣战。在这样的历史背景下，美国动画中出现了刻意地调侃和丑化日本人的情节。1943年上映的动画电影《黑炭公主与"骑"个小矮人》沿用了格林童话原著中的情节：皇后嫉妒公主的美貌，一心想要杀死她。童话中的皇后是安排猎人把白雪公主带去大森林里杀死，但是，动画中的皇后所采用的手段是打电话给一家暗杀公司，要求他们干掉公主。暗杀公司在接到订单后马上派出了一辆装载着杀手的小型货车，货车的车厢上印着一则广告："干掉任何人1美元，干掉侏儒五折，干掉日本人免费！"（"We rub out anyone, $1. 1/2 price midgets. Japs free."）通过这则广告的逻辑，可以明确地看出"二战"期间美国人对日本人的嘲讽和仇视。如此明显地将政治立场带入动画改编作品之中，这一做法可以说是特殊的时代背景之下的产物。

此外，还有1942年特克斯·埃弗里导演的动画短片《闪击狼》（*Blitz Wolf*，也被翻译为《反纳粹版三只小猪》），改编自英国作家约瑟夫·雅各布斯（Joseph Jacobs）编写的《英国童话》中家喻户晓的《三只小猪》。影片中，三只小猪面临的敌人不是一匹普通的狼，更是一个战争极端分子。狼身穿军装，留着希特勒标志性的小胡子，说一口德语，名为阿道夫，这种种细节都在反复向观众确认狼的形象象征着纳粹德国元首阿道夫·希特勒。狼在短片中被百般丑化，三只小猪对其各种愚弄，通过丰富的动画语言夸张地表现了狼的丑态：身体被打成筛子、脚被烫成烤肠等等。这些情节和细节充分地体现了动画创作者的战争立场,即纳粹德国的对立面。不仅如此,创作者还在影片中表现了对"二战"时期日本法西斯的仇视态度。短片中有这样一个情节:三只小猪制造出了一架巨大的高耸入云的大炮,他们给大炮装上炮弹,向空中发射。随后,镜头切换到茫茫大海中的一座岛屿,岛屿上写着"Tokyo"(东京)字样,并且,海面上太阳的形态与日本太阳旗一模一样,再三提醒观众这一岛屿就是岛国日本的象征。三只小猪的巨型炮弹射中了小岛,整座小岛被炸沉,甚至太阳也随着轰炸沉入大海。这里战争立场的表达可谓非常直接和明显了。从某种意义上来说,这部创作于1942年的动画短片似乎还预言了三年之后美国对日本发射原子弹的历史事件。

动画创作者的战争立场借助着这些经典童话得到了清晰的表现,这在整个文学经典动画改编的历史上并不多见,恐怕仅存于特定的历史时期,是战争时代的特殊表达。但是创作者的战争观的表达,却在任何时代都可以有明确的体现。否定战争、追求和平的观点在两次世界大战结束后的多年,依旧不断出现在影视作品中。2022年,美国和墨西哥合拍的定格动画电影《吉尔莫·德尔·托罗的匹诺曹》(*Guillermo del Toro's Pinocchio*)便鲜明地将创作者的战争观寓于改编动画中,使得这部动画在思想的厚度上获得了扩容,该片还获得2023年第95届奥斯卡最佳动画长片以及2023年第80届金球奖最佳动画片等多项大奖。影片将卡洛·科迪洛于1883年创作的童话经典《匹诺曹》的时代背景移植到意大利墨索里尼统治时期,通过对墨索里尼的刻意丑化以及匹诺曹的参军经历明确地表达反战观点,而这些,都是原著中全然不可能涉及的。墨索里尼在影片中被设计为一个行动迟缓、面无表情、身材矮小的丑角。匹诺曹公然在木偶戏舞台上对着台下观演的墨索里尼进行嘲弄和耻笑,表达了向往和平的普通民众对法西斯的态度。此外,影片还表达了匹诺曹和一个法西斯军官的儿子康德威之间的友情。康德威与匹诺曹在预备士兵集训中,作为对抗双方,放弃了彼此间的较量,而一同将代表自己一方的旗帜与对方的旗帜联结在一起,升上旗杆,这一动作明确地表达了创作者反对战争、爱好和平的观点。更不用提匹诺曹大声喊出"我爱战争",其目的是帮助父亲逃出鱼腹,故意说谎言以让自己的鼻子变长,从而能够搭建起逃跑的桥梁。影片多处情节安排和细节设定都在重申反战的观点。

时代语境成为改编动画中参与叙事的重要组成部分,现代社会形态的表现、对传统的颠覆以及战争语境都为文学经典涂抹上时代的色彩,让其能够在新的时代背景下与新的受众群体进行对话。

第二节　受众因素对改编主体的影响

罗兰·巴特（Roland Barthes）在《离开电影院》（"Leaving the Movie Theater"）一文中写道："看电影的另一种方式……是让自己被影像和周围环境双重迷住——就好像我同时拥有两个身体：一个是自恋的身体，迷失地凝视着吞噬的镜子（或银幕）；另一个是反常的身体，随时准备迷恋的不是影像，而是超越影像的东西：声音的质感、空间、黑暗、其他身体的朦胧团块、光束、进入剧院和离开剧院。"[1] 罗兰·巴特作为电影的受众，被电影所制造的梦境般的假象迷住，这是电影给予受众的独特体验，也是电影艺术的魅力所在。然而，受众反过来也会对电影艺术本身形成间接控制与反作用。正如西方学者所言，"随着数字时代的观众越来越多地成为制作者、评论者甚至参与者"[2]，虽然受众并不能够直接参与电影的制作，但是受众的需求在很大程度上影响了电影的创作。不论是纸质文本还是视觉文本，都需要考虑到受众的欣赏习惯及审美需求。相比传统纸质文本而言，视觉文本更需要重视受众因素，毕竟视觉文本的传播性更强，这就注定它需要更大的接纳度。"大众媒介的发展历史表明，受众既是社会发展的产物，也是媒介及其内容的产物。人们的需求刺激出更适合他们的内容供给，或者说大众传媒有选择地提供那些能够吸引人们的内容。"[3] 也就是说，受众在文化传播的过程中占据了一定的主体性地位，受众在一定程度上决定了文化的发展方向，电影等视觉媒体的发展需要适应着受众的欣赏习惯，这可以说是电影对受众的妥协，也可以说是受众在引导更符合他们审美需求的电影的诞生。

动画在改编文学经典的时候，受众的影响也成为不可忽视的因素，受众的接受程度也应该成为作品成功与否的标志之一。从这种角度来说，动画改编要比文学原著的创作缺乏主动性，文学创作虽然也会受到受众因素的影响，但是与把票房当作"圣经"的电影相比，显然文学创作的作者主

---

[1] BARTHES R. The rustle of language [M]. Berkeley and Los Angeles: University of California Press, 1989: 349.
[2] CHRISTIE I. Audiences: defining and researching screen entertainment reception [M]. Amsterdam: Amsterdam University Press, 2012: 21.
[3] 麦奎尔. 受众分析 [M]. 刘燕南，李颖，杨振荣，译. 北京：中国人民大学出版社，2006: 35.

观性更强，受到外界的干扰更弱。因此，电影，包括动画电影在对文学经典进行改编的过程中，免不了被动地接受受众的影响，可以说，动画改编作品在一定程度上是改编者与受众共同作用的产物，受众以独特的方式影响了作品的叙事和风格。

但是，需要指明的是，这里提出的动画改编会受到受众的影响并非指动画改编者为了向受众妥协而对文学经典进行低俗化的处理，同时受众也绝非低层次的代表。"接受分析学派拒绝接受将受众视为被动、无知、毫无自觉意识的'乌合之众'的观点，认为受众有一定的主动性和辨别力，他们从正面阐释了受众的品位和需求。"① 这种观点对于受众进行了客观的阐释，受众本身具备自己的审美观念与价值取向，动画改编对于受众的迎合其实是对于文学经典的再解读，使其更适合新时期受众的审美标准。而这种新的审美标准的注入则往往是对作品风格的重新塑造，将经典文学流行化。"流行文化（popular culture）并非低级文化的代称，二者不能相提并论，流行文化是一种不同于所谓'高雅文化'或精英文化的文化类别。"② 从这种意义上来说，动画对于文学经典的改编不能被认为是降低了文学经典的价值，二者作为不同的艺术门类，拥有不同的传播方式，不能简单地区别高下。动画对于文学经典的改编，是在受众的影响和作用下进行的一次蜕变式的经典传播。这种传播方式对于文学经典的接受扩大化和解读深入化具有不可磨灭的贡献。

一、受众审美意识的影响

德国文艺理论家、美学家，接受美学的主要创立者和代表之一汉斯·罗伯特·姚斯（Hans Robert Jauss）说过："一部文学作品，并不是一个自身独立、向每一时代的每一读者均提供同样的观点的客体。它不是一尊纪念碑，形而上学地展示其超时代的本质。它更多地像一部管弦乐曲，在其演奏中不断获得读者新的反响，使文本从词的物质形态中解放出来，成为一种当代的存在。"③ 只有让文学经典更符合受众新的审美需要，才能够让文学经典继续传承，而作品与受众之间的互相影响也成为文化传承的一项重要内涵。

有学者指出："除了少数相对例外的情况，好莱坞的动画电影是供儿

---

①② 刘燕南.《受众分析》译者前言［M］//麦奎尔. 受众分析. 刘燕南，李颖，杨振荣，译. 北京：中国人民大学出版社，2006：17.

③ 姚斯，霍拉勃. 接受美学与接受理论［M］. 周宁，金元浦，译. 沈阳：辽宁人民出版社，1987：26.

童消费的。"① 虽然这一说法太绝对，但不可否认的是，儿童构成了相当大比例的动画受众群体。迪士尼动画在改编文学经典之时，往往会通过对故事结局的圆满化处理来争取儿童受众，这一现象在迪士尼二维手绘动画电影中尤其明显。根据美国电影票房统计网站 The Numbers 的数据，迪士尼二维动画中票房排名前十的动画电影见表 2-1。

表 2-1 迪士尼二维动画中票房排名前十的动画电影

排名	片名	票房（美元）
1	《狮子王》（*The Lion King*）	986,206,629
2	《阿拉丁》（*Aladdin*）	504,050,219
3	《泰山》（*Tarzan*）	448,191,819
4	《美女与野兽》（*Beauty and the Beast*）	438,656,843
5	《风中奇缘》（*Pocahontas*）	347,100,000
6	《钟楼怪人》（*The Hunchback of Notre Dame*）	325,500,000
7	《木兰》（*Mulan*）	303,500,000
8	《公主与青蛙》（*The Princess and the Frog*）	270,997,378
9	《小鹿斑比》（*Bambi*）	268,000,000
10	《灰姑娘》（*Cinderella*）	263,591,415

（数据来源：美国电影票房统计网站 The Numbers）

表 2-1 中的这 10 部动画电影已经通过票房收入充分体现了受众对其的认可程度。值得一提的是，这 10 部得到受众肯定的动画电影除了《风中奇缘》是出自真实历史之外，其他 9 部均改编自文学作品。而在这 9 部动画电影中，《狮子王》《阿拉丁》《美女与野兽》《钟楼怪人》《木兰》《公主与青蛙》《灰姑娘》7 部动画电影改编自文学经典。其中《阿拉丁》《美女与野兽》《公主与青蛙》《灰姑娘》4 部动画电影的原著均为大团圆的喜剧结局，动画电影在改编之时，也遵循和保留了原著的结局。另外 3 部动画电影中的 2 部，即《狮子王》和《钟楼怪人》，分别改编自《哈姆莱特》和《巴黎圣母院》。这两部原著都拥有悲剧结局，然而，迪士尼对这两部文学经典的结局都做了颠覆式改编。戏剧《哈姆莱特》的结尾处，虽然弑君篡位的克劳狄斯死了，但是替父报仇的哈姆莱特也死了，更不用提美丽且无辜的奥菲莉亚死了，无奈而矛盾的王后乔特鲁德也死了，他们或自杀或他杀或误饮毒酒，这样的结局出现在戏剧这种仪式性极强的艺术

---

① BROWN N. Contemporary hollywood animation: style, storytelling, culture and ideology since the 1990s [M]. Edinburgh: Edinburgh University Press, 2021: 30.

形式中是可以的,也是能够给予观众以强烈的情感震撼的,而且观众与演员处于同一时空所带来的现场感足以让观众为这出经典悲剧动容。但是动画不可忽视的儿童受众群体注定了它无法承载如此沉重的悲剧情节。动画电影《狮子王》颠覆了原著的悲剧性结局,将莎士比亚的悲剧经典转化为了一部拥有大团圆喜剧结局的动画电影:弑兄篡位的叔父死了(甚至叔父的死都并非辛巴所为,而是其偷袭辛巴不成,失足掉下悬崖),辛巴替父亲报了仇,并登上了父亲的王位,同时收获了青梅竹马的母狮子娜拉的爱情。不可否认的是,相比较原著的悲剧性结局而言,动画中的完满结局更符合儿童受众的审美需求,而且避免主人公直接杀人的情节的出现也可以认为是对于儿童受众的一种情感保护。另一部改编自《巴黎圣母院》的动画电影《钟楼怪人》同样如此。原著拥有一个凄美的悲剧结局,爱斯美拉达被绞死了之后,卡西莫多拥着心爱的人一同死去,当人们将这两具尸体分开的时候,卡西莫多的尸体就化为了灰烬。而在迪士尼的动画电影《钟楼怪人》中,美丽善良的爱斯美拉达与英俊勇敢的侍卫长结合了,卡西莫多放下了自己对爱斯美拉达的爱,同时实现了自己最初的梦想:不再孤独地藏在钟楼之上,而是走下钟楼,融入温暖的社会中。这两部作品以不同的方式对于原著的结局进行了改动,但是改动的方向是一致的,那便是化悲剧为喜剧。除此之外,表格中列举的改编自中国南北朝乐府民歌《木兰诗》的动画电影《木兰》的原著结局虽然也算喜剧,但是动画电影却在原著的基础上更进一步。原著中,花木兰从军 12 年,终得凯旋。这已经是一个相当美好和令人激动的结局了,但是动画电影《木兰》却在情感线上给予了原著以补充,让花木兰不仅立下赫赫战功,更是收获了年轻有为的校尉李翔的爱情。这样的结局,比原著更为圆满。

迪士尼票房前 10 名的二维手绘动画电影,也可以认为是最受观众欢迎的 10 部二维手绘动画电影,这 10 部动画电影在选材时偏重选择拥有美好结局的原著,即便在选择了拥有悲剧结局的原著进行改编之时,也会对其进行喜剧化的修改和颠覆。通过分析这些动画的选材和结局设置,可以看出其共同的对于改编对象选择的偏好以及对于喜剧的圆满结局的偏好,而这些偏好,则是充分考虑了受众的需求,并且受众的认可也通过票房反映了出来。

除此之外,在迪士尼二维手绘动画票房排行榜名列第 14 名的《小美人鱼》也是一个典型的例子。这部动画电影虽然未能进排入迪士尼二维手绘动画票房前 10 名,但是其票房也较为可观,也可以认为在较大程度上得到了受众的肯定。更为重要的是,这部动画电影在迪士尼历史上的意义非同一般。中国动画学者孙立军认为"《小美人鱼》被视为迪士尼动画再造巅峰之作，由此开创了迪士尼动画的第二个黄金时代"①。美国学者克里斯·帕兰特（Chris Pallant）将《小美人鱼》引发的迪士尼的第二次创作高潮称为"迪士尼文艺复兴"②。由此可见这部动画电影在票房之余的影响力和历史意义了。但是，与其说是《小美人鱼》让迪士尼再次进入繁荣发展时期，倒不如说是《小美人鱼》把观众再次带回迪士尼的动画世界。这部改编自安徒生童话《海的女儿》的动画电影同样也对原著中的悲剧性结局进行了颠覆。在原著《海的女儿》中，美丽善良的小美人鱼不忍心杀死心爱的王子，于是只能在第二天太阳升起的时候化为海面上的泡沫。而在动画电影中，小美人鱼爱丽儿不仅与王子幸福美满地生活在一起，而且实现了自己长久以来的愿望，成为一个真正的人类。

从上述例子都可以看出，即便迪士尼的动画创作者们选择了极具震撼力的悲剧作品作为改编对象，却往往削弱悲剧的力度，甚至以喜剧性的结局对悲剧进行彻底的颠覆，对其进行明显的"去悲剧化"的处理。动画电影比真人影片更易于也更惯常表现诙谐幽默的场景，观众往往习惯接受以轻松愉悦的心态欣赏动画电影，再加上动画电影受众群体中不可忽视的儿童受众，所以改编者们往往颠覆悲剧性结局，以圆满的喜剧结尾来迎合受众的审美需求。这种改编方式几乎已经成为以迪士尼为代表的美国动画改编悲剧作品的一种既定模式。

诚然，动画电影是一种更为适于表现轻松、幽默、具有想象力的场景的艺术形态，正如保罗·威尔斯所言："动画作为一种电影语言和电影艺术，是一种比真人电影更复杂和灵活的媒介，因此为电影制作者提供了更多的机会，使其更有想象力，更不保守。"③ 但是，在面对不同受众的不同审美倾向的时候，动画的创作者还是会做出相应的调整与迎合。迪士尼动画会根据观众的审美偏好，将改编对象的结局进行显著改动，将悲剧喜剧化。这一现象在日本动画中则呈现出完全相反的状态。日本动画往往坚持原著的悲剧结局，即便给动画电影赋予了相对圆满的结局，也会在其中埋下不确定的悲剧伏笔。要明确这一相反状态的根源，还得从日本受众的审美意识说起。日本的审美意识带有着深深的"物哀"美，"'物哀'除了作为悲哀、悲伤、悲惨的解释外，还包括哀怜、同情、感动、壮美的意

---

① 孙立军，马华. 美国迪士尼动画研究[M]. 北京：京华出版社，2010：141.
② PALLANT C. Demystifying Disney: a history of Disney feature animation[M]. New York: Continuum, 2011: 89.
③ WELLS P. Understanding animation[M]. London: Routledge, 1998: 6.

思。……'物哀'的感情也就是悲剧的感情。"①这种审美感受在日本形成了一种集体无意识,因此,在"日本的小说和戏剧中,很少见到'大团圆'的结局。……日本的观众则含泪抽泣地看着命运如何使男主角走向悲剧的结局和美丽的女主角遭到杀害。只有这种情节才是一夕欣赏的高潮,人们去戏院就是为了欣赏这种情节"②。悲剧气质成为日本文艺作品的特有属性,而这种悲剧意识的形成也是与日本民族所处的特殊的地理环境有关联的:"日本是一个适于耕作、物产富饶的国家,又是一个地震频繁、台风肆虐的国家。自然灾害暴虐无常,经常就在瞬间噩梦降临,家园成为废墟,美好生活随风而逝。就是在这种对生活的幸福快乐和噩梦的悲苦惨烈的反复品尝和深度体验之中,形成了日本民族悲剧性的心理特征。"③正是因为这种特殊地理环境造就的特殊国民审美特征和审美需要,日本动画电影中往往看不到一般动画电影中普遍存在的皆大欢喜的大团圆结局,换句话说,是看不到一个明确的圆满结局的,即便结局看似美好,却暗含危机。

以日本吉卜力动画工作室的动画作品为例,便可以充分证明上述观点。吉卜力工作室成立于1985年,拥有包括宫崎骏和高畑勋在内的日本杰出的动画导演,其作品多次获得柏林电影节金熊奖及奥斯卡最佳动画长片奖等,该工作室"以精美的动画电影而闻名于世"④,在日本动画界的地位相当于迪士尼在美国动画界的地位。在吉卜力制作的动画电影中,至少有以下10部是根据文学作品改编的,见表2-2。

表2-2 吉卜力动画工作室10部根据文学作品改编的动画电影

年份	片名	导演	原著
1988	《萤火虫之墓》	高畑勋	日本作家野坂昭如的同名小说
1989	《魔女宅急便》	宫崎骏	日本作家角野荣子的同名小说
2004	《哈尔的移动城堡》	宫崎骏	英国作家戴安娜·韦恩·琼斯的同名小说
2006	《地海战记》	宫崎吾朗	美国作家厄休拉·勒吉恩的小说《地海》

---

① 叶渭渠,唐月梅. 物哀与幽玄:日本人的美意识 [M]. 桂林:广西师范大学出版社,2002:85.
② 本尼迪克特. 菊与刀 [M]. 吕万和,熊达云,王智新,译. 北京:商务印书馆,1996:133.
③ 李朝阳. 中国动画的民族性研究:基于传统文化表达的视角 [M]. 北京:中国传媒大学出版社,2011:41.
④ DENISON R. Studio Ghibli: an industrial history [M]. Cham: Palgrave Macmillan, 2023:1.

续表

年份	片名	导演	原著
2008	《悬崖上的金鱼姬》	宫崎骏	安徒生童话《海的女儿》
2010	《借东西的小人阿莉埃蒂》	米林宏昌	英国作家玛丽·诺顿的童话《借东西的小人》
2013	《辉夜姬物语》	高畑勋	日本古典文学《竹取物语》
2014	《回忆中的玛妮》	米林宏昌	英国作家琼安·G.罗宾森的同名小说
2021	《安雅与魔女》	宫崎吾朗	英国作家戴安娜·温妮·琼斯的同名小说
2023	《你想活出怎样的人生》	宫崎骏	日本儿童文学作家吉野源三郎的同名小说

其中《悬崖上的金鱼姬》《借东西的小人阿莉埃蒂》和《辉夜姬物语》是根据文学经典改编的。而这三部作品，尤其是《悬崖上的金鱼姬》和《借东西的小人阿莉埃蒂》在票房上的表现也非常抢眼，其中《悬崖上的金鱼姬》更是"在全美公开放映期间神奇地挤进了票房成绩第十"①，可见，这些是获得了受众充分认可的动画电影作品。在这三部作品中，创作者们充分考虑到了日本受众的审美习惯，在结局部分或只是进行了一定程度（远不及圆满）的喜剧化处理，或是遵循了原著的悲剧性结局，甚至还有在原著结局的基础上增添了悲剧性元素。

《悬崖上的金鱼姬》的原著是安徒生童话《海的女儿》，原著的结局是凄美和哀伤的，小美人鱼为了爱情牺牲了自己，最终化为海面上的泡沫。而在宫崎骏的动画电影《悬崖上的金鱼姬》中，虽然结局看上去是美好的，宗介的一个吻让波妞真正地变成了人，但是如果对这一结局再加以推敲的话，会发现这一结局并非真正意义上的圆满结局。毕竟动画电影《悬崖上的金鱼姬》与原著《海的女儿》相比，最大的一个变动之处就在于宫崎骏把主角的年龄大大减小了，这个故事并非发生在青年男女身上，而是发生在两个5岁孩子之间。在影片中，借波妞的母亲海之女王的口将童话原著中的一个重要细节说了出来，那就是如果宗介变心了的话，波妞就会变成海面上的泡沫。这个"变成海面上的泡沫"的细节遵循了原著，在《海的女儿》中，小美人鱼的结局就是因为王子另娶了新娘，在他们新婚的第二天，小美人鱼化作了海面上的泡沫。那么，在宫崎骏的动画《悬崖上的金鱼姬》中，虽然没有表现原著中的这一悲剧情节，但是却给观众

---

① 王浩宇.吉卜力动画的商业探索与启示［J］.当代动画，2019（3）：76.

留下了隐晦的悲剧因子。毕竟这两个孩子的年龄只有 5 岁，他们之间产生的并非爱情，那么等他们成年了之后，是否能够产生真正的爱情呢？如果没有产生，波妞还是免不了化作海面上的泡沫。从这个角度来说，其实这部影片是给出了一个看似是喜剧，实则为悲剧的结局。这种创作方式虽然顺应了动画作品的喜剧结局的需要，但是亦符合了日本人钟爱悲剧的审美情趣，因此，形成了一种亦悲亦喜、悲喜不定的独特审美情调，这种并非真正意义上的圆满结局可谓在艺术需要和受众审美之间作出了一个折中处理。

动画电影《辉夜姬物语》改编自日本的古典文学《竹取物语》，在原著中，美丽动人的辉夜姬最终还是离开了地球，回到了月亮上，与此前的人生和抚育自己的养父母告别。这一离别的悲伤结局在动画中被完整保留了下来。观众看到了纵有千般不舍，辉夜姬也不得不飞向天空，离开了善良的养父母，而这一对老年"失独"的夫妻悲痛欲绝，老泪纵横，却无力改变任何，只能眼睁睁地看着视若掌上明珠和唯一的精神寄托的女儿离自己远去，并且永远不能回来。这份撕心裂肺的痛苦在动画中借助画面和音乐充分地表达出来，令人动容。《辉夜姬物语》没有像迪士尼动画那般对原著的悲剧性结局进行颠覆，而是全盘接收了，并且充分地表达出来，这一做法既可以认为是对原著的尊重，也可以认为是对日本受众审美的迎合。

至于《借东西的小人阿莉埃蒂》则更是在原著结局的基础上进行了额外的悲剧化处理。英国作家玛丽·诺顿的原著中，寄居在人类住宅中的小人阿莉埃蒂一家因为被人类看见，不得不出于安全考虑，离开了居住已久的家，外出寻找新的居所。看见小人的男孩则是多年之后在战争中死去，而且这一点并未在原著中作为结局出现，仅仅是借助故事的讲述者一笔带过地交代给读者。可是动画电影《借东西的小人阿莉埃蒂》却为男孩翔增添了新的人物设定，这是一位身患严重心脏病的小男孩。影片结尾处，翔和阿莉埃蒂告别的时候，这份离别的伤感情绪更因为翔的身体状态而被极大地强化了。阿莉埃蒂离开后，翔将会去做心脏手术，而翔也非常清楚这次手术很可能会失败。所以，当小小的阿莉埃蒂站在篱笆上，沐浴着阳光，与翔告别时，他们的内心是极度悲伤的，这种悲伤情绪远甚于原著，因为这次别离极有可能是一次生死离别。可见，动画在表达原著结局的基础上，强化了悲剧意味。

通过上述迪士尼公司和吉卜力工作室的例子可以看出，动画电影在改编文学经典的过程中，往往通过修改原著的结局来迎合受众的审美，也可以说，受众通过一种集体意识在一定程度上参与了动画的创作。

二、受众文化转型的影响

当下社会的高效率与快节奏注定了这是一个图像接受程度要远远高于文字接受程度的"读图"的时代。视觉在人类发展的进程中,一直都是人类接受外界信息过程中最为重要的来源,这一点从古希腊时期就被人们认同:柏拉图认为"眼睛是在我们的一切感觉器官中最近似太阳的"①。当代美国学者丹尼尔·贝尔(Daniel Bell)也谈道:"当代文化正变成一种视觉文化,而不是一种印刷文化,这是千真万确的事实。"② 当代文化的视觉转型浪潮可以说是受众所主导和推动的,受众所接收到的视觉信息为文化转型标明了方向。文学经典也不断地以电影改编的方式融入视觉文化转型的浪潮中,同时文学经典的印刷文化在视觉文化的浸润下传承。"视觉文化是指脱离了以语言为中心的理性主义形态,日益转向以形象为中心,特别是以影像为中心的感性主义形态。视觉文化,不但标志着一种文化形态的转变和形成,而且意味着人类思维范式的一种转换。"③ 这就意味着,在将文学经典改编为动画电影时,需要格外注意视觉文化思维的转变,这种转变既是作品本身的需要,也是受众文化转型的需要。而基于这种受众文化转型,动画在改编文学作品时便需要将文学原著中那些相对晦涩和难懂的内容以一种更为通俗和简单的方式呈现出来。毕竟,图像的信息传达效果要优于文字的信息传达效果,但同时图像传达信息时也会出现将信息简单化的特点,文字中的深邃思想有时确实是很难在影像中表现出来。这种现象可以认为是一种对于受众思维方式的文化妥协。

古往今来,众多文学作品塑造出了一个个经典形象,但是不少经典形象的完美演绎恰恰是在那特定的文学体裁之中才能完成的,改编行为将这些经典形象以跨媒介的形式展现出来,势必会与原著产生断层,如果不对原著形象进行再创作,以一种适合影像的方式进行呈现的话,那么不同文化观念之下的受众是很难理解和接受的,尤其是当下的观众已经接纳了比文字更有效的图像传播媒介,那么在改编文学经典时,就需要去顺应观众的这样一种文化思维方式。1994年迪士尼根据莎士比亚戏剧经典《哈姆莱特》改编的动画电影《狮子王》便是一个典型的例子。戏剧经典《哈

---

① 柏拉图. 理想国 [M]. 顾寿观,译. 长沙:岳麓书社,2010:311.
② 贝尔. 资本主义文化矛盾 [M]. 赵一凡,蒲隆,任晓晋,译. 上海:三联书店,1989:156.
③ 周宪. 读图、身体、意识形态 [C] //陶东风,金元浦. 文化研究(第三辑). 天津:天津社会科学出版社,2002:68.

姆莱特》也是改编作品，早在莎士比亚戏剧面世的数百年之前，丹麦王子复仇的故事就已经存在于文学作品之中，而现今，只有莎士比亚的《哈姆莱特》获得了最为举世瞩目的成就，原因就在于其对丹麦王子哈姆莱特这个角色的成功塑造。《哈姆莱特》中那个忧郁的丹麦王子哈姆莱特多少年来一直被众多评论家认为是莎士比亚戏剧中最富有个性的角色，其性格的复杂性、丰富性让古往今来诸多学者津津乐道，甚至有人认为哈姆莱特这一形象是有史以来人类用笔所塑造出来的最为复杂的人物形象。在原著《哈姆莱特》中，哈姆莱特得知父亲为叔父所害，王位也为叔父所夺，于是痛下决心为父报仇。可是他一而再，再而三地拖延，最终导致悲剧的发生。他一次又一次下定决心杀死叔父克劳狄斯，为父报仇，但是一次又一次地矛盾着，反省着，斗争着，总是不能付诸行动。"主人公内心深处的这种深刻的矛盾，恰恰是这部杰作强烈戏剧性的基础。"① 由于充满矛盾的哈姆莱特如此一次次推迟复仇计划，所以戏剧高潮的来临就一再得到了拖延，正是因为这种延宕的艺术，使得剧本具有不一样的魅力，也正是因为人物性格中的这种延宕特质，使得哈姆莱特这个角色极为丰富。甚至可以说，剧本的主体部分就是在表现哈姆莱特复仇的这种"延宕"性。全剧一共五幕，第一幕中哈姆莱特得知父亲突然去世的真相，最后一幕结尾处哈姆莱特替父报仇成功，自己也中了毒剑身亡，而在剧本中段超过五分之三的篇幅几乎都在表现哈姆莱特在复仇之前的那种徘徊迷惘的状态。他本来有很多次可以复仇的机会，但是他一一放弃了。王子的这种"延宕"的表现，是古往今来众多学者热衷探讨的话题。人们普遍认为哈姆莱特之所以会这样，与他的性格有关，"他灵魂高尚、情感热烈、思想深邃、精力充沛，但意志却十分软弱，正如别林斯基所说：他'拥有巨人的雄心和婴儿的意志'"②，软弱、优柔寡断、犹豫不决几乎成为哈姆莱特的代名词，而哈姆莱特的悲剧也通常被认为是性格的悲剧。这是从心理学的角度来解释哈姆莱特的复仇延宕行为。从伦理学的角度也可以对此进行解释，哈姆莱特替父报仇虽然是一种正义行为，但是他需要杀死的是母亲的现任丈夫、自己名义上的父亲、父亲王位的接替者，因此，他的报仇行为从某种意义上来说也是一种"弑父"行为，这是为伦理纲常所不容的。所以，受到人文主义熏陶的哈姆莱特犹豫了，迟疑了。如人们所言，一千个人眼中有一千个哈姆莱特，正是他复仇之前的迟疑举动使得这个人物形象具有被各种解读的可

---

① 谭霈生. 论戏剧性 [M]. 北京：北京大学出版社，1981：84.
② 谭霈生. 论戏剧性 [M]. 北京：北京大学出版社，1981：83.

能。哈姆莱特在复仇之前的这种延宕状态更是这部作品的精华所在。

对于像《哈姆莱特》这样的经典悲剧而言，其受众会在掩卷之余，深深思索，去细细品味角色的种种表现。而且，文本这一媒介是可以给受众——即读者提供时间余地来反复阅读，从而有思考的空间。当然，《哈姆莱特》作为一部戏剧，并不仅仅是在文本层面上传播，更为重要的是在戏剧舞台上呈现。也许到这里人们会产生这样的疑问：戏剧和电影同为一种以表演为主要呈现方式的综合艺术，为何戏剧中可以展现的复杂丰富的具有深度的人物形象却在电影中很难表现呢？要回答这一问题就得从戏剧和电影的本质属性入手去考量。戏剧和电影从表演方式上来看，最大的差异就在于观众和演员是否存在于同一时空。戏剧舞台上，观众与演员同处一个时空，彼此之间是可以产生交流的，正是因为与表演对象同处一个时空所带来的心理距离接近，观众的观剧体验与观看电影时的观影体验截然不同，毕竟，在电影院里，观众看到的只是演员的影像，是演员在这一时空之前的某一时间和空间记录下来的影像而已。因此，电影观众与演员的心理距离是疏远的。在这种情况之下，观众观影时的注意力集中程度显然会低于观看戏剧演出时的注意力集中程度。因此，戏剧这种天然的演出特点便适于去表现相对丰富和晦涩的情节及人物，像哈姆莱特这样极具纵深感的异常丰富的人物形象也只有在舞台上才适于表现。

在根据《哈姆莱特》改编的动画电影《狮子王》中，也有表现小狮子辛巴在替父报仇前的延宕状态，只是辛巴的这种延宕性与原著《哈姆莱特》相比有了更为简单和更为明确的解释，那就是辛巴被邪恶的叔父蒙骗，误以为父亲的死与自己有着直接关系，所以他以一种自我放逐的方式进行自我惩罚。在自我放逐的过程中，辛巴遇到了两个好朋友，在好朋友的帮助下重拾生活的信心，更在狒狒长老的帮助下发现了父亲死亡的真相，从而激起了复仇的决心，一举杀死了叔父，完成了替父报仇的使命。相比较戏剧原著《哈姆莱特》来说，这种改编方式无疑是将人物形象简单化了，将哈姆莱特最耐人寻味的延宕状态淡化了。但是，小辛巴在自我放逐过程中的经历更适于以视觉的形态表现出来，他的这种行为延宕与戏剧原著中的那种心理延宕有着很大的区别，这种可看可说的延宕更易为观众所理解和接受，更易用动画这种视觉艺术媒体表现出来。

不过，不可否认的是，动画电影《狮子王》在塑造复仇王子的形象上将小狮子王性格中的延宕特质大大地淡化了。而《哈姆莱特》中丹麦王子这一人物形象的性格魅力有很大一部分是在于他的延宕特点，甚至可以说，假如原著《哈姆莱特》中的丹麦王子性格中没有了这种延宕的特质的话，不仅这一人物形象，就连整部戏剧的艺术魅力都将会大打折扣。那么，从艺术表现的角度来看，动画的这种改编方式不能不说是对戏剧原著艺术魅力的削弱，将戏剧经典中的最精华部分进行了篡改和删减。毫无疑问，这种修改方式对于严肃文学而言，是有极大的损害的，但是，毕竟动画这一强调视觉的艺术形式与传统的戏剧在表现上有着很大的区别，如果尊重了原著，就会对动画这种新的艺术形态产生伤害。这二者之间本身就存在着矛盾，是保持原著的艺术性还是遵循动画的艺术规律，必须要作出取舍。《狮子王》的改编者是在两难之中作出了这样的选择，单纯针对动画作品而言，这样的选择是正确的，也是必要的。

受众对于文学经典的动画改编产生了不可忽视的影响，可以说，文学经典的改编过程是创作者与观众共同作用的产物。在文学经典的传承过程中，受众不仅接受了文学经典，也在某种意义上参与了文学经典的再创作。如此一来，文学经典的传承便成为一个动态的过程，是在特定时期下的特定观众共同推动之下进行的历史传承。

第三节　商业因素对改编主体的影响

文学写作是相对个性化和私人化的艺术创作，具有较强的主观性，作家可以独自完成写作。电影是一门综合艺术，一部电影的诞生需要编剧、导演、演员、摄像、录音、剪辑等多种人员的共同努力。而从资金投入的角度来看，文学和电影也有显著的区别。作家只需要有限且价格相对低廉的工具，比如笔和纸，或者在现代写作中，还需要一台笔记本电脑。电影的制作则需要高额的资金成本，用以购买和租用各种拍摄设备，搭建拍摄场地，支付导演、演员、剪辑、摄像等数量庞大的工作人员的酬劳等等，而这些资金大多数来自私人投资，来自追求经济效益的商人，因此，电影"迫使电影制片人与商业和经济利益合作、妥协，并依赖于商业和经济利益"[①]。商业性是电影不可回避的属性。相比较电影而言，动画更是如此，动画所需要的人力物力与电影相比有过之而无不及。动画虽然不需要演员，但是需要一支规模庞大的制作团队，一部动画大片也许需要成百上千名动画师的通力合作才能与观众见面。动画是依托一个巨大的制作群体生

---

① GREENWALD S R, LANDRY P. The business of film: a practical introdution (Third Edition) [M]. New York: Routlege, 2023: 5.

产出来的,是各部门协作下的产物。动画和电影一样,需要依靠票房收入来支付制作成本,来为投资人获取商业利润。因此,经济因素在很大程度上影响了动画的创作,动画无法像纯文学那样仅仅依靠作家一己之力来完成,动画也很难成为作者个人的表达载体。在将文学经典改编为动画时,必须要考虑到改编作品的商业价值,无法纯粹地"为艺术而艺术"。正如斯蒂芬·格林沃尔德(Stephen R. Greenwald)和保拉·兰德里(Paula Landry)在《电影商业:实用入门》(The Business of Film: A Practical Introdution)的序言中写的那样:"电影既是一种艺术形式,也是一门生意,要想在电影业取得成功,就必须有能力在这两极之间游刃有余地进行调解。"① 动画与电影一样,受到商业因素的制约,但是作为艺术作品,又不能完全屈从于商业利润,因此,创作者需要在艺术和商业之间游走,维持二者的相对平衡。尤其在面对文学经典之时,如何为其注入商业价值,也是改编者不得不面对的问题。

一、以音乐推进叙事

由于动画的商业属性,它的长度也受到一定的限制,动画电影的时长基本与普通真人电影相仿,一般会在一个半小时至两个小时,毕竟观众的注意力强弱与时间在一定程度上是成反比的,太过于冗长的影片无法长时间抓住观众的注意力。而文学创作则不会受到这些限制,阅读小说的时间可以由读者自由调配,从理论上来说,在阅读过程中,读者的注意力是可以一直保持在一种较强的程度的,动画电影则不然,观众被限定在一个区域中,必须保持高度的注意力去接受影片的信息,这一接受的时间便是受到限制的。因此,在将文学改编成动画的时候,对于原著的有效删减也非常重要,需要将文学中缺乏动作性和画面感的叙述语言转化成较有效率的动画语言,从而加快故事的进展速度。

在动画创作中,用音乐伴奏,以画面快速推进来制造一种类似于MV的叙事方式便显得简单而实用,这对于加快叙事节奏起到了非常有效的作用。动画电影《埃及王子》取材于《圣经·旧约》中的《出埃及记》,讲述了上帝的仆人摩西依据上帝的旨意,带领希伯来人逃离埃及人的奴役,走向自由的故事。这一题材本身便是宏大而严肃的,尤其在开端部分,需要介绍大量的背景信息。如果按照一般的叙述顺序,会出现冗长而乏味的

---

① GREENWALD S R, LANDRY P. The business of film: a practical introdution (Third Edition) [M]. New York: Routlege, 2023: ix.

介绍性段落，这种情节编排显然与动画本身的商业属性相违背。在动画电影《埃及王子》中，创作者们非常巧妙地使用了音乐元素。音乐在这里是一个非常有力的推进情节发展、介绍故事背景的手段。影片的开头用了 2 分钟左右的音乐配上一组剪辑镜头，并使用了埃及壁画的绘画效果与影片的主体叙事进行区分，快速地展现故事发生的背景：希伯来人被埃及人奴役，生活苦不堪言。区区 2 分钟就将这一复杂的故事背景交代清楚了，即便是对于圣经故事一无所知的观众通过这两分钟的音乐叙事也可以直观地了解到故事背景。接着，影片又花了 4 分钟左右的时间，伴随着音乐，表现埃及法老是如何下令杀死所有的希伯来婴儿，摩西是如何被母亲装入摇篮放在河中，最后漂到皇宫，被皇后拾到。影片在 6 分钟之内将故事的背景和主人公的前史都清楚直观地表达了出来，这种表现方法堪称效率的典范。其中，音乐的作用不容忽视。音乐在这里为观众设定了一个特殊的情境，观众接受了 MV 的镜头组接方式，默认这些镜头快速推进，不会去质疑其叙事的匆忙和简单，反而会认为这是一种影片风格的展现。毕竟动画的制作成本相当高，以音乐来压缩宏大的叙事从商业性上来说是有意义的。而且，这种压缩方法并不会损害影片本身的艺术性，反而制造出了一种别致的效果。此外，在影片接近高潮的地方，有一段摩西与雷明斯的较量，影片以一段对唱来表达昔日兄弟间的博弈，而动画画面则展现神降灾难于埃及，以此逼迫雷明斯释放希伯来人。这种表现方式是将两件事情放在同一个时间段落中交代，借助音乐大大地提高了叙事的效率。要表现《出埃及记》中如此宏大而庞杂的故事内容，还要交代宗教背景，《埃及王子》这部动画电影用了不足一个半小时便完成了，这种高效率的改编方式在很大程度上得益于以音乐推进叙事。

类似的情况也发生在 2022 年的动画电影《吉尔莫·德尔·托罗的匹诺曹》中。意大利作家卡洛·科洛迪的《匹诺曹》原著创作于 1881 年，但是导演德尔·托罗却在改编动画中将故事发生的背景挪移到"二战"期间，战争对人物造成的影响，潜伏在影片的方方面面。相较于原著，匹诺曹的诞生既是木匠杰佩托的个人艺术创造行为，也是战争的产物。影片为杰佩托设置了一段动人的前史，在战争爆发之前，他有一个亲生儿子，一个真正的男孩，孩子的名字叫卡罗。卡罗与杰佩托共同生活了十年，相爱相依，但是卡罗无辜地死在战机丢下的一颗炮弹之下。杰佩托因此痛苦不堪，在消沉堕落了数年之后，他发誓要用自己的双手"复活"儿子。于是，他用松木雕刻了一只木偶，用以寄托对儿子的哀思。可见，匹诺曹在某种意义上是作为替代品而诞生的，正如德尔·托罗所言："匹诺曹基本上是卡罗的转世。"① 德尔·托罗在影片中增加的表现老木匠父子情感的部分直接影响到后续杰佩托与匹诺曹情感的发展，成为影片不可或缺的组成部分。但是，这一跨越十年的人物情感关系是需要足够的叙事时间和空间才能充分表达。显然，影片不具备这样的叙事条件，同时，也不应该花费过多篇幅去表达杰佩托和卡罗的父子情，毕竟影片叙事的核心还是围绕木偶匹诺曹展开的。在影片的开场部分，仅仅使用了 8 分 30 秒便将故事的前史部分，即杰佩托和儿子卡罗相依为命，感情深厚，以及杰佩托痛失挚爱的儿子的过程表现了出来。其中更是在影片第 3 分 12 秒至 5 分 33 秒使用了时长为 2 分 21 秒的音乐来加快叙事。卡罗是如何乖巧伶俐、孝顺懂事，杰佩托又是如何将其视若掌上明珠，两个人之间深厚的父子情感的建立便依托于这 2 分 21 秒获得了充足的表达。在这一段音乐叙事中，导演用快速剪辑的方式表现了两个人一同制作木玩具、一同伐木、一同购物、一同上学、一同去教堂，彼此陪伴，互相依靠。音乐加快了叙事的节奏，扩充了叙事的容量。正如一位作曲者所言："我们想制作能够讲述故事的歌曲，能够真正推动故事发展的歌曲，真正推动剧情发展的歌曲，让事情不断向前推进的歌曲，所以这并不是说你停下来唱一首歌。"② 这一创作思路在上述两部作品中都得到了体现，可谓将商业因素与艺术元素进行了比较恰当的调和。

除了前文提到的可以减少动画的画面制作，加快叙事节奏这一较为间接的商业价值之外，优美动听的音乐也成为一种良好的动画衍生产品。动画电影《埃及王子》中摩西带领希伯来人走出埃及这一宏大叙事的背景音乐《当你相信》（*When You Believe*）便获得了 1998 年奥斯卡最佳原创单曲奖，从而将这部动画的影响范围扩大到了音乐界，在音乐方面也获得了一定的收益。可见，音乐在动画中的商业价值是多方面的。

二、插科打诨配角的植入

在改编文学经典为动画的过程中，插科打诨配角的植入成为广泛使用的改编策略。虽然这些角色以及插科打诨的场景并不一定直接参与叙事，却从视觉层面上赋予了动画电影观赏价值。这一价值并非无关紧要、不值

---

① MCINTYRE G. Guillermo del Toro's Pinocchio: a timeless tale told anew [M]. San Rafael: Insight Editions, 2022: 40.
② COYLE R, FITZGERALD J. Disney does Broadway musical storytelling in "The Little Mermaid" and "The Lion King" [M] //COYLE R. Drawn to sound: animation film music and sonicity. London: Equinox Publishing Ltd, 2010: 228.

一提，甚至还有学者认为："视觉上的插科打诨是好莱坞动画片的基石。"① 此外，这些视觉层面的幽默元素也能为影片带来商业利益，通过滑稽逗乐的场面吸引观众，使得观众的注意力不断聚焦于银幕之上，在为影片获得更广泛观众群体的同时，也利于动画衍生产品的开发和推广。票房收入并不是动画收回成本的唯一来源，除了票房和影像版权收入，动画衍生产品的收益规模也不容忽视，音像、书籍、玩具、文具、服饰、网游、主题公园等等带来的收益甚至会超过影片票房的收入，而且这些衍生产品的收益是源源不断的，并不会因为院线停止排片以及电视台结束播放而中止。而衍生产品能否顺利开发则与动画中是否存有一个外形讨喜、举止逗乐、性格鲜明的角色息息相关。

　　1994年的动画电影《狮子王》中，小狮子辛巴在目睹父亲之死，陷入痛苦和自我放逐之后，遇到了猫鼬丁满和野猪彭彭。这两个角色便是典型的具备插科打诨功能的角色，他们的加入给影片增添了很多幽默色彩。《狮子王》最为沉重的情节是小辛巴被叔父刀疤蒙骗，以为是自己的顽皮导致了父亲的死亡，于是他自我放逐以惩罚自己，过得消沉而痛苦。在这时，如果没有丁满和彭彭这两个插科打诨的角色的加入，恐怕影片的风格将会一直黯淡沉重下去，而这与商业动画的轻松氛围大相径庭。可以说，正是丁满和彭彭用他们的滑稽丑态以及乐观心态既逗乐了观众，也化解了小辛巴的"弑父"之痛。这两个配角在偶遇小辛巴之初，就用一段歌舞表演，夸张地再现了野猪彭彭身上浓重的异味：彭彭穿过丛林时，猴群必须用双手捂住鼻子以抵抗恶臭，因此一只只从树上跌落；彭彭来到河边饮水时，水草会被臭味熏蔫，一旁饮水的各种动物会在一秒钟内逃散四方。这些生动夸张的动画所特有的表现手法让之前沉重的情节发生转向，丁满和彭彭一唱一和的滑稽语态调节了影片的基调和氛围。

　　于2019年上映的中国动画电影《哪吒之魔童降世》也是一个很典型的例子。不论是在原著《封神演义》还是在1979年的动画电影《哪吒闹海》中，哪吒的师父太乙真人都是以一副仙风道骨的模样出现的，他鹤发童颜，驾着一只仙鹤徐徐而来，严厉而不乏慈爱。这样的形象非常符合他的身份定位，但是对于当代观众而言，显然存有距离感，而且可利用的商业性并不明显。在2019年的动画电影《哪吒之魔童降世》和2025年的动画电影《哪吒之魔童闹海》中，太乙真人以一个贪吃贪睡、嗜酒如命的胖

---

① GOLDMARK D, KEIL C. Funny pictures: animation and comedy in Studio – Era Hollywood [M]. Berkley: University of California Press, 2011: 95.

道长形象出现。他善良却糊涂、狂放不羁却责任感满满，说着一口地道的四川方言，更令人啼笑皆非的是，他因为体重过载不得不拿一头肥猪作为座驾。这样的太乙真人不仅没有神仙的架子，也没有老师的威严，在他的身上，观众看到的是一个法力有限、喝酒误事、小毛病不断，甚至被徒弟欺负的普通人。与原著迥异的人物设定让影片笑料频出，太乙真人这一配角成了影片中最贴近普通人的角色，同时也为影片增添了足以吸引观众的幽默元素。

中国的经典民间故事《沉香救母》被三次改编成动画电影搬上银幕，一次是1984年靳夕导演的《西岳奇童》，一次是1999年常光希导演的《宝莲灯》，还有一次是2022年赵霁导演的《新神榜：杨戬》。不足40年间，这一题材被三次改编为动画电影，而且，值得注意的是，这三部作品均为动画长片。可见，这一题材在中国动画创作过程中是颇受青睐的。这三部动画电影中除了1984年的《西岳奇童》之外，其余两部均有明显的用以调节氛围、逗乐观众的次要角色的加入。1999年的《宝莲灯》中，沉香的身边多了一个小猴配角，小猴在很大程度上承担起搞笑逗乐的作用，在不改变原著主人公性格以及原著故事线索的情况之下增添诙谐元素，这也算得上是一种较为巧妙的获取更高票房的做法了。在中国动画低迷沉寂的20世纪90年代，《宝莲灯》的问世还是掀起了一股不小的热潮，无论在艺术还是在市场上都获得了一定的成就。新的配角的加入以及对于原著的大胆修改在一定程度上促成了这部动画电影的成功。类似的情况也出现在2022年的《新神榜：杨戬》中，这部动画电影也重述了沉香"劈山救母"的故事，但是并非站在沉香的视角来讲述这个故事，而是选择了以沉香的舅舅二郎神杨戬作为主人公。在原著《封神演义》以及多部涉及杨戬的动画作品中都表现了杨戬身旁的神兽哮天犬，《新神榜：杨戬》也不例外，但是，这部动画对于哮天犬的形象进行了别出心裁的改变。影片中的哮天犬是以一个中二少女的形象出现的，但是她的身上又有着犬类的特点，一旦看见主人杨戬便会疯狂地扑上前去向主人表达自己的欢喜之情，于是，影片中多次出现哮天犬追逐拥抱杨戬，杨戬不堪其扰疯狂逃窜的滑稽场景。这种插科打诨的场景是对于叙事节奏的调节，也是吸引观众的有效手段。

插科打诨的配角的植入，并没有对原著的主要人物进行伤筋动骨的改变，却又展现了具有商业价值的幽默元素，这种做法可以说是在商业和艺术之间寻求到的比较妥帖的平衡点。

三、以明星效应保证市场

电影被称为"造梦工厂",电影明星参与了"造梦",同时自身也是这一造梦工厂的产物。电影造就了明星,明星也参与创作了电影,二者相辅相成,彼此成就。特别是在商业电影中,明星的意义和价值不容小觑。明星在一定程度上影响了电影业的收入,与商业运作有着直接联系。在投资领域,会有两个维度的考量:盈利能力和风险高度,而盈利能力往往和风险正相关。电影投资方如果关注的是商业利益,那么一定会考虑到投资风险以及投资收益。阿米特·乔什(Amit Joshi)通过分析时间跨度长达26年的800部广泛上映的电影中的明星效应,得出结论:"虽然电影明星可能会也可能不会为电影带来更高的收益,但他们确实会降低早期收益的波动性(例如:在电影生命周期的早期有更可预测的收益模式),这一点既为电影制片厂所看重,也为放映商(影院业主)所看重。"[1] 可见,明星对于电影而言,是具有商业价值的,并且被投资方广泛认可。那么,在电影制作中邀请明星来参与演出,便成为商业投资的一种保险做法。

动画不同于真人电影,真人实拍电影可以直接邀请明星参演,而动画则不能使用已经成功的动画明星(动画明星角色的所有者除外),动画明星作为一种设计专利,只能为其创作者所使用,否则应属侵权行为。那么,也就是说,动画中所塑造出的每一个人物对于观众而言都是崭新的,真人影视中常见的明星效应便很难在动画角色中展开。虽然动画形象存在这样的"弊端",但是动画毕竟需要真人配音,于是,现今商业动画的一个惯用模式便是邀请大牌影视明星来为动画人物配音,以这种方式借助明星的市场效应,吸引观众,从而赢得票房。

邀请明星来为动画角色配音的例子不胜枚举,比如1996年改编自雨果《巴黎圣母院》的动画电影《钟楼怪人》邀请了美国著名女演员黛米·摩尔(Demi Moore)来为吉卜赛女郎埃斯梅拉达配音,这位自由而美丽的演员与埃斯梅拉达的气质非常贴合;2011年的动画电影《穿靴子的猫》邀请了西班牙籍著名男演员安东尼奥·班德拉斯(Antonio Banderas)为主角穿靴子的猫配音,请这位曾经扮演过佐罗的男演员为侠气十足的穿靴子的猫配音实在巧妙;2016年改编自吉卜林的《丛林之书》的动画电影《奇幻森林》邀请了美国电影明星斯佳丽·约翰逊(Scarlett Johnson)为

---

[1] JOSHI A. Movie stars and the volatility of movie revenues [J]. Journal of media economics, 2015, 28 (4): 247.

蟒蛇卡奥配音，斯佳丽·约翰逊性感沙哑的嗓音将蟒蛇神秘的性格充分表达了出来，为角色形象的表达增色不少；而1999年的中国动画电影《宝莲灯》更是邀请了一众明星参与动画角色配音，其中包括陈佩斯、姜文、宁静、徐帆等当时活跃在影视一线的明星。邀请明星来为动画角色配音，已成为动画创作过程中常见的做法，也是动画影片市场降低收益波动的有力保证。在为动画角色选择配音明星的时候，要对明星个人气质及经历与原著形象之间的关联性进行考量，这可以认为是在商业和艺术之间进行权衡、比较。

  时代、受众以及商业这三大因素对动画改编文学经典起到了深远的影响，动画改编可以说是在不断地妥协和调和之中艰难前行，当然，经典的诞生绝非易事，在经典的基础上重塑经典一样需要磨砺。

第三章　动画电影改编的语言转码与叙事结构

法国著名的结构主义符号学家茨维坦·托多罗夫（Tzvetan Todorov）认为人类拥有共同的经验，故而拥有具有普遍性的语法："不仅一切语言，而且一切指示系统都具有同一种语法。这语法之所以带有普遍性，不仅因为它决定着世上一切语言，而且因为它和世界本身的结构是相同的。"[①] 而电影作为艺术，也是一种指示系统，是有自己的语法的，但电影的语法与文字语法存在差异。文字语言可以通过字典释义，通过固有的语法来书写，电影语言则相对宽泛得多，也没有什么规律可循，因为电影语言里的很多内容，包括人物的形象、人物的动作以及一些固有意象在人们生活环境中的指代都没有定式，要根据不同的电影来作出不同的解释，换句话说，电影语言要比文学语言具有更为复杂的多义性，所以才会有学者认为"作为电影基础的那种语言工具是一种非理性的工具"[②]。然而，也正是因为电影语言的这样一种广义性才使得文学的电影改编成为可能，才使得改编行为有自己的价值。

电影的语言对于动画而言同样适用。但是和电影相比，动画还有一系列专属于自己的语言体系，而这些动画语言恰恰成为动画创作的精髓，也是最能够体现动画艺术性的地方。动画"艺术表达的核心机制是'完全的无中生有'……动画影像中既没有真实的生命体存在，也没有真实的客观场景，甚至连影像本身都是用没有镜头的虚拟摄影机创造的，这种'完全的无中生有'之所以比传统真人电影的'物质现实的复原'和'以真实表现虚构'更具有艺术表现力，对观众也更具有艺术魅力，是因为它突破了所有限制，从而使表达更加自由"[③]。动画艺术表达的核心机制注定了

[①] 霍克斯. 结构主义与符号学［M］. 瞿铁鹏, 译. 上海：上海译文出版社, 1987：97.
[②] 帕索里尼. 诗的电影［M］//李恒基, 杨远婴. 外国电影理论文选：修订本下. 上海：生活·读书·新知三联书店, 2006：467.
[③] 盘剑. 动画与未来电影［J］. 文艺研究, 2011（9）：105–106.

动画语言的核心是表现其他影像艺术所无法表现的内容。这一点也是最能体现动画电影与真人实拍电影差异的地方。所以，在对文学经典进行动画改编之时，不仅需要考虑如何将文学语言转变为电影语言，更为重要的是如何将动画特定的语言表达出来，展现只有动画才能够表现的人物形象、人物动作以及活动场景。

文学旨在用文字来表达思想，动画则是以画面来传达信息，二者处于不同的语言表达体系之中。文学经典中的一些内容适合用文字表现，却难以用画面呈现出来。动画既要传承文学经典，又要符合自身的艺术规律，其中必定存在着矛盾。而这一矛盾却可能吸引熟悉文学原著的观众去观看改编动画电影，因为这一"矛盾"留给观众一个很大的悬念，观众期望看到改编者如何去化解文学与动画之间的这一"矛盾"。将"文字影像化"并不足以说明这种改编模式，毕竟动画的语言不仅仅是影像，动画有自己独立的语言系统，动画的语言是基于"让绘画动起来"，需要充分展现动画优于真人影视的地方，"艺术动画家们试图挖掘动画深层的艺术性和文化性，以各种手段造成动画艺术与现实的间离效果，使动画作品成为人类生活的哲理寓言"。[①] 那么，动画艺术与现实之间所存在的"间离效果"恰恰正是动画异于真人影视的地方，也是动画语言集中体现的地方。本章将从化抽象形象为具象形象、化文学语言为动画语言、化文本叙事结构为视觉叙事结构三个方面来展开论述动画电影改编中的语言转码。

第一节　文本形象的动画重构

文本形象是抽象的，是作者的描述和读者的想象共同对话下的产物，二者彼此依托。读者的想象参与了文本形象的建构，文本形象无法脱离作者的想象而存在。正是因为读者的想象是存在差异性的，所以在不同读者的想象中，文本形象也有所不同。而动画形象则是具体的，是动画师根据自己对于人物的理解和想象创作出来的，它是固定和唯一的。可以说，文学改编动画中的形象是动画师用自己的想象与原著作者的描述进行对话的产物。动画形象是动画创作者想象力的表达，是可以脱离观众的想象而自主存在的。

从文本形象到动画形象的转换既是动画师个体想象力的表达，也是不

---

① 张慧临. 二十世纪中国动画艺术史 [M]. 西安：陕西人民美术出版社，2002：19.

同艺术类别之间的跨越，可以将其认为是动画改编语言转码的重要组成部分。在文本形象向动画形象转码的过程中，常常会出现对于原著形象的重构现象，即对原著为读者描述的文学形象进行各种层面的改变。这种情况又最常发生于人们耳熟能详的经典文学形象中，改编者依托对读者脑海中已经形成思维惯式的形象的颠覆来实现自己的意图。而文本形象也在被动画重构的过程中不断衍生，获得成长，甚至是形成一个形象序列。文本形象的动画重构主要表现在对于文本形象的族裔重构、年龄重构和性格重构之中。

一、族裔重构

理查德·A. 舍默霍恩（Richard A. Schermerhorn）对于族裔社群（ethnics group）有一个著名的定义："族裔社群是指一个大社会中的一个集体，他们拥有真实的或推测的共同祖先、对共同历史的记忆，以及对一个或多个象征性因素的文化关注，而这些象征性因素被定义为其民族性的缩影。这些象征性因素的例子包括：亲属关系模式、物理毗连性（如地方主义或宗派主义）、宗教归属、语言或方言形式、部落归属、国籍、表型特征或这些因素的任何组合。一个必要的伴随因素是群体成员之间的某种同类意识。"[1] 对于同一个族裔社群而言，拥有多种共同意识，成为他们精神上天然的连接，同时也是个体认同的重要来源，正如约翰·哈钦森（John Hutchinson）和安东尼·D. 史密斯（Anthony D. Smith）所说："共同的种族意识是个人认同的一个主要焦点。"[2] 因此，文艺创作在塑造人物形象的时候，族裔因素也会成为考量的方向，尤其是对于一些多种族国家而言。

文学经典的动画电影改编，是将文本语言转化为动画语言的过程。在文本形象的转化中，存在从抽象到具象的变化，会涉及比文本语言更多的细节表现。而对于一些广为认知的经典文学形象，改编者常常会在动画改编中通过拉开与文本的差异，彰显改编态度，从而完成对于文本形象的动画重构。族裔重构便是文本形象动画重构的一个表现方面。这一重构现象在美国动画中的表现最为明显，主要表现为对文本中的白人形象的黑人化。其中非常典型的例子是白雪公主形象的动画重构。

---

[1] SCHERMERHORN R A. Ethnic plurality in india [M]. Thescon: University of Arizona Press, 1978: 12.
[2] HUTCHINSON J, SMITH A D. Ethnicity [M]. Oxford: Oxford Unviersity Press, 1996: 3.

《白雪公主》的基本情节可以在世界各国的民间故事中找到类似的变体，它们的结构都有相似之处，玛丽亚·塔塔尔（Maria Tatar）对此进行了归纳总结，认为数百种"白雪公主"的故事都遵循了这样的结构："起源（英雄的诞生）、嫉妒、驱逐、收养、重新嫉妒、死亡、展览、复苏和解决。"① 在这众多的"白雪公主"的故事中，流传最广的当数格林兄弟版本的白雪公主。《格林童话》中的白雪公主"皮肤像雪那么白净，嘴唇像血那么鲜红，头发像乌木那么黑"②。这一描述是美的，却也是相对抽象的。动画电影改编让原著中的抽象人物具象化了。现今只要提及白雪公主，浮现在世人脑海中的往往是迪士尼动画电影中那位肤白如雪，扎着红色蝴蝶结、穿着蓝色蓬袖上衣和黄色长裙的公主形象（如图3-1）。

图3-1　迪士尼动画电影中的白雪公主

　　正如黛博拉·卡特梅尔所指出的，关于儿童文学作品的银幕改编，"对大多数观众来说，电影才是原作，而不是文本"③。更不用说迪士尼动画具有强大影响力。"迪士尼推动和实现特定文化和价值观的能力确实令人印象深刻，其童话版本似乎已经巩固了自己在大众想象中的地位。"④ 这一观点也得到了多萝西·L. 赫尔利（Dorothy L. Hurley）的认同："自

---

① TATAR M. The classic fairy tales: texts, criticism [M]. New York: Norton, 1999: 74.
② 格林兄弟. 格林童话全集 [M]. 魏以新, 译. 北京: 人民文学出版社, 2003: 157.
③ CARTMELL D. Adapting children's literature [M] //CARTMELL D, WHELEHAN I. The Cambridge companion to literature on screen. Cambridge: Cambridge University Press, 2007: 169.
④ FISCHER M. Snow white wars: adapting animation in Donald Barthelme's "Snow White" [J]. Literature/film quarterly, 2016, 44 (1): 36.

电影发明以来，迪士尼版本的童话故事就一直主导着童话人物的视觉表现。这种视觉表现的力量使儿童和成人倾向于相信迪士尼版本的童话才是真正的故事，而不是他们在学校或家里接触过的'经典'版本。"① 动画中的白雪公主皮肤白皙、唇红齿白、身材婀娜，拥有乌黑的鬈发、闪耀的双眸，明艳动人。她举止优雅、仪态万方。为了能让这个形象更为写实和迷人，迪士尼还专门聘请了美国著名的芭蕾舞演员玛吉·钱皮恩（Marge Champion）担当真人模特，让动画师们模仿她的仪态和动作绘制白雪公主。也正是这种创作思路，让迪士尼的《白雪公主与七个小矮人》成为"制作模仿现实主义电影的动画"② 这一创作趋势的先驱。迪士尼动画中的白雪公主形象形成了一种极具识别性的符号，得到了跨越国别和文化的审美认可，"迪士尼的白雪公主不再与血液的病态联系在一起，而是与花朵的美丽相联系"③。可是，在众多改编自《白雪公主》的动画中，白雪公主的形象绝非统一，甚至，这位肤白如雪的典型白人形象也出现了族裔重构。

1943年的动画电影短片《黑炭公主与"骑"个小矮人》（Coal Black and De Sebben Dwarfs）"被动画界人士普遍认为是有史以来最好的动画片之一"④，其刻意对原著进行了叛离式的改编。仅仅从片名就可以轻易地看出影片对原著的调侃和反叛，"黑炭"（Coal Black）与"白雪"（Snow White）形成了词义上的对立，此外，"'骑'个小矮人"（de sebben dwarfs）也是模仿黑人口音对"七个小矮人"（the seven dwarfs）的表达。该动画影片中，那位皮肤像雪一样白的公主竟以黑人的形象出现，是位名副其实的"黑炭公主"，有意思的是，这位黑炭公主的名字叫作 So White，以此来强调她的肤色。黑炭公主皮肤黝黑油亮，扎着黑色的小辫，厚唇上涂着血红的唇膏，身穿白色低胸紧身上衣，搭配蓝色超短裙，露出修长而紧致的黑色大腿，举手投足间充满着诱惑（如图3-2）。她还会大胆地与黑人王子跳起热辣的舞蹈，一扫迪士尼白雪公主身上的纯美和优雅。对于原著形象的如此颠覆，在一些学者看来，是难以接受的，动画学者杰克·

---

① HURLEY D L. Seeing white: children of color and the Disney fairy tale princess [J]. Journal of negro education, 2005, 74 (3): 222.
② LESLIE E. Hollywood flatlands: animation, critical theory and the avant-garde [M]. London: Verso, 2002: 121.
③ WRIGHT T M. Romancing the tale: Walt Disney's adaptation of the Grimms' "Snow White" [J]. Journal of popular film and television, 1997, 25 (3): 104.
④ BRASCH W M. Racial and ethnic identification in American animated cartoons [J]. Negro history bulletin, 1986, 49 (3): 12.

图3-2 动画电影短片《黑炭公主与"骑"个小矮人》中的黑炭公主

吉普斯（Jack Zipes）评价道：该片"将美的主题、美的表现……降到最低"①。在这部动画影片中，不仅公主是黑色的，皇后也是身形肥硕的黑人，王子和小矮人们也都是黑色人种。这"是一部由全黑演员主演的动画《哈利路亚!》"②，其人物设定直接涉及美国社会非常敏感的种族话题。不过，这位形象不那么符合主流审美观念的公主也得到了一些观众的支持，他们认为她"是一个美丽性感的年轻女子，是迪士尼红脸蛋的呆板白雪公主的对立面"③。这一对于广为流传的经典文学形象的族裔重构是大胆和激进的，类似的情况在其他动画电影中也有所表现。

格林童话《青蛙王子》中的那位美丽公主在2009年迪士尼动画电影《公主与青蛙》中也出现了动画形象的族裔重构。这位公主的形象和身份都与原著有较大差异。动画中的女主角蒂安娜拥有黑褐色的皮肤、棕色的眼睛、深红色的厚唇、扁平的鼻梁以及黑色的头发（如图3-3），分明与原著中的公主不属于同一个族裔，这是"迪士尼第一位黑人公主"④。这位"公主"与原著中那位养尊处优、以昂贵的金球作为玩具的公主不一样的是，她的出身并不高贵，甚至完全与皇室不搭边。蒂安娜只是一位生活在新奥尔良地区的家境贫寒的女孩，在一家餐馆当服务员，她最大的梦想就是拥有一家属于自己的餐馆。《公主与青蛙》不仅在角色的外形上对于原著进行了颠覆，将白人公主化为黑人女孩，影片角色的身份也影射了美国社会中黑人处于相对底层的位置，可以说，这部动画电影从外形和社会身份两个维度对于文本形象进行了双重族裔重构。而这种重构，是以颇为正面和高度赞美的方式表现的。蒂安娜拥

---

① ZIPES J. The enchanted screen: the unknown history of fairy-tale films [M]. New York: Routledge, 2011: 128.
② BENDAZZI G. Animation: a world history, volume 1: foundations-the golden age [M]. Baca Raton: CRC Press, 2016: 225.
③ ZIPES J. The enchanted screen: the unknown history of fairy-tale films [M]. New York: Routledge, 2011: 127.
④ PALLANT C. Demystifying Disney: a history of Disney feature animation [M]. New York: Continuum, 2011: 111.

有美丽的外表和婀娜优雅的身姿，表现出了"美国黑人女孩可以像白雪公主一样优雅，是民族形象的一个里程碑，成为改变文化的女性美标准的象征"①。除此之外，影片对于黑人族裔形象的正面重构还表现在蒂安娜为了朴素的梦想奋力拼搏，她虽然只是一位生活在社会底层的餐厅服务员，没有太宏大的人生理想，但是她脚踏实地努力的模样让观众对其充满了好感。可见，迪士尼颠覆了原著文本，选择了一位黑人形象作为动画的主角，并极为小心翼翼地进行形象重构，通过对这一形象的多角度正面重构来避免遭受种族主义的指责，"试图对以往动画电影中隐晦或明目张胆的种族主义指责保持敏感，因为这些电影以贬损和刻板的方式表现黑人"②。美国是一个多种族的国家，虽然混杂了各种肤色的国民，但是其中黑人的地位和权利一直是争论的焦点，毕竟"美国黑人是在违反其意志的情况下被强行带到美国来的唯一种族"③，这种与生俱来的低地位便决定了黑人始终需要在美国社会中不断为自己争取权利。而拥有更多话语权的白人则会通过宣布与黑人的平等来彰显自己的风度和品格，声称自己并非拥有高人一等的国民权利。这就不难理解在动画改编中为何会出现对于文本形象的黑白族裔重构现象了。

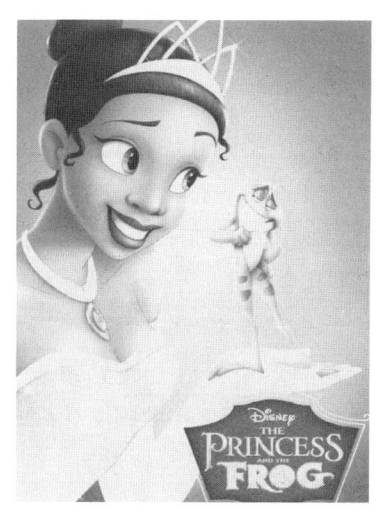

图 3-3　迪士尼动画电影《公主与青蛙》中的女主角蒂安娜

二、年龄重构

改变原著的年龄构成，重塑不同于文本形象年龄的动画形象，也是比较常见的改编方式。这些已经在观众脑海中固化了的经典文学形象的年龄被重构后，给观众带来了一种陌生化的感受，也因此拥有了生命力

---

① LESTER N A. Disney's princess and the frog: the pride, the pressure, and the politics of being a first [J]. The journal of American culture, 2010, 33 (4): 297.
② GREGORY S. Disney's second line: New Orleans, racial masquerade, and the reproduction of whiteness in The Princess and the Frog [J]. Journal of African American studies. 2010 (14): 442-443.
③ 索威尔. 美国种族简史 [M]. 沈宗美, 译. 北京: 中信出版社, 2011: 192.

和成长性。

在中国动画中,孙悟空和哪吒成为多次被重述的文本形象,而在这一次又一次的重述中,出现了明显的年龄重构现象。在中国文学经典《西游记》中,孙悟空是以神的形象出现的,他仅在五行山下就压了 500 年,他的年龄无法用常规逻辑去判断,按照原著中的说法,他拥有 "万劫不老长生"[1] 的能力。而且,原著中孙悟空的灵活、机敏、强健都在表明这是一位拥有不会变老的青年身体的猴王。

孙悟空形象在中国动画史上意义非凡。肖恩·麦克唐纳德(Sean Macdonald)认为: "迪士尼声称他的工作室是从一只老鼠开始的,在某些方面,中国的动画也是从一只猴子开始的,即万籁鸣的孙悟空。"[2] 由此可见孙悟空形象在中国动画中的地位,至少它在西方人的眼中是中国动画的等价象征物,是重要的中国文化符号,甚至有学者认为 "孙悟空可能是中国动画电影的唯一名片"[3]。以孙悟空为主要角色的动画作品数量可观: "据不完全统计,至今世界各国共创作了一百余部与孙悟空有关的影视作品,其中包括 47 部动画片(25 部国产动画)。"[4] 其中,最深入人心的孙悟空动画形象当数万氏兄弟于 1961—1964 年创作的动画电影《大闹天宫》。孙悟空形象在中国文化中是有其定式的,在 "历代小说刊行的版画插图中,孙悟空已大致定为尖嘴猴腮、火眼金睛、查耳朵、满脸毛、雷公嘴,头戴紫金冠、身着赭黄袍、腰穿蓝天裙、足踏步云履、手捧金箍棒或是一顶软罗帽、一身虎皮裙、一双长筒靴,跳在云端,一手握金箍棒,一手搭凉棚远眺的姿态,显示了其人、神、猴相结合的典型性特征"[5]。《大闹天宫》中的孙悟空与上述形象比较接近,他身材修长,四肢纤细,身穿鹅黄色紧身衣,下着虎皮短裙,搭配红色紧身裤、黑色长靴,这一孙悟空形象可谓中国动画的经典(如图 3-4),多年来深入人心,一谈及孙悟空,人们脑海中首先浮现出的形象便是如此。该片中的孙悟空是符合原著中身强力健的青年猴王形象的。

---

[1] 吴承恩. 西游记 [M]. 北京:商务印书馆,2016:53.
[2] MACDONALD S. Animation in China: history, aesthetics, media [M]. New York: Routledge. 2016:15.
[3] 白惠元. 民族话语里的主体生成:重绘中国动画电影中的孙悟空形象 [J]. 文艺研究,2016(2):22.
[4] 陈祺祺,薄冰. 孙悟空动画形象的重构趋势研究:从《西游记之大圣归来》说起 [J]. 当代电影,2016(10):178.
[5] 陈祺祺,薄冰. 孙悟空动画形象的重构趋势研究:从《西游记之大圣归来》说起 [J]. 当代电影,2016(10):179.

图 3-4　动画电影《大闹天宫》中的孙悟空形象

在孙悟空这一人物形象身上，我们看到了中国传统文化的汇聚，以至于这一形象被认为是"纯正的中国特色的造型，它是具有深厚传统文化底蕴的、处于创作高峰期的创作者，在特定的历史时期、优越的创作环境下诞生的形象，是迄今为止最具影响力和艺术价值的中国动画形象"①。

虽然孙悟空的文本形象深入人心，动画电影《大闹天宫》的孙悟空形象也影响深远，但是在近年的动画电影中，孙悟空形象却出现了明显的年龄重构现象。

2015 年上映的动画电影《西游记之大圣归来》是中国动画崛起的领头兵，引领了随后国产动画的复兴。《西游记之大圣归来》被《人民日报》刊文称为"中国动画电影十年来少有的现象级作品"②，也被众多动画研究学者称为"中国动画电影的新标杆"③。令世人惊异的是，多年来一直难出精品，被排挤在电影院线边缘的中国动画竟然会有一天出现像《西游记之大圣归来》这样一举拿下 9.56 亿元票房的现象级影片。"无论是它在市场层面的逆袭，还是其表意层面的民族形式，我们都有理由将这部电影视作一次重要的文化事件。"④ 与《大闹天宫》中那位桀骜不驯、意气风发的青年孙悟空形象不同的是，《西游记之大圣归来》里的孙悟空是一个失落的中年人形象（如图 3-5），他穿着淡黄色的布满了灰尘的破

---

① 刘佳，於水. 中国影视动画中孙悟空造型的演变 [J]. 电影艺术，2012（6）：93.
② 马涌. 偶然与必然：关于《西游记之大圣归来》的思考 [N]. 人民日报，2015-07-24（24）.
③ 杨晓云. 一部现象级电影：纯正中国创造的新篇章：国产动画电影《西游记之大圣归来》研讨会综述 [J]. 当代电影，2015（9）：198.
④ 白惠元. 民族话语里的主体生成：重绘中国动画电影中的孙悟空形象 [J]. 文艺研究，2016（2）：21.

旧衣衫,身上的毛发肮脏而凌乱,眼睛浑浊无光,那打遍天下无敌手的金箍棒也丢失了,取而代之的是一根不堪一击的竹竿,更令人沮丧的是,孙悟空手腕上的铁镣让他无法使出自己真正的法力来,一旦他想要发力,铁镣就会如同烈火一般灼烧他的手腕,让他无力反抗。

图 3-5 动画电影《西游记之大圣归来》中的孙悟空形象

曾经风光一时的齐天大圣在这里,是一个落寞的失败者,是一个年纪渐长、能力退行的中年人。他放弃了自我挣扎,放弃了对正义的追寻,如同行尸走肉一般浑浑噩噩。"美猴王展现给观众的生理维度形象是个'雷公嘴''孤拐脸',长相难看,身体带有缺陷(被某种力量所约束,经常无法施展他的神力)的中年猴子。"① 这样的人物设定看似与原著和以《大闹天宫》为代表的动画中的孙悟空形象完全不一样,但也正是这样的孙悟空,让观众看到了他身上"人"的一面,而不仅只有"神"的一面。观众看到了即便是孙悟空这样一个强者也有弱势和无奈的一面,也有年龄增长和没有目标所带来的"中年危机",这样的孙悟空身上无疑具有了现代属性,一种能够与被生活和工作压得喘不过气来的"打工人"产生共鸣的状态。但是,动画电影《西游记之大圣归来》并没有让孙悟空沉溺于这种自暴自弃之中,而是通过表现他与小和尚江流儿之间友情的建立以及对江流儿的保护欲的萌生,让孙悟空重新站了起来,他实现了自我成长,完成了自我价值的追寻,正义之光再一次在他的心中点燃。在那一刻,孙悟

---

① 赵贵胜. 21世纪初现象级国产动画电影的道德前提构建[J]. 当代电影,2019(7):154.

空的形象发生了蜕变,他身穿金色盔甲、肩披红色战袍,手持金箍棒,威风凛凛、英气勃发,那个所向披靡的齐天大圣又回来了!《西游记之大圣归来》中的孙悟空形象先是通过下沉与观众形成一种情感平级,然后又通过自我成长对观众构成强有力的精神鼓励。

动画改编对孙悟空形象的年龄重构没有停留在中年,更是通过2021年的一部电影《新神榜:哪吒重生》将孙悟空形象进一步重构为老年人。这部改编自《封神演义》的《新神榜:哪吒重生》揽下了近5亿元的票房,影片虽然是以哪吒为主角,但是孙悟空也作为一个重要的角色出现,他可谓哪吒的人生导师,引导哪吒认识了自己,并助哪吒获得了能够与龙王相对抗的力量。影片中的孙悟空是一个老者,从生活境遇上来说,与《西游记之大圣归来》中的孙悟空颇有几分相似。他们都已经见过了人生的大风大浪,现在过着隐姓埋名的生活,不愿意被人发现。不同的是,《新神榜:哪吒重生》中孙悟空的造型具有蒸汽朋克风格,他满头的白发肆意飘动着,穿着颜色鲜亮的风格浮夸的衣服,戴着能够自行变换表情的机械面具,举止怪异,玩世不恭,一副什么都不在乎的样子(如图3-6)在影片的最后,孙悟空不知从哪儿掏出一根铁棒,便随手一扔,扔进了大海,而这根不起眼的棒子,极有可能是金箍棒。通过孙悟空对重要法宝的不在乎的态度,也反映出这一人物形象历经沧桑后归于平淡的心境。此外,影片中孙悟空形象非常重要的特点便是将生命体与机械设备进行了融合,孙悟空脸上的面具从不摘下,似乎已与自己的身体合为一体,从这一角度来看,这一形象具有了后人类主义的色彩,"后人类主义被定义为人类与技术的共生关系"[1]。从某种意义上说,《新神榜:哪吒重生》中的孙悟空更像这个科技爆炸时代下的产物。他对于机械设备的高掌控能力,既使得自己的脸庞被智能化的面具覆盖,从而与世无争,逍遥自得,还帮助哪吒制造了一整套机械盔甲,从而唤醒了哪吒对于前世的记忆和认知;更不用说孙悟空的住所就是一个拥有大量精密机械的科技住宅。影片中的孙悟空仿佛一个科学怪人和发明家,同时,他的身体与机械的高度结合让其简直成了赛博格。这一带有后人类主义色彩的人物形象设定与白发苍苍的老者形成了有趣的悖论,并加深了与原著人物之间的形象差距,使得观众原本十分熟悉的形象具有了陌生之感,陌生与熟悉的碰撞,恰恰是改编的魅力所在。

---

[1] HANEY W S. Cyberculture, cyborgs and science fiction consciousness and the posthuman [M]. New York: Rodopi, 2006: 2.

图 3-6 《新神榜：哪吒重生》中的孙悟空形象

此外，哪吒形象也在中国动画改编中发生了年龄重构。哪吒本是印度佛教中的神，是毗沙门天王的第三子，在中国最早出现在唐代翻译的佛经中。后来，哪吒又成为元杂剧中常见的人物形象。现今人们所熟悉的哪吒形象完善于吴承恩的《西游记》和明代许仲琳整理编撰的《封神演义》。《封神演义》第十二回"陈塘关哪吒出世"、第十三回"太乙真人收石矶"、第十四回"哪吒现莲花化身"完整地描述了哪吒的出生、命运以及与父亲李靖之间的恩怨。《封神演义》中的哪吒是以一个孩童的形象出现的："跳出一个小孩儿来，满地红光，面如傅粉，右手套一金镯，肚腹上围着一块红绫，金色射目。这位神圣下世，出在陈塘关，乃姜子牙先行官是也，灵珠子化身。金镯是乾坤圈，红绫名曰混天绫，此物乃是乾元山镇金光洞之宝。"① 这一形象在中国改编动画中不断被继承和发扬，形成了中国动画史上的经典形象。1964年的动画电影《大闹天宫》和1979年的动画电影《哪吒闹海》中的哪吒形象都颇为贴合《封神演义》中所描绘的形象。

动画电影《大闹天宫》中，哪吒是以一个四五岁幼儿的形象出现的（如图3-7），他白白胖胖、面泛红晕，肥嘟嘟的脸庞甚至将五官都聚拢来；手脚短粗，胳膊形如藕节，扎着两个小发髻，像极了年画中的胖娃娃。然而，他气势汹汹，有着和年纪不匹配的蛮横，作为天将之一与孙悟空大战数个回合。他在影片中的戏份并不多，败于孙悟空后便匆匆离场。

---

① 许仲琳. 封神演义 [M]. 北京：中华书局，2009：77.

《哪吒闹海》中的哪吒则是一副七八岁小儿的模样（如图3-8），白白嫩嫩，如粉雕玉琢一般，用红丝带绑着一对发髻，长着一双闪亮的丹凤眼，小嘴鲜红欲滴，穿着红肚兜、挽着红绸带，戴着金项圈，威风凛凛却稚气未脱。颈戴乾坤圈、臂缠混天绫、脚踏风火轮、手握火尖枪，这样的儿童哪吒形象在中国人心中根深蒂固。

图3-7　动画电影《大闹天宫》中的哪吒形象

图3-8　动画电影《哪吒闹海》中的哪吒形象

即便有原著文本形象和已经广受民众认可的哪吒动画形象的存在，哪吒形象还是在近年的国产动画中被重构了年龄。2019年的动画电影《哪吒之魔童降世》和 2025 年的动画电影《哪吒之魔童闹海》中的哪吒完全不同于《哪吒闹海》中的哪吒那样如年画娃娃般娇嫩可人,而是一个画着烟熏妆、长着塌鼻子和笑起来几乎占据半张脸的大嘴的"丑哪吒",除了他那扎着红丝带的发髻和脖子上戴的乾坤圈在提醒观众他的"哪吒身份"之外,几乎很难让人相信眼前这个玩世不恭、笑容邪魅的小魔头就是哪吒(如图 3-9)。《哪吒之魔童降世》中的哪吒大部分时间都是以一个儿童的形象而出现,这是因为他的法力被乾坤圈压制,所以未能展示出真身。当咒语破解,摘除了乾坤圈之后,哪吒的形象便发生了更大的变化:他迅速成长为一个身材修长、肌肉轮廓清晰的少年(如图 3-10)。

图 3-9　动画电影《哪吒之魔童降世》中的儿童哪吒　　图 3-10　动画电影《哪吒之魔童降世》中的少年哪吒

　　这部动画的哪吒形象呈现出儿童与少年相结合的状态,甚至可以说少年是真身,儿童不过是法术控制之下的变形。影片中对于动画形象的年龄重构与角色的内在精神相匹配。哪吒降生之时被魔丸入侵,在出生的那一刻,他的命运就被写定了:将会被天雷轰顶,万劫不复。命运虽如此,但哪吒和父母并没有放弃。哪吒用了三年时间进行自我修炼,在父亲李靖、母亲殷夫人、师父太乙真人的教育和帮助下成长为一个外表痞气但内心真诚、生性顽皮但为人善良的孩子。可是天定的命运并没有因为哪吒的成长而有丝毫的改变。在哪吒生日之际,天雷轰顶之日还是来到了,哪吒与敖丙合力,向着不公正的命运发起了冲击,发出了"我命由我不由天"的呐喊。这呐喊，是哪吒与命运的斗争，也是与自我的抗争。影片中少年哪吒的身体形象则与这种强烈的自主意识相契合。

图 3-11　动画电影《新神榜：哪吒重生》中的哪吒形象

而 2021 年的动画电影《新神榜：哪吒重生》更是直接将哪吒形象设定为一位青年，动画中哪吒转世投胎为一位名叫李云祥的青年摩托车手（如图 3-11）。这里的哪吒二十岁左右，身材高大，满身肌肉，有着棱角分明的脸庞和坚毅的目光。他没有乾坤圈，也没有风火轮，没有原著中哪吒的任何法宝，有的只是靠自己的双手制作出来的一副粗糙的铠甲和成年人身上的勇敢、坚韧、不屈强权的精神。《新神榜：哪吒重生》的表达重心不是人与命运的抗争，而是在表达一个不知晓自己身份的人是如何追寻自我和唤醒自我的。哪吒（即李云祥）找寻自我的过程贯穿影片始终。在影片结尾处，李云祥发出振聋发聩的喊声："我是哪吒！"这一句话便是哪吒对找寻到自我的最有力的回应。动画中哪吒的青年躯体同样与影片反映角色自我意识觉醒的主题相匹配，对于文本形象的年龄重构在某种程度上是中国动画电影成人化的标志和趋向。

三、性格重构

动画电影对于文本形象的重构还表现为对原著人物的性格重构，通过改编行为，对早已在读者心目中根深蒂固的文本形象进行性格上的颠覆和重组。以白雪公主经典形象为例来看，在《白雪贝蒂》《白雪公主与七个小矮人》《黑炭公主与"骑"个小矮人》和《红鞋子与七个小矮人》这四部改编动画中都出现了不同程度的性格重构。

《白雪贝蒂》中的公主，是一个被男性凝视的女性形象，白雪贝蒂的性格，也是基于男性凝视之下的性格变形与重构。正如女性主义电影理论家劳拉·穆尔维（Laura Mulvey）在她著名的论文《视觉快感与叙事性电影》（"Visual Pleasure and Narrative Cinema"）中所言，"女人的形象，作为供男人凝视（主动的）的原材料（被动的）"①，为观众带来了观影的视觉快感："决定性的男性凝视把它投射到相应风格化的女性形体上。在她们那传统的裸露癖角色中，女性同时被观看和被展示，她们的外貌为了强烈的视觉和色情冲击而被编码，从而能够把她们说成具有被看性的内涵。"②白雪贝蒂那幼女的脸庞和性感的身体，搔首弄姿的仪态，柔弱的性格，等待男性救援的状态，无不在对男性凝视进行迎合（如图 3-12）。甚至白雪贝蒂最终的获救，也是男性凝视下的结果。白雪贝蒂被捆绑在大树上，刽子手一边磨刀，一边对贝蒂裸露在大雪中的女性身体进行充分的凝视，正是这凝视，让刽子手被女性的身体诱惑，忘却了自己的职责，背叛了邪恶的皇后，主动放弃了杀死白雪贝蒂的计划。于贝蒂而言，她什么也没有做，什么也不需要做，她的温顺和无所作为便是她的最大筹码，她唯一要做的只是被动地在男性的凝视下展示自己性感的女性躯体，以此获得男性的主动援助。"她被涂上墨水，变成动画，供观众欣赏，她的身体被看作性和游戏的工具。"③

图 3-12 动画电影《白雪贝蒂》中的白雪公主形象

迪士尼动画电影中的白雪公主形象则展现了另一种性格构成。托马斯·英格（Thomas Inge）在谈及迪士尼版本的白雪公主时，认为这一形象"准确地反映了公众对妇女在社会中地位的普遍态度，并延续了西方文化

---

① 穆尔维. 视觉快感和叙事性电影［M］. 范倍，李二仕，译//杨远婴. 电影理论读本. 北京：世界图书出版公司，2012：530.
② 穆尔维. 视觉快感和叙事性电影［M］. 范倍，李二仕，译//杨远婴. 电影理论读本. 北京：世界图书出版公司，2012：526.
③ BATKIN J. Identity in animation: a journey into self, difference, culture and the body［M］. Oxon: Routledge, 2017: 26.

中把妇女描绘成天真和美德的被动容器的长期传统"①。这样的评判是恰如其分的。在《格林童话》中，白雪公主为了在阴森恐怖的大森林里找到一个落脚之地，来到了小矮人的屋子里，"小房子里的一切东西都很小，但是说不出的精致，说不出的干净"②。白雪公主在这里什么都没有做，因为"又饿又渴，就从每个小盘子里，吃了一点蔬菜和面包，从每个小杯子里喝了一点儿酒"③，然后便躺在小矮人的床上睡着了，她在童话中是以一个闯入者、一个客人、一个被小矮人关心照顾的形象而存在的。可是在迪士尼的《白雪公主与七个小矮人》中，小矮人的屋子里面又脏又乱，桌子上堆满了用过的锅碗瓢盆，桌面上盖满了厚厚的灰尘，扫帚上也积满了蜘蛛网。这部时长83分钟的影片，花了足足5分钟去表现白雪公主清扫小矮人的家的过程。她是那么擅长家务，游刃有余地去应对各种繁重不堪的体力劳动，能干到与她的公主身份不相匹配。公主甚至卑躬屈膝地用自己的劳动力与小矮人进行交易，只要小矮人肯收留她，她就帮助他们洗衣、打扫、缝补、煮饭。迪士尼的白雪公主以出卖自己的劳动力，充当女仆来获取居住的资格。更不用说在影片刚开场，白雪公主第一次与观众见面的时候，她穿着打满了补丁的衣衫，正在奋力擦洗城堡的地板，并且亲自从井里打水，连打水的姿势都是那么熟练自如，仿佛她深谙此道，习以为常。影片中的白雪公主更像一个女仆，一个灰姑娘，而不是一位公主。有学者就此评论道："她就像一个合格的1930年代的美国妻子和母亲，她的首要责任是保持一个好的生活环境，让家人吃饱喝足，举止得体，心情愉快。事实上，她打扫房子，让小矮人刷牙洗脸，符合1930年代对妻子和母亲的所有标准建议：她是妻子，因为她认为所有的男人都是乱七八糟的，妻子的职责是把事情安排好；她是母亲，因为她把小矮人当作孩子，让他们准备去工作，就像他们要去学校一样，在头上亲吻一下就好。"④ 桑德拉·吉尔伯特和苏珊·古芭在其女性主义批评的经典著作《阁楼上的疯女人》中也对迪士尼动画中白雪公主这种通过劳作和自我奉献来获得小矮人等男性认可的行为表达了评论："白雪公主与七个小矮人在一起的生活却构成了白雪公主形成驯服的女性气质的一个重要的因素，因为通过为七个小矮人服务，她学会了服务、无私和家务劳动的关键课程。最后，白雪

---

① INGE M T. Walt Disney's "Snow White and the Seven Dwarfs": art adaptation and ideology [J]. Journal of popular film and television, 2004, 32（3）: 141.
②③ 格林兄弟. 格林童话全集 [M]. 魏以新, 译. 北京: 人民文学出版社, 2003: 158.
④ SLETHAUG G E. Adaptation theory and criticism: postmodern literature and cinema in the USA [M]. New York: Bloomsbury, 2014: 219.

公主成为一座小小的屋子里的持家的天使，这一点显示了故事对于'女性的世界和女性的工作'所持有的态度：家庭生活的王国是一个具体而微的王国，其中，女性能做的最好的事不仅是要像个小矮人，还要像是小矮人的仆人。"①

这是一个付出型人格的公主，她没有《格林童话》原著中的公主那样自由和自我，在男权社会中，她完全是一个被动者。"她已经内化了她的女性角色的从属功能，以至于她在小矮人家庭的父权秩序中以同等的姿态付出自己。"② 此外，白雪公主躲在小矮人家里的终极目的是等待王子的到来，等待王子给予的婚姻许诺，等待王子给予的安全保证。甚至伪装成老太太的邪恶皇后诱骗公主吃下毒苹果的方式也是告诉她，这是一个许愿苹果，吃了它就可以实现任何心愿。不用怀疑，白雪公主许下的心愿一定是希望和王子永远在一起。甚至可以说，是对仅有一面之缘的王子那毫无来由的痴心让她丧失了基本的判断力，吃下了那个足以毁灭自己的毒苹果。

正是因为以上种种，这部电影被认为是"20世纪中期美国妇女理想角色的家庭美德的实际入门书"③，描述了一个美好的、顺从的、付出型的女性，对原著中的白雪公主的性格以及她的社会存在意义进行了明显的重构。

而1943年的《黑炭公主与"骑"个小矮人》则给观众展示了一位性格迥异的"白雪公主"。这部影片虽然因为对于种族主义的表现而被禁播，但是它还是一部融合了童话改编和政治宣传的别致动画作品，"可以被看作是对《白雪公主》的狂欢式演绎，将格林兄弟的印刷版本和迪士尼的电影改编版本完全颠覆"④。黑炭公主性感而大胆，不像迪士尼白雪公主那样被动地等待猎人的良心发现，而是主动出击，去争取自己的利益、保护自己的性命。影片中的皇后雇用了一家暗杀公司去杀死黑炭公主，但是暗杀公司的工作人员在执行任务时却取消了订单，没有杀死公主，因为公主用吻作为交换，诱惑了他们。公主从暗杀公司的车上下来的时候，暗杀公

---

① 吉尔伯特, 古芭. 阁楼上的疯女人：女性作家与19世纪文学想象 [M]. 杨莉馨, 译. 上海：上海人民出版社, 2015: 53.
② WHITLEY D. Learning with Disney: children's animation and the politics of innocence [J]. Journal of educational media, memory & society, 2013, 5 (2): 79.
③ WHITLEY D. Learning with Disney: children's animation and the politics of innocence [J]. Journal of educational media, memory & society, 2013, 5 (2): 80.
④ ZIPES J. The enchanted screen: the unknown history of fairy-tale films [M]. New York: Routledge, 2011: 127.

司的员工一个个殷勤地与她挥手告别，而这些人的脸颊和嘴唇上印满了公主的红唇印。由此，动画学者杰克·吉普斯（Jack Zipes）认为"这部影片是对礼节和权威的挑战"①。

2019年韩国动画电影《红鞋子与七个小矮人》中的白雪公主则拥有更为现代的性格。影片中的白雪公主拥有较强的能动性，她是自己命运的掌控者，是她主动去寻找被咒语变为小矮人的七个勇士帮忙，同时她并没有拿自己的劳动力作为筹码和小矮人进行利益交换，而是用独立自强的行为与之成为平等的朋友。甚至，白雪公主拥有着强于这七个勇士的能力，她能够拔出勇士都拔不出的石中剑；在勇士遇险的时候，是她勇敢地站出来帮助他们脱离困境。影片中的公主不再是柔弱的、被动的，而是强大的、具有主动性的女性。

不论是宣传特定动画明星的《白雪贝蒂》，还是顺应童话形象的《白雪公主与七个小矮人》，以及充斥着种族色彩等政治元素的《黑炭公主与"骑"个小矮人》，抑或是具备着现代意识的《红鞋子与七个小矮人》，白雪公主这一深入人心的经典童话形象在不同时期的动画改编作品中不断被重构，也让文学经典顺应着时代的脉动不断被重述。

第二节　文本语言向视觉语言的转码

达得利·安德鲁（Dudley Andrew）认为："电影和语言的符号学系统绝对不同。"② 这一点是毋庸置疑的，也正是因为电影和文学语言的不同，才让改编成为可能，也让改编行为不是机械照搬，而是一种艺术创作。

克里斯蒂安·梅茨在《电影的意义》中引用了罗西里尼的话，认为"电影是一种语言，是一种'诗的语言'"③。他自己也高度认同这一观点："电影是一种语言，却是有别于一般口头的语言。"④ "电影是一种语言，远超越在蒙太奇的任何效果之上，并不是因为电影是一种语言，所以能叙述这么好的故事，而是因为电影能够叙述这么好的故事，所以才成为一种

---

① ZIPES J. The enchanted screen: the unknown history of fairy–tale films [M]. New York: Routledge, 2011: 128.
② ANDREW D. Concepts in film theory [M]. Oxford: Oxford University Press, 1984: 103.
③ 梅茨. 电影的意义 [M]. 刘森尧，译. 南京：江苏教育出版社，2005：40.
④ 梅茨. 电影的意义 [M]. 刘森尧，译. 南京：江苏教育出版社，2005：41.

语言。"① 虽然梅茨承认电影是一种语言,但是他不认为电影能够构成语言系统:"电影不是一种语言系统,而是一种艺术的语言。"② "文学以一套语言系统作为交流的基础,而电影则没有一个通用的工具作为交流的基础。文学的基础——自然语言是已经存在了的一套抽象体系,这套体系有自己的规则和模式,可以通过字典、语法来对之进行了解。但是电影建立在一个更宽泛的符号基础上:它包括人的表情符号、相貌、动作以及现实中存在的一切形象符号,这些东西都先于电影而存在,凭人的本能就可以领悟。"③ 所以,文字语言会存在国别的界限,不同国家不同语言环境中的人们是很难通过文字语言来进行沟通的,电影则不然,电影的语言表达是超越国界的,是任何人都可以凭借本能、凭借对于生活的认知而理解的。要将文学经典中的文本语言转换成电影中的视觉语言,那么就需要做一种类似于翻译的工作:如何将局限于某一民族某一国家的语言翻译为能够被全世界所有人都能理解的语言,这一工作或许在语言翻译界看来是不可能完成的任务,但是在电影中,却是可以做到的,而这一点恰恰是电影的魅力所在,也正是电影改编文学经典的价值所在。动画改编,也在其中扮演着不可或缺的作用,动画以独特的语言表达拓展了文学经典的重述范畴,同时让文学语言以一种能够为更广泛人群所接受的电影语言表达出来。

此外,文学叙事和电影叙事的方式是不一样的,文学只能同时对一个事件展开叙述,而电影则可以通过蒙太奇手法对两个或两个以上的事件进行叙述。"文学作品的'叙事活动'往往只能在线性的语言符号中展开,缺少一个可视而直观的空间维度。……影像媒介的空间特点使共时性叙述成为可能。"④ 因此,在语言叙述上,电影会比小说更有效率,这也成为文学向影像转码的优势之一。

对于动画改编而言,要合适地再现文学原著中的语言并非易事。"将文学作品改编成电影,尤其是改编成动画,会面临极其困难的挑战,尤其是如何在不过度依赖画外音的情况下说明叙事声音和内部心理独白。"⑤

---

① 梅茨. 电影的意义 [M]. 刘森尧,译. 南京:江苏教育出版社,2005:44.
② 梅茨. 电影的意义 [M]. 刘森尧,译. 南京:江苏教育出版社,2005:58.
③ 赵晓珊. 麦茨的电影符号学及其意义 [J]. 文艺研究,2008 (10):79.
④ 马军英,曲春景. 媒介:制约叙事内涵的重要因素:电影改编中意义增值现象研究 [J]. 社会科学,2008 (10):135.
⑤ RALL H, JERNIGAN D. Adapting gothic literature for animation [M] //FARNELL L P, BRIEN D L. New directions in 21st century gothic: the gothic compass. New York: Routledge, 2015:39.

这是动画改编不可避免的难点，也是动画艺术独特性得以体现的地方。

一、"不可叙述"的语言的动画呈现

杰拉德·普林斯（Gerald Prince）认为文学中有一些内容是"不可叙述"（unnarratable）或不叙述（nonnarratable）的。"它不能被叙述或不值得叙述，因为它违反了一个法律，或者因为它违背了一个特定叙述者（或任何叙述者）的权力，或者因为它低于所谓可叙述的门槛（它不够特别或有问题）。"[①] 这一概念也被罗宾·瓦霍尔（Robyn Warhol）在其论文《叙述不可叙述的内容》（"Narrating the Unnarratable"）中继续延伸："'不可叙述的'（the unnarratable）一词来指那些不能被叙述的东西，因为它太乏味或太明显；那些禁忌的东西，就社会习俗、文学习俗而言；以及那些据称不能用语言表达的东西，因为它超出了或超越了语言的表达能力。"[②] 在瓦霍尔的定义中，提及了非常重要的一条，即有些东西无法用语言表达，是因为它超出了语言的表达能力。这一点对于改编而言十分常见。文学语言和动画语言是两个完全不同的表意系统，有些在文学中无法用语言表达的东西，却可以在动画中表达出来，而相反，有些在文学中可以表达的东西，却无法在动画中表达出来。关于这一问题，普林斯也意识到了，他说："一个叙述者的不可叙述性很可能是另一个叙述者的可叙述性，就像在一个语境中不可能的东西在另一个语境中可能是合乎规定的。"[③] 对文学经典改编动画而言，文学经典中的一些语言，比如非叙事类的诗歌、评论以及过长的独白都是不适于在动画中进行表现的，这些可以被认为是不可被动画语言叙述的部分，而动画改编者在挑战这些"不可叙述"的语言的时候，往往会巧妙地融合动画艺术的特征，并由此创造了改编的重述价值。

1. "不可叙述"的诗歌的动画呈现

刘易斯·卡罗尔（Lewis Carroll）的小说《爱丽丝梦游仙境》和《爱丽丝镜中奇遇记》被多次改编为动画电影，取得了广泛的关注。在小说原著中出现过一些诗作，其中有部分诗作与小说叙事主线的关联性并不大。这些诗歌在小说中固然能够以文字游戏的形式存在，但是在动画中，却是典型的"不可叙述"的部分了。《爱丽丝镜中奇遇记》中出现的第一首诗

[①] PRINCE G. The disnarrated [J]. Style, 1988, 22 (1): 1.
[②] WARHOL R. Narrating the unnarratable: gender and metonymy in the Victorian [J]. Style, 1994, 28 (1): 79.
[③] PRINCE G. The disnarrated [J]. Style, 1988, 22 (1): 2.

是《恐龙怪兽》（Jabberwocky），这首诗"也许是卡罗尔所有诗歌中最知名和最常被讨论的一首"①。这首诗歌虽然有叙事成分，但是因为其与小说故事主线的脱离，让诗歌中的叙事性不具备影像表达的可能性。在原著中，爱丽丝来到镜中世界，看到了一本反过来的书，于是她透过镜子阅读起书中的文字：

恐龙怪兽
恐龙怪兽拖着笨重的尾巴
在莽林里翻腾打转：
浑身披着闪亮的鳞甲，
吹须瞪眼，张牙舞爪。

"提防恐龙怪兽，我的儿子！
它的牙会咬人，爪子会扑杀！
提防鸠鸠鸟，躲开
喷火的班德斯纳奇！"

他手握锋利的宝剑：
久久地寻找庞大的敌手——
他在敦敦树下歇息；
沉吟思索了片刻。

正在他拿主意的时候，
恐龙怪兽眼里冒着火，
从藤蔓纠结的林子里窜了出来，
嘴里发出汩汩的声音。

一下！两下！削铁如泥的宝剑
卡嚓卡嚓的砍着恐龙！
他杀死了它，提着它的脑袋
得意洋洋地回家。

---

① KELLY R. Poetry [M] //BLOOM H. Bloom's modern critical interpretations：Lewis Carroll's "Alice's Adventures in Wonderland". New York：Chelsea House，2006：128.

"你杀了恐龙怪兽吗?
让我抱抱你,满面春风的孩子!
啊,欢乐的日子!哈哈!嘻嘻!"
他高兴得咯咯直笑。

恐龙怪兽拖着笨重的尾巴
在莽林里翻腾打转:
浑身披着闪亮的鳞甲,
吹须瞪眼,张牙舞爪。①

这首诗歌描述了一个年轻人的冒险经历,他杀死了强大的怪兽,获得了父亲的赞许。马丁·加德纳(Martin Gardner)在这首诗歌和抽象画之间做了一个有趣的比喻:"写实的艺术家被迫复制自然,尽可能多地把悦目的形式和色彩强加在复制物上;但抽象的艺术家却可以随心所欲地在颜料上嬉戏。类似的,无厘头诗人不必寻找巧妙的方式来结合模式和感觉,他只需要处理好声音,让感觉自己来处理。他使用的词语可能暗示模糊的意义,就像毕加索抽象作品中的一只眼睛和一只脚,或者它们根本没有任何意义,只是一种愉快的声音的游戏,就像画布上非客观的颜色的游戏。"② 诗歌游离于故事主线,仅是作为一个文字游戏以及反映镜中世界的颠倒状态而存在的。从故事性来说,这首诗歌在小说中是一种没有意义的存在,因此,这首《恐龙怪兽》也被认为是"英国最著名的文学废话(literary nonsense)"③。

虽然《恐龙怪兽》可以被文字叙述,也具备用影像表达的动作性,但是它很难在叙事电影中被较为妥当地叙述出来。毕竟,倘若让剧中人物用语言读出这首诗歌于电影表现而言是没有意义的;而若是让年轻人杀死恐龙怪兽的场景直接用影像表达也是不合适的,因为这会是一个惊心动魄的极为激烈的场景,以视觉呈现一定会迅速吸引观众的注意力,反而让观众抓不住影片的叙事主线。因此,这首诗在动画电影中,将不得不是一个

---

① 卡罗尔. 爱丽丝漫游奇境 [M]. 王永年, 译. 北京: 中央编译出版社, 2003: 207 – 209.
② KELLY R. Poetry [M] //BLOOM H. Bloom's modern critical interpretations: Lewis Carroll's "Alice's Adventures in Wonderland". New York: Chelsea House, 2006: 128 – 129.
③ UMLAND S. The Tim Burton encyclopedia [M]. Lanham: Rowman & Littlefield, 2015: 67.

"不可叙述"的存在。

在2010年由美国鬼才导演蒂姆·波顿（Tim Burton）导演的动画电影《爱丽丝梦游仙境》（融合改编了刘易斯·卡罗尔的《爱丽丝梦游仙境》与《爱丽丝镜中奇遇》两部作品）中，则通过重新建立叙事主线来将不可叙述的《恐龙怪兽》变成可叙述的。影片中，恐龙怪兽是兔子洞中的地下世界的强大威胁，它被红心皇后利用，以帮助红心皇后统治整个地下王国。而爱丽丝下到兔子洞中的主要行动目的，便是顺应预言，杀死恐龙怪兽，拯救红心皇后暴虐统治下的人民。卡罗尔原著中杀死恐龙怪兽的年轻人不是别人，正是爱丽丝。这种改编方式巧妙地再现了卡罗尔那著名的"文学废话"，将诗歌中的年轻人与爱丽丝合二为一，同时也为原著中无目的的爱丽丝增添了使命和行动线。卡罗尔在叙事上的松散状态被蒂姆·波顿调整，为其增添更为明确的因果联系，这成为将原著中不可叙述的内容可叙述化的主要策略，正如研究者所指出："虽然卡罗尔的疯狂主题与基于时间和空间不连续的叙事自由直接相关，但波顿的电影转变并采用了这一主题，创造了一种基于好莱坞设备的特色连续性，如角色的一致性，角色作为因果中介，以及事件之间的因果关系。"① 故事的连续性和因果关系的确让蒂姆·波顿有效地将原著中不可被电影叙述的内容用电影的形式叙述出来了，但是也因此让波顿受到了一些负面评价。安东尼·奎因（Anthony Quinn）在《独立报》（*The Independent*）上发表的一篇评论文章认为："感觉这部电影更多是对迪士尼的依赖，而不是对刘易斯·卡罗尔的依赖。"② 这一评论当然是有一定道理的，却又不自觉地回到了用是否忠实原著来衡量一部改编作品的成功与否的老路上。改编作品，尤其是动画电影的艺术形态与文学原著存有较大差异，需要立足于不同艺术的特性来展开改编行为。而蒂姆·波顿的《爱丽丝梦游仙境》在整合两部原著，尤其是用动画语言叙述那些"不可叙述"的语言方面还是有其独特价值的。

除了《爱丽丝漫游奇境记》之外，还有一个在动画改编中成功叙述"不可叙述"的诗歌的例子，那便是根据黎巴嫩著名诗人纪伯伦的散文诗《先知》改编的于2015年上映的动画电影《先知》（*The Prophet*）。

纪伯伦的诗歌《先知》以即将离开奥法利斯城的先知穆斯塔法在临行

---

① BECKMAN F. Becoming pawn: 'Alice', arendt and the new in narrative [J]. Journal of narrative theory, 2014, 44 (1): 12.
② ELLIOTT K. Adaptation as compendium: Tim Burton's "Alice in Wonderland" [J]. Adaptation, 2010, 3 (2): 195.

前对众多送行之人讲述的箴言作为主体内容,从爱、婚姻、孩子、劳作、饮食、自由、欢乐与忧愁、罪与罚、法律、自由、理性与热情、宗教、死亡等26个方面阐释了人生的真谛,字字珠玑、发人深省。

很难想象,《先知》这样一部充满哲理性和以优美文字见长的诗作也能够和以影像表达和想象力呈现为主的动画电影产生联系。动画电影《先知》由10位卓越的动画导演共同完成,其中包括《狮子王》(The Lion King)的导演罗杰·艾勒斯(Roger Allers)、《我在伊朗长大》(Persepolis)的导演玛嘉·莎塔琵(Marjane Satrapi)、《凯尔经的秘密》(The Secret of Kells)和《海洋之歌》(Song of the Sea)的导演托马斯·摩尔(Thomas Moore)等,还由《辛德勒的名单》的男主角连姆·尼森(Liam Neeson)担当动画中的主角先知穆斯塔法的配音,制作阵容堪称豪华。动画电影《先知》由一条叙事主线串联起8个叙事单元,从纪伯伦的散文诗的26个段落中选取了自由、孩子、婚姻、劳作、饮食、爱情、善与恶、死亡等8个段落进行艺术创作,由多位导演分头完成。这样的创作方式也为动画带来了多元的艺术风格,影片中呈现了水彩画、油画、彩色铅笔画等多种绘画制作方式,令人耳目一新,充满着奇异之感。

诗歌中诸多无法用动画语言加以叙述的内容被改编者进行了一种艺术的转换,而这种转换,也可以被认为是"艺格敷词"(ekphrasis)的一种表现。"艺格敷词"一词源于希腊语"εκ"和"φρασις",意为"说出来"。"对于'ekphrasis'一词的中文翻译有很多,例如艺格敷词、读画诗、绘画诗、造型描述、语图叙事、图像叙事、语像叙事等等,分别使用于美术史和文艺批评等领域。"[①]

起初,"艺格敷词"这一概念是作为一种修辞手法而出现的,早在公元2世纪,古希腊修辞学家赫莫杰尼斯(Hermogenes)就已经将"ekphrasis"作为一种修辞练习。后来,艺格敷词慢慢地变为了一种美学原则,而不仅仅是修辞手法。"艺格敷词"有着源远流长的认识基础,贺拉斯就曾提出过"诗如画"的论点。后来,18世纪德国启蒙文学的杰出代表莱辛也在自己的著作《拉奥孔》中系统而详尽地论述了诗与画的界限问题。而艺格敷词的概念也与莱辛的这本著作有着一定的关联。《拉奥孔》中讨论的对象,一为诗,二为画,诗即戏剧,画即静态图画或雕塑,这二者似乎与本节讨论的诗歌与动画都存有区别,但是其内在转换逻辑却有共同之处。莱辛非常认可诗与画之间的内在联系,他赞同伏尔泰的论断,认为

---

① 李骁. 艺格敷词的历史及功用[J]. 新美术, 2018, 39(1): 50.

"画是一种无声的诗,而诗则是一种无声的画"①。但是,在莱辛看来,由于画和雕塑是静态的,只能表达某一个短暂时刻人物的状态,在面对着不了解人物所经历的过往的受众之时,不可以让人物以一种比较丑陋的状态出现,所以,即便画和雕塑中的人物正在经历心灵和肉体的痛苦,他们的表情也要隐忍,不能够"哀号",也不能够扭曲。他甚至提出"美就是古代艺术家的法律,他们在表现痛苦中避免丑"②。但是,莱辛认为在诗中(即戏剧中)因为可以完整地表达出人物身上发生的事件,观众了解了一个鲜活立体的人物,看到了他所经历的一些,就不会仅仅从视觉形象出发去评判这个人物了,所以诗是可以去表现人物痛苦的顶点,毕竟"诗人也毫无必要,去把他的描绘集中到某一顷刻。他可以随心所欲地就他的情节(即所写的动作)从头说起,通过中间所有的变化曲折,一直到结局,都顺序说下去"③。这样,观众因为熟悉了、认识了诗中的人物,所以并不会因为诗中的人物表达出痛苦且扭曲的面容而对其心生嫌恶。这是莱辛所认为的诗与画在表达人物遭受痛苦之时的差异。而这种差异正在于叙事上的差异,画的瞬时性导致其叙事性较弱,而诗的连续性使得其叙事性大大增强。

用诗的语言将画作和图像描述出来,用文字制造一种视觉画面,这是艺格敷词相对狭义的定义。在视觉媒介高速发展的今天,艺格敷词又有了新的更符合时代的意义,简而言之,今天的"ekphrasis"一般被定义为"视觉表现的口头表达"④。在艺格敷词概念扩展到了视觉表达之后,便很难不与活动的图像——电影产生关联了。也有学者提出了电影的艺格敷词概念,认为艺格敷词是可逆的。"逆向艺格敷词(reverse ekphrasis)的概念得到发展:指代一种从语言到图像的再现方式。逆向艺格敷词的概念本身便涵盖了电影创作的过程,现如今大多数电影的创作经历了从文字剧本到活动影像的转换,这便是一个从语词到图像的过程。与此同时,根据文学作品改编电影也是逆向艺格敷词的一种体现。"⑤ 至此,对于艺格敷词的讨论和研究已经极大地扩张了,将绘画用诗的语言描述出来与将诗的语言用绘画表现出来都可以认为是"艺格敷词",即艺术的类型发生

---

① 莱辛. 拉奥孔[M]. 朱光潜,译. 北京:商务印书馆,2019:2.
② 莱辛. 拉奥孔[M]. 朱光潜,译. 北京:商务印书馆,2019:12.
③ 莱辛. 拉奥孔[M]. 朱光潜,译. 北京:商务印书馆,2019:24.
④ HEFFERNAN J A W. Museum of words: the poetics of ekphrasis from Homer to Ashbery [M]. Chicago and London: University of Chicago Press,1993:3.
⑤ 王晓彤. 跨媒介视域下电影艺格敷词的概念与分类[J]. 电影艺术,2021(3):38.

了相互转换。

对于改编自诗歌的动画作品，我们也可以借用这一理论来研究。诗的叙事性相较于静态的绘画而言，是极大地增强了，但是相较于动态的动画而言，诗的叙事性还是远远不及的。纪伯伦的《先知》是一部饱含人生哲学的诗作，其中虽有一些事件和人物动作，但是非常简单，几乎不构成戏剧性动作。在诗作中，先知穆斯塔法身上唯一能够称得上事件的动作恐怕就是他要离开生活了12年之久的奥法利斯城，在他离别之际，城民们纷纷前来送行，并与其有了一些对话。

动画电影《先知》相较于原著，叙事性显著增强了，影片不仅仅呈现了单一的真理宣讲，更有了贯穿始终的核心事件，以此来改变原著的不可叙述性。动画中的先知穆斯塔法是一个被囚禁了多年的人，纵然他满腹经纶、思想丰厚，却因为其过于强大的民众号召力而被统治阶层视为颠覆民众思想的敌人，从而将其软禁。当穆斯塔法被释放的时候，他被要求尽快离开这个城市，并且永远不得归来。在穆斯塔法前往港口的途中，他遇见了很多城民，大家纷纷上前请穆斯塔法给予自己人生的忠告，穆斯塔法一一允诺，这便有了动画中对诗歌原著文字上的完整再现。但是，随着前来送行和寻求真知灼见的人们越来越多，统治阶层开始害怕了，他们亲眼看到人民为穆斯塔法所引导和激励，见识到了穆斯塔法思想上的巨大能量，于是，在穆斯塔法即将登上离别的船之前，统治阶层突然改变了主意，再度囚禁了穆斯塔法，并且要求他对民众宣称自己之前所言全是假的，在遭到拒绝之后，残忍地枪杀了穆斯塔法。动画中先知穆斯塔法的经历相较于纪伯伦原著中的先知穆斯塔法而言有了极大的扩容，并且形成了完整的人物命运线索。这显然是从叙事层面上所做的加法。除此之外，动画中还有一条人物关系线索也是原著中所没有的。纪伯伦原著中有一位名叫埃斯梅拉达的女祭司，是她引领着穆斯塔法前往港口。原著中埃斯梅拉达身上几乎没有事件和人物动作，更不用提个人的改变了。但是在动画《先知》中，埃斯梅拉达是一位因为父亲去世而过分痛苦，从而拒绝说话的叛逆女孩，她被所有人认为是一个缺乏教养的捣乱分子。电影将埃斯梅拉达与穆斯塔法的关系作为一条重要的副线，细腻地表达了穆斯塔法对埃斯梅拉达的关心以及两人之间所建立的友谊，并且埃斯梅拉达也因为穆斯塔法精神和思想的感召恢复了说话的能力，获得了自我成长。这一条叙事副线拓展了穆斯塔法人物命运的主线，使其具备了情感线索，让动画的情节更为饱满，同时也使得原著"不可叙述"的诗歌具备了视觉化的可能性。

法国普瓦捷大学教授莉莉安·卢韦尔（Liliane Louvel）认为艺格敷词是一种"文字和图像的混合物"①，即不再纠结于到底是根据图像写出文字，还是根据文字绘制出图像，认为文字和图像之间相互转化的状态就是更广义层面的"艺格敷词"。这一观点与改编尤其是动画改编恰恰可以契合。动画电影《先知》中，集中表现了这一种"文字与图像混合"或称"诗画混合"的状态。影片分为8个叙事单元，从纪伯伦的原著中挑选出了8首诗篇进行影像表现。这每一个看似独立的叙事单元都是"诗画混合"艺格敷词的集中体现。

例如，《孩子》这一叙事单元完整地再现了纪伯伦诗歌原著中的语言。在这个叙事单元中，采用了剪影动画的表现手法，配以画外音，抽象而妥帖地再现了诗歌。在原著中，有这样一段文字：

> 你们是弓，你们的孩子是被射出的生命的箭矢。
> 那射者瞄准无限之旅上的目标，
> 用力将你弯曲，
> 以使他的箭迅捷远飞。
> 因为他既爱飞驰的箭，也爱稳健的弓。②

这段文字将家庭比作弓箭，父亲就是那射者，母亲就是那"稳健的弓"，而孩子就是被射出的"生命的箭矢"。这一比喻形象地体现了家庭亲子关系。影片中，伴随着上述诗句的画外音，画面呈现一名男子举起一把弓箭，正欲拉弓射箭，而这把弓箭却是一名身姿婀娜的女子。随着男子拉的弓越来越满，女子的腹部愈来愈隆起（如图3-13），最终当男子手中的箭射出去之后，女子的腹部恢复平坦。这射出的箭就代表着降生的孩子，他们来自父母，却不断远离父母，就像箭一般被射离父母。影片中的父母形象是黑色的剪影，当箭射出去之后，箭会穿过彩色的果园，幻化为长着紫色和金色羽毛的鸟儿，飞翔于彩云之间（如图3-14）。这样的色彩对比直观地再现了诗歌中的语句："因为他们的心灵栖息于明日之屋，即使在梦中，你们也无缘造访。"③ 孩子是父母孕育的，但是他却能到达父母所无法到达的未来，他能看到的世界是父母所无法想象的，诗歌中的

---

① LOUVEL L. Types of ekphrasis: an attempt at classification [J]. Poetics today, 2018, 39(2): 247.
② 纪伯伦. 先知 [M]. 伊宏, 译. 长春: 时代文艺出版社, 2018: 10.
③ 纪伯伦. 先知 [M]. 伊宏, 译. 长春: 时代文艺出版社, 2018: 9.

哲思被影片以黑色的父母和彩色的孩子的形象外化出来。这种图像视觉表达清晰而直观地表现了诗歌文字，既通过画外音完整地呈现了文字部分，也通过运动的图画对文字部分进行视觉阐释，使其更为具体和形象。文字和图像在这里得到了完美的交融，这不能不说是一种"诗画混合"的状态。

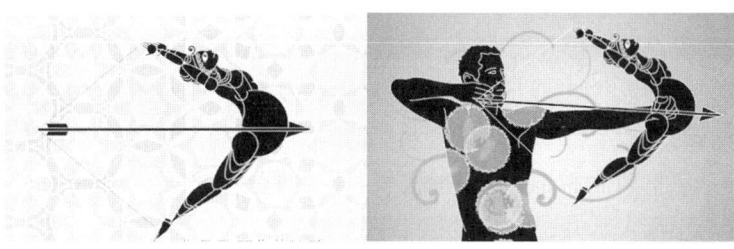

图 3-13　动画电影《先知》对诗句"你们是弓，你们的孩子是被射出的生命的箭矢"的影像表达

图 3-14　动画电影《先知》对诗句"因为他们的心灵栖息于明日之屋，即使在梦中，你们也无缘造访"的影像表达

这种文字与图像混合的艺格敷词在动画中比比皆是，随后出现的《饮食》叙事单元也是一个典型的例子。纪伯伦的诗歌原著《饮食》章节从生命循环的角度解释了人类以动植物为食物的"杀生"行为的合理性：

但既然你们不得不杀生为食，
从出生羊羔口中抢夺它们母亲的乳汁以解干渴，
那就让这成为一种崇拜方式吧。
当你们宰杀一只畜禽，
你们应在心中对它说：
"现在屠宰你的力量也将屠宰我，我同样也会被吞食。
因为把你送到我手中的那一规律也将把我送到更强者的手中。

你的血和我的血都不过是滋养天国之树的汁液。"①

虽然人类不得不杀生来为自己获取食物,维持生命,但是人类和这些被宰杀的禽畜一样,同属于整个世界生命生生不息循环中的一环,人类宰杀了动物,维持了自己的生命,但同时也用自己的生命去滋养世界。从这个更宏大的角度去思考,便会对杀生行为进行宽恕和接纳。这些诗句作为画外音出现在动画影片之中时,影片呈现与之相匹配的表现生命彼此相连的图像:一位农夫在烈日下驾驭着耕牛,耕牛艰难地挪步,农夫手持铁犁,干涸的土地上留下了一道道深深的沟壑,大滴大滴的汗珠从农夫的额角流下,汇集到他那如土地一般沟壑纵横的脸颊,形成了奔涌的水流,水流顺着沟壑流入水井,水井幻变为一只水壶,一名女子拿起水壶,水壶中的水顺势奔流而出,涌到了地面,而地面上出现一张张干渴的大口,贪婪地吞下这些甘霖。水流入"大地之口",形成一张张手掌,握住地底下的种子,将其温暖和孕育,托其破土而出,长成参天大树(如图3-15)……动画通过这种图像表达方式,将诗歌中的内涵精准而直观地传达出来。人为了自身的食物和生存驾驭了动物,宰杀了动物,但是在这个过程中,人也用自己的身体滋养了大地,人的血和动物的血都是"滋养天国之树的汁液"。诗歌中的文字犀利而残酷,而动画的图像对这些文字进行了柔化处理,使其更符合视觉审美。诗和画再度在此交融,文字之美与动画之美交相辉映。

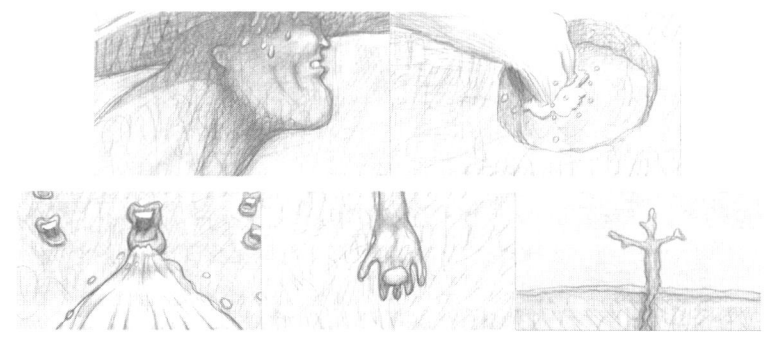

图3-15 动画电影《先知》对原著"饮食"章节的影像表达

像这样完整地展现原著的文字,并依托文字意境辅以动画进行视觉阐释,这一做法在动画改编中并不多见,《先知》算是一个特例,这是

---

① 纪伯伦.先知[M].伊宏,译.长春:时代文艺出版社,2018:12.

艺格敷词的集中体现,也是用动画叙述原本不可叙述的诗歌语言的典范。

2."不可叙述"的评论的动画呈现

小说的写作相较剧本的写作而言,会自由得多,作者本人的抒情和议论都可以直接在文字中表达。电影并非如此。当然,电影可以使用画外音将作者的想法和观点加以呈现,但这不过是一种黔驴技穷的无奈之举,影像化才是更佳选择。

法国作家安托万·德·圣埃克苏佩里(Antoine de Saint – Exupéry)的短篇童话《小王子》是一部"给成人看的儿童书籍"①,圣埃克苏佩里用儿童的口吻表达出了对成人的不理解和对成人世界荒诞性的反思。在书中,成人不仅看不懂儿童所画的被蟒蛇吞食了的大象,还说"别画什么剖视的或不剖视的蟒蛇图,把心思用到地理、历史、算术和语法上去"②。作者认为成人不仅缺乏想象力,还会通过对数字的偏爱,让一切感性和美好的东西都变得枯燥和世俗:

> 大人喜欢数字。你跟他们谈起一位新朋友,他们绝不会问本质的东西。他们不会对你说:"他的声音怎样?他爱好什么游戏?他搜不搜集蝴蝶?"而是问:"他岁数多大?几个兄弟?体重多少?他父亲挣多少钱?"这样问过以后,他们认为对他有所了解了。如果你对大人说:"我看到一幢漂亮的房子,红砖砌的,窗前有天竺葵,屋顶上有鸽子……"他们想象不出这幢房子是什么样的。要是说:"我看到一幢房子,价值十万法郎。"他们会惊呼:"多漂亮呀!"③

当然,小王子的感受与童话中的"我"是完全一致的,以至于小王子在访问多个行星之后,不住地感慨大人的不可理喻:"大人真是怪"④,"大人真是怪得没治了"⑤,"大人真是怪得太没治了"⑥,以及"大人真是太离谱了"⑦。作者在这部童话中通过"我"和小王子的遭遇表现出人们

---

① 莫洛亚. 从普鲁斯特到萨特[M]. 袁树仁,译. 桂林:漓江出版社,1987:83.
② 圣埃克苏佩里. 小王子[M]. 马振骋,译. 北京:人民文学出版社,2000:2.
③ 圣埃克苏佩里. 小王子[M]. 马振骋,译. 北京:人民文学出版社,2000:16.
④ 圣埃克苏佩里. 小王子[M]. 马振骋,译. 北京:人民文学出版社,2000:43.
⑤ 圣埃克苏佩里. 小王子[M]. 马振骋,译. 北京:人民文学出版社,2000:45.
⑥ 圣埃克苏佩里. 小王子[M]. 马振骋,译. 北京:人民文学出版社,2000:47.
⑦ 圣埃克苏佩里. 小王子[M]. 马振骋,译. 北京:人民文学出版社,2000:52.

在长大之后因为丧失了童真所带来的精神世界的崩塌和扭曲。成人和孩子处在两个彼此平行的思维和语言轨道中，他们之间无法交流，无法理解。"在儿童的精神世界中，语言符号系统仅有'富于诗意的价值'；而在大人们的精神世界中，语言符号系统却被'实用功能'所主宰。"①

圣埃克苏佩里将对人难免会长大，长大后又难免会失掉童真的现实的哀叹和无奈渗透在原著的字里行间，这些内容虽然在小说中可以被叙述，却难以在影像中叙述出来。毕竟在电影中，作者往往处在一种隐形状态中，很难与观众发生面对面的直接交流，作者的思想观点也需要通过人物的言行和事件间接地向观众呈现。2015 年马克·奥斯本（Mark Osborne）导演的法国动画电影《小王子》充分调动起动画艺术夸张和变形的表现特征，将原著中"崇拜数字，提到计算他们就来劲了"② 等在儿童看来格外奇怪的成人特点推到了极致。动画中出现的一个新角色——一位学龄期小女孩拥有一个严苛的母亲，母亲的职业是和数字有着密切关联的精算师，她对女儿的暑假时间以及未来人生进行了细致的规划，制作了一张巨大的时间安排表，为女儿的一天安排了几十件甚至上百件需要一一去完成的事情，每件事情完成的时间都精确到分。女儿就像一台精密的机器，被母亲设定了程序，只能按照规划好的时间和步骤运转。女儿站在那张巨大的复杂而精密的满是数字和统计图表的时间安排表面前，是那样渺小（图 3-16）。母亲除了给女儿设计出这张日程表之外，还给女儿手上佩戴了一块电子手表，手表与日程表配套，会在规定好做某件事的时间发出闹铃提醒女儿去完成。影片通过如此夸张的、极致的设定表现了原著中再三强调的"大人是很古怪的""大人喜欢数字"以及大人因为将生活完全预设之后所带来的童真的丧失。原著中对于"大人是古怪的"等诸多评论在动画中外化为具体可见的细节和形象。

此外，影片对原著情节的扩展也可以认为是对原著中无处不在的对成人世界的负面评论的表达。圣埃克苏佩里不仅是一位作家，更是一位飞行家，他在《小王子》首次出版后的第二年，即 1944 年执行一次飞行任务的时候，钻入云端再也没有回来。当时的圣埃克苏佩里不过 44 岁。而在动画电影《小王子》中，写作童话《小王子》的那个老飞行员已经白发苍苍，动画通过这种方式对圣埃克苏佩里的生命进行了延伸。动画的情感主线是一位被母亲牢牢掌控住的小女孩和象征着圣埃克苏佩里的那位善

---

① 胡玉龙.《小王子》的象征意义 [J]. 外国文学评论, 1998（1）: 36.
② 圣埃克苏佩里. 小王子 [M]. 马振骋, 译. 北京: 人民文学出版社, 2000: 52.

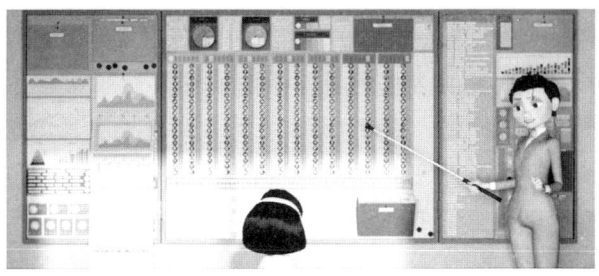

图 3-16 动画电影《小王子》中小女孩站在母亲为其设计制作的时间安排表前

良、疯狂、执着、古怪的老飞行员之间相互依存的关系。动画的行动主线则是小女孩通过改变大人们冷酷麻木的生活现状,唤醒他们心灵深处的童真,以及找到小王子来拯救病入膏肓的老飞行员。小女孩这一人物是原著中所没有的,小女孩对老飞行员的拯救以及对已经长大成人的小王子的精神唤醒也都是原著中没有的。动画电影《小王子》通过这些情节的注入从侧面表达了对成人世界的不满,以及孩童试图通过自己的行动对古怪的成人发起拯救,以此来间接表现小说原著中的那些对成人世界的负面评论。原著中的那些"不可叙述"为动画语言的对成人世界的哀叹在此获得了某种程度的回应。

3. "不可叙述"的独白的动画呈现

戏剧经典也是动画改编的重要素材来源,戏剧常见的独白往往是"人物独处时内心活动的披露"①,可是,当展现大段独白的时候,人物的动作几乎是停滞的,对动画这一视觉艺术形态而言,戏剧独白也会是一个"不可叙述"的内容,需要通过一些手段将其影像化。

在莎士比亚的喜剧《皆大欢喜》(As You Like It)中有一段著名的独白,即"世界即是一个舞台"("All the World's a Stage")。这段独白出自第二幕第七场:

> 全世界就是一个舞台,所有的男男女女不过是一些演员。它们都有下场的时候,也都有上场的时候。一个人的一生中要扮演好多角色,他的表演可以分为七个时期:最初是婴孩,在保姆的怀中啼哭呕吐;然后是背着书包,满面红光的学童,像蜗牛一样

---

① 谭霈生. 论戏剧性 [M]. 北京:北京大学出版社,1981:26.

慢吞吞地拖着脚步,不情不愿地呜咽着上学堂;然后是恋人,像炉灶一样叹着气,写一首哀伤的情歌吟颂他恋人的眉毛;然后是一个军人,满口发着古怪的誓,胡须长得像豹子一样,贪羡荣誉,动不动就要打架,甚至在炮口上寻求着泡沫一样的荣誉;然后是法官,胖胖圆圆的肚子塞满了阉鸡,凛然的眼光,整洁的胡须,满嘴不是至理名言就是摩登词句,就这样,他也扮了他的一个角色;第六个时期变成了精瘦的趿着拖鞋的龙钟老叟,鼻子上架着眼镜,腰上垂着钱袋,他那年轻时候小心省下来的长袜套在他皱瘪的小腿上宽大异常,他那浑厚的男子汉的嗓音复又变成了孩子一样,又尖又颤,像是吹着风笛和哨子;终结这段古怪的多事的一生的最后一场,是孩提时代的再现,全然的遗忘,没有牙齿、没有眼睛、没有口味、没有一切。①

这段独白其实与剧情的联系比较松散,并没有直接推动剧情的发展,却因其对人生哲理性的概括而成为该剧最为著名的片段。

改编自《皆大欢喜》的动画往往会保留这一独白,但会以属于动画的手段对其进行重述。在1994年的《莎士比亚名剧动画》(Shakespeare: The Animated Tales)中,由阿莱克斯·卡拉耶夫(Alexei Karayev)导演的《皆大欢喜》便完整地再现了上述经典独白。表现这段独白的影片的绘画风格明显与主体部分产生了差异,当画外音说出"全世界就是一个舞台,所有的男男女女不过是一些演员"的时候,影片中出现了一个由黑色钢笔绘制的画面,画面中显现出的剧院和舞台的模样分明就是莎士比亚环球剧院(Shakespeare's Globe)。这一设计让人回味无穷。400年前莎士比亚参与创办和经营的环球剧院直到今天还在使用,而它也成为莎士比亚戏剧改编动画中的重要场景。在这个动画段落中,导演用快速更迭的画面和夸张的人物动作一个个呈现了人生七个阶段的不同表现。其中,格外有趣的是第六个阶段的表现,在这一阶段,人是"精瘦的趿着拖鞋的龙钟老叟"。只见短片中出现了一位穿着宽大裤子的老人,半卧在床铺上看书,不一会儿,一具拿着长戟的骷髅走了过来(如图3-17),坐在老人床铺对面的椅子上,跷着二郎腿,不怀好意地凝视着老人。这分明是在暗示老人将不久于人世。这种生动的表达方式,也只有动画可以做到。原著中的经典独

---

① 莎士比亚. 皆大欢喜 [M]//莎士比亚. 莎士比亚全集(第2卷). 朱生豪, 译. 南京: 译林出版社, 2014: 127-128.

白作为画外音,与动画图像交相辉映,恰到好处地将戏剧经典段落动画化。

图3-17 《莎士比亚名剧动画》之《皆大欢喜》
对原著中的著名独白的影像表达

除了《莎士比亚名剧动画》之外,近年来还有其他关于《皆大欢喜》的动画改编作品,同样也保留了这段人们耳熟能详的经典独白。

新加坡南洋理工大学艺术学院的教授汉内斯·莱尔(Hannes Rall)作为一位资深的独立动画人参与创作了多部改编自文学经典的动画片,他在2020年推出了根据莎士比亚的著名喜剧《皆大欢喜》改编的26分钟的动画短片。在创作之初,莱尔专门采访了埃文河畔斯特拉特福莎士比亚研究所所长、伯明翰大学教授迈克尔·多布森(Michael Dobson)。在访谈中,多布森明确建议道:"在对剧本(《皆大欢喜》)进行删节时,你会发现一个问题,那就是'世界是一个舞台'这段独白是这部剧中很多人熟记于心的,因此,你有可能难以删减。"① 莱尔不仅听从了多布森的建议,甚至在改编《皆大欢喜》的时候,首先创作了《世界是一个舞台》(*All the World's a Stage*)的动画短片,并早在2016年就将该片作为一部独立短片发行,而《皆大欢喜》则直到2020年才面世。《世界是一个舞台》完成后,被德国电影和媒体审查委员会(FBM)授予最高等级的"高度推荐"。FBM在推荐词中高度评价了这部短片:"动画艺术家汉内斯·莱尔将莎士比亚的著名独白改编成一部2分钟的电影。各个人物和形式通过变形被艺术地转化和连接起来;黑色、白色和红色被大量使用。一个婴儿成长为一个成年人,一个骄傲的人变成了一个躲避者。所有这些都发生在流畅的动画动作中,再加上微妙的观察,形成了一种奇妙的节奏。观众怀着

---

① RALL H. Adaptation for animation: transforming literature frame by frame [M]. Boca Raton: CRC Press, 2020: 204.

巨大的喜悦不由自主地跟随它。英国演员塞缪尔·韦斯特用他铿锵有力的声音讲述了这个故事，从而进一步增加了该剧的魅力。汉内斯·莱尔通过《世界是一个舞台》完全成功地改编了戏剧史上最著名的独白之一。这是一种视觉和听觉的享受！"① 随后，该片在多个国际电影节上屡屡获奖。

  从上文引用的这段戏剧独白中，可以看出文字充满着耐人寻味的哲思，在动画中展现这样的文字并非易事。文字与图像，真实与虚幻，构成了戏剧台词与动画影像之间的极端对立。莱尔的做法，可谓在二者之间寻找到了别具个人风格的平衡点。在韦斯特的画外音的配合下，影片用极具表现主义风格的画面展现了独白中的部分内容。首先，黑、白、红三种颜色的大区块使用让影片画面看上去非常有视觉冲击力，其次，简约的几近几何图形的人物造型也让影片充满着特殊的力量。短片开场，黑色的大幕徐徐拉开，露出纯白色的舞台背景，一位由几何图形拼贴而成的颇为抽象的女人站在舞台中间，手里拿着一块鲜红的牌子，牌子上是黑色的阿拉伯数字7（如图3-18）。由此，影片展开了对人生中的七个阶段的陈述，画面也随着朗诵的内容进行极为风格化的更迭。影片中全然看不到戏剧中人物站在舞台前吟诵的面容和唇口动作，独白中的一切都用动画独特的方式呈现出来。譬如在表现"最初是婴孩，在保姆的怀中啼哭呕吐"这句台词时，短片画面的一半被鲜红色占据，居于画面中心的是一块黑色的弧形物体，这象征着拥有迷人身体曲线的女性保姆。保姆黑色的身体里，是一个白色的婴孩，随后，保姆将白色的婴孩从自己的怀中抽出，单手拎着挣扎着的孩子的脚，孩子在这一刹那，也由白色变成了纯黑色，保姆则迅速抛下了孩子（如图3-19）。这一画面含蓄地表达了婴孩阶段成长的苦痛。短片中的画面与经典戏剧段落中的台词对应着，以一种抽象的方式表现出台词的含义。这一做法，将动画不追求真实化的特点有力地表达了出来。导演莱尔在谈及创作方法时说道，他是"通过依靠更大的戏剧表情和身体语言来制作对话动画"②。这种办法不能不说是改编以对话取胜的戏剧为动画的有效途径。

---

① RALL H. Adaptation for animation: transforming literature frame by frame [M]. Boca Raton: CRC Press, 2020: 229.
② RALL H. Adaptation for animation: transforming literature frame by frame [M]. Boca Raton: CRC Press, 2020: 222.

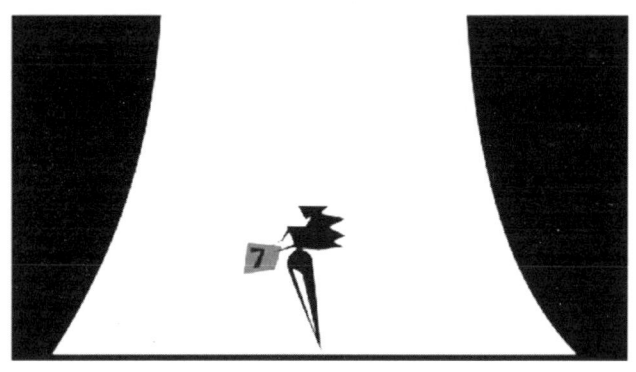

图 3-18 动画短片《世界是一个舞台》的开场画面

图 3-19 动画短片《世界是一个舞台》的画面

文本语言和动画语言在表情达意方面存在着显著的差异,文本语言可以轻易叙述的内容,有时却是动画语言无法轻松表达的。在动画改编的过程中,一定会遇到转换上的问题,如何把不适于动画表现的文学语言化为能够充分体现动画艺术特性的影像语言,既是考验改编者的地方,也是改编的意义所在。

二、动画语言的修辞策略

动画在艺术上有自己独特的表达方式,形成了不同于真人电影的动画语言。动画研究学者盘剑教授认为:"动画语言系统的核心是动画思维——如同影像语言系统的核心是蒙太奇思维一样。"① 他进一步将动画思维细化为以下几个方面:"夸张与变形、超常规动作与身体肢解、抽象具体化与具象符号化。"② 在这样的动画思维的影响下,动画艺术形成了别具一格的修辞手段,具体来说,包括对弹性和变形动作的着力表达、对符号性和奇观性的一再强调,以及对万物有灵思维的不断重现。

---

① 盘剑. 论动漫作为独立艺术门类的语言与表达 [J]. 当代电影, 2009 (8): 115.
② 盘剑. 论动漫作为独立艺术门类的语言与表达 [J]. 当代电影, 2009 (8): 115-117.

1. 弹性与变形

随意伸长、缩短、弯曲和变形人物的身体，这在真人实拍电影中是不可想象的，但是在动画中，却可以轻易做到。而这种表现方式，也成为动画能够区别于真人电影的重要手段，因此，可以将其认为是动画所特有的语言。俄罗斯电影制片人和理论家谢尔盖·爱森斯坦（Sergei Eisenstein）说过，动画的形式弹性（plasmaticness）有能力在其观众中引起"纯粹的狂喜"[1]。动画人物的弹性动作使得动画充满着新奇的想象力，同时在视觉上给予观众以冲击，从而让观众产生超越心理预期的狂喜。早期美国动画中的一些动画明星，如菲利克斯猫、米老鼠和幸运兔奥斯瓦尔德等，都是弹性动作的代表角色，它们的身体就好像是用橡皮管做成似的，可以随意弯曲和变形成各种形状。"米奇在最严重的飞机失事中幸存下来；每次爆炸后他都会反弹。没有什么可以摧毁他。游戏永远不会结束。"[2]

这样的弹性动作在文学经典改编的动画中同样广泛存在。在特克斯·埃弗里导演的改编自格林童话《小红帽》的动画电影短片《热辣小红帽》中，狼看见小红帽的时候，被小红帽性感的身体诱惑。影片花费了较大的篇幅去表现狼受到诱惑之后的情绪和身体变化，狼的眼睛从落在小红帽身上时，便开始膨胀，膨胀到比脑袋还要大，甚至因为膨胀过度而爆裂、弹出，影片以这种夸张的弹性动作来表达小红帽对狼构成的性吸引力。此外，狼的手臂还可以无限伸长，一直伸到小红帽的身旁，一把将她拉到自己身边。狼的内心情绪以及小红帽对他所构成的强烈诱惑，通过这些打破物理限制的弹性动作非常直观地表达了出来。对于动画而言，自然规律和物理定律完全失去了意义，"动画师不仅是在复制自然。他可以改变它。他几乎摆脱了自然和物理学的限制"[3]。

类似的弹性动作在中国早期动画《铁扇公主》中，也有大量的表达。铁扇公主在与孙悟空激战之时，抽出剑来，砍向孙悟空的脑袋，眼看着孙悟空将会身首异处，可是，出乎观众意料的是，孙悟空的脖子像一根橡皮管似的延展开来，因为弹性产生了弯曲，甚至扭结在剑刃上，让铁扇公主无法用利剑将其砍断。"从视觉的角度讲，动画的一个显著特征是通过绘制的手段，创作运动的视觉影像。作者可以打破现实物理环境的约束，违

---

[1] EISENSTEIN S. Eisenstein on Disney [M]. London: Methuen, 1988: 42.
[2] VÄLIAHO P. Animation and the powers of plasticity [J]. Animation: an interdisciplinary journal, 2017, 12 (3): 270.
[3] GIESEN R, KHAN A. Acting and character animation: the art of animated films, acting, and visualizing [M]. Boca Raton: CRC Press. 2018: xix.

反常规，甚至超越常规地进行创作。"① 影片中，八戒要把牛魔王的坐骑金睛兽偷走，奈何金睛兽体型过于庞大，于是，八戒只好通过它的尾巴把它腹中的气体吸出来，好像给气球放气一样，最后，神兽变成了扁扁的一张皮，八戒又像卷地毯一般把它卷走。待到偷出洞去时，八戒再对着神兽的尾巴吹气，让它恢复原状。一个活生生的动物，在动画中，就如同无生命的物体一般可以随意变大或缩小，随意弯曲或折叠。这些充满着弹性的动作改变了角色的物理形态，是真人电影所无法实现的场景和画面，而这也构成了动画特殊的语言表达。正如著名动画导演约翰·凯恩梅克（John Canemaker）在接受访谈时谈到的那样："动画是一种强有力的艺术形式，它可以用象征性的图像作出强有力的声明。它可以浓缩时间；如果你想的话，它可以使用变形术。"② "变形"正是动画独特的艺术手段的集中表现。

　　有学者认为"弹性的团块"③ 可以概括美国动画的美学特征，具体来说，"在运用弹性法则绘制动画的时候，动画师通常将绘制对象看作多个团块的组合。动画师的思维可以在局部团块和整体之间跳跃，以一种更为可控的方式处理复杂形体的运动。这些团块本身具备质量和弹性，可以在各种力的作用下产生运动和形变；同时彼此关联和牵引，通过团块之间的位置变化，在整体上营造出弹性的效果。"④ 这种动画效果在美国动画中的确广泛存在，在文学经典改编的动画中也不例外。如改编自雨果的文学经典《巴黎圣母院》的美国动画电影《钟楼怪人》（*The Hunchback of Notre Dame*），恢宏的巴黎圣母院钟楼上的石像怪兽在动画中是具备生命的，它们在世人面前是僵硬的不可动弹的石像，可是当卡西莫多孤身一人的时候，它们便获得了行动的能力。它们是卡西莫多的伙伴，是他在烦闷孤独的日子里可以交谈的对象。这些石像怪兽在影片中的行动充满着弹性，而石像本身就是"弹性的团块"。它们没有双足，是以弹跳的方式行走的，奔跑的时候则会发出汽车起步的声音，突然停下的时候则会在汽车急刹车声音的伴随下发生身体的惯性扭曲和弹性变形。

---

① 余春娜. 动画艺术表达中的"拟态"与"超共生"：当代动画语言在重塑中的演变［J］. 当代电影，2019（7）：142.
② RALL H. Adaptation for animation: transforming literature frame by frame［M］. Boca Raton: CRC Press，2020：44.
③ 陈菲仪. "流动的线条"与"弹性的团块"：对"中国学派"与美国动画美学特征的一种解读［J］. 中国电视，2010（10）：96.
④ 陈菲仪. "流动的线条"与"弹性的团块"：对"中国学派"与美国动画美学特征的一种解读［J］. 中国电视，2010（10）：97.

动画电影通过弹性动作,将动画角色和真人演员进行了显著的区分,以此增强了动画的表现力。

2. 符号与奇观

卡西尔认为人能发明运用各种"符号",所以能创造出他自己需要的"理想世界"①。这一观点竟然与动画的本体属性异曲同工,人能够利用各种没有生命的静态物体,去创造出他自己所需要的理想的动画世界。毕竟"在众多的艺术样式中,动画是最具符号特征的艺术形式之一"②。

动画是天马行空的。动画不受真人演员表演的限制,可以去表现真人演员无法做出的异常表情和艰难动作,每一个动画角色都是演技绝佳的演员;动画不受表演场景的限制,可以毫无束缚地表现在客观世界中并不存在的场景,借此给观众带来耳目一新的视觉体验;动画也不受摄影机拍摄的客观条件的限制,可以不用顾忌物理规律,表现各种角度的镜头。因此,动画是真正没有任何束缚的艺术形态,可以不受一切自然规律、物理条件的限制,可以最大限度地释放人类的想象力。这是动画无与伦比的优势,也是动画区别于真人表演影视的最突出之处,"动画是奇迹艺术……动画堪称用途最广泛和最有自主意识的艺术表达形式"③。这些只有动画才能够表现的内容便构成了动画所特有的语言。而动画改编作品的最大价值恰恰便是动画语言与文学语言的完美融合。文学语言在一定程度是受到表达和理解上的限制的,而动画这种极具想象力的艺术表现形式则可以在对文学进行改编的过程中弥补文学语言的这一弱项。正如苏珊·朗格(Susanne Langer)所言:"凡使用语言难以完成的那些人物——呈现情感和情绪活动的本质和结构的人物——都可以由艺术品来完成。艺术品本质上就是一种表现情感的形式,它们所表现的正是人类情感的本质。"④ 动画作为一种艺术形式,它更是具备这一特点,毕竟,动画不受任何物理规律和生活逻辑的束缚,能够将人类的想象力发挥到极致。动画在改编文学经典之时,其优越的表现能力更易于将文字的情绪和情感准确地表达出来。

爱尔兰导演蒂姆·布斯(Tim Booth)于 1982 年将爱尔兰诗人叶芝的诗歌《茵尼斯弗里岛》(*The Lake Isle of Innisfree*)改编为动画电影短片

---

① 卡西尔. 人论 [M]. 甘阳,译. 上海:上海译文出版社,1985:4-5.
② 葛玉清. 对话虚拟世界:动画电影与跨文化传播 [M]. 北京:中国传媒大学出版社,2011:23.
③ 韦尔斯. 动画语言 [J]. 世界电影,2011(4):158.
④ 朗格. 艺术问题 [M]. 滕守尧,朱疆源,译. 北京:中国社会科学出版社,1983:23.

《囚徒》(The Prisoner)。"《囚徒》可以被看作后布鲁斯时期文学改编动画的先驱,但布斯并没有参考过去来产生怀旧情绪,而是利用过去来审视20世纪后半叶爱尔兰的社会现状和政治状况。"① 这部动画短片通过童声配音完整地重现了叶芝的诗歌,却为诗歌配上反抗战争和讽刺现代性的动画画面。影片没有完整的情节,也无意忠实于原著,导演以一种实验的姿态和激进的方式来表现自己所想要表达的主题,叶芝的诗歌在此沦为了一种装饰性的外壳。"布斯的电影可以被解读为对叶芝的浪漫主义的嘲讽,以及对现代城市现实的批评。"② 影片中出现了大量碎片化的符号和意象,比如在开场画面中,黑色眼泪从一位囚犯的眼眶滴下,落在地面上,眼泪从砖块之间渗出监狱的外墙。黑色的液体汇集在一起,汇成一个水滴状的流体,匍匐在地面上,向前流动,随后变为一位穿着黑色长袍的修女,紧接着,修女敞开长袍,变身为一只巨型的飞鸟,展翅高飞(如图3-20)。眼泪意象通过多次变形,呈现为飞鸟,而飞鸟成为一种符号,在某种程度上代表着囚犯内心对于自由的向往。能自由展现形象变形的艺术画面,恐怕正是动画所特有的属性。此外,影片中还出现了一位长着米老鼠标志性大耳朵的宇航员以及一双戴着米老鼠手套的手用现代化的建筑替换了岛上的一座小屋。这些影像充满着跳跃感,将诗歌原著中那幽静、平和的茵尼斯弗里岛与现代的建筑和战争叠化在一起,隐晦地表现了现代性对传统生活的蚕食。而上述那些具有米老鼠符号的画面,被认为是"美国企业重组爱尔兰"③ 的标志。

图3-20 动画短片《囚徒》中修女化为飞鸟

电影在诞生后之所以能够迅速发展起来,并且成为一种重要的艺术形态,在很大程度上是由于电影比戏剧、比摄影更易于展现"奇观"。电影

---

① WALSH T. Re-animating the past [J]. Nordic Irish studies, 2018, 17 (2): 144.
② WALSH T. Re-animating the past [J]. Nordic Irish studies, 2018, 17 (2): 145.
③ WALSH T. Re-animating the past [J]. Nordic Irish studies, 2018, 17 (2): 146.

奇观是"非同一般的具有强烈视觉吸引力的影像和画面,或是借助各种高科技电影手段创造出来的奇幻影像和画面"①。简而言之,电影奇观是那些在日常生活中不易见到,甚至是无法见到的景象。而这些景象需要借助电脑建模来完成,从本质上来说,这便可以算作动画了。"对于奇观电影来说,其影像的特性已经不再单纯是客观地再现现实的问题了,而是如何根据想象力创造一个现实中并不存在的虚拟的形象的问题。"② 创造出现实世界中并不存在的场景,表达出现实世界中无法表达的画面,这也正是动画的艺术魅力所在。因此,可以认为奇观性也是动画的重要特性之一。文学经典改编的动画在原著的基础上,加入视觉奇观,从而发挥动画的艺术特性,这成为动画改编的重要手段。

法国导演保罗·古里莫(Paul Grimault)执导的改编自安徒生经典童话《牧羊女与扫烟囱的人》的 87 分钟动画长片《国王与小鸟》(*Le roi et l'oiseau*)中的一个重要场景,即国王所居住的城堡,便恰如其分地展现了这种视觉奇观效应。动画影片开场不久就出现了一个仰拍镜头,从下往上,从局部到整体地展现了国王那座奇异的城堡。城堡混搭了各个时代和多个国家的建筑风格,有雅典卫城的帕特农神庙、德国的新天鹅堡、威尼斯圣马可广场上的钟楼以及现代的摩天大楼,还有中式的庙宇(如图 3 - 21)。这些著名的分属于不同国家的建筑混杂在同一座建筑之上,在真实社会中是无法寻得的,但是在动画中,却可以轻易地做到。这一场景给观众带来了既陌生又熟悉的视觉奇观,既充满着虚拟世界的想象和拼贴,又拥有着现实世界的真实和美感。

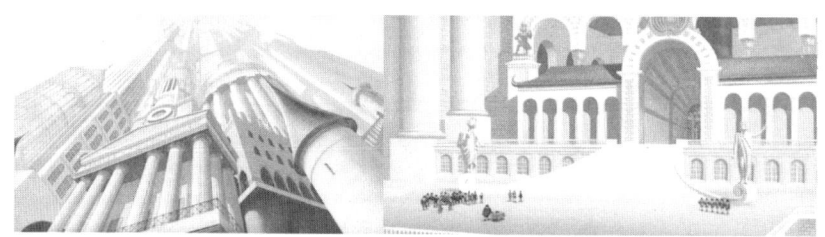

图 3 - 21　动画电影《国王与小鸟》中的城堡

还有 2021 年的中国动画电影《白蛇 2:青蛇劫起》,也为观众建构了一个极具视觉奇观的场景。这部电影"有灾难片的类型元素在里面,是一

---

① 周宪. 论奇观电影与视觉文化 [J]. 文艺研究,2005(3):21.
② 王颖吉. 从传统电影到奇观电影:电影叙事模式变化及其前景 [J]. 文艺争鸣,2010(1):124.

个灾难末世的感觉"①。故事的主要发生地,是介于天堂、地狱和人间的另一个时空——修罗城。修罗城是一个极具现代化的城市,却早已被废弃。在这里,高楼大厦一幢接着一幢地轰然坍塌,玻璃幕墙碎片横飞;街道上停满了一辆辆汽车,但满是撞痕,锈迹斑斑;人和妖共同生活在这个世界里,却彼此搏杀,你死我活。除此之外,生活在这里的长着牛头马面的怪兽力大无穷,声势浩大,见人就杀;城中还随时会劫起劫落,每当劫起之时,各种死亡的魂灵便会成群结队地飞来攻击和撕咬幸存者,让他们变成和自己一样无知无觉、无情无义的怪物。这一充满着末世恐惧的环境不仅给观众带来了视觉奇观,更是从心理层面上对观众形成了一种压迫,让观众体验到了一种具有后人类主义特征的末世语境。

动画影片除了直接展现一些真实客观世界中并不存在的场景,给观众带来陌生化的奇观冲击之外,还会利用动画在画面转换上的自如表达来制造联想的视觉奇观。如1950年改编自普希金童话诗的苏联动画电影《渔夫和金鱼的故事》在表现老太太的几个愿望实现的过程时,做得很别致,充分体现了动画在艺术表达上的优势。当老太太和老爷爷的茅草屋变成小木屋时,银幕上出现了雨点落在地面上的画面,雨点在地上形成了一个又一个小水洼,通过水洼呈现了小木屋的倒影。当小木屋变成大楼房的时候,通过掀起的浪花展现变化的过程,不断推高的浪花慢慢地将木屋变成了楼房。当大楼房变成城堡的时候,画面上出现一条金鱼在水中游来游去,它掀起的波浪让大楼房慢慢变成了沙皇的城堡。这些变形的过程都非常奇妙而唯美,并且与金鱼、海洋、水系都产生了联系,更为重要的是,给观众完整地展现了老太太的居所从茅草屋变成小木屋,再由小木屋变成楼房,又由楼房变为宏伟城堡的过程,带来了一种视觉奇观。

符号化和视觉奇观,是动画语言得以充分表达的所在,同时,也让动画拥有了能够成为独立艺术形态的能力。"动画仍然是奇迹艺术,不管表现出来的是那些独立制作者在用内心塑造生动的符号形象时的丰富想象力,还是视效动画家在大片中制造奇观时做得天衣无缝的移花接木,动画堪称用途最广泛和最有自主意识的艺术表达形式。"② 因此,在改编文学经典的过程中,符号化和视觉奇观的注入也成为不可或缺的方法。

3. 万物有灵

万物有灵,可以认为是动画思维的核心。艺术史学家埃尔温·帕诺夫

---

① 黄家康,刘佳,於水.《白蛇2:青蛇劫起》:中国动画电影的类型探索与制作体系建构:黄家康访谈[J].电影艺术,2021(5):79.
② 韦尔斯.动画语言[J].世界电影,2011(4):158.

斯基（Erwin Panofsky）说道：“动画片的优点是赋予生命，也就是说，赋予无生命的事物以生命，或赋予有生命的事物以不同的生命。它产生了一种蜕变。”① 在动画的世界中，一切动物和静物都可以具有人的思想、人的动作，动画可以模糊生命和非生命之间的界限，动物可以说话，植物可以行走，静物可以思考。世间万物，在动画的世界里，都具有了生命的脉动。

赋予无生命的物体以生命，达到一种万物有灵的境界，成为动画改编作品相较于源文本的重要改变。万物有灵的思维在动画中的具体展现又可以分为两种形态：第一，将静物人化；第二，将人类物化。

改编自"二战"时期德籍犹太人安妮·弗兰克记录密室生活的《安妮日记》的2021年的动画电影《安妮·弗兰克在哪儿》（*Where Is Anne Frank*）就是一个很典型的例子。原著中安妮将自己的日记本当作一个无话不说的好朋友，她亲切地称呼日记本为吉蒂，几乎在每一篇日记的开头都写上"亲爱的吉蒂"，絮絮叨叨地对着这个虚拟的"吉蒂"诉说自己的心事。而这部由以色列导演阿里·福尔曼（Ari Folman）执导的动画电影则把原著中那本著名的日记本拟人化了。影片开头，安妮·弗兰克的日记本被陈列在阿姆斯特丹的一家博物馆里。在一个雷雨交加的日子里，一个响雷将陈放日记本的玻璃罩击碎，日记本上安妮留下的黑色墨迹慢慢地活动起来，凝聚在一起，逐渐像一缕青烟一般升腾到空中，影片完整地展现了这些黑色的文字是如何慢慢组建成纤细的手臂、修长的双足，最后，变为一位穿着绿色连衣裙、留着棕红色披肩发、脸上长着星星点点的雀斑的女孩。而这个女孩，恰恰就是日记本"吉蒂"。在原著中，吉蒂是安妮的一个隐形的闺中密友，但是在影片中，吉蒂这一静物被拟人化了，以真正的人的形象出现，并且成为影片的主人公。动画影片的主线是吉蒂寻找安妮，在寻找安妮的过程中她慢慢得知了安妮的死讯，同时也一点一滴地通过穿插回忆的场面再现了原著《安妮日记》中的内容。

赋予静物以生命，这是万物有灵思想的集中体现。动画电影短片《反纳粹版三只小猪》（又名《闪电狼》，*Blitz Wolf*）将《三只小猪》这一经典童话置于"二战"背景中，大灰狼则成了希特勒的象征。影片中，狼驾驶着一架坦克来到第一只小猪的茅草屋前，坦克竟然会模拟人的动作，仰天深吸一口气，鼓起腮帮子，憋足了气，向着小猪的茅草屋吹去。坦克这一静物被赋予了生命，完成了原著中大灰狼吹倒茅草小屋的动作。在改编

---

① BECKMAN K. Animating film theory [M]. Durham and London: Duke University Press, 2014: 39.

自格林童话《白雪公主》的动画电影短片《白雪贝蒂》中，贝蒂版的白雪公主被猎人绑在树干上，猎人磨刀霍霍，准备按照皇后的嘱咐杀死公主。白雪公主楚楚可怜地大声呼救，捆绑公主的大树也被打动了，它弯下腰，伸出像人类手臂一般的树枝，将白雪公主从绳索的束缚中解救出来。在此，静物拥有了人类的感情，也拥有了人类的行为能力。

万物有灵思想除了将静物拟人化之外，在动画改编中还特别表现为将人物动物化或静物化。尤其是将人物动物化，几乎成为动画电影最常采用的方法。华纳的动画师查克·琼斯（Chuck Jones）解释了其中的原因："在动画片中，我们一般确实更喜欢动物而不是人类。首先，如果你的故事需要人类，请使用真人表演。它更便宜，更快捷，也更可信。……第二，使动物人性化比使人类人性化更容易。"① 因此，在动画中存在着大量的动物角色，甚至其数量要远远超过人物。表现动物世界的生活，是动画最为显而易见的特点。"在动画中，动物角色的存在被视为理所当然，它们作为动画片主要角色的地位几乎没有被质疑过。"② 在改编文学经典为动画电影的时候，原著中的人物也因此常常以动物的形象出现。

1994年迪士尼根据莎士比亚戏剧经典《哈姆莱特》改编的动画电影《狮子王》便是将丹麦王国发生的这一系列叛变谋杀复仇的行为放在了动物王国中：小狮子辛巴是那个肩负替父报仇重责的丹麦王子哈姆莱特，狮子刀疤是那个弑君篡位的克劳狄斯，母狮子娜娜是那个温婉美丽的奥菲利亚，而辛巴的伙伴野猪和臭鼬则是吉尔登斯坦和罗森克兰兹。弟弟杀死哥哥，篡夺王位，儿子得知父亲死因，愤而替父报仇，大家耳熟能详的《哈姆莱特》的情节在动画中被"动物化"了，故事发生的地点也从丹麦宫廷挪移到了辽阔的非洲大草原。1998年同样由迪士尼出品的《狮子王2：辛巴的荣耀》则改编了另一部莎翁巨作——《罗密欧与朱丽叶》，在这部动画中，刀疤的家族与辛巴的家族积怨已久，两个狮群互相敌视，势不两立。辛巴的角色功能与凯普莱特相对应，而辛巴的女儿小狮子琪拉雅则相当于朱丽叶，她爱上了刀疤的儿子狮子高孚，高孚的角色功能基本等同于罗密欧。于是，琪拉雅和高孚这两个有着家族仇怨的年轻人的爱情注定了不被祝福。凄美的爱情悲剧又一次被放在了动物王国，莎翁剧作中美好的恋人以及他们的父亲都被动物化了。剧作中凯普莱特和蒙太古高贵的社会

---

① JONES C. Chuck Amuck: the life and times of an animated cartoonist [M]. New York: Farrar Strauss Giroux, 1999: 227.
② WELLS P. The animated bestiary: animals, cartoons, and cultural [M]. New Brunswick: Rutgers University Press, 2009: 2.

地位也在动画中通过动物化体现为位于动物世界食物链顶端的狮群。还有，2006 年的动画《罗密欧与朱丽叶：以吻封缄》（*Romeo and Juliet Sealed With a Kiss*），讲述的是两个互为仇敌的海豹家族中的两只海豹坠入爱河的故事。海豹罗密欧爱上了家族仇敌的女儿朱丽叶，但是它们的爱情得不到祝福，甚至朱丽叶的父亲还强制性地将女儿许配给丑陋恶心的海象王子。不仅戏剧中的罗密欧与朱丽叶、凯普莱特与蒙泰古的形象在动画中能够找到精准的对应，而且戏剧中的角色帕里斯也以海象王子的形象出现在动画中，发生在意大利维罗纳的凄美爱情故事被搬演到了海洋动物身上。再如 2010 年的动画《丛林有情狼》（*Alpha and Omega*）将《罗密欧与朱丽叶》的爱情故事放在了两个互相敌视的狼群之中，又一次把戏剧人物"动物化"。以上这些例子都足以说明，在将文学经典改编为动画之时，改编者们热衷于将人物动物化。美国著名动画家沃尔特·迪士尼也对其原因给予了非常精准的解释："为什么动物在动画卡通中占据着统治地位？因为它们对任何刺激都通过身体表达出来。以一只快乐的狗为例，它摇动着尾巴，晃动着身体，呼扇着耳朵。它向你问候的方式可能是跳到你的膝盖上，也可能是绕着屋子兜圈而不碰到一个椅子和沙发。它张大它的大嘴，不停地叫，这也是一种身体的表现形式。但人对刺激如何反应呢？他已经失去了曾经有过的表现，他控制了身体表现。他是文明的牺牲品，他们的理想是成为不动声色、表情木讷的男人和迷人、沉着的女人，甚至姿态都是计划好的。他们称之为镇静。在小孩身上可以发现动物的自发性，但随着接受的教育他们会渐渐丢掉这些自然的东西。"①

在一些动画影片中，将人物物化，也可以用作对政治立场的影射。比如在"二战"时期的日本动画中，就出现了将美国人"非人化"的做法。其中最典型的例子当数 1945 年改编自日本室町时代的民间故事集《御伽草子》中流传甚广的故事《桃太郎》的动画电影《桃太郎：海之神兵》（*Momotaro, Sacred Sailors*），这部动画也被认为是日本的第一部动画长片。影片中，说英语的敌人是以头上长角的魔鬼形象出现，影片还"暗示桃太郎所体现的日本精神上的纯洁和活力将驱散他们"②。

在动画改编过程中，除了将文学经典中的人物形象动物化之外，将其静物化也是比较常见的做法。2010 年上映的改编自莎士比亚戏剧《罗密欧与朱丽叶》的三维动画大片《吉诺密欧与朱丽叶》基本沿用了原著的

---

① 周鲒. 动画电影分析 [M]. 广州：暨南大学出版社，2007：268.
② LAMARRE T. Speciesism, Part I: translating races into animals in wartime animation [J]. Mechademia: second arc, 2008, 3 (1): 77.

情节和人物设定，但是将故事发生的场景从意大利的维罗纳城移至莎翁故乡——英国埃文河畔斯特拉特福镇。吉诺密欧及蒙太古家族是一户人家花园里的用来装饰花园的蓝色瓷娃娃，朱丽叶及凯普莱特家族是紧邻这家的另一户人家花园里的红色瓷娃娃。红蓝两家虽然相伴为邻，但互相敌视，吉诺密欧与朱丽叶意外地陷入了不被两大家族所祝福的爱情。这些设定都与戏剧原著如出一辙，但动画影片《吉诺密欧与朱丽叶》别出心裁地将这些观众耳熟能详的角色设定为静物瓷娃娃，影片中这些瓷娃娃在人类面前毫无行动能力，如同我们在真实生活中见到的所有瓷器一般，它们只在没有人类相伴的时候才能拥有生命，才能够像人一样行走和说话。在改编过程中将人物静物化，这也是万物有灵思想的典型表达。更有意思的是，这部《吉诺密欧与朱丽叶》甚至让原著的作者莎士比亚本人也作为一个人物形象在剧中出现，从而形成了一种"传记性的叙事模式"，"莎士比亚既是自己作品中的创作者，又是自己作品中的人物"。① 动画影片中，莎士比亚是一尊雕像，这尊雕像与莎翁故乡埃文河畔斯特拉特福镇广场上的莎士比亚雕像一模一样，雕像在人类面前是静止的，是没有生命的，可是在瓷娃娃面前却也和真人一样具有活动能力，并且在动画情节的发展过程中起到了关键性的作用，即当吉诺密欧陷入精神困境的时候，是莎士比亚雕像点拨了他。

以上这些影片是将原著中的人物用动物和静物加以演绎，以适应动画电影的表现特点，此外，还有影片刻意将人物以一种接近物化的形式加以表达，以强化某种创作立场。动画电影《安妮·弗兰克在哪儿》中的纳粹军人身材高大，几乎是普通居民身高的两至三倍，他们穿着黑色的拖地长袍，胸前佩戴着血红的纳粹标记，面色惨白，眼睛就是两个黑色的空洞，如同骷髅一般。他们用整齐划一的步伐机械地行走着，好像一排排僵尸。这些物化了的军人给人以强烈的视觉震撼，让观众感到战争的压迫以及僵化了的非人所带来的窒息之感（如图3-22）。

在万物有灵思维的浸润下，动画呈现出比真人实拍电影更具有想象力的表现能力，正如英国动画制作人约翰·哈拉斯（John Halas）和乔伊·巴切勒（Joy Batchelor）所说："动画片关注的是形而上的现实——不是事物的外观，而是它们的意义。"② 所以，动画通过万物有灵的思维，模糊了生命与非生命的界限，凸显了动画赋予无生命的物体以生命的本质。

---

① 吴斯佳. 论莎剧动画改编的传记性叙事：以《罗密欧与朱丽叶》的动画改编为例 [J]. 当代电影，2016（8）：171.
② WELLS P. Understanding animation [M]. London：Routledge，1998：11.

图 3-22 动画电影《安妮·弗兰克在哪儿》中的纳粹军人和普通人的身形对比

三、动画的听觉语言

巴拉兹在《电影美学》中指出:"声音将不仅是画面的必然产物,它将成为主题,成为动作的泉源和成因。换句话说,它将成为影片中的一个剧作元素。"[1] 也有学者试图对于电影语言进行符号学的整理,认为电影语言至少有三大系列:"第一组系列,是指由各种镜头、场景、画面所构成的符码,……第二组系列,是指由演员和编导所讲的,或用其他方法说出的语言,……第三组系列,是音乐、音响效果系列的组合。"[2] 可见,声音是电影不可或缺的重要元素,声音的加入大大增强了电影的表现力。

在动画中,也是如此。"声音,包括卡通片中老套的音效或表达简朴感情的特定音乐类型,在任何一种动画片中都是重要的。"[3] 在动画影片中,声音语言主要表现为两个方面:第一,音乐。音乐的加入有利于动画影片的叙事,同时可以烘托人物的情绪。第二,音效。音效也是动画语言的重要组成部分,相较于原著的文字,音效可以更为精准地表达出特定的情境。

迪士尼动画一直以来对于音乐剧十分偏好,自从《白雪公主与七个小矮人》开始,迪士尼就一直致力于动画与音乐的融合,到了 20 世纪 80 年代末期,即学者所谓"迪士尼的文艺复兴(The Disney Renaissance)"[4] 时期,这一趋势越来越显著。《小美人鱼》《美女与野兽》《狮子王》"借鉴了百老汇舞台音乐剧的各个方面。这三部电影后来被改编为百老汇,并成为成功的舞台音乐剧,完成了一个完整的循环"[5]。以《狮子王》为例,

---

[1] 巴拉兹. 电影美学 [M]. 何力,译. 北京:中国电影出版社,1978:209.
[2] 金丹元. 电影美学导论 [M]. 上海:复旦大学出版社,2008:65-69.
[3] 韦尔斯. 动画语言 [J]. 世界电影,2011(4):163.
[4] PALLANT C. Demystifying Disney: a history of Disney feature animation [M]. New York: Continuum, 2011:89.
[5] COYLE R, FITZGERALD J. Disney does Broadway musical storytelling in "The Little Mermaid" and "The Lion King" [M] //COYLE R. Drawn to sound: animation film music and sonicity. London: Equinox Publishing Ltd, 2010:223.

影片中的《生生不息》(Circle of Life)、《我等不及要当国王》(I Just Can't Wait To Be King)、《哈库那马塔塔》(Hakuna Matata)、《今夜你可以感受到爱吗?》(Can You Feel the Love Toningt) 等歌曲脍炙人口,成为风靡一时的流行曲,并且获得了奥斯卡最佳原创歌曲奖。而影片中的歌曲还能够与叙事产生有机的联系,正如《小美人鱼》的作曲者门肯(Menken)和阿什曼(Ashman)在采访中所言:"我们想制作能够讲述故事的歌曲,能够真正推动故事发展的歌曲,真正推动剧情发展的歌曲,让事情不断向前推进的歌曲,而并不是你停下来唱一首歌。"①在动画影片《小美人鱼》中,爱丽儿以一曲《你世界的一部分》(Part of Your World) 直抒胸臆地表达了对人类世界的向往以及对变成人类的渴求,这一首歌曲成为爱丽儿随后行为的直接推动力。

音乐除了推进影片的叙事之外,还有其语言符号的价值。英国著名作家乔治·奥威尔(George Orwell)的代表作品《动物农场》(Animal Farm) 讲述了农场中的动物们为了反抗人类的暴虐统治而奋起革命,却又落入了一个新的统治与剥削的轮回的故事。这部文学经典于1954年被英国著名动画导演约翰·哈拉斯(John Halas)和乔伊·巴切勒(Joy Batchelor)改编为同名动画电影,这部电影也是英国动画史上第一部动画长片。故事中,那头名叫老梅杰(Old Major)的猪在临终前对着动物们发表了一番激情澎湃的演讲,号召大家争取平等和权利,随后,带领着动物们唱了一首《英格兰的牲畜》。原著中是这样描写这一大合唱的场景的:"这歌声让动物们热血沸腾,激动万分。少校一遍都没有唱完,大家就开始哼了起来。哪怕是天资最差的动物也找到了调子,记住了一部分歌词;聪明一点儿的,像猪和狗,几分钟就记住了整首歌。在试唱了几次之后,农场里传来了动物们齐声歌唱的《英格兰的牲畜》,嘹亮的歌声响彻农场上空。"② 原著只是叙述了这场合唱的状况,并未进行过多的场景描写。但是,电影却不得不对合唱的画面进行表现。影片完整地表现了这首歌曲的演唱过程,动物们在演唱这首歌的时候直接使用了各种动物原本的声音,而不是采用乐器或者是用人类的歌声来拟人化地表现这一合唱过程。猪的哼哼声、牛的哞哞声、鸭的嘎嘎声、狗的汪汪声混杂在一起,导演通过模拟动物叫声来展现歌唱。在保罗·韦尔斯看来,这种做法"加强了对

---

① COYLE R, FITZGERALD J. Disney does Broadway musical storytelling in "The Little Mermaid" and "The Lion King" [M] //COYLE R. Drawn to sound: animation film music and sonicity. London: Equinox Publishing Ltd, 2010: 228.
② 奥威尔. 动物农场 [M]. 姜希颖, 译. 长春: 时代文艺出版社, 2018: 9-10.

音乐剧惯例的抵制"①。随后，动物们对抗农场主的战斗取得了初步胜利，它们焚烧了农场主用来管控它们的器具，所有的动物围绕着那堆篝火，再次唱起了这首歌。影片中的这首歌既是动物们的狂欢，也符号化地再现了动物们的原本属性，通过动物们不同的叫声吟唱出了歌曲的曲调，刻意与"拟人"拉开了距离。音乐在这里不是对叙事的补充说明，而是直接与画面和情节融合。

音乐的符号价值还表现在改编自安徒生童话《海的女儿》的日本动画《悬崖上的金鱼姬》中。波妞在结识了男孩宗介之后，一心想变成人类，变成真正的小女孩，她付出了多番努力，终于获得了人类的双腿，她用双足在海浪中奔跑，前去追寻宗介。此时，影片的配乐套用了瓦格纳著名歌剧《尼伯龙根的指环》第二部《女武神》中的第三幕《女武神的骑行》（Ride of the Valkyries）的主题旋律。在这激扬的歌曲的渲染下，乘着波涛而来的波妞像极了女武神。通过音乐，动画人物与导演所意图指向的象征人物产生了关联。

动画中的音乐成为重要的听觉语言，在推进叙事和塑造角色等方面都起到了不可忽视的作用。但是，于动画而言，听觉语言不仅仅只有音乐这一种表达形式，还有音效。

音效在电影叙事中的存在感很低，经常被人忽视，却有其不可或缺的作用。比如银幕上出现的爆炸场景，实际上可能并非造成巨大的影响，甚至还会是通过电脑技术手段模拟出来的爆炸，可是当爆炸的音效与场景结合起来之后，就会给观众带来一种强烈的真实感，让观众相信这场爆炸是一个巨大的灾难。尽管音效的作用不容忽视，但是音效的存在往往是为视觉画面做了嫁衣，正如新好莱坞运动中最为知名的音响设计师之一沃尔特·默奇（Walter Murch）在为米歇尔·希翁（Michel Chion）的专著《视听：幻觉的构建》（L'Audio-vision：Son et image au cinéma）所写的序言中说的那样："声音给电影增添的任何色彩很大程度上都被观众以视觉的形式感知和理解了——声音做得越好，则认为影像越好。"② 无论如何，声音与影像合体，为影片增添了重要的表情达意的功能，起到了一加一大于二的效果。

---

① WELLS P. Halas & Batchelor's sound：decisions musical approaches in the British context [M] // COYLE R. Drawn to sound：animation film music and sonicity. London：Equinox Publishing Ltd, 2010：49.
② 默奇. 推荐序：拜访声音女王 [M] // 希翁. 视听：幻觉的构建. 北京：北京联合出版公司, 2014：12.

2013 年的日本动画《辉夜姬物语》（かぐや姫の物语，*The Tale of the Princess Kaguya*）根据日本最早的物语文学《竹取物语》改编而成，影片对于原著的主题和情节做了较明显的改动，而这些改动在一定程度上是依托音效加以表现的。《竹取物语》一共分为十章，其中第一章是"辉夜姬的出生与成长"，第九章"天之羽衣"和第十章"富士之烟"描写辉夜姬纵有百般不舍，还是不得不回归月宫。中间七章则全在叙述辉夜姬的婚姻问题，各种达官显贵，甚至包括天皇在内，都被辉夜姬的美貌倾倒，向她求婚，但是辉夜姬通过计谋和考验，拒绝了所有的求婚者。"《竹取物语》是由化生、求婚和升天三部分构成。它通过求婚与抗婚的矛盾斗争，突出了对金钱和权势的蔑视和反抗。"① 然而，在动画《辉夜姬物语》中，虽然也有对辉夜姬婚姻问题的表现，却将其作为一条副线，而"以流离失所、绝望和离开为主题"②。原著仅仅在第一章中花了 500 余字去描写辉夜姬的成长和童年经历，可是，在电影中，这部分内容却占据了 30 多分钟的影片篇幅。影片之所以大大地强化辉夜姬的童年经历，是因为将故事的主题转变为辉夜姬对乡野和自然的向往，对物质和地位以及世俗眼中的更好生活的厌弃，表现了一种追求质朴生活的理想。"这个故事提供了许多教训，包括儿童感受到的符合父母期望和社会习俗的压力、社会分类和严重的物质主义的残酷影响，以及最终不可能弥合不同世界之间的鸿沟。"③ 因此，影片前 30 分钟内，在表现辉夜姬童年悠然自得、天真无邪的田园生活之时，其画面背景一直伴随着蝉和蛐蛐儿的鸣叫声，以及各种鸟叫声。在这种音效的环绕下，影片充满着大自然那清新纯粹的氛围，辉夜姬童年时期乡野经历的美好也变得更易于感染观众。随后，当辉夜姬被父亲以爱之名带去首都，为她建造了豪华的宅邸，为她获得公主的封号，为她精心挑选各路显贵做夫婿之时，影片背景中的自然音效都消失了。当然，这可以被认为是地点的转变，但是同时可以认为是人物心境的转变，辉夜姬离开了熟悉的乡野，从一个可以在大自然中随心所欲自由玩耍的孩子变成了一个背负着公主的空名处处受到限制和约束的不快乐的人。背景音效的适时改变恰如其分地传达出了辉夜姬内心深处的不适和寂寞。声音就是这样不动声色地对视觉画面进行了有效的补充，"视听联合，其运作

---

① 唐月梅. 日本古典小说之先驱：读《竹取物语》《伊势物语》《落洼物语》[J]. 外国文学研究，1983（8）：73.
② JACKSON P. Changing of the seasons: Isao Takahata's "The Tale of the Princess Kaguya" [J]. Metro, 2015 (185): 88.
③ SWIETEK F. The tale of the Princess Kaguya [J]. Video librarian. 2015, 30 (2): 36.

并非如类似元素或相反元素的简单累加,而是一种混合,在此之中我们几乎分辨不出声音的部分"①,但正是声音的存在,才能更为生动而深刻地传达出人物的内心世界。

如果说电影语言是一种可以跨越国界,让不同国别的人都能够理解的跨文化语言的话,那么动画语言则不仅可以跨越文化的束缚,而且可以跨越年龄的束缚,不同年龄层次的人们都可以从动画作品中寻找到自己的精神归宿,动画语言的涵盖范围可谓语言中最为宽泛的。当这种可以跨越一切理解障碍的语言系统对于文学经典进行再解读时,无疑对于文学经典的传播具有十分必要的积极意义。

第三节 动画电影改编的叙事结构

西摩·查特曼(Seymour Chatman)在《故事与话语:小说和电影的叙事结构》的开头点明叙事是由两个部分构成的:"一是故事(story,histoire),即内容或事件(行动、事故)的链条,外加所谓实存(人物、背景的各组件);二是话语(discourse,discours),也就是表达,是内容被传达所经由的方式。"② 查特曼还进一步总结道:"故事即被描述的叙事中的是什么(what),而话语是其中的如何(how)。"③ 改编动画与原著之间内容和事件的差异以及差异形成的缘由已经在本研究的其他章节有所表述,譬如"动画电影改编的影响因素"一章中论述的改编本与源文本之间的事件的差异反映了时代特征和社会意识形态,而"动画电影改编与伦理过滤"章节则将要论述改编动画出于对原作品伦理过滤的考量所进行的故事情节的删改。查特曼观点中叙事的第二个组成部分,即内容被传达所经由的方式是本节所关注的方向。

在改编文学经典为动画电影的时候,改编者在对原著情节内容进行一定程度的改变的同时,也会从讲述方式上对原著故事进行叙事结构的修改。对叙事结构的修改主要表现在套层叙事、拼贴叙事以及叙事的"解构"与"建构"等方面。

---

① 希翁. 声音[M]. 张艾弓,译. 北京:北京大学出版社,2013:289.
② 查特曼. 故事与话语:小说和电影的叙事结构[M]. 徐强,译. 北京:中国人民大学出版社,2013:5-6.
③ 查特曼. 故事与话语:小说和电影的叙事结构[M]. 徐强,译. 北京:中国人民大学出版社,2013:6.

一、套层叙事

套层叙事指的是故事中存在两个叙事时空,而且其中一个叙事时空包裹着另一个叙事时空,让其成为自己的"内戏"。这种叙事结构也被称为"戏中戏"。格哈德·费舍尔(Gerhard Fischer)和伯恩哈德·格里纳(Bernhard Greiner)认为:"'戏中戏'作为一种结构原则,在促进媒介之间的中介过程或不同媒介之间的'转换'过程中发挥了重要作用。"① 在叙事性文本的创作中,"戏中戏"结构的表现形式又存在类型的区分,在理查德·霍恩比(Richard Hornby)看来,"戏中戏"大致可以分为两种情况,一种是"嵌入型"(inset type),即插入的戏是次要的,是与主要故事线关联不大的一次演出,例如《哈姆雷特》中的《捕鼠机》;另一种是"框架型"(framed type),插入的戏才是戏剧的主体部分,而外围的戏只不过是一个结构装置,例如莎士比亚的《驯悍记》中醉汉的戏。②

按照霍恩比的分类方式,在改编自文学经典的动画电影中,更常见的套层结构是第二种形式,即"框架型",插入的内层部分才是故事的主体,而外层的故事则不过是一个结构装置。而在改编过程中,改编者往往是通过增加外层结构来人为地改变原著的叙事结构,化单层叙事为套层叙事。以"东欧最大、最负盛名的动画制作机构"③——苏联"联盟动画电影"(Soyuzmultfilm)的作品为例,其改编自经典童话的作品中有多部增添了外戏叙事框架。1957 年的苏联动画电影《冰雪女王》改编自安徒生童话经典《白雪皇后》,这部动画电影开场的第一个画面便是一本打开的《安徒生童话》,随后还出现了安徒生的雕像。接着影片借助一个叙事者,即一位小矮人,从作者的角度对故事进行解释和说明。这一外戏的叙述者在影片中一共出现了 6 次,贯穿了影片的始终,不停地将观众从电影营造的视觉幻觉中拉回来,以保持间离效果,从而不经意间提醒观众改编动画与原著文本之间的关联。1968 年苏联"联盟动画电影"出品、由伊万·阿克森楚克(Ivan Aksenchuk)导演的动画《小美人鱼》也拥有一个改编者加入的外戏。影片中的外戏配合着现代社会的背景,出现了丹麦哥本哈根小

---

① FISCHER G, GREINER B. The play within the play: the performance of meta-theatre and self-reflection [M]. Amsterdam: Rodopi, 2007: xv.
② HORNBY R. Drama metadramma and perception [M]. Lewisburg: Bucknell University Press, 1986: 33.
③ KATZ M B. Drawing the iron curtain: Jews and the golden age of Soviet animation [M]. New Brunswick: Rutgers University Press, 2018: 1.

美人鱼雕像的实景以及现代哥本哈根的市容，街道上汽车疾驰、交通灯闪烁，景区还有贩卖摄影作品的小贩。一辆装满了游客的大巴车停在了哥本哈根市中心，导游带着游客们来到海边参观"海的女儿"雕像，值得一提的是，雕像是用实景拼贴进动画场面中的。导游给游客介绍安徒生的《海的女儿》，然而他的讲述引发了海里鱼儿们的嘲笑，由此便引出内戏，即影片的主体部分。影片结尾处，故事又从内戏回到了外戏的叙述中，从而完成了整部影片外戏包裹内戏的套层结构。这一外戏的增加同样提醒了观众影片与原著之间的联系。此外，1976年的苏联动画《坚定的锡兵》在开场也通过一本摊开的笔记本和一只拿着鹅毛笔不停地书写的手将改编电影与原著文本通过叙事结构建立起联系。拿着鹅毛笔的手在写作的时候，影片的画外音介绍了故事发生的情境，用这种方式提示观众动画影片的改编背景。当影片的内戏完成了对小锡兵的故事的表现之后，结尾处又出现了握着鹅毛笔在纸上奋笔疾书的手，并用画外音讲述了故事的结局："第二天，当女佣把炉灰倒出去的时候，她发现了一颗小小的锡心和一朵小小的金丝玫瑰。"上述三部苏联动画电影都为原著的单层叙事结构加入了一个外戏，从而形成了一种套层结构，并通过开场和结尾的对应，完成套层结构的闭环。这一叙事结构的使用在一定程度上提醒了观众改编本与源文本的联系，不断向观众确认影片的改编对象。通过这一做法可以看出改编者对于原著的依赖态度以及寄希望于原著的知名度来为改编动画电影获得更广泛的观众群体。而与此同时，也确认了原著的跨媒介传播，强调了文学经典的传承。

这种增加套层叙事结构的做法并非仅存在于苏联动画中。1975年的日本动画《海的女儿》也在片头和片尾处增加了外戏，从而让全片形成了一个套层叙事结构。在影片的外戏部分，使用真人实景拍摄，以一种纪录片的形式展现了丹麦的风景和丹麦人的生活状态，同时还着重介绍了《海的女儿》的作者安徒生，内戏部分则是全部使用动画画面加以表现的。很明显，在这部影片中，套层结构的加入连接起动画与原著，提醒观众这是一部改编动画。

套层叙事结构的使用并非只是为了让改编动画与原著拥有更为明显的连接，依靠增加外戏来丰富原著内容也是一种改编方式。如2015年美国导演马克·奥斯本（Mark Osborne）执导的改编自安东尼·德·圣埃克苏佩里的小说的动画电影《小王子》，这部影片在原著的基础上增加了一层外戏。当年遇见小王子的那位飞行员现在已经是一位耄耋老人了，但是他的内心还是充满着童真。邻居小女孩与这位老飞行员的情感线索构成了影片的外戏，而内戏则是老飞行员给小女孩讲述的那段关于小王子的往事，即原著的故事内容。这部影片在处理外戏与内戏的关系时与前文列举的"框架型"套层结构不太一样，外戏并非仅仅只是起到结构的作用，而是拥有了一条完整的叙事线索，也对人物关系进行了改善。老飞行员与小女孩之间的友谊让两个人都获得了心灵的救赎，都与自己原先的生活困境进行了某种程度的告别。影片的外层叙事本身就拥有一个非常完整的情节，其故事容量与内戏平分秋色。这种内戏与外戏交织的方式极大地丰富了原著的情节，同时也对原著故事进行了某种程度的续写，使其拥有一个更为闭合的结局。影片的最后，小女孩送给老人一份礼物，她把老人写下的小王子的故事的散页装订成册，结集为一本书。至此，内戏与外戏获得了情节的融合，完美地构筑起了影片叙事的套层结构。

此外，"戏中戏"的套层结构还表现在增加外戏以融合多部作品上。其中典型的例子要数 2016 年改编自罗尔德·达尔的《反叛的童谣》的同名动画电影。这部作品集合了《白雪公主》《小红帽》《灰姑娘》《杰克与魔豆》这四部童话经典的内容，通过拼贴和重述，使这四部原本并无关联的童话通过一条外戏框架巧妙地连接起来。影片中的外戏以灰狼为主要人物展开，讲述了一匹凶残的狼的良知觉醒的故事。在外戏中，这匹从小红帽和外婆的猎杀下逃生的狼在事发多年后衣冠楚楚地来到咖啡店，遇见了正要去帮已经做了妈妈的小红帽照料两位未成年孩子的保姆。狼与这位保姆女士攀谈，向她讲述了自己早年与小红帽相识的经历，以及小红帽与白雪公主的友情。他讲完故事后，便露出了自己的真面目，绑架了这位无辜的女士，穿上了她的衣服，去往小红帽家代替女士去做照料孩子的保姆，意图向小红帽复仇。狼成功地进入了小红帽的家，独自与两个年幼的孩子同处一室。眼见着狼就要吃掉两个孩子实现向小红帽复仇的心愿了，可是两个孩子却纠缠着狼，请他讲故事。于是，狼对着两个孩子讲述了《灰姑娘》和《杰克与魔豆》的故事。等到狼讲完故事的时候，两个孩子沉静地睡着了，而狼也从故事中获得了某种心灵救赎，放弃了吃掉孩子的念头，与回到家的小红帽道别，孤身离去。影片中，关于狼的外戏串联起了这四个童话，并且外戏本身也因为拥有了人物性格的转变弧线而可以被认为是一个完整的故事。外戏不仅仅起到了结构装置的作用，更拥有了独立叙事的能力。

套层叙事结构在改编动画中的使用，直观地连接了改编本与源文本，丰富了源文本的叙事框架，同时，也让文学经典的重述拥有了更多的可能性。

二、拼贴叙事

"后现代主义者声称，任何作品与其他所有文本之间都存在着一种延续性。"① 他们认为艺术作品不是凭借着艺术家们的天才凭空创作出来的，而是在前文本的基础上进行充分的复制、拼贴和模仿创作出来的。因此，"后现代的艺术创造力不在于独特的个人风格的产生，而在于对他人风格的巧妙挪用和组装。"② 类似的观点，在朱莉·桑德斯的改编学经典著作《改编与挪用》（Adaptation and Appropriation）中也得到了阐释，她认为："'混搭'和'拼贴'似乎构成了它（后现代）的自然话语模式。"③

而拼贴也作为一种重要的叙事方式出现在动画改编电影中。2001年梦工厂出品的动画电影《怪物史莱克》（Shrek）将多部经典童话进行了拼贴，汇集了白雪公主、灰姑娘、睡美人、匹诺曹等多位经典童话人物，从而形成一部崭新的童话。米歇尔·施奈德在《窃词者》中说："文本从何而来？原有的片段、个人的组合、参考资料、突发事件、留存的记忆和有意识的借用。人物从何而来？零碎的认识、合并的对象、同化的性格特征。"④ 那么，《怪物史莱克》这类另类的改编作品更像一个童话拼盘，将多个童话人物进行"合并""同化"，从而形成一个新的故事，即便故事是崭新的，也还时刻提醒观众新的电影故事与经典之间千丝万缕的联系。这种拼贴叙事借助情节的混合制造出了美学风格的变化。

2011年上映的美国动画电影《小红帽后现代版2》（Hoodwinked Too! Hood vs. Evil）也使用了拼贴叙事，拼贴了《小红帽》《三只小猪》《汉塞尔和格莱特》三部经典童话。影片以拯救被巫婆的甜点屋诱惑了的两个孩子汉塞尔和格莱特为中心线索，小红帽、外婆还有大灰狼充当了救援的主要力量，而三只小猪则成为阻止救援的反面人物。同样于2011年上映的改编自法国作家夏尔·佩罗的童话的美国动画电影《穿靴子的猫》（Puss in Boots）也有着明显的拼贴痕迹。这个童话故事在世界各地家喻户晓，但是动画的创作者却在这个具有极高知名度的童话素材的基础上，拼贴了另外一部同样广为人知的经典童话《杰克与魔豆》。穿靴子的猫在影片中

---

① 巴特勒. 解读后现代主义 [M]. 朱刚，秦海花，译. 北京：外语教学与研究出版社，2017：73.
② BOOKER M K. Postmodern Hollywood: what's new in film and why it makes us feel so strange [M]. Westport: Praeger Publishers. 2007：188.
③ SANDERS J. Adaptation and appropriation [M]. London: Routledge, 2005：106.
④ 萨莫瓦约. 互文性研究 [M]. 邵炜，译. 天津：天津人民出版社，2003：30.

的主要行为并非像原著中那样靠机智帮助主人获得金钱、地位和爱情，而变成了寻找魔豆以获得自己所追寻的财富。两个经典童话被有机融合在一起，成为一个崭新的故事，影片虽然名为《穿靴子的猫》，但是故事情节早已与童话原著《穿靴子的猫》相去甚远。这种改编方式并不在意于展现原著，而是站在后现代主义的审美立场，对已有的童话素材进行重新整合与拼贴。

拼贴叙事还可以表现在对于线性叙事的破坏之中，通过时空交叉式叙事结构让原著中单一的时空顺叙式结构被消解，使用拼贴和重复让影片呈现出复合的叙事效果。如 2005 年上映的动画电影《小红帽后现代版》，这部动画打破了传统的线性叙事结构，很明显受到了《罗拉快跑》（*Run Lola Run*）、《罗生门》（*Rashomon*）等电影的叙事结构的影响。影片中，小红帽被伪装成外婆的大灰狼攻击，随后伐木工强势破门而入，这一案件受到了森林警察的密切关注。与此同时，点心盗窃案也在大森林中四处蔓延。机敏的青蛙探长便认为两个案件之间存在千丝万缕的内部联系，他细细地分头询问小红帽、大灰狼、伐木工和外婆这四个嫌疑人。于是，影片的主要情节便是四个犯罪嫌疑人从各自的角度讲述了自己这一天的经历。这四段叙述彼此相关，环环相扣，有着丝丝缕缕的因果交叉关系，每一个人的叙述都会对整个事件进行补充，从而拼贴出一个相对客观的事件全貌。警方也是通过这四个人的口供找到了破案的线索，抓获了躲在幕后的邪恶大盗。那个关乎儿童教育或是道德训诫的经典童话在影片中演变为一个案件的侦破，而非线性叙事让案件的侦破过程显得格外扑朔迷离和充满悬念。

上述改编动画电影通过叙事类型的糅合、叙事内容的拼贴以及叙事线索的交叉让叙事本身充满着游戏性质，并与原著的叙事风格拉开差异，重述原著的同时让改编作品具备了自身的艺术独立性。

三、叙事的"解构"与"建构"

正是因为动画语言与文学语言处于两个截然不同的语言符号系统之中，所以它们在表情达意，在推动情节发展的过程中都会存在一些差异，动画在情节结构上也常常会呈现出与原著截然不同的情况。总体来说，主要体现在两个方面：一是不按原著预先设定好的开端、发展、高潮、结局来创作，从而在结构上体现出一种错位的情况，将原著已有的完整结构进行"解构"；二是用新的线索将原著中相对凌乱的结构进行串联和重新整合，对原著的结构进行重新"建构"。也许用"解构"和"建构"这些结构主义的术语来描绘动画改编中存在的这一现象失之偏颇,但这里无意深度讨论结构主义理论,而旨在从这两个词语的字面意思来描述改编对于原著结构的处理方法。这种结构重塑的处理方式也是动画语言表达不可缺失的一环,是动画在整合文学经典的时候做出的结构上的梳理,从而使故事情节更适合动画语言的表述。

1. 改编动画对原著结构的"解构"

"高潮是动作的基础和顶点。"① 无论是动画影片还是文学作品,只要是叙事类的艺术作品,其创作的终极目标便是高潮的展现,整部作品都是在向着高潮部分反复推进,一旦高潮来临,作品也就进入了尾声。在叙事类艺术中,高潮如此重要,是作者倾注全部笔力创作的环节,是作者最用心的地方。那么,对于作品中高潮的界定应该是比较显而易见的,可以比较轻易地区分叙事类作品中的高潮场景。

即便如此,动画改编过程中还会对于原著的高潮场景重新创造,使得原著中的高潮场景淡化,并且在动画作品中以另外的场面,即新的高潮取而代之。这就形成了一种"结构移位"的现象,将文学原著作者倾尽全力去表现的高潮场景转化为另外的场景,让高潮段落以另外一种状态出现,从全剧的结构上来看,是消解了原著的结构模式。出现这种现象的原因应是由于影片的创作者站在另外的审美角度,重新审视原著中的高潮场景,在很多情况下,表现为用情感高潮来取代动作高潮。

1979 年的动画电影《哪吒闹海》根据中国古代的神魔小说《封神演义》中的部分章节改编而成。但是,动画在高潮场景的表现上与原著有了较大的出入,出现了高潮结构移位的现象。原著的高潮理应是哪吒重生之后寻找龙王报仇的那一段,这种高潮的设置是符合中国人"邪不压正"的道德观念和"君子报仇,十年不晚"的价值寄托的,在典型的中国式文学结尾中,往往是正义战胜邪恶,用主人公正义的复仇行为获得成功将故事推到最高潮。而在动画电影《哪吒闹海》中,因为哪吒杀死了龙太子,龙王降怒于人间,水淹陈塘关,要求李靖杀死儿子哪吒,才会平息这场洪水。此时的李靖处于一个极端的两难境地,一方面是自己身为陈塘关总兵,有义务拯救百姓于水火之中,一方面要杀死自己的亲生骨肉哪吒,他无法取舍,矛盾万分。在这个时候,动画电影进入高潮阶段,哪吒为了不让父亲为难,拔剑自刎。仅仅这一段就动用了 113 个镜头,生动贴切地表

---

① 劳逊. 戏剧与电影的剧作理论与技巧[M]. 邵牧君,齐宙,译. 北京:中国电影出版社,1989:517.

现了哪吒的复杂心态，毫无疑问，从情绪上来说，这一段落将影片推到了最高潮。而哪吒在重生之后大闹东海，惩罚了龙王的情节虽然在影片中也有所表现，但很明显可以看出，这一情节无非是对于之前高潮的一种延续，更似一种对结局的交代。这种改编方式对于原著中的高潮进行了"解构"和"重新拼贴"，从而造成了"高潮移位"的现象，将动作的高潮转移到情感的高潮之上，对于刻画哪吒这一英雄形象起到了非常好的效果，并且让观众对于哪吒的理解和同情之心到达顶点。

对原著结构的"解构"除了表现在"高潮移位"上，还表现为核心情节的移位。在普希金的叙事长诗《鲁斯兰与柳德米拉》（*Руслан и Людмила*）中，公主柳德米拉被邪恶的巫师掳走之后，鲁斯兰便踏上了寻找公主的漫漫征程。他遇到了一位名叫芬的魔法师，从芬那里获得了宝贵的救援建议。在鲁斯兰与芬会面之时，长诗用倒叙的方式让芬告知了鲁斯兰自己过往的经历：芬年轻的时候也被巫师加害，巫师夺走了他心爱的女子，他无力拯救，郁郁成疾。这一情节在据此改编的2019年的乌克兰动画《森林奇缘》中也有体现，但出现在开场片段中，甚至早于鲁斯兰和柳德米拉的出场。动画中的第一个场景便是芬心爱的女子被巫师绑架，他与巫师大战，却因为巫师的阴险狡诈误入圈套，从而被巫师暗算，丧失了拯救爱人的机会。在完成这一情节的交代之后，动画才切入柳德米拉与父亲的矛盾以及她离家出走、偶遇鲁斯兰等情节。动画通过对重要情节的移位来对原著的叙事结构进行了调整，按照时间发展的先后顺序进行叙事。从一般意义上来说，时空顺叙式结构要比时空交错式结构更易被观众理解，但是，动画对原著情节位置的改变却让开场时芬因救援女孩而与巫师展开搏斗的场景在叙事中显得非常孤立，而直到剧情发展到超过一半的时候，当观众看到鲁斯兰找到了芬时，才会明白开场场景的意义和作用。因此，这部动画通过对核心情节的移位来进行时空顺叙并非妥当之举。

2. 动画改编对原著结构的"建构"

有些文学原著的情节和结构比较松散，在面对这样的改编素材时，动画的改编者则会站在叙事技巧的角度，对于原著中松散的内容进行重新"建构"。

公元8世纪左右创作而成的现存最古老的史诗《贝奥武甫》（*Beowulf*）在世界文学史上具有非凡的地位，堪称经典之作。在这部全文一共3000多行的史诗之中，读者可以看到曲折的情节、宏大的叙事和伟大的英雄形象。全书主要讲述了英雄贝奥武甫的三次恶战，先是杀死了怪兽格伦戴尔，然后杀死了怪兽的母亲——女妖，最后还有一场与恶龙的残酷搏斗，而主人公贝奥武甫也因为这最后一场搏斗而献出了自己的生命。

这三场激烈的战斗对于塑造贝奥武甫的英雄形象起到了很大的帮助。但是，若是从叙事的角度来看的话，这三场战斗彼此之间的关联性甚小，使得整个故事从结构上来看比较松散，缺乏内在的必要逻辑。若是这一现象出现在诗歌这种并不以叙事为主要艺术表达手段的文学体裁中倒也算不上瑕疵，可是在电影中却显得叙事结构松散。

2007 年的动画电影《贝奥武甫》改编自史诗《贝奥武甫》，但是在情节上对其进行了较为明显的改动，这种改变归根结底还是故事结构上的改变。动画电影《贝奥武甫》的创作者也许也意识到了原著中情节结构相对松散这一问题，因此，在影片中增加了金杯等细节，并且用虚构的血缘关系线索将原著松散的结构进行了串联，从而对原著结构进行了一次重新"建构"。怪兽格伦戴尔疯狂地将人们撕成碎片，却偏偏放过了赫罗斯加国王，贝奥武甫应国王之令杀死怪兽，国王奖赏其一只美丽的金杯。可是，贝奥武甫的行为遭到了格伦戴尔的那位女妖母亲的报复，于是，贝奥武甫再次踏上征途，与女妖战斗。动画电影中的女妖是以极度美艳的形象出现的，她诱惑了贝奥武甫。于是，贝奥武甫对国王撒了谎，说自己杀死了女妖，国王因此满意地纵身从城堡之顶跃下，贝奥武甫随之继承了王位。50 年之后，一条恶龙带着金杯出现，以此引发了第三场恶战。动画电影以金杯作为线索，实际上起到了一个暗示及解释秘密的作用，并且很好地将三次恶战进行因果串联，从而完成了一个相对完整的故事的叙事：怪兽格伦戴尔之所以放过了赫罗斯加国王，是因为它自己正是女妖与赫罗斯加国王的儿子，国王早年被女妖诱惑，有一个与自己对立的儿子，因此，当贝奥武甫杀死格伦戴尔，还谎称杀死女妖之后，国王认为自己的罪孽已经清除，他便坦然赴死。而 50 年后出现的恶龙实则是贝奥武甫与女妖的儿子，故事的真相是贝奥武甫走了一条与赫罗斯加国王相仿的道路，无论他多么英雄善战，无论他多么意志坚强，他终究无法抵御美艳绝伦的女妖的诱惑，贝奥武甫沉沦了，冥冥之中，他的人生经历成了赫罗斯加国王人生经历的翻版。恶龙与贝奥武甫的对立就如同格伦戴尔与赫罗斯加国王的对立，这两个男人的人生境遇何等相似，而致使他们毁灭的根源恰恰都在于"不敌美色"。如此一来，欲望和血缘使得贝奥武甫的三场战斗之间便产生了紧密的联系，这部动画的"导演和编剧用'女妖的契约、父亲的罪恶、罪孽的传承'三个关键词重新解读了古老的诗歌"①，表达了人性的共同

---

① 范健.《贝奥武甫：北海的诅咒》中的宗教寓意 [J]. 电影文学，2013（1）：129.

之处，以及纵使英雄也无法摆脱的因欲望而沉沦的宿命。改编者所增加的这些细节，以及英雄难以抵御欲望的诱惑最终归于毁灭这样的主题便从结构上对于原著中那关联性较弱的三次恶战起到了一种串联的作用，使得这三次原本联系不大的战争在动画电影中因果相承，紧密结合，共同为表达英雄沉沦这一带有悲剧性意味的主题而服务。在此，诗歌的结构被重新整合，可以说是一次结构的重新"建构"。

类似的叙事结构"建构"还体现在 2010 年蒂姆·波顿导演的《爱丽丝梦游仙境》中，该片虽然使用了真人演员，但是在不同程度上借助计算机对真人演员的形象进行了变形，并且通过计算机建构起了一个完全虚拟化的故事场景，从这一意义上来说，这部电影也可以被认为是动画。卡米拉·艾略特认为这部电影"改编了电子游戏的叙事结构，包括任务、关卡、空间、解决问题和战斗"①，影片中，爱丽丝就像一个游戏玩家，离开自己生活的真实世界，来到一个几近虚拟的地下世界，按照卷轴画上的预言，将获得斩首剑（vorpal sword）并杀死恶龙（Jabberwocky）当作自己的任务目标，全片便是沿着这一核心叙事线索展开的，而这一核心叙事线索则是原著中完全没有提及的。刘易斯·卡罗尔的原著在叙事上是独特的，爱丽丝在奇境世界并无明确的行动目标，小说的叙事是松散和碎片化的，正如弗里达·贝克曼所言，爱丽丝系列文本"打乱了主流叙事惯例的一些核心原则"②。而波顿的电影为人物设定了明确的行动目标，让影片更具有情节性："卡罗尔的爱丽丝书的主要特点是它们的无厘头结构，它们的符号和象征的分离，以及它们不可预知的叙事事件的安排。而波顿的《爱丽丝梦游仙境》则是基于非常清晰的因果组织。"③

动画电影对于原著文本的语言转码并非仅仅存在于句词之间，叙事结构的改变也是改编不可忽视的环节，使得改编本对源文本的重述有了更大的表达空间，而文学经典也在以动画语言讲述的同时以新的形态被传承和记忆。

---

① ELLIOTT K. Adaptation as compendium: Tim Burton's "Alice in Wonderland" [J]. Adaptation, 2010, 3 (2): 195.
② BECKMAN F. Becoming pawn: "Alice", arendt and the new in narrative [J]. Journal of narrative theory, 2014, 44 (1): 1.
③ BECKMAN F. Becoming pawn: "Alice", arendt and the new in narrative [J]. Journal of narrative theory, 2014, 44 (1): 7.

第四章 动画电影改编中的双重作者

不同于文学经典，也不同于原创动画，改编动画拥有"动画作者"和"源语作者"双重作者。动画改编的过程是对"源语作者"进行研究，并且与其进行对话的过程。只有通过这种研究，才能够最大限度地保持源语作品的精神内核。而动画作者的存在以及对动画作者意识的强调，是文学经典经过动画改编之后，能否顺利实现"再经典化"并成为动画经典的关键。所以，相对而言，改编动画对动画作者有着比源语作者更高的要求，不仅需要动画作者具有很高的文学造诣，还需要其具备美术和动画科技等跨学科能力。

动画作者与源语作者对话的过程，就是动画改编与制作的过程。在这一过程中，动画作者与源语作者虽然不一定能进行真正意义上的"对话"，但是动画作者对原著的删减、选择和增补可以反映出他对于源语作者创作的思考和对自身创作观念与创作诉求的表达，这二者之间会形成冲突和交融，而这些冲突和交融便可以理解为双重作者跨越时空的对话。双重作者的对话让文学经典有了被重新讲述的可能。

第一节 动画电影改编中的"源语作者"

对"源语作者"的关注是基于文学经典在电影产业中的作用。"对经典文学作品和通俗文学作品的改编一直是好莱坞获奖影片的主流做法。从历史上看，绝大多数奥斯卡获奖影片都是改编影片。"[1] 大量成功的范例充分说明电影改编中源语文学以及"源语作者"的重要性。在动画电影中，"动画作者"的角色固然重要，但是我们在研究一部由文学经典改编而成的动画电影时，相对于"动画作者"而言的"源语作者"的角色和

---

[1] BOOZER J. Authorship in film adaptation [M]. Austin: University of Texas Press, 2008: 13.

功能同样不可忽略。正是由于二者缺一不可，同样至关重要，才构成了动画电影中"双重作者"这一独特的概念。一部并非改编的原创动画电影中，作者的概念相对比较固定，比较独立，这样的动画电影成功与否，完全取决于动画电影的原创作者群。但是，自文学经典改编的动画电影则不然，要想获得成功，不仅仅取决于动画电影的作者，还得取决于原先的文学经典的作者。一部由文学经典改编而成的动画电影能否获得成功，在很大程度上取决于"源语作者"在动画电影中的潜在存在，取决于"动画作者"对"源语作者"和原著作品所展开的深入研究以及与"源语作者"之间的多层次对话。

关于"作者"的相关问题也是一个较为宏大的话题，在文学研究中，多少年来，评论家们一直在关注"作者问题"。在文学课堂上，人们不厌其烦地谈论着作者、作者形象以及抒情主人公等相关问题。在有些国家或语种的文学研究中，还出现了一些相应的专门术语，如在英语中表示作者权益的"作者身份"（authorship）就是一个典型例证，而在俄语中，甚至出现了"作者学"（Авторология）这一专门术语，用来指涉对相关作者理论和作者问题所进行的研究。"作者问题"直接关系到对文学艺术作品本体论地位的理解，也关系到对作为文学艺术活动结果的不同形态的作品本身与该作品的多重创作者的理解。

但是我们在此所要讨论的"源语作者"，是针对"动画作者"而言的。没有"动画作者"这一参照物，就不存在我们所论及的"源语作者"，所以，该术语是具有特指性质的，也是具有一定限定范围的，是指动画电影的改编者在改编过程中与其进行直接或潜在交流的"作者"，是指文学经典改编的动画电影"双重作者"构成要素中与"动画作者"相对应的"源语作者"。

其实，就这一"作者"层面的内涵，在西方语言中是较为明晰的，但是，在中文语境中，则显得较为含混，较难区别。"动画作者"与"源语作者"这两个概念中，尽管都有"作者"这一词语，但在西方语言中，"动画作者"中的"作者"一词，英语常用外来的"auteur"一词。而且，由该词又衍生出"auteurism"（作者论）一词。一般认为，"作者论"起源于20世纪40年代末的法国电影评论。[1] 而"源语作者"中的"作者"一词，英语所用的则是较为常见的"author"。在相关的英文文献中，"auteur"一词是针对电影艺术而言的，特指"电影作者"，具有一定的情感

---

[1] CAUGHIE J. Theories of authorship [M]. London: Routledge, 2013: 22.

色彩，常常用来表示电影的主创成员在创作过程中达到了"风格独特"的高度。"作者（auteur）是指具有独特手法的艺术家，通常是电影导演，其对电影制作的控制是如此无拘无束和个人化，以至于导演被比作电影的'作者'。"[①] 而对于文学作品而言，无论是长篇小说还是抒情诗，无论作品的风格如何独特，相关的评论家也绝不会使用"auteur"这一词语的。可见，尽管"author"和"auteur"的中文译名都是"作者"，但是在英文的语言环境中，二者的指涉有着显而易见的差别。

我们在此所用的"源语作者"，主要涉及两个方面的内涵：一是针对文学经典改编的影视作品而言，西方学界惯于使用"源语作者"这一词语，对应的英文是"original author"，缩略语为"OA"，该词指的是首先创作或撰写某部作品的人，而且，也强调这类作者是提出原创想法或内容的人；二是针对不同语言而言的"源语作者"常常出现在翻译学的相关研究中，对应的英文是"source language author"，此处的"源语"缩略语为"SL"。可见，我们在此所提出的"源语作者"，不仅是基于电影研究的术语，而且借助于跨学科层面的翻译学术语。

我们在观赏一部自文学经典改编的动画电影时，尽管所直接面对的是"动画作者"的作品，看不到"源语作者"的身影，但是，"源语作者"却是暗中存在的。正如我们生活在地球上的任何空间，尽管我们看不到空气的形态，但是无时无刻都会感受到空气的存在。而且，在通常情况下，正是由于"源语作者"的存在，才使得改编自文学经典的动画电影既令人感到轻松愉悦，也会发人深省。"源语作者"的存在以及与"动画作者"的区别可以通过不同的形态、时空理念以及受众呈现出来。

就形态而言，文字文本相对而言较为单一，没有影像文本所应该蕴含的影像以及包括音乐在内的声音等要素。因此，文学经典动画改编是一种典型的跨媒介改编，是将基于文字符号的文学经典文本转换为基于影像符号的视觉文本。所以，"动画作者"不是对"源语作者"机械地模仿，而是基于这一"源语作者"之创作的"源头"进行不同文本形态的重新创作。更何况，形态还得服从于思想意识和伦理道德，西方学者穆勒在对迪士尼改编电影进行计量式研究时，得出的结论是："迪士尼电影以按照公

---

① SANTAS C. Responding to film: a text guide for students of cinema arts [M]. Chicago: Rowman & Littlefield, 2002: 18.

司的意识形态对其产品进行消毒而闻名。"①穆勒在此所用的"消毒"（sanitizing）一词尽管显得有些言重（笔者在本书第五章通过"伦理过滤"较为中立地也表达了类似的思想），但从中依然可以看出在改编过程中对"源语作者"进行审视和再创作的必要性。在更多的层面上，"源语作者"主要是为"动画作者"提供智慧的源泉和创作的灵感。

就时空理念而言，"源语作者"相较"动画作者"，存在一定的距离。在时间方面，"源语作者"通常是人类历史上各个不同发展时期的作者，他们笔下所表现的也往往是特定时代语境下的历史人物或历史事件，而且他们也是以当时的思想理念对这些人物和事件进行思考。而"动画作者"常常具有"源语作者"所缺乏的人工智能、生物工程、数字技术以及先进的现代媒体技术的优势，从而更贴近受众。在空间方面，"源语作者"可能是本民族的作者，也可能是国外其他民族的作者，而不同地理空间的某些风土人情也需要进行必要的转换，以适应新媒介环境下动画观众的审美需求。于是，在动画改编过程中，如果"动画作者"需要与"源语作者"进行沟通，那么这也是一种跨越时空的沟通。

就受众而言，二者的受众也是不尽相同的。"源语作者"的受众是读者，而"动画作者"的受众是观众。前者以文字为媒介进行叙事，后者以影像为媒介进行叙事。由于二者的受众具有不同的文化素养和审美情趣，所以二者也需要采用不同的叙事技巧和创作风格。尽管二者的叙事技巧可能有所不同，但是，"动画作者"所要传达的精神内核是不能与"源语作者"相悖的。譬如，俄罗斯"动画作者"亚历山大·彼得罗夫（Aleksandr Petrov）创作的奥斯卡获奖作品《老人与海》（*The Old Man and the Sea*，1999）是世界上第一部为IMAX电影院制作的动画电影，改编自海明威同名小说，尽管作为"动画作者"的彼得罗夫是用"画笔"进行创作，而且是用指尖蘸着油彩在玻璃板上绘制出每一帧画面，但是，影片的精神内涵与"源语作者"海明威的经典小说是一致的，都是通过冒险的情节来传达人类永不言败的精神力量。

总之，"源语作者"的存在，对"动画作者"产生一定的制约，使得"动画作者"不能天马行空，独来独往。正是因为"源语作者"在动画改编中的独特存在，我们在对文学经典改编动画进行"作者"研究时，不仅仅要关注"源语作者"，而且要关注我们随后要讨论的"动画作者"，以

---

① MUELLER A. Adapting canonical texts in children's literature [M]. London: Bloomsbury Academic, 2013: 3.

及"源语作者"与"动画作者"所要进行的必不可少的"对话",而这一对话是本章第三节所要深入讨论的话题。

第二节 动画电影改编中的"动画作者"

弗莱舍兄弟1919年创作的短片《跳出墨水瓶》(*Out of the Inkwell*)表现了画家在工作时与墨水瓶中跳出来的小人儿之间发生的追逐和打斗。从影片的情节设置可以看出在动画电影的萌芽时期动画作者与画家(艺术家)之间的重叠关系,但是保罗·威尔斯在《理解动画》(*Understanding Animation*)中无奈地指出:"随着工业化赛璐珞动画的出现,艺术家的角色和存在基本上被取消了。"①

动画电影是一种集体艺术,需要以下人员的通力协作才能够完成创作:导演、编剧、制片、动画、原画、美术设计、音效、摄影、剪辑……这一名单还可以扩展。那么,在动画创作过程中,到底怎样的角色才能被认为是动画的作者呢?这一问题的答案在某种程度上与"电影作者是谁"的答案重合。早在1954年,法国电影人弗朗索瓦·特吕弗(François Truffaut)就已经提出了"电影作者论",他认为:"导演应当也愿意对他所拍摄的剧本和对白负责。"② 电影作者论确定了电影导演在电影创作中的主体性地位,认为在电影的创作中没有导演和编剧之分,而由电影作者来全权把控电影的创作过程。法国新浪潮电影人和批评家们还将导演的创作与作家的创作进行类比,认为"电影是创造性文学创作的一种延伸,用摄影机而不是笔"③。电影作者论将导演视为电影作者,并且强调导演的独创风格,这一理论产生了较为广泛和深远的影响。除此之外,电影业中的其他角色也会被认为是作者,其中被讨论得较多的是制片人作者,马修·伯恩斯坦(Matthew Bernstein)在论文《作为作者的制片人》("The Producer as Auteur")中详细阐明了这一观点,认为"制片人也可以为影片的实现做出重要贡献"④。上述关于电影作者的观点都有其道理,放在"动画作者是谁"的讨论中同样合适。但是,动画导演相比较电影导演而言,需要

---

① WELLS P. Understanding animation [M]. London: Routledge, 1998: 38.
② 特吕弗. 法国电影的某种倾向 [J]. 世界电影, 1987 (6): 17.
③ BOOZER J. Authorship in film adaptation [M]. Austin: University of Texas Press, 2008: 14.
④ BERNSTEIN M. The producer as auteur [M] //GRANT B K. Auteurs and authorship: a film reader. Malden: Blackwell Publishing, 2008: 186.

具备更多的跨学科能力，不仅需要电影制作的知识，还需要美术功底和对电脑技术相关能力的掌握。而对于动画制片人来说，其职能更多的还是监督作品质量和协调团队创作人才。单纯地看导演和制片人，都很难将其定位为"动画作者"。还有学者提出了动画"跨媒体作者"（transmedia authors）① 的概念，认为"'作者'这一概念可能具有其他含义，例如超越个人身份而被视为集体甚至企业特征的产物"②，并将迪士尼视为其中的典型代表，认为"迪士尼可能只是作者的非实体本质。通过提炼或升华，它本身已成为一个类别"③。这种观点确实有一定的说服力，迪士尼这一例子非常典型，在沃尔特·迪士尼已过世多年的今天，迪士尼动画还是以其独特的"迪士尼风格"在世界动画电影中占据重要位置。因此，将动画作者定义为一种非实体的、超越个人身份的存在也有一定的道理。但是毕竟迪士尼只是个例，在绝大多数动画电影中，依旧需要有一个实体的领导者来作为作者，从剧本创作阶段开始，一直到后期剪辑，参与和领导整部作品的创作。

对于动画电影来说，动画作者应该是导演与动画师的合体。动画导演把握电影艺术的整体效果，而动画师则从美术设计的角度对影片的视觉呈现进行创作。动画作者是通力合作的导演与动画师。不过，也会有兼顾两种能力的复合型人才，既有较高的美术造诣，也有较强的导演能力，那么，这样的创作者更应被视为动画作者。也就是说，动画作者应该是具备良好美术创作能力的导演，当然，当两项能力无法兼顾之时，一部作品会出现联合作者的情况。

而对于文学改编动画而言，其动画作者则需要掌握更多的能力，除了上述的电影导演及动画师应该具备的能力之外，还要有很高的文学造诣，从而能够与改编的源语作者进行有效对话。

动画作者中的一些佼佼者不仅在艺术上有自己独特的具有辨识性的风格，而且具有强大的影响力，甚至在一定程度上推动了动画历史的发展。

---

① PÉREZ M H. Animation, branding and authorship in the construction of the 'Anti–Disney' ethos: Hayao Miyazaki's works and persona through Disney film criticism [J]. Animation: an interdisciplinary journal, 2016, 11 (3): 300.
② PÉREZ M H. Animation, branding and authorship in the construction of the 'Anti–Disney' ethos: Hayao Miyazaki's works and persona through Disney film criticism [J]. Animation: an interdisciplinary journal, 2016, 11 (3): 299.
③ PÉREZ M H. Animation, branding and authorship in the construction of the 'Anti–Disney' ethos: Hayao Miyazaki's works and persona through Disney film criticism [J]. Animation: an interdisciplinary journal, 2016, 11 (3): 301.

这样的动画作者是本节研究的重点，而他们都体现出一个共性，那便是对文学改编的兴趣。纵观各动画强国中最有代表性的堪称"动画大师"的动画作者，会发现他们都创作过众多改编自文学经典的动画作品。

欧洲的第一部动画电影长片，也是世界上现存最早的动画电影长片《阿基米德王子历险记》（*The Adventures of Prince Achmed*），改编自《一千零一夜》中的《神马的故事》（*Tale of the Magic Horse*），其导演洛特·莱妮格（Lotte Reiniger）便是一位极具个人风格的动画作者。而她本人作为一位出色的女性动画导演，有着非常的历史意义，她"在女性动画师相当稀缺的时代，创造了最精彩的剪影电影"①。莱妮格在动画史上占有重要的地位，以至于著名的斯图加特国际动画电影节（Internationales Trickfilm Festival Stuttgart）还以莱妮格的名字命名了一个奖项，即"洛特·莱妮格动画电影推广奖"（Lotte Reiniger Promotion Award for Animated Film）。莱妮格的动画作品有着鲜明的个人色彩，在剪影动画艺术上表现突出。她的艺术风格在一定程度上受到了中国皮影戏的影响，她"将传统戏剧中的皮影戏艺术改编为动画，并在其中加入了新的表达方式，即独特的皮影戏动画的词汇（如变形、夸张、重量和体态）"②。像莱妮格这样颇具影响力同时又有着独特个人艺术风格的动画作者，其创作生涯与文学经典，尤其是童话经典联系紧密。除了那部载入动画史册的《阿基米德王子历险记》是一部文学改编动画之外，她还坚持创作了多部改编动画，包括：1922年根据格林兄弟的著名童话改编的《灰姑娘》（*Cinderella*），1934年根据法国作家夏尔·佩罗的童话经典改编的《穿靴子的猫》（*Puss in Boots*），1944年根据《伊索寓言》改编的《下金蛋的鹅》（*The Goose That Lays the Golden Eggs*），1954年改编自格林童话的《青蛙王子》（*The Frog Prince*）和《白雪公主与红玫瑰》（*Snow White and Rose Red*），1954年改编自威廉·豪夫童话的《卡利普·斯托克》（*Kaliph Stork*），1955年改编自格林童话的《汉塞尔和格莱特》（*Hansel and Gretel*）等。莱妮格的创作受到了文学经典的巨大影响，同时也以自己独特的艺术方式传承和重述文学经典。

动画导演拉迪斯拉斯·斯塔列维奇（Ladislas Starewitch）是在俄罗斯美术学院接受教育的波兰人，他的主要作品是在法国创作完成的。他早年

---

① GIESEN R. Animation in Europe [M]. Boca Raton：CRC Press，2023：83.
② RALL H. Adaptation for animation：transforming literature frame by frame [M]. Boca Raton：CRC Press，2020：68.

使用甲虫尸体创作了一系列艺术立体动画，极具个人风格，被称为"一种新的电影类型的创始人"①。斯塔列维奇也对文学改编动画饶有兴趣，他拍摄时间最长，同时也是最为成功的电影《狐狸的故事》（*The Tale of the Fox*）便是根据法国著名的民间故事《列那狐的故事》改编而成，这部作品于 1929 年开始创作，直到 1937 年才发行，斯塔列维奇对其倾注了大量心血。影片取得了很大的成功："《狐狸的故事》对这个时代的法国动画来说是一个罕见的成功。"② 有学者认为："这部有史以来第一部定格动画片，无疑是斯塔列维奇最伟大的成就。"③ 除了这部改编动画之外，斯塔列维奇在 1949 年还根据 19 世纪波兰作家约瑟夫·伊格纳西·克拉谢夫斯基（Jozef Ignacy Kraszewski）的作品改编了动画电影《蕨花》（*Fleur de fougere*），这部动画电影在威尼斯电影节上获得了最佳儿童电影奖。斯塔列维奇的动画常常以主观精神的场景去呈现故事场景，带有超现实主义的色彩，有学者认为他的艺术风格独成一派："斯塔列维奇独立开发了一种富有表现力和复杂的儿童动画形式。"④ 斯塔列维奇选择了文学经典作为动画的素材，却没有囿于文学经典，而是创作出了具有自己的艺术风格的作品。

苏联动画导演齐娜伊达·布伦伯格（Zinaida Brumberg）和瓦伦蒂娜·布伦伯格（Valentina Brumberg）（被统称为布伦伯格姐妹），也是影响力与个人艺术表现力共存的动画作者，在动画电影领域的突出贡献让她们获得了"俄罗斯动画的祖母"⑤ 的赞誉。姐妹俩在将近 50 年的职业生涯中，共执导了 40 多部电影，而其中大部分是根据经典童话改编的动画电影，主要包括：1935 年改编自《克雷洛夫寓言》的动画电影《蜻蜓和蚂蚁》（*Strekoza i muravei*）、1937 年改编自格林童话的动画电影《小红帽》（*Krasnaia shapochka*）、1938 年改编自夏尔·佩罗童话的动画电影《穿靴子的猫》（*Kot v sapogakh*）、1943 年改编自普希金童话长诗的动画电影《沙皇萨尔坦的故事》（*Skazka o tsare Saltane*）、1944 年改编自阿拉伯民间故事《一千零一夜》的动画电影《水手辛巴达》（*Sindbad - morekhod*）、

---

① BEATRICE L, MARTIN F. Ladislas Starewitch, 1882 - 1965 [M]. Paris: L'Harmattan, 2003: 86.
② NEUPERT R. French animation history [M]. Chichester: Wiley - Blackwell, 2011: 64.
③ NEUPERT R. French animation history [M]. Chichester: Wiley - Blackwell, 2011: 67.
④ PONTIERI L. Soviet animation and the thaw of the 1960s: not only for children [M]. New Barnet: John Libbey Publishing Ltd., 2012: 5.
⑤ KATZ M B. Drawing the iron curtain: Jews and the golden age of Soviet animation [M]. New Brunswick: Rutgers University Press, 2018: 75.

1945年改编自尼古拉·果戈理小说的动画电影《丢失的信》(*Propavshaia gramota*)、1951年改编自克莱门特·克拉克·穆尔诗歌的动画电影《圣诞前夜》(*Noch pered Rozhdestvom*)等。她们在改编童话经典的同时,又将自己的现实诉求,尤其是对于女性形象和女性权利的表达融入其中,"她们笔下的女性角色比大多数版本的童话更有力量"[①]。以《小红帽》为例,最后帮助外婆和小红帽斗败大灰狼的不是猎人,而是橱柜、碗碟和壁钟等家用品,这些原本是女性消耗大量时间操持家务时使用的生活用品,在影片中却成为女性反击外来侵略者的武器。布伦伯格姐妹俩从女性视角对文学原著给出了富有个人思想特色的艺术解读。

俄罗斯导演亚历山大·彼得罗夫(Alexander Petrov)也是一位艺术风格鲜明的动画导演,他是"玻璃动画"的忠实拥护者,其所有动画电影的每一帧画面都是用手指蘸着油彩在玻璃板上绘制出来的,可谓一幅幅精美绝伦的油画。他独特的艺术创作方式广受赞誉,其动画作品4次获得奥斯卡最佳动画短片提名,1次获得奥斯卡最佳动画短片奖。彼得罗夫同样对改编文学经典充满着兴趣,他最优秀的动画作品,均是改编动画,其中包括:1992年改编自陀思妥耶夫斯基同名小说的动画电影短片《荒唐人的梦》、1997年根据俄罗斯童话改编的动画电影短片《美人鱼》、1999年根据海明威的著名小说《老人与海》改编的同名动画电影短片、2006年根据俄国文学家伊万·什梅廖夫(Ivan Shmelev)的短篇小说改编的动画电影短片《春之觉醒》。在这些作品中,除了《荒唐人的梦》,其余3部全部获得了奥斯卡奖提名,其中《老人与海》更是获得了第72届奥斯卡最佳动画短片奖。可见,这位俄罗斯当代著名的极具影响力和个人风格的动画作者,同样从改编文学经典中获得了丰富的创作素材。他将动画视为绝对的艺术品,用独特的油画动画的艺术风格给人极致完美的视觉体验,有学者评论:"《老人与海》在电影本体性阐释上,更能表现出电影语言的主体性,而非文学性代表电影性。"[②] 可见,彼得罗夫作为动画作者,在动画艺术和文学艺术之间找到了平衡点,以独特的艺术形态实现了文学的视觉传承。

法国动画电影大师保罗·古里莫(Paul Grimault)被誉为"法国伟大

---

① LEIGH M, MJOLSNESS L. She animates: Soviet female subjectivity in Russian animation [M]. Brookline: Academic Studies Press, 2020: 69.
② 顾启军. 苏俄现代动画美学之流变 [J]. 电影艺术, 2018 (6): 104.

的讲故事的人"① 和 "坚定的色彩家"②，还有人 "将古里莫比作法国的迪士尼"③。作为一位广受赞誉的动画导演，古里莫也多次将文学经典改编为动画。其最重要的作品包括：1946 年改编自安徒生童话的动画电影《小小士兵》(*The Little Soldier*)，这部动画获得了 1948 年第 9 届威尼斯电影节最佳动画电影奖，并在全世界 15 个国家发行；1952 年改编自安徒生童话《牧羊女与扫烟囱的人》的同名动画电影，这部动画电影获得了 1952 年第 13 届威尼斯电影节主竞赛单元金狮奖提名以及评审团特别奖；1980 年的动画电影《国王与小鸟》同样改编自安徒生童话《牧羊女与扫烟囱的人》，这部动画获得了高度评价，动画史学家本达兹称《国王与小鸟》是 "动画史上最精彩的故事片之一"④。古里莫作为一位享有世界性声誉的动画导演，也具有自己独特的动画艺术风格，在他创作的高峰时期，正是迪士尼动画一家独大、雄霸世界的时期，古里莫并没有为迪士尼动画的艺术风格所困，反而是在某种程度上设法摆脱了迪士尼动画的创作定式。

至于沃尔特·迪士尼，他被认为 "构成了一个非传统的作者形象"⑤，他的身份从某种意义上来说更像是一位电影商人，甚至连迪士尼自己也在某种程度上否定了自己的作者身份："我认为自己是一只小蜜蜂。我从工作室的一个区域到另一个区域，收集花粉并刺激每个人……这就是我的工作。"⑥ 但是他的艺术追求还是构成了迪士尼动画的核心，更不用说在早期创作中，迪士尼身体力行地从事了所有动画师和艺术家需要做的工作。早在 1922 年，迪士尼就创作完成了自己的第一部广泛发行的动画电影，即《小红帽》⑦。从那以后，迪士尼一直坚持自己创作或是引导工作室创作出了一系列动画电影，领导迪士尼公司成为美国动画史上当之无愧的霸主，他不仅影响了动画的发展，还影响到了社会的其他方面，"相比同时

---

① CHILO M. Paul Grimault, l'inventeur [J]. Cinema, 1957 (57)：79.
② CHILO M. Paul Grimault, l'inventeur [J]. Cinema, 1957 (57)：82.
③ NEUPERT R. French animation history [M]. Chichester：Wiley – Blackwell, 2011：106.
④ BENDAZZI G. Cartoons：one hundred years of cinema animation [M]. SEGRE A, trans. Bloomington：Indiana University Press, 1994：156.
⑤ PALLANT C. Demystifying Disney：a history of Disney feature animation [M]. New York：Continuum, 2011：4.
⑥ SCHICKEL R. The Disney version：the life, times, art and commerce of Walt Disney [M]. Chicago：Elephant, 1997：33.
⑦ LENBRUG J. Walt Disney：the mouse that roared [M]. New York：Chelsea House, 2011：28.

代的其他美国人，他对于美国日常生活各方面的影响都更加深远"①。而迪士尼自己也形成了鲜明的个人风格。他是一位动画导演，也完全称得上"动画作者"。迪士尼动画从开端就一直与文学改编尤其是童话改编如影随形，就连对迪士尼动画颇有微词的学者杰克·泽普斯（Jack Zipes）也承认"好莱坞本身作为一个产业和商标是与迪士尼的童话故事分不开的"②。甚至在迪士尼去世多年后的今天，改编文学经典尤其是童话经典依旧是迪士尼动画制胜的法宝。关于迪士尼动画是如何大量改编文学经典尤其是童话经典的，在此不再赘述，后文有详尽的讨论。

还有一位非常特殊的存在，那就是被称为"鬼才导演"的蒂姆·波顿（Tim Burton），其作品超凡的想象力和显著的哥特式艺术风格令人耳目一新。"蒂姆·波顿在他的职业生涯中，始终如一地将哥特元素融入其作品的叙事之中，无论是通过主题或人物进行叙事，还是通过布景、人物或服装设计进行视觉呈现，抑或是通过整体氛围和情绪来表达；以至于这已经成为他作品的标志性特征之一。"③ 蒂姆·波顿曾在1976年拿到迪士尼奖学金，在加利福尼亚艺术学院学习，接受了动画师的培训。虽然蒂姆·波顿导演的作品大多为真人实拍电影，但是他也涉足了几部动画电影的创作，并且给观众带来一种神秘、暗黑、诡异的视觉体验，其动画艺术风格独成一派。而这位拥有很大影响力且艺术风格独特的导演，也喜爱改编，"作为一名著名的导演，蒂姆·波顿的一个独特的品质便是他喜欢改编已有的作品"④。在蒂姆·波顿导演的动画电影中，有两部颇具影响力的动画电影改编自文学经典。一部是1993年上映的动画电影《圣诞夜惊魂》（*The Nightmare Before Christmas*），改编自美国作家克莱门特·克拉克·摩尔（Clement Clark Moore）的诗歌《圣尼古拉斯的来访》（*A Visit from St. Nicholas*），该诗还有一个更广为人知的名字《圣诞前夜》（*The Night Before Christmas*）。另一部是2010年上映的《爱丽丝梦游仙境》（*Alice in Wonderland*），改编自刘易斯·卡罗尔的《爱丽丝漫游奇境记》（*Alice's Adventures in Wonderland*）。该片的全球总票房超过10.2亿美元，是"蒂姆·

---

① 克拉斯薇姿. 给自己一个梦想：沃尔特·迪士尼传 [M]. 杨茜, 译. 北京：中国友谊出版公司, 2011：IV.
② ZIPES J. Happily ever after: fairy tales, children and the culture industry [M]. New York: Routledge, 1997: 1.
③ HOCKENHULL S, KELLY F. Tim Burton's bodies: gothic, animated, corporeal and creaturely [M]. Edinburgh: Edinburgh University Press, 2021: 54.
④ TAYLOR A. How to see things differently: Tim Burton's reimaginings [M] //WEINSTOCK J A. The works of Tim Burton: margins to mainstream. London: Palgrave Macmillan, 2013: 100.

波顿迄今为止最成功的电影"①。这两部动画以其奇异、瑰丽的风格成为动画史上的重要作品，是哥特动画的代表之作。

东欧地区的动画也获得了长足的发展，涌现出了一系列艺术作品和出色的堪称"动画作者"的动画大师。其中最典型的代表当数捷克动画大师伊里·特恩卡（Jiri Trnka）和杨·史云梅耶（Jan Švankmajer）。伊里·特恩卡是捷克最为重要的动画人之一，彼得·哈姆斯（Peter Hames）在《捷克与斯洛伐克电影》（Czech and Slovak Cinema）一书中将特恩卡称为捷克"动画电影业的领军人物"②，并认为"特恩卡在捷克共和国的文化地位至今仍超越其他动画师"③。露丝·弗劳恩科娃（Ruth Fraňková）更是点明："很难见到一个捷克人的童年没有受到伊里·特恩卡艺术的影响。"④ 特恩卡致力于木偶动画的创作，形成了自己极有辨识度的动画风格。他充分地运用了捷克民间艺术，并让其木偶王国与大自然相互渗透。特恩卡颇为热爱改编文学经典，他于1949年创作了改编自安徒生童话的定格动画《国王的夜莺》（Cisaruv slavík），同年根据契诃夫小说改编了动画电影《低音大提琴的故事》（Story of the Bass Cello），1951年创作了根据俄罗斯伟大作家普希金的童话诗《渔夫和金鱼的故事》改编的动画电影《金鱼》，1953年根据阿洛伊斯－吉拉塞克（Alois Jirásek）于1894年出版的《捷克古老传说》（Old Czech Legends）改编了同名动画电影，1954年创作了根据捷克著名作家雅罗斯拉夫·哈塞克（Jaroslav Hašek）撰写的小说《好兵帅克》（The Good Soldier Sweik）改编的同名动画片，1959年创作了根据莎士比亚同名喜剧改编的定格木偶动画《仲夏夜之梦》（A Midsummer Night's Dream）。这些动画都在艺术上取得了极大的成功，一位英国记者在看完《仲夏夜之梦》后，盛赞特恩卡为"东方的迪士尼"（The Walt Disney of the East）⑤。

而另一位捷克动画导演杨·史云梅耶也是一位卓越的动画大师。他一生导演了25部短片、7部长片和1部音乐视频，职业生涯跨越了50年，其艺术作品享誉世界，法国的《电影手册》这样评价史云梅耶："对于人

---

① UMLAND S J. The Tim Burton encyclopedia [M]. Lanham: Rowman&Littlefield, 2015: 15.
② HAMES P. Czech and Slovak cinema: theme and tradition [M]. Edinburgh: Edinburgh University Press, 2009: 188.
③ HAMES P. Czech and Slovak cinema: theme and tradition [M]. Edinburgh: Edinburgh University Press, 2009: 189.
④ WHYBRAY A. The art of Czech animation: a history of political dissent and allegory [M]. London: Bloomsbury Academic, 2020: 19.
⑤ 李铁. 捷克与斯洛伐克动画史 [M]. 北京: 清华大学出版社, 2014: 62.

生超现实的悲观诠释,只有文学巨擘卡夫卡可以和史云梅耶相提并论。"①史云梅耶与特恩卡一样,致力于定格动画的创作,并且"在全球范围内以定格动画工作而闻名"②。史云梅耶的动画艺术别具特色,他擅长使用各种非常规物质作为动画制作的材料,比如黏土、石头、瓷器、木材、纺织品甚至是生肉。作为一位超现实主义者,"他的作品是捷克超现实主义的一个长期的、强大的、最耐人寻味的、仍在继续的传统的一部分"③。而史云梅耶在自己的创作生涯中,也多次创作了根据文学经典改编的动画电影。早在1970年,他就已经根据西班牙民间故事《唐璜》创作了30分钟的动画电影《唐璜》(Don Sǎjn),1980年根据美国著名作家爱伦·坡的小说《厄舍古屋的倒塌》(The Fall of the House of Usher)改编了同名动画电影,1983年的动画短片《下地窖》(Down to the Cellar)与1987年的动画电影长片《爱丽丝》(Něco z Alenky)均改编自英国著名作家刘易斯·卡罗尔的《爱丽丝梦游仙境》,此外,1994年还根据歌德的同名诗剧创作了动画电影《浮士德》(Lekce Faust)。史云梅耶的创作同样与文学经典有着千丝万缕的联系。

亚洲重要动画大师的创作也离不开改编文学经典,日本的动画大师宫崎骏便是一个例子。宫崎骏在世界范围内产生了广泛的影响,被学者称为"世界上最有影响力和最受尊敬的动画电影制作人之一"④,甚至还有学者认为"宫崎骏改写了动画片的历史。如果没有他的存在,动画片作为一个艺术门类,可能无法获得目前的地位和荣光"⑤。宫崎骏及其作品的影响力可见一斑。宫崎骏在电脑动画技术已经非常成熟的今天,坚持使用二维手绘动画,形成了独具个性的画面表现。同时,他在动画中探讨了生态伦理、生命价值等重大和永恒的话题,这些都让他的动画电影具有了强烈的可识别性。宫崎骏同样通过多部改编动画彰显了自己对文学的态度,他在1975年将意大利文学巨匠亚米契斯的文学经典《爱的教育》改编成52集

---

① 徐大为. 超现实主义炼金师:杨·史云梅耶[J]. 北京电影学院学报,2012(4):50.
② WHYBRAY A. The art of Czech animation:a history of political dissent and allegory[M]. London:Bloomsbury Academic,2020:21.
③ PETEK P. The death and rebirth of surrealism in Bohemia:local inflections and cosmopolitan aspirations in the cinema of Jan Svankmajer[J]. Journal of contemporary European studies,2009,17(1):76.
④ LENBURG J. Hayao Miyazaki:Japan's premier anime storyteller[M]. New York:Chelsea House,2012:11.
⑤ 秦刚. 捕风者宫崎骏:动画电影的深度[M]. 北京:生活·读书·新知三联书店,2015:24-25.

电视系列片《三千里寻母记》；1986年将英国小说家斯威夫特的文学经典《格列佛游记》第三卷《勒皮他、巴尔尼巴比、拉格奈格、格勒大锥、日本游记》改编为动画电影《天空之城》，这部动画成为宫崎骏的代表性作品之一；2004年他又将英国小说家戴安娜·W·琼斯的小说《哈尔的移动城堡》（Howl's Moving Castle）改编成同名动画电影，该片稳居当年日本年度票房榜首；2008年，宫崎骏似乎童心未泯，将安徒生经典童话《海的女儿》改编为动画电影《悬崖上的金鱼姬》；2023年又将日本作家吉野源三郎的小说《你想活出怎样的人生》改编为同名动画电影，该片获得了2024年奥斯卡最佳动画长片奖。文学为宫崎骏带来了创作的灵感和素材，也让宫崎骏以动画的方式与原著作者进行了跨越时空的对话。

"迪士尼声称他的工作室是从一只老鼠开始的，在某些方面，中国的动画也是从一只猴子开始的，即万籁鸣的孙悟空"[1]，在国外学者的眼中，万籁鸣及其改编自《西游记》的动画电影便是中国动画的开端。万氏兄弟在中国动画史上的地位无人能及，被誉为"中国动画片的开拓者，中国动画片之父"[2]，他们作品的丰富性以及在世界范围内的影响力也获得了肯定："纵观中国动画发展至今的整个历史，万氏兄弟无疑是创作时间最长、跨度最大、作品最具多样性、享誉世界的中国动画先驱。"[3] 作为这样重量级的动画作者和动画大师，万籁鸣和万古蟾兄弟也一直致力于改编中国古典文学。他们在中国动画史上的奠基之作——创作于1941年的中国第一部动画电影长片《铁扇公主》便是根据中国古典文学《西游记》改编的，该片还被学者认为"标志着动画作为一种自主艺术形式在中国的出现"[4]。而后，他们又继续创作了堪称中国动画学派巅峰之作的动画电影长片《大闹天宫》，这同样是一部改编自《西游记》的作品。毫无疑问，万氏兄弟形成了自己独特的动画风格，并且在世界范围内都产生了深远的影响，他们的动画作品源自《西游记》，但是又不拘泥于《西游记》，而是恰到好处地将源文本与自己的创作理念以及时代风貌相结合，用画笔和摄影机对《西游记》的源文本进行了再创作。

上述这些动画强国中具有代表性的动画大师们，不仅拥有极大的艺术

---

[1] MACDONALD S. Animation in China: history, aesthetics, media [M]. New York: Routledge. 2016: 15.
[2] 颜慧，索亚斌. 中国动画电影史 [M]. 北京：中国电影出版社，2005: 10.
[3] 李铁. 中国动画史（上）[M]. 北京：清华大学出版社，2018: 13.
[4] DU D Y. Animated encounters transnational movements of Chinese animation, 1940s – 1970s [M]. Honolulu: University of Hawai'i Press, 2019: 40.

影响力，而且拥有独具个性的艺术表达力，兼顾导演和美术创意的双重身份，是影片不可否认的动画作者。而这些动画大师们都有部分甚至是大部分作品改编自文学经典，这不能说是一种巧合，而应该被认为是一种动画创作的必然趋向。这一点也可以证明，能够在动画领域获得大师级地位的人，他们的成功在一定程度上得益于对文学经典的改编以及对文学经典营养的汲取。毕竟已经获得艺术上的成功，获得读者广泛认可的文学经典可以为动画的创作提供扎实的素材和观众基础。从他们改编文学经典的成功经验中，也可以清晰地看出动画创作的正确方向。

因此，对于动画改编的研究便绕不开对于动画作者的改编策略及改编风格的研究，而动画作者的价值观和审美情趣，乃至他们的生活态度便也成为动画改编的研究内容。改编者往往会在对于改编作品所进行的二度创作中融入自己的立场和理想，而这些动画大师们则更为热衷在作品中体现自我，因此，研究动画作者的思想如何与源语作者的思想产生碰撞是一个非常有意义的话题。

综上所述，在世界动画的发展历程中，涌现出了大量极具个人风格且颇有影响力的动画导演，他们是作品不可否认的"动画作者"，他们用自己的方式对文学经典进行重述，这种重述是与原著作者的一次跨越时空的对话，同时也是动画作者自身动画艺术风格的全力表达，也让观众和读者看到了优秀的动画作品是如何在源语作者和动画作者这双重作者的通力协作下诞生的。

第三节 动画电影改编中双重作者的对话

按照巴赫金的观点，"文本只是在与其他文本（语境）的相互关联中才有生命。只有在诸文本间的这一接触点上，才能迸发出火花，它会烛照过去和未来，使该文本进入对话之中"①。文学文本在与电影文本的关联中获得了新的生命，同时，通过改编，文学文本进入了对话之中。而动画作者借助文本，实现了与源语作者之间的跨越时空的对话。

杰克·布泽（Jack Boozer）在其著作《电影改编中的作者》（*Authorship in Film Adaptation*）中，按照电影与源文本的距离远近将改编划分为

---

① 巴赫金. 文本、对话与人文[M]. 白春仁，晓河，周启超，等译. 石家庄：河北教育出版社，1998：380.

三种类型：一是直读或细读（A literal or close reading）；二是大致上相似（A general correspondence）；三是遥远的引用（A distant referencing）①。改编作品对源语作品的忠实度可以用于考量动画作者与源语作者之间的对话紧密程度。在对文学经典进行动画改编的过程中，动画作者与源语作者的对话会呈现以下三种情况：第一，动画作者高度认可源语作者的作品，并通过情节的总体忠实来实现对源文本的直观再现。动画作者运用影像和美术造型对于文学经典进行"直译"，其作为源语作者的跨媒体重述者，以高度重现源文本内容作为创作重心。这可以认为是动画作者与源语作者之间进行的一场观点相近的"直接对话"。然而，直接对话并非指对源文本的完全照搬，动画作者可能会因为各种原因，对于原著进行情节上的少量改动，但这一改动是直接的，具备第一眼识别性。第二，动画作者认同源语作者，但是源语作者的艺术风格与动画作者相差较远，动画作者不愿意因迎合源语作者而牺牲自己的艺术主张。动画作者虽然选择了文学经典进行改编，并且保留了原著的大部分情节，但是站在自己的审美立场进行一场艺术风格的重述。从情节上来看，动画作者尊重了源语作者，试图与其进行对话，但是这种对话建立在风格转换的基础上，是一种非直接的、有条件的、不那么容易识别的对话形态，可以将其认为是双重作者之间的"隐形对话"。第三，动画作者仅将源语作者及其作品当作一种创作参考，甚至动画作者在某种程度上通过改编创作实践对源语作者进行了反驳，以自己的解读和立场重述源语作品。那么，动画作者与源语作者之间的对话状态便比较模糊了，看似动画作者是想要通过再现源文本与源语作者展开对话，但是在对话的过程中却逐渐偏离源语作者，并开始加入音量越来越大的自我独白，从而形成了一种"虚拟对话"的状态。

动画作者与源语作者的这三种对话存在于改编动画之中，不同的对话方式使动画电影呈现出多元的改编形态，彰显了动画作者的改编立场和改编态度。

一、双重作者间的"直接对话"

虽然动画作者不一定能够与源语作者进行字面意义上的"对话"，尤其是改编经历过时间磨砺的文学经典，但是，动画作者却可以通过动画电影对源文本的重述方式实现自己的对话目的，彰显自己的对话态度。在面对文学经典的时候，有的动画作者的创作思维和立场能够与源语作者完美

---

① BOOZER J. Authorship in film adaptation [M]. Austin: University of Texas Press, 2008: 9.

契合，虽然有时空的阻隔，但是他们之间可以顺畅地进行"直接对话"。动画作者对源语作品的改动也往往体现在可以被轻易观察到的核心情节之上，且这些改动从创作精神上来看与原著也是直接相通的。以下以中国动画的开山始祖万氏兄弟改编中国四大名著之一的吴承恩的《西游记》为例，来探究动画改编电影中双重作者的"直接对话"。

"西游故事"起源于唐代高僧玄奘去印度取经这一真实事件。后人以此为题材创作了多个版本的西游记故事，其中，成就最高、影响最大的当数吴承恩的《西游记》。吴承恩在创作《西游记》时已经六十余岁了，甚至他在有生之年未曾目睹《西游记》出版。但是，这部巨著还是幸运地流传了下来，并且在众多相同题材的作品中脱颖而出。"这本《西游记》似乎天生有王霸之气，自从世德堂将它推出之后，各种其他形式的《西游记》作品顿时销声匿迹。唐僧取经的故事曾经在民间以各种形式流传，但在大明万历二十年（1592）之后，无论是创作欲望、表现欲望极强的失意文人，还是从来就有随意增删习惯的艺人，都没人再敢心存妄想试图去修改《西游记》了。"①

在中国四大古典名著中，关于《西游记》的研究文献不如另外三部那么多，但是，要论及改编数量，《西游记》则远远胜出。"《西游记》被改编为其他艺术形式的范围和次数，中国第一，涉及戏剧、曲艺、电影、电视、漫画、卡通，甚至还有杂技、游乐等等。"② 其中，《西游记》的动画改编数量远远超越其他三部古典名著，可谓在中国动画的发展史上立下了汗马功劳。改编自《西游记》的动画主要有万籁鸣导演的《铁扇公主》（1941）、《大闹天宫》（1964），靳夕导演的《火焰山》（1958，木偶动画），万古蟾导演的《猪八戒吃西瓜》（1958，剪纸动画），严定宪导演的《人参果》（1981），特伟导演的《金猴降妖》（1985），等等，这些中国动画史上的重要作品直接推动了"中国动画学派"的形成和发展。《西游记》改编动画之热，直到近年依旧居高不下，其中不得不提到2015年田晓鹏执导的动画电影《西游记之大圣归来》，这部动画电影在商业和艺术上都获得了巨大的成功，以至于有学者认为"一部《大圣归来》将使2015年成为中国动画电影发展史上一个划时代的年头——国产动画电影将从此走进一个新的时代"③。可见，《西游记》贯穿了整个中国动画的发

---

① 蔡铁鹰. 大道正果：吴承恩传 [M]. 北京：作家出版社，2016：5.
② 蔡铁鹰. 大道正果：吴承恩传 [M]. 北京：作家出版社，2016：275.
③ 盘剑. 动漫研究：理论与实践 [M]. 杭州：浙江大学出版社，2016：192.

展史，从第一部动画长片诞生到 21 世纪的今天，孙悟空的魔法在动画中依旧有效，我们简直可以通过研究《西游记》的改编动画而梳理出一部中国动画发展史乃至中国社会变迁史。

这个现象非常有意思，也极为耐人寻味。究其原因，大致在于两个方面。首先，《西游记》中那瑰丽的神话色彩与动画的艺术特性不谋而合。鲁迅在《中国小说史略》中就将《西游记》归类为"神魔小说"①，《西游记》中鲜明的神话色彩以及斑斓的场景非常适合用动画来表现。毕竟，上至灵霄宝殿，下至东海龙宫，这样奇幻的场景是根本无法在现实世界中找到的，而对于动画来说，无与伦比的表现能力是其最显著的特征，也是动画优越性的体现。因此，动画在表现这些超现实场景时便有了天然优势。《西游记》与动画天马行空的表现方式是非常契合的。其次，《西游记》虽然讲述了各路神仙鬼怪的故事，却并未被神魔小说题材困囿，还是有着明显的对现实生活的折射。"就神魔小说这一类型作品而言，能够通过这种题材创造出伟大的艺术精品，而又超脱于神魔的'幻惑'，使作品具有强烈的现实意义，这却只有《西游记》一部。"② 现实与魔幻的结合，这不恰恰也是动画的艺术追求吗？

在这些改编自《西游记》的动画作品中，最绕不开的便是万氏兄弟导演的两部动画：《铁扇公主》和《大闹天宫》。前者是中国动画的奠基之作，后者是中国动画学派的标志之作。这两部作品的动画作者是万氏兄弟，其中，大哥万籁鸣起到了主导作用，所以以下的作者研究主要集中于万籁鸣。

《铁扇公主》和《大闹天宫》上映之时，都引发了不小的轰动，无论在票房还是获奖方面，均取得了令人瞩目的成就。"据统计，《铁扇公主》在大上海、新光、沪光、杜美 4 家影院一共放映 35 天，一天最少 1 场，最多 5 场，一共大约放映 178 场，每场观众都爆满。"③ 这在 1941 年，动画还未得到广泛认可，还被视为电影开场前的开胃小菜的时代，是多么不可思议的成就。而后来 1964 年《大闹天宫》上映的时候，社会局面已较抗战时期有了极大的改善，万籁鸣不仅获得了比较正常的创作环境，《大闹天宫》也有机会在世界范围内展示。"据当时中央文化部电影局统计，《大闹天宫》曾先后参加过捷克斯洛伐克、西班牙、墨西哥、美国、英国、

---

① 鲁迅. 中国小说史略 [M]. 上海：上海古籍出版社，2006：101.
② 李希凡. 论中国古典小说的艺术形象 [M]. 上海：上海文艺出版社，1961：210.
③ 李道新. 中国电影史研究专题 [M]. 北京：北京大学出版社，2006：242.

突尼斯、印度、意大利、希腊、法国、厄瓜多尔、葡萄牙、联邦德国等14个国家和地区举办的18个国际电影节展映，并三次获奖，其中包括1978年第22届伦敦电影节的'最佳影片奖'。"①

也正是这两部动画，奠定了万籁鸣在中国动画史上的地位，他"是我国动画拓荒者，堪称我国动画之父"②。万籁鸣所创作的动画版孙悟空形象，也成为我国动画的金名片。

万籁鸣的《铁扇公主》与《大闹天宫》都对原著进行了节选式的改编，基本遵循了节选段落的情节和叙事，在创作立场和创作思维上，动画作者万氏兄弟与源语作者吴承恩产生了共鸣，《西游记》的创作是吴承恩的童年夙愿，而改编《西游记》为动画电影，则是万籁鸣的童年夙愿。

1. 双重作者创作立场的对话

《西游记》虽然是吴承恩六十多岁的时候才写成的，但是这部作品的创作却可以算作他童年的夙愿。早年，吴承恩就曾写过一部现今已失传的神话短篇小说集《禹鼎志》，他在序言《禹鼎志序》中写道："余幼年即好奇闻。在童子社学时，每偷市野言稗史，惧为父师诃夺，私求隐处读之。"③ 当时，阅读和写作这类神话小说被认为是不务正业。吴承恩害怕被父亲和老师责骂，只得"私求隐处读之"，但是在他内心深处，一直对这类文学颇感兴趣，以至于后世的研究者们认为他内心的文学之梦是阻碍其科举之路的原因："科举本就不是为文学准备的，吴承恩选择了文学作为表述社会责任感的方式，实际上已经意味着选择了社会的非主流生活方式，所以他科举的一再落榜几乎就是必然的事。"④ 从小对于"野言稗史"的喜爱，再加上早年写作神话短篇小说集《禹鼎志》练笔，分明可以看出，吴承恩在晚年写作《西游记》是他人生的必然之举，也实现了他童年和少年时期的夙愿。

而对于万籁鸣来说，能够改编《西游记》为动画，尤其是改编前七回为《大闹天宫》，也是他童年的夙愿。在万籁鸣的回忆录《我与孙悟空》中，他写道，有机会创作《大闹天宫》，"喜莫过于夙愿得偿"⑤。

这个夙愿，来自三个方面。第一，让绘画动起来。万籁鸣在回忆录中写道："我从小就喜欢动的东西，小时候学画时幻想如何使画中的人物、

---

① 李保传. 万籁鸣研究 [M]. 成都：四川美术出版社，2016：123.
② 李三强. 万籁鸣与特伟动画创作之比较 [J]. 电影艺术，2011（2）：104.
③ 朱一玄，刘毓忱. 西游记资料汇编 [M]. 天津：南开大学出版社，2012：159.
④ 蔡铁鹰. 大道正果：吴承恩传 [M]. 北京：作家出版社，2016：118–119.
⑤ 万籁鸣，万国魂. 我与孙悟空 [M]. 太原：北岳文艺出版社，1986：113.

山水动起来,走马灯、木人戏和皮影戏这三者恰恰符合我的想法,我最爱看。"① 第二,改编自己最喜爱的文学作品。万籁鸣在《我与孙悟空》中屡屡谈及自己对《西游记》喜爱:"在孩提时,大人们给我讲得最多的也最有兴味的故事要数《西游记》。"② 即便在成年之后,万籁鸣还是将《西游记》视若珍宝:"在我国文学宝库中,我偏爱《西游记》,吴承恩写的这部名著,几十年来我不知翻阅了多少遍,每看一遍好像都有新的发现。它伴随着我经南京到武汉,又到重庆,以后又被我带回上海。别的书本我丢了都不足惜,唯独《西游记》我是视若珍宝。"③ 现如今有机会能够改编《西游记》为动画,这可不是"夙愿得偿"吗?第三,万籁鸣创作动画《大闹天宫》的愿望早在1939年就已经萌生,并且差一点儿就可以付诸实践了。在那一年有资本家愿意投资,万籁鸣和几个弟弟夜以继日地策划、设计、准备,但是正当他们摩拳擦掌、踌躇满志的时候,资本家叫停了。因为当时电影胶片价格飞涨,资本家为了拍摄《大闹天宫》所准备的胶片如果直接卖出,反倒比拍摄影片更为赚钱,趋利的资本家自然不愿意再继续投资《大闹天宫》了。而对万籁鸣来说,这一耽搁就是数十年。多年前的创作心愿能够付诸实践,这也是夙愿得偿。基于这三个原因,万籁鸣在新中国建立初期得以有机会拍摄《大闹天宫》,自然是喜不自胜的。

两位作者的创作都是基于从童年少年时代就萌生的愿望,这样的创作于两人来说都充满着得偿所愿的喜悦。从这一创作心绪上来看,动画作者万籁鸣就能够与源语作者吴承恩产生共鸣和对话。双重作者间的这种对话是直接和顺畅的,但是,直接对话并非仅是建立在动画作者对源语作者的高度认同甚至是附和之上,动画作者对源语作品的显而易见的直接改动也可以认为是与源语作者的直接对话。

《大闹天宫》改编自《西游记》第一至七回,在改编中,最为明显的调整在于影片的结局。原著第七回中孙悟空逃出太上老君的炼丹炉,被如来佛制服,压在五指山下。而动画电影中的孙悟空则在逃出炼丹炉后毫无阻拦地闯入灵霄宝殿,挥舞着金箍棒,把大殿砸得面目全非,甚至玉皇大帝也不得不仓皇逃走。随后,孙悟空回到了花果山,升起"齐天大圣"的大旗,和猴儿们一同过着无忧无虑,没有压迫、没有欺骗的幸福生活。这一对原著情节的改动是颇为直接和易于被观众察觉的。

在影视改编中,有相当多的学者会认为忠实原著这一点非常重要,毕

---

①② 万籁鸣,万国魂. 我与孙悟空 [M]. 太原:北岳文艺出版社,1986:13.
③ 万籁鸣,万国魂. 我与孙悟空 [M]. 太原:北岳文艺出版社,1986:86.

竟改编的对象往往都是经典之作，是在艺术上颇为成熟、拥有广泛读者群的优秀作品，《大闹天宫》的创作者万籁鸣在谈到动画改编策略时也赞同了"忠实原著"这一观点，他再三强调："美术片工作者在改编古典文学作品时当然应该忠实于原著，忠实于原著的主要人物、主要情节，忠实于原著的主题，忠实于原著的浪漫主义色彩。"① 如此看来，万籁鸣是强调"忠实原著"的，确实，在动画电影《铁扇公主》和《大闹天宫》中，人物、情节、主题和风格等多个方面都较为忠实地再现了原著。但是在《大闹天宫》的结局上，万籁鸣却执意对《西游记》进行了情节上的明显改变。结合万籁鸣的改编观点来看待这一现象，可以认为《大闹天宫》的结局恰恰体现了万籁鸣改变原著这段情节的坚定决心，他一定是对原著中孙悟空被压五指山这一情节有很大的不满，他一定是非常迫切和极度渴望展现自己所设想的这一美猴王大闹天宫的最终结局。确实，我们在万籁鸣的回忆录《我与孙悟空》中找到了证据。正是因为万籁鸣儿时的经历对其改编《西游记》产生了巨大的影响。当时，南京城外有一座石观音庙，里面一位老和尚经常会给孩子们讲《西游记》，而万籁鸣就是听众之一："他可说得上是我理解《西游记》的启蒙老师。……给我印象最深的是：当他讲到天不怕、地不怕，法力无边的孙悟空竟然翻不出如来佛手心时，愤愤不平，我们这些孩子也感到愤愤不平。"② 万籁鸣听完故事回到家后，内心还是愤愤不平，便用自己的方式对孙悟空的遭遇进行修正："回家后，我们剪了许多如来佛和孙悟空，剪了如来佛的大手，在晚上玩皮影戏时，让如来佛的大手似乎要抓住孙悟空似的，然后又让孙悟空从手掌中飞出去。每当演到这个时候，小观众们的情绪达到了高潮，都拍手叫好。"③ 可想而知，这一童年往事深深地影响了他改编《西游记》时的思路，毕竟"对吴承恩原著中的这一情节设置的不理解和试图改变是从小便有的"④。因此，也就不奇怪为什么万籁鸣在多年后有机会改编《西游记》前七回为动画时，在影片结局上对于原著做了大幅修改。这样的结局设置是动画作者万籁鸣童年的夙愿，是他心目中对于英雄人物不能因此而没落的世界观的反映。纵然这样改动有违万籁鸣"忠实原著"的文学改编原则，但是他依旧遵循了自己内心深处的愿望。

万籁鸣通过改编《西游记》实现了自己童年的夙愿，同时也通过在电影的结尾部分改变原著再次让自己得偿夙愿。双重作者的"直接对话"并

---

① 万籁鸣，万国魂．我与孙悟空 [M]．太原：北岳文艺出版社，1986：136．
②③④ 万籁鸣，万国魂．我与孙悟空 [M]．太原：北岳文艺出版社，1986：15．

非指改编作者对源语作者的照单全收、全盘认可，也包括对少量情节进行直接和显而易见的改动，这一改动，让源语文本有了被重述的可能，从而让文本进入对话之中。动画电影《大闹天宫》通过对原著情节的直接调整，让动画作者和源语作者的童年夙愿消除了 400 年的时空阻隔，发生了碰撞与对话。

2. 双重作者个人心境与历史使命的对话

对《铁扇公主》和《大闹天宫》的原著作者吴承恩来说，《西游记》可能是他毕生体验的缩影。在孙悟空的身上，吴承恩寄予了太多属于自己的愿景。吴承恩生于明代中叶，作为家中的独子，从小便被父亲寄予厚望，痴迷诗书但苦于条件所限的父亲希望儿子能够代替自己实现未竟的梦想：通过科举，谋得官职，光耀门楣。所幸，吴承恩少年得志，很早便考上了秀才。但此后由于各种原因，虽参加了多次乡试，但一直未能中举。科举之路，吴承恩走得实在坎坷。尤其是在 26 岁这一年，他的多年同窗好友沈坤、李春芳、朱曰藩一同中举，而他则名落孙山，这对于吴承恩的打击是极为巨大的。更不用说数年后，沈坤和李春芳还分别状元及第，而吴承恩却一直秀才终老。科举上的不顺，让少年成名、早早被冠上"神童"之名的吴承恩难以承受，他一定深深陷入过对自我的否定和对制度的怀疑。为此，他难免会产生反叛和质疑的情绪，他"简直就是一位当代愤青"[1]。现实与理想的巨大落差很容易让他把希望寄托在一个充满着理想主义的英雄身上，孙悟空，便是吴承恩自我心境表达的载体。虽然《西游记》讲述的是唐僧前往西天取经的故事，但是唐僧完全没有承担主角的功能，"在取经过程中，唐僧只是一个傀儡。唐僧始终充当的只是名义上的主角，而孙悟空则成了真正的主角"[2]。很显然，吴承恩在孙悟空这个原本并非主角的人物身上倾注了太多自己的理想，这很难说不带有个人感情色彩，对此，《西游记》的研究者们也早有察觉："从那宁死不屈、孤傲不驯、大义凛然的孙悟空形象身上，我们是不难找到吴承恩的影子的。"[3]

因此，很明显，在郁郁不得志的吴承恩内心深处，是多么需要想象一个前所未有的、勇敢无畏的、不可战胜的英雄。在这样的前提下，《西游记》第五十九回到第六十一回中唐僧师徒途经火焰山，向铁扇公主三借芭

---

[1] 蔡铁鹰. 大道正果：吴承恩传 [M]. 北京：作家出版社，2016：99.
[2] 杨俊.《西游记》研究新探 [M]. 北京：社会科学文献出版社，2018：36.
[3] 杨俊.《西游记》研究新探 [M]. 北京：社会科学文献出版社，2018：26.

蕉扇的情节中，几乎所有的努力都是孙悟空一人所为，其余众人只需要坐享其成。或者，更为准确地说，在《西游记》中几乎所有的困难都是有赖于孙悟空这一英雄来克服的。

然而，在万籁鸣改编的动画电影《铁扇公主》中，吴承恩塑造的个人英雄与万籁鸣认可的社会历史使命发生了直接对话和碰撞。

动画电影《铁扇公主》明显弱化了孙悟空的个人努力，而强调了集体协作。借芭蕉扇这一事件在原著中通过三回来表达，分别是第五十七回：唐三藏路阻火焰山，孙行者一调芭蕉扇；第五十八回：牛魔王罢战赴华筵，孙行者二调芭蕉扇；第五十九回：猪八戒助力败魔王，孙行者三调芭蕉扇。仅凭章回标题就可以清楚地看出，在借调芭蕉扇的过程中，几乎所有的努力都是孙悟空所为。然而，原著中孙悟空的三次努力在动画电影中被分解了：第一次借扇子是孙悟空去借的，第二次是猪八戒去借的，第三次则是师徒四人与广大民众共同努力，打败了牛魔王，这才顺利借到了扇子。此外，动画中的唐僧并不像原著中那样被动地等待着徒弟们带给他的胜利果实，而是忙着给广大民众大力宣扬追求自由的主张，号召广大民众团结一心，推翻压迫统治。在影片中，唐僧总结了徒弟们失败的原因："你们失败的原因，在于既不同心也不合力，假使你们三个人一条心，合起力来跟牛魔王决斗，事情一定可以成功的。"还借此机会号召在一旁聆听的民众起来反抗牛魔王："各位受他的害处也不少了，希望各位也出些力量，跟小徒们共同征服牛魔王，消灭火焰山，免除永远的祸患。"唐僧的这番宣讲点燃了广大民众的斗志，大家万众一心，带着锄头、镰刀一同攻入芭蕉洞。影片中的孙悟空不再孤身奋战，而是和猪八戒、沙和尚并肩作战，师兄弟携手与牛魔王搏斗。随后，牛魔王化身巨牛，追逐着孙悟空，眼看孙悟空就要招架不住了，是人民群众齐心协力，锯开大树，设置陷阱，引诱牛魔王一头钻进陷阱，从而被大树夹住，动弹不得。唐僧师徒这才获得了战斗的最终胜利，也因此取到了芭蕉扇，扇灭了火焰山上的熊熊大火，可以继续西行，而人民也得以在此地安居乐业。

唐僧在文学原著《西游记》中，是能动性最小的一个人物，他永远处于被拯救的弱小位置上，可是在影片《铁扇公主》中，这个人物却成为最后战胜邪恶势力牛魔王的关键力量，如果没有他的"启蒙"，人民群众是不会觉醒的。唐僧在此扮演了一个至关重要的"启蒙者"角色。

除此之外，动画中那些不会武艺，不会法术，更不会七十二变的普通民众，反倒成为打倒牛魔王的重要力量，没有他们，仅仅依靠个人英雄孙悟空是无法获得成功的。

动画中的这一修改，显然与吴承恩所塑造的具有鲜明个人英雄色彩的孙悟空存有差异。而造成这一差异的根本原因，与动画作者万籁鸣所处的社会环境息息相关。《铁扇公主》于 1941 年公开放映，也就是说，万氏兄弟创作这部动画电影的时候正值日军侵华时期，当时的中国正处于抗日战争的水深火热之中。在这样的时代大背景之下，如何激发大众的抗日斗志，如何唤醒人民加入抗战中来，是中国当时的进步知识分子们考虑的首要问题。万氏兄弟创作《铁扇公主》，除了完成他们的夙愿——让绘画动起来之外，还有很大原因是为抗战出力。而动画电影《铁扇公主》也因此烙上了鲜明的时代印记，正如万籁鸣在回忆录中所述："我们决心拿起画笔，开动动画电影摄影机，以动画片作为我们的武器，为抗日贡献一分力量。"①

影片的高潮部分，在广大民众的帮助下，唐僧师徒才终于成功地打败牛魔王，借到了芭蕉宝扇，降妖成功的关键已不再是依靠神力，而是依靠普通民众的协作，人民的力量甚至高过了无所不能的神仙鬼怪。全体民众一起赶走暴虐的牛魔王，这一行为本身便带有了鲜明的抗战色彩。从这一点上来说，动画电影《铁扇公主》和文学原著相比，其革命性是不言而喻的，传统的宗教思想已经被打破，依靠人民大众的力量获取胜利成为影片的主题，也是这部动画影片深刻的现实意义所在。正如万籁鸣所言，"在《铁扇公主》中，我们有意曲折地用打倒牛魔王作为借喻反映出影片的主题，那就是'全国人民联合起来对付日本侵略者，争取抗战的最后胜利'。我想凡是看过《铁扇公主》的有心人，是不难一眼看破的。"② 万籁鸣的这一创作目的也被日本学者看破，1975 年日本学者小松沢甫刊登在《电影月刊》上的话语便直接点明："这是一个体现反抗精神的作品，粗暴地蹂躏中国的日本军遭到了中国人民齐心协力的痛击，这个影片的意图是一清二楚的。"③

动画电影《铁扇公主》诞生于特殊的时代环境之下，这就注定了其本身会有着不可磨灭的时代烙印，万籁鸣在抗战背景之下创作出来的动画，有着鲜明的政治目的性，并非为了艺术而艺术，更非为了娱乐而创作。影片的高潮部分和原著相比的巨大改变，带有着浓厚的启蒙色彩，启迪人们将古典文学中的传奇故事与现实生活相联系，号召民众加入救亡图存的队

---

① 万籁鸣，万国魂. 我与孙悟空 [M]. 太原：北岳文艺出版社，1986：80.
② 万籁鸣，万国魂. 我与孙悟空 [M]. 太原：北岳文艺出版社，1986：90.
③ 李铁. 中国动画史（上）[M]. 北京：清华大学出版社，2018：46.

伍中来。影片淡化孙悟空的个人英雄形象,强调人民的协作可以战胜一切敌人,这是《铁扇公主》改编《西游记》显而易见的目的。万籁鸣对于这一目的毫不避讳,全力在各个方面进行表现,甚至在动画的开头字幕中,花费了长达50秒时间,直截了当地表明了改编目的:"《西游记》本为一部绝妙之童话,特以世多误解,致被用为神怪小说,本片取材于是,实为培育儿童心理而作,故内容删芜存精,不涉及神怪。仅以唐僧等四人路阻火焰山,以示人生途经中之磨难,欲求经此磨难,则必须坚持信念,大众一心,始能得此扑灭凶焰之芭蕉扇。"阻碍孙悟空一行前往西天取经的邪恶势力除了牛魔王之外,更有肆虐在火焰山的熊熊大火,动画中孙悟空深入火焰山灭火,影片通过拟人的手法将火焰形象化为邪恶的人脸,狂妄地扑向孙悟空,欲把他吞噬。有学者进行了对比研究,认为动画中的人形火焰与日本武士的图像惊人地相似:"火焰山大火被拟人化为凶神恶煞的面孔,人形火焰的五官绘制方式与日本武士面具的胡须、獠牙和尖下颌造型构成了某种历史的耦合,这种极具冲击力的视觉表现方式保证了观影者对于他者的准确识别。"① 这便又是一处明证,万籁鸣通过各种方式在影片中强调唐僧师徒以及广大民众对抗的恶势力正是日本侵略者。

万氏兄弟在新的时代背景之下重新审视《西游记》,动画作者所处的特定历史时期让其肩负着历史使命,这一创作立场与源语作者的个人心境之间产生了差异性,从而发生了直接对话和碰撞。动画赋予了文学经典以新的历史意义,使其在启蒙大众、宣传抗日方面发挥了积极的作用。

二、双重作者间的"隐形对话"

双重作者之间的对话有时并非能够以直接明确的方式加以展现,动画作者可能会完全沿用源语作者的情节设定,却站在截然不同的审美维度上对其进行审视。这一情况没有因为对原著情节的明确改动而形成一种直接对话,但是动画作者与源语作者的审美差异性却渗入动画改编电影的每一个角落,从而形成了一种看似双重作者之间没有对话,实则方方面面都在进行对话的隐形对话状态。以下以捷克动画导演杨·史云梅耶改编自英国著名作家刘易斯·卡罗尔的代表作《爱丽丝漫游奇境记》的动画电影《爱丽丝》为例来论述双重作者之间的隐形对话。

刘易斯·卡罗尔不同于一般的作家,他拥有多重身份,是"一个数学

---

① 白惠元. 民族话语里的主体生成:重绘中国动画电影中的孙悟空形象 [J]. 文艺研究,2016(2):25.

家、逻辑学家、作家和创新的摄影师"①。刘易斯·卡罗尔的原名是查尔斯·勒特威奇·道奇森（Charles Lutwidge Dodgson），他是牛津大学基督堂学院（Christ Church College）的教授、逻辑学家、小说家、诗人和艺术摄影师，也是一位宗教神职人员。这样复杂的身份决定了他的小说并非普通的小说，而是混合了多种跨学科知识的复合型作品：数学知识、双关语、谜语、诗歌常常出现在他的作品中。可想而知，将卡罗尔的小说改编为影视作品会困难重重。

《爱丽丝漫游奇境记》的诞生非常偶然。1862 年 7 月 4 日，卡罗尔与牛津大学基督堂学院院长的三个女儿一起在伊西斯河上划船游玩，其中，院长的小女儿名叫爱丽丝·利德尔（Alice Liddell）。在三个女孩的强烈要求下，卡罗尔为她们即兴讲述了一个名叫爱丽丝的小女孩去冒险的故事。两年后，也就是 1864 年 11 月 26 日，卡罗尔把《爱丽丝漫游奇境记》的手稿作为圣诞礼物送给了院长的小女儿爱丽丝。可见，这部小说几乎是在一种毫无准备的情况下创作的，所以，小说的情节并不集中紧凑，而是充满着一种随机性和灵感的自由跳动。这对于影视改编而言，同样不利。

尽管这部小说拥有上述两个不利于影视改编的因素，但还是有改编者不畏困难，将其纳入创作的范畴。多年来，这部小说多次被搬上电影银幕，早在 1903 年，塞西尔·赫普沃斯（Cecil Hepworth）和珀西·斯托（Percy Stow）就已经拍摄了第一部改编自《爱丽丝漫游奇境记》的电影，据统计，《爱丽丝漫游奇境记》大约有 60 部改编作品②。其中，迪士尼两次对卡罗尔的这部小说进行了动画改编，一次是 1951 年由克莱德·吉诺尼米（Clyde Geronimi）导演的动画电影《爱丽丝梦游仙境》，还有一次是 2010 年由蒂姆·波顿导演的真人动画电影《爱丽丝梦游仙境》。这两部动画都在世界范围内产生了相当大的影响。除了这两部商业气息较为浓郁的"爱丽丝改编动画"之外，还有一部风格独特的作品，即 1988 年由捷克著名动画大师杨·史云梅耶导演的动画电影《爱丽丝》。《爱丽丝》是史云梅耶创作的第一部动画长片，该片获得 1989 年安纳西最佳动画长片奖［Best Film（Animated Feature Category），Annecy］。史云梅耶的这部动画电影，从情节和叙事结构上来看，都与卡罗尔的原著联系紧密，没有出现

---

① ABELES F F. Mathematics: logic and Lewis Carroll [J]. Nature, 2015 (527): 304.
② BECKMAN F. Becoming pawn: 'Alice', arendt and the new in narrative [J]. Journal of narrative theory, 2014, 44 (1): 1.

明显的颠覆原著情节的地方，但是史云梅耶却通过这部动画电影，以迥异的视觉和艺术风格与卡罗尔的原著进行了隐形对话。

1. 奇幻梦境与哥特梦魇：双重作者的审美对话

在谈及自己改编的文学作品时，史云梅耶曾说过："其（文学作品）作者都是靠近我心灵的作家，是我个人神话的支柱。"① 史云梅耶根据卡罗尔的《爱丽丝漫游奇境记》改编了自己的第一部动画长片，可见，在史云梅耶看来，卡罗尔是能与其内在精神产生共鸣的。史云梅耶从情节上非常忠实地再现了卡罗尔的原著，观众可以在影片中看到和原著一样的叙事结构：爱丽丝与姐姐一起在河边看书，其间，爱丽丝做了一个奇异的梦，即童话和动画都以再现梦境作为叙事主体。观众还可以看到和原著一致的人物：小女孩爱丽丝、白兔、疯帽匠、伯爵夫人、红心皇后以及她的扑克牌士兵们都在动画中悉数登场。观众也可以看到与原著一样的场景和情节：爱丽丝是如何追随着白兔来到地下世界，如何在吃了奇怪的食物之后身体不断变大变小，如何与疯帽匠、睡鼠、三月兔一起进行那场语无伦次、毫无逻辑的茶会等等。从这些层面上来讲，史云梅耶是忠实于原著的，但是动画电影在表现原著中的奇幻世界时却进行了不同审美层面的重述。动画作者与源语作者的对话是隐秘的，虽然未能直接体现在可见的叙事情节之中，但是像枝蔓一般不知不觉触及作品的各个角落。原著中的奇幻梦境在动画中以哥特梦魇的形式出现，正如学者所言："刘易斯·卡罗尔的原作展现的是一幅乡村田园式的梦幻仙境，而史云梅耶所展现的是一个城市化的哥特式梦魇魔境。"② 史云梅耶这样的改编方式是与其一以贯之的艺术风格以及他的审美定位相匹配的："他的作品更多呈现出来的是一种混杂着邪典电影和哥特式黑暗风格的超现实隐喻。……史云梅耶用《爱丽丝》诠释了所谓'哥特式恐怖'。"③

1764 年霍勒斯·沃波尔（Horace Walpole）《奥特朗托城堡》（*The Castle Otranto*）的出版，让"哥特式"作为一个批评术语出现了。"在文学和电影中，这个词经常被用来形容一种描述地点、欲望和行动的特别风格化方法。对许多当代的电影观众来说，这个词唤起了峭壁上废弃的城

---

① 哈姆斯.在物品中收集失散的情感：杨·史云梅耶访谈［J］.电影艺术，2017（4）：101.
② 徐大为.超现实主义炼金师：杨·史云梅耶［J］.北京电影学院学报，2012（4）：51.
③ 徐大为.超现实主义炼金师：杨·史云梅耶［J］.北京电影学院学报，2012（4）：50.

堡、处于不同阶段的废墟或失修的迷宫般的祖传大宅的形象。"① 确实，哥特与建筑有着紧密的联系，16世纪，"哥特式"是对一种建筑风格的贬义描述。"哥特式建筑将罗马式元素融入其垂直度的倾向中，而它所包含的大量怪诞的装饰物则更彻底地脱离了古典的概念。最明显的'哥特式'建筑，即教堂和大教堂，融合了棱形拱顶、多个拱门和飞扶壁等建筑元素，有着令人印象深刻的设计华丽的墙壁，上面还有彩色玻璃窗和高耸的尖顶。"②

在刘易斯·卡罗尔的《爱丽丝漫游奇境记》中，爱丽丝所进入的奇境是一个维多利亚时期的精致英式花园，更具有一种仙境的气质，因此，也不难理解近年来该小说的多个中文翻译版本都将书名译为《爱丽丝梦游仙境》。可是，在史云梅耶的动画中，爱丽丝所处的奇境是一个废弃了的阴暗建筑。大量的场景在室内完成，观众看见的是阴森的房间、满是划痕的墙壁、破败的木门、生锈的铜锁，还有狭窄而破旧的旋转楼梯、一道道冰冷的铁丝网……莉莉娅·梅拉尼（Lilia Melani）列出了一份哥特式作品的特征清单，其中包括："地牢、地下通道、地窖和地下墓穴，在现代房屋中，这些都是诡异的地下室或阁楼"，以及"迷宫、黑暗的走廊和蜿蜒的阶梯"③。这里列举出的场景几乎与《爱丽丝》的场景完美吻合。爱丽丝跌入的地下世界是那么阴森恐怖，充满了各种杂乱的废弃物，几乎是一个"地牢"。而红心皇后不停地命令白兔砍掉别人的脑袋，白兔会顺从地遵守命令，一一实行，观众看到了一个又一个角色被剪去脑袋。这样阴森恐怖的地下空间，无异于一个"地下墓穴"。爱丽丝不停地在这座巨大的废弃旧宅中奔走，闯入一个又一个陌生而阴暗的房间，这一建筑对爱丽丝而言，也是一个"迷宫"。小说原著中没有任何对建筑的描绘，但是电影中却出现了大量建筑的意象，这可以认为是表现哥特风格的重要载体。

虽然哥特式与恐怖不能完全等同，但是二者多少存在一些交叉，甚至有学者认为二者已经构成了混合状态："尽管对某些人来说，哥特式和恐怖之间仍有一条界线，但我认为，在当代，这两种风格已经逐渐融合。"④

---

① HAND R J, MCROY J. Gothic film: an Edinburgh companion [M]. Edinburgh: Edinburgh University Press. 2020: 1.
② HAND R J, MCROY J. Gothic film: an Edinburgh companion [M]. Edinburgh: Edinburgh University Press. 2020: 2.
③ RALL H. Adaptation for animation: transforming literature frame by frame [M]. Boca Raton: CRC Press, 2020: 119.
④ HAND R J, MCROY J. Gothic film: an Edinburgh companion [M]. Edinburgh: Edinburgh University Press. 2020: 77.

卡罗尔的原著中虽然存有一些怪异的情节，并且在某些评论家看来缺失了道德教化的功能，但是原著很难与"恐怖"二字扯上关联。然而，在史云梅耶的动画电影中，我们可以看到大量超越原著的恐怖场景，这也可以认为是哥特式风格的表达。影片中，爱丽丝身体变大后，将白兔的小房子塞得满满当当，甚至手臂只能从窗口伸出，这时，白兔找来一群帮手，令人惊讶的是，这些帮手全是骷髅，包括骷髅鸟、骷髅鸭、骷髅鱼、骷髅蜥蜴等。这些骷髅们一拥而上，围攻小女孩，给观众带来一种恐怖和窒息的视觉效果。随后，观众还看到了从鸡蛋中破壳而出的骷髅小鸡、长满了钉子的面包、装着密密麻麻的甲虫的食品罐头，甚至还有从陶瓷锅中跃出的一块生肉，而生肉居然还会像毛毛虫一般在桌子上蠕动爬行。这些场面，不能不说骇人。更有甚者，当红心皇后下令砍掉三月兔和疯帽匠的脑袋时，白兔先生立马执行，它从口袋里掏出一把剪刀，毫不犹豫地剪掉了三月兔和疯帽匠的脑袋，更恐怖的是，三月兔和疯帽匠的躯干居然还存活着，他们盲目地从地上拾起脑袋，慌张地戴在脖颈上，以至于三月兔装上了疯帽匠的脑袋，而疯帽匠则装上了三月兔的脑袋，他们都成了人兔的混合体。这一场景既滑稽又令人毛骨悚然。

"在哥特式作品中，想象力和情感效果超过了理性。激情、刺激和感觉超越了社会礼节和道德法则。矛盾性和不确定性掩盖了单一的意义。"① 史云梅耶的动画电影《爱丽丝》充分地体现了哥特式作品的这些特点，卡罗尔原著中那荒诞而奇幻的梦境在史云梅耶的手中发生了明显的变异。两位作者以动画《爱丽丝》作为载体，从艺术审美的角度进行了对话，而这种对话是隐形的、不易察觉的，却渗透于影片的方方面面。

2. 文字游戏、数学谜题与触觉艺术：双重作者的反常规对话

查尔斯·勒特威奇·道奇森（Charles Lutwidge Dodgson）是"一位杰出的数学家，也是历史上最伟大的谜题制作者之一"②。同时，他还"是一个文字游戏的爱好者"③。道奇森对于字谜的爱好，从他给自己取的笔名上就可以看出。他在1856年采用了刘易斯·卡罗尔（Lewis Carroll）这个笔名，该名是由Carolus（拉丁语中的查尔斯）和Lutwidge（他的中间名勒特威奇，也是他母亲的婚前姓）拼凑而成。道奇森将自己的名字拉丁化，然后对其进行了颠倒和重新组合：从Carolus Ludovicus 颠倒为Ludovi-

---

① BOTTING F. Gothic [M]. London: Routledge, 1996: 2.
② DANESI M. Blending logic and imagination: the puzzle art of Lewis Carroll [M]. New York: Science Publishers, 2020: vii.
③ ABELES F F. Mathematics: logic and Lewis Carroll [J]. Nature, 2015 (527): 304.

cus Carolus,再重新组合为 Lewis Carroll。① 完全可以说,刘易斯·卡罗尔的名字本身就是一个很有意思的字谜。卡罗尔除了在数学研究领域卓有建树,他还醉心于文字,有学者专门研究了刘易斯·卡罗尔的藏书,发现"卡罗尔对字典情有独钟,并拥有大量的字典,包括德语、盖尔语、希腊语、希伯来语和迦勒底语、意大利语、拉丁语、苏格兰语、西班牙语和威尔士语,此外还有大约15本英语字典和詹姆斯·哈利维尔的《古语和省语词典》"②。卡罗尔对双关语和字谜的浓厚兴趣,在他的作品中随处可见。如前文所述,《爱丽丝漫游奇境记》是写给牛津大学基督堂学院院长的女儿爱丽丝·利德尔的。这位名叫爱丽丝的小女孩与卡罗尔交往密切,成为卡罗尔文学创作和摄影艺术的重要灵感来源。在《爱丽丝漫游奇境记》取得了巨大成功之后,卡罗尔继续创作了《爱丽丝镜中奇遇记》,这部小说的结尾诗意味深长,是一个卡罗尔式的字谜:

A boat beneath a sunny sky,
Lingering onward dreamily
In an evening of July—

Children three that nestle near,
Eager eye and willing ear,
Pleased a simple tale to hear—

Long has paled that sunny sky:
Echoes fade and memories die.
Autumn frosts have slain July.

Still she haunts me, phantomwise,
Alice moving under skies
Never seen by waking eyes.

Children yet, the tale to hear,

---

① BLOOM H. Bloom's modern critical interpretations: Lewis Carroll's "Alice's Adventures in Wonderland" [M]. New York: Chelsea House, 2006: 28.
② BEER G. Alice in space: the sideways victorian world of Lewis Carroll [M]. Chicago: The University of Chicago Press. 2016: 96.

Eager eye and willing ear,
Lovingly shall nestle near.

In a Wonderland they lie,
Dreaming as the days go by,
Dreaming as the summers die:

Ever drifting down the stream—
Lingering in the golden gleam—
Life, what is it but a dream?①

七月的一天傍晚,
夕阳晴空下有一条小船,
梦一般前行缓缓——

三个小姑娘挤在一起,
目光急切耳朵也竖立,
简单的情节她们听得笑眯眯——

蔚蓝的天空早已变灰黄,
回声渐弱记忆也渐忘,
秋天的寒霜使酷暑消亡。

爱丽丝似天马行空,
丽影萦绕我,像幽灵活动,
醒着的眼睛看她如做梦。

女孩子们亲密地紧靠,
竖耳倾听,睁大眼睛瞧,
被故事吸引得灵魂出窍。

---

① CARROLL L. Through the looking glass [M]. San Diego: ICON Group International, Inc. 2005: 111.

> 她们沉睡在美丽的奇境，
> 做着梦度过一天天生命，
> 一个个夏天留下梦影。
>
> 曾驾舟漂下那条小河——
> 在金色夕阳下观赏景色——
> 难道不是一场梦吗，生活？①

令人惊叹的是，这首诗歌的英文原文首字母连起来，恰好是院长小女儿爱丽丝的全名：Alice Pleasance Liddell（爱丽斯·普莱曾斯·利德尔）。

而在《爱丽丝漫游奇境记》第七章《疯茶会》中，睡鼠讲了一个故事，故事中有三个小女孩，她们的名字分别是埃尔西（Elsie）、蕾西（Lacie）、蒂利（Tillie），"这些名字是指利德尔三姐妹，而Lacie是爱丽丝的变形词"②。可见，玩文字游戏是卡罗尔小说中常见的现象。以至于翻译《爱丽丝漫游奇境记》的译者也对此"抱怨"："文中多处出现诗歌和文字游戏，给翻译工作带来了很大的困难。"③

这样的字谜在小说中出现是完全可以的，还能够让读者产生解谜似的快感。而在影视改编中，类似的字谜简直可以用"灾难"来形容了。擅长于画面表达的影视作品很难对于如此细微的文字游戏进行妥帖的表现。可是，在卡罗尔的小说中，不仅仅有这些字谜让改编者感到烦恼，还有对于数学问题的或明或暗的陈述。在卡罗尔一生中出版的近260部作品中，有58部是专门讨论数学和逻辑学的。在生命的最后阶段，他依旧致力于数学研究，分别于1887、1897、1898年在《自然》（Nature）上发表了三篇文章。作为这样一位终生都在从事数学研究的作家来说，他的文学作品中一定会蕴含数学思维："刘易斯·卡罗尔的儿童读物中充满了数学典故——算术的、几何的、逻辑的和机械的。"④ 例如在《爱丽丝漫游奇境记》第九章中，爱丽丝和假海龟之间有这样一番对话：

---

① 卡罗尔. 爱丽丝镜中奇遇记［M］. 冷杉，译. 北京：人民文学出版社，2016：187-188.
② DANESI M. Blending logic and imagination: the puzzle art of Lewis Carroll［M］. New York: Science Publishers. 2020: 32.
③ 张烨. 智慧与幻想完美的结合［M］//卡罗尔. 爱丽斯漫游奇境. 张烨，译. 北京：中国少年儿童出版社，2012：2.
④ WILSON R. Lewis Carroll in numberland: his fantastical mathematical logical life［M］. New York: W. W. Norton & Company. 2008: 1.

爱丽丝连忙想别的话来打岔:"那么你们一天上多少课呢?"

假海龟说:"是啊!是有多少。头一天十个钟头,第二天九个钟头,第三天八个钟头,是这样下去的。"

……

爱丽丝:"那么第十一天一定放假了?"①

这段对话中很显然有数学逻辑推理的内容。除此之外,小说开篇,爱丽丝掉进了兔子洞,喝下一瓶药水后,身体开始缩小,她害怕自己"会缩缩缩缩到没有了","好像吹灭了的蜡烛的火苗一样"②。这也是对一个数学概念的暗示,即极限是逐渐接近一个点或值的序列的概念。

随后,爱丽丝遇见了毛毛虫,毛毛虫给了她两块蘑菇,以便让她能够恢复正常的身形尺寸。可是,吃了其中一块蘑菇后会拉长她的脖子,而吃另外一块则会缩小她的躯干,爱丽丝必须小心翼翼地吃才能平衡身体的大小,有学者认为:"这很可能是对流形代数兴起和传播的影射。"③

世界上研究刘易斯·卡罗尔的主要专家之一,弗朗辛·F. 阿贝尔斯于2015年在《自然》上发表了一篇关于刘易斯·卡罗尔的研究论文,文章认为:"将卡罗尔的作品统一起来的是他广泛的数学兴趣的表现,特别是在几何学和逻辑学方面的机智和色彩。爱丽丝的书中有许多极好的例子。例如,在'疯狂的茶会'中,野兔、帽匠、睡鼠和爱丽丝围绕着静态的位置设置,就像在一个圆圈上的数字,而不是在一条线上。卡罗尔最早将如今的"逻辑树"应用于现代,这是一种用于确定复杂的有效性的图形技术。"④

爱尔兰数学家威廉·罗文·汉密尔顿(William Rowan Hamilton)还发现《爱丽丝漫游奇境记》中卡罗尔前瞻性地预见了四元数(quaternions)的概念,爱丽丝和疯帽匠、三月兔、睡鼠在同一张桌子前喝茶时,他们不停地在讨论时间,可是能指代时间的钟表却是坏的,既不能告知时间,也不能告知准确的日期。"疯帽匠的茶会成员代表了四元数的三个项,其中最重要的第四个项,即时间,被遗漏了。我们被告知,如果没有时间,人物就会被困在茶桌前,不停地走来走去,寻找干净的杯子

---

① 卡罗尔. 爱丽丝漫游奇境记[M]. 赵元任,译. 贵阳:贵州人民出版社,2019:92.
② 卡罗尔. 爱丽丝漫游奇境记[M]. 赵元任,译. 贵阳:贵州人民出版社,2019:8.
③ DANESI M. Blending logic and imagination. the puzzle art of Lewis Carroll[M]. New York:Science Publishers. 2020:108.
④ ABELES F F. Mathematics:logic and Lewis Carroll[J]. Nature, 2015(527):302.

和碟子。"①

字谜和数学问题广泛地存在于刘易斯·卡罗尔的作品中，成为他作品的有机组成部分，甚至也可以说是他的重要写作特色。可是，在对卡罗尔的小说进行影像改编的时候，也会因此遇到很大的麻烦。毕竟，字谜和数学问题是无法通过画面呈现出来的。但是改编是一种重新创作，面对不适于影像艺术表达的文字段落，如果强行忠实于原著的话，对于改编作品一定是有艺术伤害的。对此，作为一位深谙动画艺术特点的动画大师，史云梅耶无疑是明白的。

卡罗尔用一种反传统的方式来写作，通过上述分析，可以看出《爱丽丝漫游奇境记》中存在着本不属于文学的组成部分，卡罗尔用跨学科的方式来彰显自己的创作风格，同时对于自己擅长的数学逻辑进行隐秘的表达。史云梅耶虽然无法在动画中再现卡罗尔原著中的数学谜题与文字游戏，但是他通过一种别样的方式来与卡罗尔进行对话，那便是史云梅耶对于触觉艺术的研究和实践。观众在观看电影的时候，只能从视觉和听觉两种感官获得信息，这已成为所有电影人的共识。因此，在电影创作过程中，导演会将所有信息和情绪的表达都通过画面和声音这两种形式加以呈现，从而让观众从视觉和听觉这两个维度获取信息。而史云梅耶则通过自己的触觉实验，不断探索动画语言新的表达方式。在动画电影《爱丽丝》中，史云梅耶使用反常规的触觉表达语汇来实现与卡罗尔一样的反传统的艺术创作，从而与源语作者进行一种隐秘的艺术表现风格上的对话。

20世纪70年代，因为政府禁令，史云梅耶不能拍摄电影，所以他在相当长一段时间内一直把工作的重心放在触觉实验上。直到1980年，当他可以再度拍摄动画电影的时候，他便尝试着使用他早先在触觉实验中所获得的经验，让触觉成为他的艺术作品中与视觉、听觉同时存在的一种感知方式。

人们通常认为，观看一部影片的时候，是不可能获得除了听觉和视觉之外的其他感官体验的。可是史云梅耶通过大量的触觉实验，得出了结论："触觉记忆是存在的。"② 这成为他的触觉艺术的重要根基，正如他在讲述自己触觉实验的专著《触摸和想象：触觉艺术介绍》（*Touching and*

---

① DANESI M. Blending logic and imagination. the puzzle art of Lewis Carroll [M]. New York: Science Publishers. 2020: 109.
② ŠVANKMAJER J. Touching and imagining: an introduction to tactile art [M]. DALBY S, trans. London & New York: I. B. Tauris & Co Ltd., 2014: 167.

Imagining: An Introduction to Tactile Art）中所写的那样："没有触觉记忆，触觉艺术就不可能存在。"① 在明确了触觉记忆的存在之后，史云梅耶通过让自己的电影"充斥着那种邀请观众触摸的图像"② 来表达对触觉艺术的追求，而观众凭借着自己的触觉记忆，从电影中那些充满着触觉质感的画面去唤起自己感同身受的触觉体验。

在动画电影《爱丽丝》中，能够唤起触觉感受的画面随处可见。爱丽丝追逐着白兔来到了地下奇境，在跌落的过程中，她看见柜子上放着一罐果酱，于是，她伸出手指，用力地蘸了一下，这时影片给了爱丽丝的手指以特写镜头，让观众清楚地看到了爱丽丝手指上包裹着的厚重的果酱，那种黏腻之感透过屏幕也能让人感受到。劳拉·马克斯（Laura Marks）将这种观影方式称为"触觉的视觉性"，其中"眼睛本身就像触觉器官"③。触觉不仅仅是从手指上获得的，舌头上布满了更为细密的神经，通过舌头，人们可以获得更为细腻的触觉体验。爱丽丝正在为自己的身材高大无法穿过袖珍小门进入花园而苦恼的时候，发现了一瓶墨水，于是，她将手指整个儿浸没在墨水瓶中，饱蘸了一手指的墨水，接着，把手指伸进嘴中，贪婪地吮吸着。在这个影像细节中，观众的眼睛跟随着爱丽丝的手指和舌头一起感知了墨水的质感，并且观众凭借着自己的触觉记忆，体味到了爱丽丝此时此刻的触觉感受。类似这样的舔吮动作还在疯茶会现场出现过：疯帽匠一杯一杯地喝着茶，他的茶杯底部残留了明显的茶渍，睡鼠从茶壶里爬出，爬进疯帽匠的茶杯，一点一点儿地舔着茶杯底部的茶渍，直到茶杯底部光洁如新。此外，在表现舌头触觉体验的画面时，还有一个非常典型的场景：爱丽丝在伯爵夫人的小屋中遇到了一只青蛙，这只青蛙贪婪地吃着苍蝇，它吃苍蝇的时候会从口中伸出一条巨大的舌头，不停地拍打一只又一只苍蝇。影片多次给予了青蛙舌头拍打苍蝇的特写镜头，这舌头柔软、有力，沾满了唾沫，给人一种黏腻绵软的感觉。

类似的镜头不胜枚举。史云梅耶在电影中给予手指和舌头以大量的特写镜头，从而唤起观众的触觉记忆。观众所获得的由视觉而带来的触觉体验拓展了影片的表现形式和空间，即便没有能够用画面将卡罗尔小说中的

---

① ŠVANKMAJER J. Touching and imagining: an introduction to tactile art [M]. DALBY S, trans. London & New York: I. B. Tauris & Co Ltd., 2014: 168.
② NOHEDEN K. The imagination of touch: surrealist tactility in the films of Jan Švankmajer [J]. Journal of aesthetics & culture, 2013 (5): 5.
③ MARKS L U. Touch: sensuous theory and multisensory media [M]. Minnesota: University of Minnesota Press, 2002: 85.

字谜和数学问题阐释出来，也可以通过另外一种方式，即触觉想象让观众获得其他的艺术满足。

卡罗尔对于文字游戏和数学谜题的偏好被史云梅耶在电影中替换为触觉艺术的表达，两位作者的作品都可谓各自艺术领域中的异类，然而，正是通过这一方式，史云梅耶与卡罗尔进行了隐形对话。

三、双重作者间的"虚拟对话"

源语作品有时对于动画作者的创作来说只是一个引导和参考，源语作品中的观点和立场反而成为动画作者的反驳对象。动画作者通过松散地改编文学原著与源语作者展开了一场似是而非的对话。甚至，在介入了原著情境之后，动画作者会进行属于自己的创作独白，而与原著的交集越来越少，这种情况可以称为动画作者与源语作者的"虚拟对话"。下面以日本著名动画大师宫崎骏根据丹麦童话作家安徒生的代表作品《海的女儿》改编的动画电影《悬崖上的金鱼姬》来讨论这一双重作者间的虚拟对话。

汉斯·克里斯蒂安·安徒生（Hans Christian Andersen）是丹麦著名作家，他一生的创作包括戏剧、小说、诗歌、游记、童话等多个门类。"作为一个小说家，安徒生无法与司各特、狄更斯或巴尔扎克相提并论。然而，作为一个故事作家，安徒生是独一无二的，在某些方面没有真正的竞争对手。"[1] 在安徒生留给后世的宝贵文学财产中，一直被人们所津津乐道、永世不朽的还是他的经典童话作品，他的童话已经被翻译为100多种语言，"只有《圣经》和莎士比亚被翻译成更多语言"[2]。不同于格林兄弟以收集和整理为主，安徒生的这156个童话大都是他自己创作的，当然，他也在一定程度上结合了"从济贫院的约翰妮和其他老大娘那儿听来的，或者在采啤酒花时听老奶奶或农民们"[3] 讲的故事。

毫无疑问，安徒生是一位伟大的作家，他的作品被奉为文学经典，成为人类的文化资本。他的童话多次被改编为动画作品，尤其是那部创作于

---

[1] KOFOED N. Hans Christian Andersen and the European literary tradition [M] //BLOOM H. Hans Christian Andersen. Philadelphia: Chelsea House Publishers, 2005: 156.

[2] CECH J. Hans Christian Andersen's fairy tales and stories: secrets, swans and shadows [M] // BLOOM H. Hans Christian Andersen. Philadelphia: Chelsea House Publishers, 2005: 39.

[3] 安徒生. 真爱让我如此幸福 [M]. 流帆, 译. 北京: 国际文化出版公司, 2002: 160.

1837 年的"了不起的童话"①《海的女儿》。《海的女儿》是"安徒生最受欢迎的故事之一,被改编成电影和电视的次数比他的任何其他作品都多"②。其中最为著名的改编本当数 1989 年迪士尼的第 28 部动画长片《小美人鱼》,这部动画被认为"拯救了迪士尼动画工作室"③,并开启了迪士尼动画的文艺复兴时期(The Renaissance Era)④。

日本最负盛名的动画大师宫崎骏也在 2008 年改编了安徒生童话《海的女儿》。宫崎骏是"日本动画界的一个文化符号,是第一位将动画作品升华到人文高度的思想者"⑤。在人们的眼中,宫崎骏是"一个为动画艺术而生的人"⑥,是"世界上最有影响力和最受尊敬的动画电影制作人之一"⑦。"宫崎骏一直被称为日本的迪士尼"⑧,当然,也有学者认为这一称呼并不适合宫崎骏,声称如果要给宫崎骏贴上一个标签的话,那应该是"动画界的黑泽明"⑨。不论是何种美誉,都说明了宫崎骏在动画领域的重要地位。宫崎骏的动画作品中,最为著名的当数 2001 年上映的《千与千寻》,该片荣获 2002 年第 52 届柏林国际电影节最佳影片金熊奖和第 75 届奥斯卡最佳动画长片奖。宫崎骏本人也获得了 2005 年第 62 届威尼斯国际电影节终身成就奖,他"获得了任何一个动画片导演都未曾享有过的国际声望"⑩。宫崎骏一生都致力于动画的创作,并且对儿童文学的改编尤为关注。他的动画打上了鲜明的个人烙印:精美的手绘动画、丰富的自然元素、生态批评的视野、环境保护主义的表达、日本文化符号的注入、反战主题的强调等等,宫崎骏的动画具有能够使人一眼就识别出来的特征和魔力。

---

① ZUK R. "The Little Mermaid": three political fables [J]. Children's literature association quarterly, 1997-1998, 22 (4): 166.
② ZIPES J. The enchanted screen: the unknown history of fairy-tale films [M]. New York: Routledge, 2011: 254.
③④ MOLLET T L. A cultural history of the Disney fairy tale [M]. Cham: Palgrave Macmillan, 2020: 57.
⑤ 吕锋. 动画大师宫崎骏 [M]. 沈阳: 辽宁美术出版社, 2014: 12.
⑥ 秦刚. 捕风者宫崎骏: 动画电影的深度 [M]. 北京: 生活·读书·新知三联书店, 2015: 4.
⑦ LENBURG J. Hayao Miyazaki: Japan's premier anime storyteller [M]. New York: Chelsea House, 2012: 11.
⑧ Batkin J. Identity in animation: a journey into self, difference, culture and the body [M]. Oxon: Routledge, 2017: 133.
⑨ MCCARTHY H. Hayao Miyazaki master of Japanese animation: films, themes, artistry [M]. Berkeley: Stone Bridge Press, 1999: 10.
⑩ 秦刚. 捕风者宫崎骏: 动画电影的深度 [M]. 北京: 生活·读书·新知三联书店, 2015: 7.

《悬崖上的金鱼姬》于 2008 年 7 月 19 日在日本上映，并取得了骄人的成绩，在 2009 年第八届东京动漫节中，《悬崖上的金鱼姬》赢得了 5 个最为主要的奖项，其中包括"年度动画"（Anime of the Year）和"最佳国产片"（Best Domesitc Feature）奖。此外，宫崎骏本人还荣获了"最佳导演"奖。在第 32 届日本电影学院奖颁奖典礼上，该片又获得了"年度动画奖"和"音乐卓越成就奖"（Outstanding Achievement in Music）。该片上映多年后还雄踞日本票房最高的影片前五名之列。创作《悬崖上的金鱼姬》可以说是宫崎骏一直以来的心愿，他说过："制作一部以海为主题的动画，是我长久以来的梦想。"[1]

宫崎骏作为日本动画首屈一指的动画大师，是一位在动画创作领域非常具有个人色彩的动画导演。他从动画剧本开始，就坚持自己创作，动画的绘制，他也亲力亲为。以《悬崖上的金鱼姬》为例，这部动画完全采用手绘，没有任何计算机生成的图像，工作量极为浩大，整部作品共绘制了超过 17 万张图画，打破了宫崎骏自己创下的纪录，其中，宫崎骏"亲自绘制了大海和海浪"[2]。宫崎骏在创作过程中一直奋战在一线，践行自己的动画理念。不管是在个人风格的表达还是亲笔创作的行为上，宫崎骏都毫无疑问是一位动画作者，或者，更为贴切地说，是一位动画作家。更不用说，宫崎骏在功成名就之后，在年近古稀之时（1941 年出生的他，在 2008 年创作《悬崖上的金鱼姬》的时候已经是一位 67 岁的老人了），还亲自全程参与创作，甚至细致到具体图纸的绘制。

动画电影《悬崖上的金鱼姬》改编自安徒生的童话《海的女儿》，讲述了小人鱼波妞和小男孩宗介之间似是而非的爱情。但是，这种改编是颇为松散的。动画电影改变了原著故事发生的场景，将人物生活的空间从欧洲挪移到了日本；动画电影改变了原著的结局，小人鱼波妞与小男孩宗介在一起了，并且波妞变成了人类；动画电影更改变了原著人物的年龄，波妞和宗介是两个年仅 5 岁的儿童，他们之间的相互喜欢还远远称不上爱情。动画作者宫崎骏用自己对于原著场景、情节和人物塑造的远离表达了改编态度，甚至，在影片的中后段，宫崎骏已然放下了原著，放弃了与源语作者对话的意图，而沉浸在自己对于生态平衡、对于人与海洋共生关系的讨论和表达之中，从而形成了一种看似存在对话、实则多为自语的"虚

---

[1] 吕锋. 动画大师宫崎骏 [M]. 沈阳：辽宁美术出版社，2014：225.
[2] LENBURG J. Hayao Miyazaki：Japan's premier anime storyteller [M]. New York：Chelsea House，2012：100.

拟对话"状态。

1. 成人和儿童：双重作者关于受众的对话

童话和动画，从表面上看，这两种艺术形态的受众群体应该是重合的，即面向儿童。但是，在创作过程中，正是因为安徒生和宫崎骏不同的人生际遇和创作理想，让这两部作品的受众群体在二人眼中产生了分歧，动画作者与源语作者的对话也成为一种反驳和自语。

安徒生是一个敏感到几乎有点儿神经质的人，身为鞋匠的儿子，低微的家庭出身让他一直觉得自己游离于体面的文学界之外，内心深处挥之不去的自卑让他特别在意别人对自己作品的评判。负面的评价很容易压倒他，让他产生自我怀疑，他是多么渴望获得肯定和赞美。安徒生在小说、诗歌和戏剧创作上取得了一定成就之后，内心喷涌着的创作童话的欲望难以压制，于是他出版了自己的第一部童话集。但是，这部作品并没有给他带来所期待的好评。安徒生一生为自己写过多部传记，在他那流传最广的传记《我的童话人生》中，多次提及此事："《即兴诗人》出版几个月以后，我出版了第一本童话集。……（人们）觉得我该写点'有价值'的东西，'孩子气'怎么又重新冒出来了。《文学月评》对童话之类从来不置一词，当时也还十分有影响的另一份评论刊物《丹诺拉》载文，恳请我不要把时间浪费在写童话上。"① 后来，他因为自己的作品在欧洲其他国家好评不断，可是在自己的祖国丹麦屡屡受批评而多有抱怨，他在自传中再次详细地描述了自己第一部童话集出版时的遭遇："一八三五年，《即兴诗人》刚出版几个月，我出版了我的第一本童话集。人们认为这样的作品没有什么价值。"② "人们甚至对此表现出遗憾，认为我的《即兴诗人》好不容易在写作上向前迈出一大步，却又马上退回去了，写出了童话这样的幼稚之作。……连几个对我有很好评价的好友，都建议我以后再也别写什么童话。人们都觉得我在童话写作上没有天赋，而且我的童话作品与我们生活的时代也不相符。……《文学月评》对我的童话只字不提，即便今天仍然对我的童话视而不见。……（《丹诺拉》在1836年评论说）这些童话也许能逗逗孩子，但不会对孩子有什么教益。……批评家最后希望我这

---

① 安徒生. 我的童话人生：安徒生自传 [M]. 傅光明，译. 上海：上海译文出版社，2018：159.
② 安徒生. 我的童话人生：安徒生自传 [M]. 傅光明，译. 上海：上海译文出版社，2018：237.

位童话作者以后别再把时间浪费在'献给孩子的童话'的写作上。"①

从安徒生在自传中多次提及第一部童话集在丹麦遭受了各方的负面评价这一点就可以看出,安徒生当时是极为受伤的。内心摆脱不了自卑情绪的他努力想要改变自己,从而迎合评论界。于是,安徒生改变了写作童话的角度,同时也在尝试着为自己的作品进行辩解,想要让童话的受众不再只是儿童。"孩子们最喜欢童话里边描写的那些色彩斑斓的装饰,另一方面,成人则对隐藏在故事背后的深刻寓意更感兴趣。把童话变成孩子和成人都能看的读物,我相信,这也是今天任何一位童话作家的写作目标。"②不仅如此,安徒生还将童话字眼从自己的作品中抹去:"我在出版第三本童话集时,删除了'讲给孩子们听的童话'的字样。"③虽然安徒生在创作戏剧、小说、游记、诗歌等方面都取得了卓越的成就,但是真正让他流芳百世的还是童话。可是,令人感到悲哀的是,安徒生自己却想要通过给童话"正名"(论证童话不仅仅是给孩子看的,也是给成人看的)的方式来让自己获得大众的认可,甚至还努力想要和童话划清界限。而创作于1837年的《海的女儿》,从时间上来看,显然是安徒生经历了1835—1836年被批评童话创作的事件之后的作品,所以《海的女儿》表现出成人化创作倾向,是完全可以理解的。对此,后世的评论家们也给出了与安徒生一致的看法:"安徒生的一些最好的故事可以在两个层面上理解,即儿童和成年人。……这对于《海的女儿》《皇帝的新衣》《夜莺》和《白雪皇后》等杰作来说无疑是正确的。"④

然而,对宫崎骏而言,他的创作立场和安徒生非常不一样,他从一开始,就很明确自己的作品是面向儿童的,他在自己的专著《出发点:1979—1996》中就写道:"我从事动画工作,为的并不是推行什么艺术运动,也无意透过独立制片向大众提出我的疑问。我只想做出儿童会感兴趣的作品,并让孩子们拥有属于他们的美好时光。"⑤ 很明显,在宫崎骏的

---

① 安徒生. 我的童话人生:安徒生自传 [M]. 傅光明,译. 上海:上海译文出版社,2018:238.

② 安徒生. 我的童话人生:安徒生自传 [M]. 傅光明,译. 上海:上海译文出版社,2018:239.

③ 安徒生. 我的童话人生:安徒生自传 [M]. 傅光明,译. 上海:上海译文出版社,2018:240.

④ BREDSDORFF E. Introduction to Hans Christian Andersen: eighty fairy tales [M] //BLOOM H. Hans Christian Andersen. Philadelphia: Chelsea House Publishers, 2005: 3.

⑤ 宫崎骏. 出发点:1979—1996 [M]. 黄颖凡,章泽仪,译. 台北:台湾东贩股份有限公司,2006:75.

动画中,他确实是一直实践着自己的这一观点,努力为孩子们创作。宫崎骏的祖国日本是世界上数一数二的动漫强国,日本人对于动漫的热爱是全民性的,并不局限于儿童,也包括成年人。然而,宫崎骏还是坚持"制作自己孩提时代真正想看的动画电影,要在吉卜力工作室不断地为孩子制作动画电影"①。

在安徒生的《海的女儿》中,小美人鱼是那么忠贞、忍耐、善良,具有自我牺牲精神。她从奶奶那儿知道人鱼和人类是不一样的,人鱼死后没有灵魂,而人类的灵魂会获得永生:"他们也会死的,而且他们的生命甚至比我们的还要短促呢。我们可以活到三百岁。不过当我们在这儿的生命结束了的时候,我们就变成了水上的泡沫。我们甚至连一座坟墓也不留给我们这儿心爱的人呢。我们没有一个不灭的灵魂。我们从来得不到一个死后的生命。我们像那绿色的海草一样,只要一割断了,就再也绿不起来!相反地,人类有一个灵魂;它永远活着,即使身体化为尘土,它仍是活着的。它升向晴朗的天空,一直升向那些闪耀着的星星!正如我们升到水面、看到人间的世界一样,他们升向那些神秘的、华丽的、我们永远不会看见的地方。"② 因此,按照这一叙述逻辑,即便小美人鱼杀死了王子,也不会给他带来多少苦难,而是让他前往天堂,再加上人鱼的生命年限有三百年,远远长于人类的生命,小美人鱼自行结束自己原本可达三百年的生活,只为了让王子在世间多活几十年,更不用说王子死后会上天堂,而小美人鱼只会变成海面上的泡沫,无论如何考虑,原著中的小美人鱼牺牲自己都不是上策。但是,小美人鱼还是毅然决然做出了这样不合理的选择。有学者对于这样的结局进行了逻辑上的质疑:"她不杀他的决定是不合逻辑的。"③ 要解释这个疑惑,恐怕还要从安徒生的创作初衷出发去考虑。安徒生希望自己的作品不仅仅是给儿童看的,也是给成人看的,因此,他需要去表现那些能够感染成年人的对极致爱情的追求、强烈的自我牺牲精神以及凄美悲伤的情调。

然而,着力创作给儿童看的动画电影的宫崎骏,则竭尽所能地让角色更贴近儿童。儿童不识大体,不会考虑太多自己目光所及之外的东西;儿童热情、冲动,往往希望能够以最快的速度得到自己所想要的。在《悬崖

---

① 杉田俊介. 宫崎骏评传:众神和孩童的故事 [M]. 于素秋,李延坤,武宝瑞,译. 北京:商务印书馆,2021:5.
② 安徒生. 海的女儿 [M]. 叶君健,译. 上海:上海译文出版社,1978:130 – 131.
③ ZUK R. "The Little Mermaid": three political fables [J]. Children's literature association quarterly, 1997 – 1998, 22 (4): 168.

上的金鱼姬》中，波妞费尽心思，好不容易从父亲藤本那儿逃离，前往陆地，寻找小男孩宗介，此时，在波妞心中只有一个念头，那便是早一点见到宗介，越快越好。波妞几乎想不到任何与寻找宗介无关的事情，所以，她根本没有意识到自己驾着海浪抵达小镇，会给这座摇摇欲坠的海边小镇带来一场近乎灭顶之灾的海啸。对于波妞的这一行为，有评论家给出了非常负面的评价："波妞和宗介，两个 5 岁的小孩子，在古朴的欲望和约定（爱）面前，善恶、亲情、母性、生态等等对他们来说都是空洞的、无意义的、无价值的。……他们二人完全不知道，因为他们个人的私欲，整个城市被水淹没，暴风雨和海啸吞没了城里的居民，吞没了那些陌生的老人和婴儿。"① 甚至进一步下了论断："《悬崖上的金鱼姬》里的孩子并不是纯真、健康、无邪的，他们还带有任性的恶和自私的一面。"② 可是，宫崎骏让波妞做出这样的行为恰恰是想要把她塑造成一个 5 岁的孩子该有的样子。不谙世事的 5 岁孩子只会想着早一点见到自己的玩伴，而恐怕是想不到在自己看来极为普通和常见的在海浪上奔跑的行为会给人类世界带来怎样的影响。宫崎骏没有在影片中表现海啸给小镇居民带来的实际灾难，反而是多次展现了海啸给人们带来的不一样的、崭新的生活体验，譬如：孩子们在被海水淹没的道路上欢乐地划船，老人们在被海水吞噬的老人院里欣赏海底奇观……这一安排，也正是考虑到观影群体中那为数众多的儿童观众。在儿童眼中，即便是灾难都有可能是一次新鲜有趣的游戏。影片还有多处从儿童视角来展示安徒生的原著：宗介第一次看到波妞时的新奇和对玩伴的渴求代替了王子第一次看见小美人鱼时的脉脉深情；宗介和波妞一起吃拉面、一起被宗介的母亲悉心照料的充满童真的场景取代了小美人鱼与王子跳舞、骑马、亲吻的成人场景。

　　此外，在竭力让作品更为成人化的安徒生的笔下，还表达了很多宗教层面上的思考，这一点，尤其体现在《海的女儿》的结尾部分。在哈罗德·布鲁姆看来："故事应该在美人鱼从船上跳到海里，感觉自己的身体化为泡沫时结束。"③ 这一看法，恐怕也是大多数读者共同的看法。然而，安徒生却在小美人鱼跳入海里变成了泡沫之后，又进行了颇有宗教意味的延

---

① 杉田俊介. 宫崎骏评传：众神和孩童的故事 [M]. 于素秋，李延坤，武宝瑞，译. 北京：商务印书馆，2021：272.
② 杉田俊介. 宫崎骏评传：众神和孩童的故事 [M]. 于素秋，李延坤，武宝瑞，译. 北京：商务印书馆，2021：280.
③ BLOOM H. Hans Christian Andersen [M]. Philadelphia：Chelsea House Publishers，2005：xii.

展。小美人鱼选择牺牲自己，善待王子，这一善行使得她在变成了海面上的泡沫之后，灵魂并没有消亡，而是变成了天空的女儿，并且还可以拥有和人类一样永生的灵魂："三百年以后，当我们尽力做完了我们可能做的一切善行以后，我们就可以获得一个不灭的灵魂，就可以分享人类一切永恒的幸福了。"① 这里显然充满了一种现世的善行会在死后转化为福报的宗教劝导。"安徒生的故事描述了通过勇气、屈服和神恩的作用，从异教徒的直觉到基督徒的理解和救赎的过程。"② 而这些宗教因素在宫崎骏的动画中则寻不见踪迹，毕竟，《悬崖上的金鱼姬》拥有一个美好的结局：波妞变成了人类，和宗介幸福地生活在一起。因此，宗教意义上的自我救赎便无从谈及了。更何况，宫崎骏想让影片更为适合儿童观众，他自然不会在影片中表达西方宗教的内涵。

虽然安徒生是一位童话作家，但是他坚持让自己的童话成人化，这一做法并未得到宫崎骏的认可，他用实际创作向安徒生表达了异议，消解了原著中的成人元素，体现了要创作面向儿童的动画电影的创作观念，从而开始了远离原著的"自言自语"。

2. 亲密和淡漠：双重作者家庭观念的对话

成长环境及家庭关系对人影响深远，对艺术家的创作同样具有重要的影响。当动画作者与源语作者拥有差异性较大的成长环境时，便会不经意地在改编作品中融入自己熟悉和认可的家庭关系状态，从而与源文本形成一种对话关系。而这种对话有的时候是与原著背离，甚至是按照动画作者自己的生命体验逻辑进行的自语，这便构成了与原著的"虚拟对话"。

安徒生虽然出身贫寒，他的父亲是一个忧郁的鞋匠，他的母亲是一位忙碌的洗衣妇，但他是家中的独生子，父母给予了他全心全意的爱。在安徒生自传的开篇，他幸福地回忆道："父亲汉斯·安徒生任何事情都顺着我，我占据着他的整个身心，他活着就是为了我。于是，所有的星期天——他唯一的休息日，他都要花一整天时间给我做玩具、画图画。到了晚上，他常常为我大声朗读拉·封丹、霍尔堡的作品，或《天方夜谭》里的故事。"③ 父母给予他的温暖与关爱，让贫穷的生活也变得没那么残酷了。在安徒生的童话中，充满着对亲人之间温情的讲述。《海的女儿》中小美人鱼的祖

---

① 安徒生. 海的女儿 [M]. 叶君健，译. 上海：上海译文出版社，1978：150.
② ZUK R. "The Little Mermaid": three political fables [J]. Children's literature association quarterly, 1997-1998, 22 (4)：167.
③ 安徒生. 我的童话人生：安徒生自传 [M]. 傅光明，译. 上海：上海译文出版社，2018：2.

母"是值得大大的称赞的。特别是因为她非常爱那些小小的海公主"①，她会给小美人鱼讲述人类世界的模样，讲述生命的意义和价值。在小美人鱼离开大海之后，对女儿放心不下的父亲尽管多年不曾见过大海之外的世界，也还是破例浮出海面远远地望着心爱的孩子。而小美人鱼的姐姐们都是那么善良，她们无私地关爱着最小的妹妹，为了保护小美人鱼的生命，牺牲了自己珍贵的长发，用以与海女巫交换匕首。童话中展现出来的家人的关系是温馨、互助、和谐的。

但是，在宫崎骏的幼年时期，他与家人的关系并不那么亲密。虽然宫崎骏的家境不错（他的父亲在自家开办的飞机制造厂"宫崎飞机"承担主要的管理工作），但是宫崎骏儿时与父母似乎比较疏远。宫崎骏在与半藤一利的对谈里提到自己的父亲："年轻的时候，又是顶撞又是冲突，没完没了。不过最近终于释怀了，感觉还是喜欢父亲的。"② 看上去宫崎骏"最近"终于与父亲和解了，也意识到自己年轻时的莽撞，认为还是"喜欢父亲的"，但是，要知道，宫崎骏说这话的时候已经72岁了，为了与父亲和解，他用了将近一生的时间。至于母亲，宫崎骏是非常渴望母爱的，但是他的母亲患上了脊柱结核病，"从1947年到1955年，她一直卧病在床，9年中有3年被迫住院"③。与父亲的矛盾，与母亲的疏离，让宫崎骏的童年处在一种灰暗之中，亲情对他来说，可能是一种比较淡薄的东西。再加上宫崎骏在家中排行第二，上有哥哥，下有弟弟，本就处于一种易被忽视的状态。宫崎骏在《出发点：1979—1996》中提到自己有两个儿子，妻子喜欢给两个儿子画像，但是在那本画册里可以明显看出大儿子的画像要远远多于小儿子，从中宫崎骏隐隐地发现似乎父母都会比较偏爱大孩子，并联想到自己："当弟弟看到自己的素描比哥哥少时，心里会做何感想呢？我上面也有一个哥哥，所以我觉得自己隐约能体会。"④ 由此可以看出，宫崎骏的原生家庭大概率没有给予他足够的关爱。

在日本传统观念中，父亲是家庭中至高无上的权威，子女对于父亲应该无条件地服从，"纵然父亲如何无理，作为子女也不能对父亲表示不满

---

① 安徒生. 海的女儿[M]. 叶君健，译. 上海：上海译文出版社，1978：113.
② 杉田俊介. 宫崎骏评传：众神和孩童的故事[M]. 于素秋，李延坤，武宝瑞，译. 北京：商务印书馆，2021：12.
③ LENBURG J. Hayao Miyazaki: Japan's premier anime storyteller[M]. New York: Chelsea House, 2012: 14.
④ 宫崎骏. 出发点：1979—1996[M]. 黄颖凡，章泽仪，译. 台北：台湾东贩股份有限公司，2006：148.

和反对,此乃天下之大法也"①。美国学者本尼迪克特在专著《菊与刀》中举了一个颇为形象的例子:"在日本有一则流传极为广泛的谜语,用我国的解谜形式来翻译则是:'为什么儿子向父母提意见就像和尚要求蓄发一样?'答案是:'不管怎么想,绝对办不到。'"②这个例子风趣地阐明了日本子女与父母的关系,这是一种主从关系,父母尤其是父亲高高在上,子女无法对其发表相反的意见,更不能反抗父亲的意志。可是,在宫崎骏的改编动画中,这种日本传统的社会伦理观念似乎没有得到表现,当然,可能有人会说宫崎骏改编的对象是欧洲的文学作品,原著有着完全不一样的社会文化语境,所以宫崎骏并没有能够在其改编作品中表现出日本文化中对于父亲的全力顺从观念。即便这样的观点可以站得住脚,但是宫崎骏在动画中改变了原著中亲密和谐的家庭关系,将质朴而温暖的亲情表现得疏远和怪异,这就不能不说是宫崎骏自己的主观行为了。宫崎骏的原生家庭让他对于亲情有了一种异样的认识。宫崎骏不加掩饰地在《出发点1979—1996》中写道:"从小,我就认为父亲是个错误示范。"③他非常不认同自己的父亲,甚至从心底鄙夷自己的父亲,尤其是在战争问题上。幼年的宫崎骏亲历了空袭,也目睹了自己所生活的城市被大火吞没,他知道战争的残酷,也痛恨战争。成人之后,他慢慢意识到日本在战争中的立场,这让宫崎骏更为痛苦:"在宫崎骏身上,曾经历过由空袭的绝对受害者向加害者转变的思想历程,以及由之产生的强烈罪恶感。"④宫崎骏怀揣着这样的心情,却发现"父亲对于自己曾经担任军需产业的制造者和生产瑕疵品这两件事,根本没有任何的罪恶感。总之,战争是傻瓜才会做的事。不过,如果一定要打的话,那倒不如趁机捞一笔,这就是父亲的想法。什么做人的道理、国家的命运,全都与他无关"⑤。可想而知,刚刚建立起是非观念的宫崎骏在看到父亲的所作所为时,内心是崩溃的,他甚至可能为自己有这样的父亲而感到绝望和自卑。

因此,不难理解,在宫崎骏的《悬崖上的金鱼姬》中,父辈和子辈的

---

① 李卓. 日本家训研究:第1卷 [M]. 天津:天津人民出版社,2006:43.
② 本尼迪克特. 菊与刀 [M]. 吕万和,熊达云,王智新,译. 北京:商务印书馆,1996:37.
③ 宫崎骏. 出发点:1979—1996 [M]. 黄颖凡,章泽仪,译. 台北:台湾东贩股份有限公司,2006:219.
④ 杉田俊介. 宫崎骏评传:众神和孩童的故事 [M]. 于素秋,李延坤,武宝瑞,译. 北京:商务印书馆,2021:26.
⑤ 宫崎骏. 出发点:1979—1996 [M]. 黄颖凡,章泽仪,译. 台北:台湾东贩股份有限公司,2006:218.

关系以一种怪异而扭曲的方式展现出来。动画影片中的父亲藤本是一个古怪的魔法师，观众在观看影片相当长一段时间后都无法看出藤本与小人鱼波妞之间的父女关系，观众会认为藤本是邪恶的，是影片中的反面角色，他控制了波妞，限制了她的自由。随后，观众看见了波妞对于父亲的顽强反抗，她为了离开父亲甚至不惜搅乱父亲的魔法室，将父亲陷入危难之中。而波妞的妹妹们则为了帮助姐姐顺利逃离父亲的掌控，集体发动了一场反对父亲、拯救姐姐的"战争"。

宫崎骏没有能够从父亲那儿获得足够的认同感，他也没有能够学会如何关爱自己的儿子，在父亲这个角色的扮演上，宫崎骏自己也做得不够："我几乎都不在家。昨晚返家是凌晨一点半，前天晚上是凌晨一点……虽然我不是在外游荡，但是一个礼拜总有六天是深夜返家，是个'工作过度'的父亲。平常在家吃早餐的时候，总会三番两次地说：'哎呀，我该走了。'而在难得的休假日里，则总是呼呼大睡。……家里的事情、养育儿子的工作，我几乎都交给妻子负责。"[①] 正是因为没有能够从父母那儿获得足够的关爱，再加上自己父亲角色的缺位，宫崎骏并不知道该如何处理和儿子的关系。

与父母的疏离加上与儿女的间隙，导致宫崎骏的动画中出现了藤本与波妞这一对完全不像父女的父女，他们之间没有温暖的亲情，像是疯狂的魔法师与其倔强的俘虏。即便有着《海的女儿》这一原著作为创作基础，即便是有着传统的日本社会伦理作为束缚，宫崎骏还是不经意地将自己对于亲情的认识流露其中。在宫崎骏的动画中，亲情以一种反常规的姿态表现出来，正如宫崎骏自己所言："我想要做的东西就是面向孩子们猛然棒喝：'你就要被你父母吞噬掉了！'也就是从双亲那儿独立出来。这个出发点，到现在一直没有改变过。"[②] 可见，原生家庭的关系状态在作家（也包括动画作家）的创作中影响深远，既会是创作者当下困境的久旱甘霖，也会是创作者挥之不去的难缠梦魇。

双重作者间的"虚拟对话"讨论的重心在于动画作者和源语作者在情节之外的社会语境中的对话，而对话的形态往往呈现为动画作者对源语作者的背离以及进入个人自语，源语作者的创作观念并未得到动画作者的认同，动画作者是站在自身的生命体验和艺术追求的角度来改编原著。

---

① 宫崎骏. 出发点：1979—1996 [M]. 黄颖凡，章泽仪，译. 台北：台湾东贩股份有限公司，2006：212.
② 宫崎骏. 出发点：1979—1996 [M]. 黄颖凡，章泽仪，译. 台北：台湾东贩股份有限公司，2006：55.

作者研究是改编研究不可或缺的一个部分，是作者创作了作品，作品也反映了作者的审美观念和生命体验。在动画作者和源语作者的对话过程中，改编作品逐渐有了自己的话语内涵，而源语作品也因为被重述而获得了新的生命价值，文学经典在与动画电影的"直接对话""隐形对话""虚拟对话"等多重对话空间中产生交融和获得新生，并由此被不断传承。

第五章　动画电影改编与伦理过滤

　　文学伦理学批评（Ethical Literary Criticism）属于前沿研究领域，是一种适应性极强的批评方法或批评模式。"文学伦理学批评是中国学者在借鉴西方伦理批评和中国道德批评的基础上创建的文学批评方法，它是一种从伦理视角阅读、分析、阐释和评价文学的批评方法。"① 文学伦理学批评的核心内涵是挖掘文学作品所具有的伦理价值，因为这一价值被一些重要的文学理论家和重要的文论忽略。在一些关于文学经典的基本定义中，也时常忽略了文学经典的伦理价值。实际上，经过时间的考验流传下来的经典文学作品，并不仅仅依靠其文字魅力、精彩的描绘或者依靠其他语种的翻译而获得再生，得以延续生命，伦理价值在其中也发挥着极其重要的作用。"文学的产生源于人类伦理表达的需要，文学创作的原动力来源于人类共享道德经验的渴望。"② 正是读者所期盼获得的伦理选择，才使得人们一遍又一遍地试图从文学经典中寻找答案，获得教诲，从而使得文学经典具有了经久不衰的价值和魅力。

　　同样，改编自文学经典的动画作品，如果忽略源语作品的伦理价值，就很难体现对原著的忠实；相反，如果一味追求对源语作品伦理价值的传播，而忽略时空以及民族文化差异，则会给改编动画作品带来伦理混乱。因此，在改编过程中，排除原著中的伦理禁忌，使之适应动画作品新的伦理语境，这种行为便是一种"伦理过滤"。虽然动画的受众群体不仅限于儿童，正如托德·麦卡锡（Todd McCarthy）在《综艺》（Variety）中对《怪物史莱克》所作的评论："该片为4至104岁的观众提供了同样的娱乐"③，但不可否认的是，少年儿童受众占了不可忽视的比例。因此，在改编文学经典之时，倘若不对原著进行必要的伦理过滤，排除伦理禁忌，

---

① 聂珍钊. 文学伦理学批评导论 [M]. 北京：北京大学出版社，2014：1.
② 聂珍钊. 文学伦理学批评导论 [M]. 北京：北京大学出版社，2014：9.
③ BROWN N. Contemporary Hollywood animation：style, storytelling, culture and ideology since the 1990s [M]. Edinburgh：Edinburgh University Press，2021：91.

那么，改编的动画，包括原著在内，都会在一定的程度上受到误解，甚至造成一定程度的伦理伤害。

文学伦理学批评着重探究作品中可能涉及的伦理问题，而不仅仅是审美层面的问题，通过文学伦理学批评的运用，受众可以充分感知该文学经典得以生成的社会文化语境，以及这一文学经典所反映的作家的伦理需求和社会的伦理价值。而对于读者来说，"阅读"绝不仅仅是"悦读"，阅读过程以及观众观看动画影片的过程，其实也是认知和接受教诲的过程。文学伦理学批评的研究突破了文学本身的属性，拓展了文学研究的疆域，推动了文学从审美走向认知，使得文学作品的伦理价值成为构成文学经典的一个重要因素。对于这一点，美国学者麦克吉恩（McGinn）说得非常中肯："当我们阅读小说，或观看戏剧和电影，或阅读诗歌和短篇小说的时候，会发生大量的伦理道德的思考和感受。实际上，毫不夸张地说，对于大多数人们而言，在这些作品中，特别是在当代文化中获得伦理需求是他们最基本的途径。"① 文学艺术的伦理价值，在我国也受到广泛关注："文学与艺术美的欣赏并不是文学艺术的主要目的，而是为其道德目的服务的。贺拉斯的'寓教于乐'用简单的概括阐明了文艺的道德内容与表达这一内容的形式之间的关系。"② 所以，文学伦理学以及相应的文学伦理批评在一定意义上是对忽略伦理的修正，使得伦理选择与伦理价值在文学领域得以回归。"受到后结构主义思想影响的艺术与人文科学中的批评著作，近年来的主要特征是被标上了'返回伦理'这一术语。"③ 伦理哲学家艾德蒙·列维纳斯（Emmanuel Levinas）的著作，以及雅克·德里达（Jacques Derrida）的后期著作（其著作借用了列维纳斯的理论），还有雅克·拉康（Jacques Lacan）心理分析的伦理维度、女性主义思想、后殖民研究等都或多或少地提出了文学研究的返回伦理。④

而在文学研究的这一伦理转向中，电影研究领域则在一定程度上"拖了后腿"，正如西方学者所言："后结构主义的伦理转向极大地影响了文学理论和文化研究，电影研究对此的反应相对而言略显缓慢。"⑤ 因此，"返回伦理"有必要成为电影研究的重要一翼。动画电影属于电影的范畴，同样也有必要从伦理角度对其进行研究。

---

① MCGINN C. Ethics, evil and fiction [M]. Oxford: Clarendon Press, 1997: 174.
② 聂珍钊. 关于文学伦理学批评 [J]. 外国文学研究, 2005 (1): 8.
③ GARBER H. The turn to ethics [M]. New York: Routledge, 2000: 25.
④ DOWNING L, SAXTON L. Film and Ethics [M]. New York: Routledge, 2010: 1.
⑤ DOWNING L, SAXTON L. Film and Ethics [M]. New York: Routledge, 2010: 2.

文学与动画电影，二者的艺术本质与创作精神是相通的，都是通过审美滋润和净化人们的心灵，使人们获得灵魂的愉悦和至善的启迪。然而，二者的表达形式有着根本的区别，一为文字，一为影像，各自有着不同的结构要素、表现方式与美学原则，其受众群体也存在巨大差异，正是二者表达形式和受众群体上的差异，让动画改编的伦理过滤有了重要的意义和价值。首先，从表达形式上来看，动画采取的是虚拟影像表达，而文学采取的是文字语言表达，所以，从为受众建立的思考空间的角度来思考的话，文学留给读者的遐想空间要远远大于动画电影留给观众的遐想空间。换句话说，需要经过读者思维想象而认知的文字语言会比通过观众肉眼直接认知的动画影像更为含蓄和抽象一些，所以，一些有悖伦理的内容在文字中可以相对抽象和隐晦地进行表达，可是在动画影像中，却需要将其具象化和直观化，这恐怕会对观众造成伦理观念建构的负面影响。所以，动画在改编文学经典时，就有必要从动画影像特征的角度出发，对于文学语言进行"伦理过滤"。其次，从受众群体上来看，动画电影的观众以少年儿童为主体，尽管有相当一部分动画电影的受众并不限于少年儿童，而文学经典的读者是以成人为主体的，尽管也有相当一部分作品的受众不限于成人读者。正是因为这一特性，在对文学经典进行动画改编的时候，必须要考虑不同的受众对于不同文化的接受能力。只有根据不同的观众，依照不同的文化层次，通过伦理过滤，剔除容易误导观众的杂质，净化作品的内涵，才能够使得观众在作品中获得正确的价值观，并且根据自身的审美以及相应的思想和文化需求做出正确的伦理抉择。因此，在文学经典的动画改编中，对于原著进行伦理过滤也是不可忽视的重要一环。尤其是对于少年儿童而言，他们大多刚刚完成了自然属性的选择，知道了人类与动物的差别，这是属于自然法则的范畴，但是他们依然面临伦理选择，这是属于社会法则的范畴。在自然法则与社会法则发生冲突的时候，受众会企盼从喜爱的动画电影中获得伦理选择的常识和道理，破解"伦理混沌"，获得伦理启蒙，形成伦理意识。因为，"在人通过自然选择获得人的形式之后，人仍然处于伦理混乱之中，只有经过伦理启蒙，人才能产生伦理意识，进入伦理选择的阶段"[①]。

在从事动画电影研究的时候，需要有"返回伦理"的姿态。在进行文学经典的动画改编时，也需要以新的伦理价值要求去对原著进行伦理审视，进行必要的"伦理过滤"，使得动画作品适应受众的文化需求和伦理需求。

---

① 聂珍钊. 文学伦理学批评导论 [M]. 北京：北京大学出版社，2014：258.

第一节　动画电影改编与斯芬克斯因子

斯芬克斯（Sphinx）是希腊神话中的女妖，长着女人的头、狮子的身体，以及一对翅膀。"据说，斯芬克斯是婚姻女神赫拉派来对付忒拜人的，以惩罚忒拜人没有反抗拉伊奥斯。"① 斯芬克斯蹲在忒拜城外的悬崖上，向过往的路人问一个谜语，如果路人没能回答出这个谜语的话，就会被斯芬克斯吃掉。这个谜语的内容是：什么动物早晨四条腿，中午两条腿，晚上三条腿？这便是著名的"斯芬克斯之谜"。

文学伦理学批评认为"斯芬克斯之谜给人类提出的是一个选择问题，即人类在经过生物性选择之后还需要再次做出的第二次选择：伦理选择"②。人只有经历了伦理选择，才可能成为真正意义上的人。而斯芬克斯正是因为未能做出选择才导致了自我毁灭，她本身的人性和兽性并存的特点让其对于到底什么是人产生了疑问，同时这一特点也形成了她身上的"斯芬克斯因子"。"所谓'斯芬克斯因子'其实是由两部分组成的——人性因子（human factor）与兽性因子（animal factor）。这两种因子有机地组合在一起，其中人性因子是高级因子，兽性因子是低级因子，因此前者能够控制后者，从而使人成为有伦理意识的人。"③

对于一个已经完成伦理选择的人来说，他身上的人性因子占据了上风，使其能够做出正确的伦理判断，排除伦理禁忌，成为一个符合伦理规范的人。但是对于尚处在伦理混沌时期的儿童而言，其身上的斯芬克斯因子便更为明显了。儿童成长的过程应是人性因子不断蓬勃、兽性因子不断抑制的过程，"借助儿童的成长我们可以发现斯芬克斯因子存在的典型体现。儿童成长的过程实质上是一个伦理选择过程，即做人的过程。儿童在完成伦理选择之前无异于斯芬克斯，无法理解人与兽的不同，不能把人同兽区别开来，因而也无法回答什么是人什么是兽的问题"④。所以在童话中，常常会出现动物形象，"童话的功能即在于通过动物的形象，逐渐让儿童把自己同兽区别开来，认识到自己同兽的不同，从而建立起伦理观

---

① HARD R. The Routledge handbook of Greek mythology [M]. London：Routledge，2004：307.
② 聂珍钊. 文学伦理学批评：伦理选择与斯芬克斯因子 [J]. 外国文学研究，2011（6）：6.
③ 聂珍钊. 文学伦理学批评：伦理选择与斯芬克斯因子 [J]. 外国文学研究，2011（6）：5.
④ 聂珍钊. 文学伦理学批评导论 [M]. 北京：北京大学出版社，2014：39.

念,成为理性的人"①。相同的情况也出现在动画中,儿童是动画的受众群体中不可忽视的存在,因此,动画常常会以动物作为主要角色,向儿童讲述关于动物王国的故事。这种做法,既是通过动物形象天然地将儿童身上的斯芬克斯因子唤醒,同时也是通过动物的人性化表现让儿童意识到人和兽的差异,从而建立起伦理观念来。

动画在改编过程中将文学经典中的人物进行动物化,这一做法并不鲜见。莎士比亚的戏剧经典《哈姆莱特》和《罗密欧与朱丽叶》都曾被多次改编为动画电影,其中最有影响力的当数《狮子王》系列,包括根据《哈姆莱特》改编的1994年的动画电影《狮子王》和2019年的动画电影《狮子王》,以及根据《罗密欧与朱丽叶》改编的1998年的动画电影《狮子王2:辛巴的荣耀》。这几部动画电影将发生在丹麦王国的王子复仇的故事和发生在意大利维罗纳的爱情悲剧都放在了动物世界。哈姆莱特、奥菲利亚、克劳狄斯、罗密欧、朱丽叶、蒙太古、凯普莱特在动画中都是以狮子的形象出现的。他们具有狮子的兽性外表和人的内在。这种改编方式给原著中的人物增添了斯芬克斯因子,让其成为人和兽的结合体,从而拉近了文学经典中的人物和儿童的距离,让儿童在动物形象身上看到自己所熟悉的影子,同时,通过对具有兽类外表的形象进行人性内在的表达,让儿童明确自己身而为人所要进行的伦理选择。

虽然改编者通过将文学经典中的人物动物化为其赋予了斯芬斯克因子,却通过对原著角色彼此残杀的复仇行为的改动,让角色的人性因子比原著更为占据主导地位,从而完成了前文所述的"伦理过滤"行为。1994年和2019年两个版本的《狮子王》都再现了戏剧原著中哈姆莱特和克劳狄斯决战的场景,但是这两部动画电影都是将刀疤(克劳狄斯)的死归结于自身,而刻意地与辛巴(哈姆莱特)脱离关系。动画影片中,辛巴在与刀疤的决斗中战胜了刀疤,但是他因为人性因子的闪光,放了与自己有着杀父之仇的叔叔一条生路,可是刀疤不仅不心怀感恩,反而趁辛巴放松警惕之时,伺机对其痛下杀手,却不小心自己失足跌下山崖,落入鬣狗的围剿之中。可见,影片中刀疤的死与辛巴没有任何关系,完全是其咎由自取,辛巴的手上没有沾染上一滴鲜血。影片通过这样的改动,让辛巴拥有更为宽容的品质,努力地在儿童受众心中维持住辛巴未曾杀死亲人的正面形象,辛巴虽然身为兽类,但是它身上的人性因子被着重强调。虽然这样的改动使得原著中复仇王子的人物形象单薄和弱化了,但是影片通过这样

---

① 聂珍钊. 文学伦理学批评导论[M]. 北京:北京大学出版社,2014:39.

的方式为尚处在伦理混沌中，未能分辨人和兽之间本质区别的儿童提供了一种快捷有效地进行伦理选择的模仿范本。

第二节　过滤伦理混沌与建立伦理秩序

文学伦理学批评认为，人类之所以进化为人类，是自然选择的结果，而人类之所以能和兽类进行区分，则是伦理选择的结果："尽管人类在进化过程中通过自然选择获得了人的形式，但是并没有把自己真正同兽区别开来。人出生后所经历的认知和理性成熟的过程，就是人所经历的伦理选择过程。伦理选择把人类从兽中解放出来，人类才真正获得人的概念，认识到自己同兽的区别，伦理意识才开始出现，善恶的观念才真正产生。"① 人完成伦理选择，可以视为人成长的重要环节，是告别伦理混沌的儿童时期的标志。在儿童成长为成人的过程中，有些人可以顺利度过伦理混乱的时期，明确作为人类的伦理禁忌，建构起完备的伦理秩序，可是有些人却无法冲破伦理混沌的困扰，不能独立完成伦理选择，也就难以成为一个明辨是非、善恶的人。在这一漫长而艰难的过程中，人会接收到来自各方的信息，倘若在儿童时期就目睹和亲历伦理混乱，那么便很难在成年后建立起人所应有的伦理秩序。

动画的受众群体中，尚未脱离伦理混沌状态的儿童占据了相当大的比例，所以，动画若是不能够进行妥当的伦理过滤，便会让儿童一直处在伦理混乱中，无法建构起自身的伦理秩序。因此，在改编文学经典的时候，有必要对原著中会阻碍儿童脱离伦理混沌状态的内容进行过滤，从而帮助儿童尽快完成从自然选择到伦理选择的过程，建立明确的伦理秩序。

一、家庭伦理

"家庭是一种社会生活的组织形式，这种组织形式是以婚姻关系为基础、以血缘关系为纽带的，为一定的社会条件下的法律和道德观念所承认的。"② 家庭关系包括父子、夫妻、兄弟姐妹等。在这些家庭关系中，每一组都有其需要去遵循的社会伦理准则：夫妻忠诚、孝顺父母、养育儿女、手足和睦等等。也因此形成了家庭伦理禁忌，这一禁忌是社会伦理的

---

① 聂珍钊. 文学伦理学批评导论 [M]. 北京：北京大学出版社，2014：6.
② 罗国杰. 伦理学 [M]. 北京：人民出版社，1989：308.

基本点，"主要是针对乱伦的禁忌，即禁止在有血缘关系的人之间发生性关系或者发生屠杀，这主要表现为对父母与子女以及兄弟姐妹之间的乱伦关系和相互残杀的严格禁止"①。文学虽然与伦理学是两个截然不同的学科，但是，在文学创作的过程中，作者会不自觉地被社会伦理制约，因此，文学创作在一定程度上顺应了社会伦理观念。虽然有些文艺作品也表现了对于家庭伦理的背离：夫妻背叛、兄妹乱伦、手足相残，甚至弑父杀子，但是在这些违背家庭伦理行为的背后必然伴随着更严重的来自神或人的惩罚，因此，还是可以认为通过结局彰显了作品对社会伦理的遵从。另外，尽管这些内容涉及伦理禁忌，于读者而言，是一种伦理挑战，但因为小说在艺术表现方面的间接性——读者需要通过阅读文字自行在脑海中想象与文字内容相对应的画面，以及戏剧在艺术表现方面的写意性——戏剧受到舞台时空的限制，对于一些情节需要通过台词转述或者是以一种非写实的方式进行表现，所以，小说和戏剧会依靠各自的艺术属性对伦理禁忌的表现造成一种"缓冲"的效果。

电影相比较文学而言，表现形式更具有视觉冲击力，动画相比文学而言，它的受众群体的年龄层次也极大地扩展了，那么，针对动画电影这种媒介与生俱来的特征，就势必需要让动画电影在艺术表现上更为正面和更为能够令广大受众尤其是少年儿童受众接纳。因此，在对文学原著进行动画改编的时候，往往要对那些触及家庭伦理禁忌，可能给尚处在伦理混沌中的儿童受众带来负面影响的内容进行伦理过滤，毕竟，家庭是儿童最先接触到以及在孩童时期倾注情感最多的社会单位，家庭伦理观念的顺利建立于儿童而言至关重要。

古代神魔小说《封神演义》的第十二回"陈塘关哪吒出世"，第十三回"太乙真人收石矶"和第十四回"哪吒现莲花化身"被多次改编为动画电影。原著中哪吒和李靖的父子关系是剑拔弩张的，甚至彼此相残，要置对方于死地。哪吒死后，父亲李靖不仅没有悲伤，还不可理喻地要对儿子赶尽杀绝：打碎其金身、烧毁其寄托魂魄的行宫，以让哪吒魂魄无处栖身，无法重生。而哪吒魂魄在得知父亲此举之后，愤而追杀李靖，哪吒"把枪晃一晃，劈脑刺来。李靖将画戟相迎。轮马盘旋，戟枪并举。哪吒力大无穷，三五合把李靖杀的马仰人翻、力尽筋输、汗流脊背"②。可见，在原著的描述中，这对父子短兵相接，招招要取对方性命，全然不像一对

---

① 聂珍钊. 文学伦理学批评导论 [M]. 北京：北京大学出版社，2014：41.
② 许仲琳. 封神演义 [M]. 北京：中华书局，2009：94.

有着血缘关系的父子，更像是不共戴天的仇人。甚至，哪吒对着李靖发下誓言："李靖，休想今番饶你，不杀你决不空回。"① 显然，弑父杀子的行为是对于人类伦理禁忌的破坏，父子之间本该血浓于水的亲情在这里却变成了你死我活的残杀，这种情节毫无疑问是对于家庭伦理的颠覆。至亲至爱的家庭成员之间互相杀戮的情节倘若在动画中加以展现的话，会让处在伦理混沌中的儿童陷入困扰，对其伦理秩序的建立是有阻碍的。更不用说，动画的丰富视听表现手段会从画面上直观地给人以更为强烈的刺激，毕竟影像对人的感官造成的刺激要远远大于文字。因此，有必要在动画改编中对这一情节进行"伦理过滤"。

1979 年的动画电影《哪吒闹海》对李靖粗暴的性格进行了很大的调整，他是以懦弱而善良的形象出现的，他对于儿子哪吒的爱意与普通父亲无异。因为哪吒触怒了龙王，龙王降罪给陈塘关的百姓，并以此要挟李靖，只有杀死哪吒，方可平息灾难。李靖在万般无奈之下举起剑来欲刺向哪吒，哪吒的一声"爹爹"却使得李靖老泪纵横，剑也随之滑落，他此时的身份不仅是陈塘关总兵，更是一位父亲，是父亲的慈爱之心让他不忍心杀死自己的亲生儿子。于是，为了不让父亲为难，也为了平复这场灾难，哪吒拔剑自刎。哪吒死后，太乙真人现身，为其还魂，助哪吒莲花重生。在这个过程中，父亲李靖没有半分阻拦，全然不似原著中对哪吒的金身赶尽杀绝。原著中父子相残的情节被过滤了，取而代之的是父子之间的爱与关怀。

2019 年的动画电影《哪吒之魔童降世》在伦理层面上对于原著的改动相比较动画电影《哪吒闹海》而言，有过之而无不及。在《哪吒之魔童降世》中，我们看到了一位慈爱的父亲，他对顽劣的儿子既有耐心也有强烈的责任感。他会像现代的父母一样包容孩子的缺点，为了帮助孩子建立起信心而想尽办法，不惜撒一点小谎，甚至为了救儿子的性命，甘愿牺牲自己的生命。而哪吒对待父亲，也完全符合家庭伦理观念。当哪吒得知父亲为了救自己，求来符咒准备代替自己被雷劈死之时，他强硬地捆绑住了父亲，摧毁了魔咒，从而阻止了父亲的牺牲，他宁可失掉自己的生命，也不愿伤害父亲分毫。在动画电影《哪吒之魔童降世》之中，我们看见了一对彼此深爱的父子，一对为了对方能够活下去而愿意放弃自己生命的父子。李靖的慈爱和哪吒的孝顺顺应了人类的家庭伦理观念，从而令观众与之共情，为之动容。

---

① 许仲琳. 封神演义 [M]. 北京：中华书局，2009：94.

2021年的《新神榜：哪吒重生》同样对原著中弑父杀子的情节进行了伦理过滤，塑造了一对更符合现代家庭伦理观念的父子，并细腻地将成年儿子与老年父亲之间缺乏交流的关系状态表达了出来。儿子李云祥（即哪吒）因没有正经工作一直被父亲斥责，父亲望子成龙心切，看着儿子未能如自己所愿走上正常稳定的生活轨迹，内心焦虑不安，恨铁不成钢。儿子因父亲的不理解心存芥蒂，他渴望父亲的肯定和关爱，一次次因为父亲的轻视和责骂而失望和愤恨。这种父子状态一直持续到父亲临终之前，直到生命的最后一刻，父亲才与儿子和解，也终于说出了多年来自己内心的真实想法："我一直都知道，我有一个了不起的儿子。"这是一位不懂得表达自己，或者说是被父权包袱裹挟着而羞于袒露内心的父亲，还有一位内心莽撞、渴望得到认同却不愿归顺传统，想要挑战和追寻自我的儿子。这样的父子关系状态与现代观众非常贴近，相信也会有很多父子能够在他们身上看到自己的影子。父子相残的伦理禁忌场面被过滤为父子因为缺乏交流而产生情感隔阂并最终和解的顺应家庭伦理的温情场面。

《哪吒闹海》《哪吒之魔童降世》和《新神榜：哪吒重生》这三部动画电影在处理哪吒与李靖这一对父子关系的时候，都采取了"伦理过滤"的处理方式，对原著中会令观众形成伦理混乱的部分进行删改过滤，并让观众从这种观影体验之中获得精神洗礼。毕竟，"文学的根本目的不在于为人类提供娱乐，而在于为人类提供从伦理角度认识社会和生活的道德范例，为人类的物质生活和精神生活提供道德指引，为人类的自我完善提供道德经验"[①]。那么，比文学具有更高效传播力的动画电影，则更需要传承文学的这种创作目的。动画《哪吒闹海》中对于父子亲情的表现和对哪吒从容赴死的刻画相比原著中的父子仇杀更能从伦理角度给予观众以情感净化；《哪吒之魔童降世》则是将父慈与子孝上升到了甘愿为了对方牺牲自我生命的高度，给观众造成强烈的心灵震撼；《新神榜：哪吒重生》让哪吒和父亲更贴合普通人，使观众从中获得精神共鸣。观众在观看这些影片之时，可以破解伦理混沌，获得情感净化和伦理认同。

二、暴力伦理

暴力叙事在文学作品中并不鲜见，但是文字形象是一种间接呈现，所以，即便在文学作品中存有一定的暴力叙事，也不会对于读者造成太难以接受的影响，毕竟，暴力行为的文字形象建构是需要通过读者本人来完成

---

① 聂珍钊. 文学伦理学批评：基本理论与术语［J］. 外国文学研究，2010（1）：17.

的，读者有权利和能力去对其进行阅读筛选和想象建构。可是，电影却是一种视觉艺术，"与小说相比，电影更直接地牵涉到身体的反应。电影是用心跳来感受的，无论是特写镜头直抵面门的巨大性（Gigantism）、闪烁效果的视觉冲击力，还是西尼拉马全景电影令人眼花缭乱的过山车段落，或者摇摇晃晃的、手持摄影机记录的身体运动，或者俯冲的'惊悚镜头'"①。可见，在改编文学作品为电影时，更易于将原著中的暴力叙事形象化，而这种对于暴力场面的逼真再现会对观众造成视觉和心理的不适。所以，电影在改编文学中的暴力场面时，非常有必要从伦理的角度对其进行过滤，从而获得一种相对可以为观众所接纳的视觉形象。动画亦是如此，甚至相较于电影更需要对原著进行暴力伦理过滤。动画的受众群体相对电影而言，是更为特殊的群体，其中少年儿童受众占据了一定的比例，他们的伦理价值观念尚未完全建立，需要通过观看动画来获取正确的伦理价值导向，使自己在自然属性选择之后，获得正确的伦理选择。真人电影中若是表现暴力情节，还需要保证到演员在表演的过程中不受到身体伤害，因此，真人电影在表现暴力情节的时候会受到一些束缚，常常会用艺术手法来掩盖暴力表现时的不真实。但是动画则不同，动画具有非凡的艺术表现力和极为自由的表现形式，可以比电影展现更为逼真的场景和更难以做到的动作，可以对暴力事件进行细致入微的刻画。但这些场面对于青少年受众而言，会造成很大的负面影响。美国心理学家理查德·H. 沃尔特斯（Richard H. Walters）和卢埃林·托马斯（E. Lewellyn Tomas）做了相关的研究，他们的研究表明："看一部有人用刀拼斗场景影片的人，远比那些看一部青少年搞鬼影片的人，更有可能给予别人增高震吓的层次。"② 类似的实验，勒菲柯威兹等人也做过，他们甚至花了10年时间来对210个青少年做跟踪研究，结论表明："看电视暴力导致攻击行为增加。"③ 因此，在动画电影改编中，对原著的暴力情节进行伦理过滤，是创作者不可推卸的责任。

2007年华纳兄弟电影公司推出的动画电影《贝奥武甫》（Beowulf）改编自公元8世纪左右的古英语史诗，《贝奥武甫》"不仅是盎格鲁-撒克逊文学的骄傲，而且是日耳曼民族最杰出的英雄史诗"④。在表现暴力场

---

① 斯塔姆. 电影改编：理论与实践 [M]. 北京电影学院学报，2015（2）：41.
② 张慧元. 大众传播理论解读 [M]. 苏州：苏州大学出版社，2005：190.
③ 张慧元. 大众传播理论解读 [M]. 苏州：苏州大学出版社，2005：191.
④ 肖明翰.《贝奥武甫》中基督教和日耳曼两大传统的并存与融合 [J]. 外国文学评论，2005（2）：84.

景方面，动画电影《贝奥武甫》极大地利用了动画的优越表现手段，将真人演员无法做到的暴力画面进行了极其细致入微的刻画。动画中大量的暴力血腥镜头几乎让人不敢直视，血肉横飞、脑浆喷射、肢体分解的镜头比比皆是：怪兽格伦戴尔大嚼人头，鲜活的头颅在它的口中以一种逼真细腻的方式被嚼烂被吞咽；贝奥武甫以强大的臂力将怪兽格伦戴尔的前臂从肩头处拧下，血液飞射，肢体支离破碎；还有贝奥武甫大战恶龙的场面，贝奥武甫在自己的脖子被恶龙狠狠咬住的情况下坚持用剑把恶龙劈成两截，恶龙破碎的躯体在观众眼前展露无遗。这些可怕的血腥得令人发指的镜头通过电脑动画手段在影片中以无比细致和逼真的方式展现了出来。

更值得一提的是，这部动画采取真人形象3D建模的方式来制作，这样的技术手段使得片中人物形象与真人极为相似，可以认为是一种数字仿真电影，导致很多观众在看完此片后都会以为这是真人表演的电影。当然，该片创作者的创作初衷可想而知，便是想利用电脑动画来逼真地展现真人演员所无法表演的画面，从而追求一种极致真实的效果。但是，这种对于真实人类的极致模仿却也让影片形成了"恐怖谷"（The Uncanny Valley）效应。这一效应描述了这样一种感受："当我意识到一个CG角色以近似人类的外表出现时，我感到脊背发凉——以至于我在观看这个角色对人类外形的丑恶表现时感到不舒服。"① 早在1906年，心理学家恩斯特·詹奇（Ernst Jentsch）就已经发现人的这种心理感受，他认为："当人们无法区分想象的或真实的，活着的或死去的东西时，就会出现这种状态。"② 后来，东京工业大学机器人研究专家森政弘（Masahiro Mori）在1970年发表了一篇题为《恐怖谷》（"The Uncanny Valley"）的研究文章（该文在2012年被翻译为英文，刊登于 IEEE Robotics and Automation），认为机器人的形象可以像人类，但是不能与人类过分相似，否则人们对机器人的接受程度会产生一种山谷状的下降，他也将此称为"恐怖谷"，一个高度仿真的机器人会唤起类似阴森恐怖、毛骨悚然的感觉。③ 而《贝奥武甫》中的动画角色对人类形象的高度模仿，恰恰也唤起了这种"恐怖"感受。更不

---

① TINWELL A. The uncanny valley in games and animation [M]. Boca Raton：CRC Press, 2015：1.
② TINWELL A. The uncanny valley in games and animation [M]. Boca Raton：CRC Press, 2015：2.
③ MASAHIRO M. The uncanny valley [J]. IEEE robotics and automation, 2012, 19 (2)：98-100.

用说，影片用与人类高度相似的形象进行各种暴力活动，这对观众造成了视觉和心理刺激，引发了观众的生理不适。毫无疑问，这一荡气回肠的英雄史诗带给人以强大的心灵震撼，贝奥武甫的英雄形象也正是通过他的几次恶战而塑造出来的，但是，动画《贝奥武甫》的创作者们只是力图以动画完成真人不可能完成的血腥场景，而忽视了观影伦理，毕竟动画这种直观镜头带给人的真实感要大大地高于文字描述。动画虽然有着无所不能的表现力，但是倘若执着于去表现这类极端暴力场景的话，无疑是突破了观众的伦理底线。

那么，对于动画改编者而言，文学作品中的暴力元素要如何进行"伦理过滤"呢？是像戏剧一样，借助角色之口，用台词来描绘暴力场景，从而减弱影像画面带给观众的视觉冲击吗？答案显然不是。动画是一种视觉艺术，如果仅仅依靠台词叙述场景的话，那么动画这种艺术的意义显然是丧失了。是将暴力元素简单删减而去吗？答案也必然是否定的。很多文学作品中以决斗、自杀、战争等暴力场景建构起了基本的情节线索，如果粗暴地对其进行删减的话，原著的情节便也被拆解得七零八落。那么，在动画改编中，对于原著中的暴力元素，到底该采取何种方式处理呢？萨格勒布学派的杜桑·伏科蒂克（Dusan Vukotic）曾这样说过："生理意义上的死亡，可能要流血，但要在纸上抹去一个形象，有块橡皮就够了。"① 伏科蒂克所举的这个例子形象地说明了动画在处理暴力问题上可以选择的有效途径和方法了。

2004年根据古希腊悲剧经典《俄狄浦斯王》改编的动画短片便充分实践了伏科蒂克的观点。影片中对死亡的表达，并非流血，而是充分地利用了动画语言的特点。俄狄浦斯在忒拜城外遇到拉伊奥斯，与其产生冲突，并动手杀死了拉伊奥斯，这一重要的情节并未在戏剧原著中正面出现，而是在剧情推进的过程中，通过角色之口转述了出来。可是，动画电影短片《俄狄浦斯》（Oedipus）却在影片开场正面表现了这一场打斗，直接呈现了俄狄浦斯杀死拉伊奥斯的过程画面。这一场景可想而知，是血腥而残暴的，观众会通过影像获得剧烈的情感冲击，儿子杀死父亲的惨烈景象会击破观众的心理承受底线，同时，也在伦理层面上对其形成伤害。但是，这部定格动画充分利用了动画语言的特点，从角色的形象设定出发，巧妙地完成了对这一杀戮情节的伦理过滤。影片中的所有角色都是以蔬菜的形象出现的，或者说，这是一部使用蔬菜拍摄而成的定格动画，从这一

---

① 伏科蒂克. 动画电影剧作 [J]. 世界电影，1987（6）：74.

角度来说，影片充分体现了赋予无生命的物体以生命的动画艺术的基本特性。影片中的俄狄浦斯是一颗拄着木制手杖、穿着褐色长袍、头戴橄榄枝花环的土豆，拉伊奥斯则是一棵穿着金色盔甲、披着紫色斗篷的西兰花。俄狄浦斯杀死拉伊奥斯的暴力动作因此演变为劈开一朵西兰花！而王后伊奥卡斯特则是一颗穿着蕾丝裙、风情万种的番茄，她在影片中的自杀行为则表现为一颗番茄从高处跳下，摔成了一摊番茄酱。这些杀戮过程的直接展示完全不会给观众带来任何生理上的不适，相反，影片创作者的奇思妙想还会令人会心一笑，影片也借此完成了对于暴力行为的伦理过滤。

此外，动画还可以充分利用其写意性的艺术特点来实现对于暴力的伦理过滤。1987年的苏联动画电影《木木》（*Mymy*）根据屠格涅夫的同名小说改编。故事的主角，老实的哑巴盖拉新在女主人随意的婚配安排下失去了心爱的女孩，内心孤苦无依，在与一只流浪小狗建立起温暖的情感，彼此相依为命的时候，又因为荒唐骄横的女主人的责令，不得不亲手杀死自己生命中唯一的精神寄托。盖拉新麻木而痛苦地将小狗带到湖上，"把他拿来的两块砖用绳子缠住，在绳子上做了一个活结，拿它套着木木的颈项，把'她'举在河面上，……眯着眼睛，放开了手。……盖拉新什么也听不见——他听不见木木落下去时候的尖声哀叫，也听不见那一下很响的溅水声"①。这样的场景即便用文字描述出来也让人无比痛心，小说对盖拉新杀死木木的那一系列动作的详细描写若是以电影画面直接呈现的话，一定会对观众造成强烈的情感冲击，在故事所渲染的情绪的影响下，盖拉新的这一行为会非常残酷和充满暴力。而动画电影《木木》却消解了原著的这一暴力场景，影片中盖拉新划着小船，穿过一片片芦苇荡，带着小狗木木来到了湖中心，他温柔地抱着小狗，充满爱意地抚摸着它，接下去，在"啪"的一声落水声后，画面切换到湖面，观众看到湖面上泛起一圈圈涟漪，优美地四下扩散而去。这部充满油画风格的动画电影用写意和含蓄的方式将盖拉新杀死木木的动作表达出来，整个残忍的谋杀过程在画面表达上反而蒙上了一层凄美的诗意，情绪上有着一种节制的悲痛，既恰如其分地传达了盖拉新内心的极致痛苦，又完美地避开了暴力场景，完成了对原著暴力行为的伦理过滤。

而利用动画语言的夸张性效果来完成对暴力行为的伦理过滤也是一种常见的做法。比如根据普希金的童话长诗《鲁斯兰和柳德米拉》改编的2019年的乌克兰动画《森林奇缘》（*The Stolen Princess*）再现了鲁斯兰

---

① 屠格涅夫. 木木集［M］. 巴金, 译. 杭州：浙江文艺出版社, 2019：55.

与巨型头颅展开恶战的场景。普希金的诗歌原著用具体而细致的语言描绘了鲁斯兰在拯救柳德米拉的过程中与一只巨大的头颅所进行的惨烈战斗：

> 鲁斯兰怀着满腹的恼怒，
> 默默举起钢矛威胁大头，
> 挥动着他那只空着的手，
> 抖擞起了他浑身的力量，
> 把钢矛刺进不逊的舌头。
> 从它那大言不惭的口中，
> 鲜血就像河流般往外流。①

这一场景在文字语言的描绘中尚且令人感到不寒而栗，其残暴血腥的景象让人不忍卒读，更何况在能够对观众造成强烈视觉刺激的动画影像中，如果依据原著的情节和画面进行动画重现的话，一定会因为场面的过度血腥而对观众造成心理冲击和伦理伤害。因此，这部乌克兰动画便采取了一种夸张的方式化解了原著中的残忍械斗，对暴力场面进行了伦理过滤。动画中的鲁斯兰和大头并未产生任何正面的暴力冲突，只是在鲁斯兰试图从大头那儿拿走自己所需要的盔甲时，遭到了四处埋伏的幽灵士兵的阻拦。为了击退这些如行尸走肉一般的攻击者们，鲁斯兰抓住了大头对鼠类过敏的弱点，将自己的同伴——一只花栗鼠塞进了大头那巨大的鼻孔中，从而诱发大头打了一个响彻天际的喷嚏。此时，影片切入一个远景镜头，只见伴随着大头巨大喷嚏的轰鸣声，一朵蘑菇云拔地而起，随后，幽灵士兵被这原子弹爆炸般的冲击力迅速弹飞，一个个倒地不起。就这样，鲁斯兰轻松取得了战斗的胜利。影片以幽默和夸张的方式消解了原著中对血腥战斗场景的描写，充分利用了动画语言的特点，以四两拨千斤的方式完成了伦理过滤。

第三节　伦理过滤与道德教诲

"伦理过滤"是去除糟粕、达到净化的一种方式方法，其目的是让经

---

① 普希金. 普希金全集（第3卷）[M]. 余振，译. 杭州：浙江文艺出版社，1997：62.

过改编的动画作品更能适合特定的受众，更能发挥道德教诲的功能。尤其是对于少年儿童受众来说，在欣赏动画的过程中学会做人的道理，其重要意义丝毫不亚于审美愉悦。"道德教诲"（Moral teaching）是弘扬文学艺术所具有的道德教化价值。"文学的历史和社会文明史表明，文学从来就是人生的教科书，其教诲功能是最基本的功能。只要文学还存在，文学的教诲功能就存在。"① 在这一点上，文学与哲学等其他学科的历史使命是相似的。2018 年在中国北京召开的第 24 届世界哲学大会，其主题就是"Learning to Be Human"（"学以成人"）。而文学作品中最基本的教诲功能，其实就是"学以成人"。这也是人类经过进化，在完成自然选择之后，必然要经历的伦理选择。

谈及道德教诲，由于涉及面广，几乎所有的动画都具有这一重要功能，我们在此加以限定，以学界较少关注的俄国著名作家普希金作品的动画改编为例，进行阐述。

首先，在上述"学以成人"这一点上，可以以普希金的著名长诗《鲁斯兰与柳德米拉》改编的动画电影《森林奇缘》为例，来探究这部动画改编中的道德教诲问题。

《鲁斯兰与柳德米拉》共有六章，外加献词和尾声，篇幅较长。据其改编的动画电影《森林奇缘》突出了其中与主人公鲁斯兰和柳德米拉密切相关的故事。影片长达一个半小时，由奥列格·马拉姆兹（Oleh Malamuzh）执导，乌克兰动画校友工作室（Animagrad）和乌克兰国家电影部联合出品。这部动画影片充满了奇幻色彩，也富有道德教诲意义，公主柳德米拉不愿意按既定的人生轨迹度过自己的一生，她并不贪图已有的荣华富贵，而是离开宫廷，追求独立的人格，她要靠自己的力量、自己的意愿来选择人生道路，独自面对生活中的艰险，以至于"学以成人"。她在历险中与流浪艺术家鲁斯兰自由相恋。作品中的骑士鲁斯兰是一个不畏艰险的优秀青年，为了拯救和保护柳德米拉，他先后与罗格达伊、巨头、黑海魔王等邪恶势力进行了殊死搏斗，表现出了英勇的气概。在这部动画电影的最后部分，被人谋害的鲁斯兰终于死而复生，与柳德米拉幸福地团聚一起。这部动画电影中所传达的正义与邪恶的冲突、惩恶扬善，以及家庭教育的方式方法、励志与成长等核心元素，都充满了道德教诲的意蕴。如影片中关于"谁是邪恶"的提问，振聋发聩，给受众一种强烈的分辨是非的启示，在诸多方面为青少年的成长提供了道德教诲的寓意。尤其是电影中

---

① 聂珍钊. 文学伦理学批评导论［M］. 北京：北京大学出版社，2014：249.

的主题曲，突出了"还有很长的路要走""是时候翻开新的一页"，以及"不要逃避""要勇敢面对"等歌词，极大地增强了文学艺术作品引导青少年健康成长的教诲作用。

普希金的作品本身具有感人至深的艺术魅力，以及反抗暴政、弘扬正气的浪漫主义情怀和现实主义精神，具有极好的道德教诲功能，所以，他的很多作品被改编成动画，以新的艺术形式传播，以新的方式教育青少年受众。

以苏联1950年根据普希金著名童话《渔夫和金鱼的故事》而改编的同名动画电影为例，这部长达26分钟的动画短片，基本上是按照普希金原著的内容展开情节。影片以视觉的形式呈现原著的道德教诲意蕴，告诫人们不要贪图享受，不靠诚实的劳动，而靠索求来满足对财富和地位的贪欲，到头来会一无所有。在《渔夫和金鱼的故事》这部动画电影中，有大量对海洋世界的描绘，以及对海洋生活的渲染。以金鱼为代表的海洋世界与人类世界一样，有着丰富的物质生活和精神生活，动画电影中表现海洋世界的场面，使得受众充分感受到大自然的魅力所在。以金鱼为代表的自然界与人类世界本可和谐相处，人类只要尊崇自然，便可以从自然界得到应有的回报，然而，如果对大自然无休止地索取，到头来显然是一无所获。所以，这部动画电影的道德教诲意义，除了克服人类自身贪图享受的缺点之外，也在弘扬生态意识，只有尊崇大自然，避免过度索取，人类才有可能可持续发展。其中的道德教诲意义是非常深刻的。

而动画电影短片《死公主和七勇士》（1951）是根据普希金童话诗《死公主和七勇士的故事》（*Сказка о мертвой царевне и о семи богатырях*）改编的。影片长度为30分钟，在这部影片中，国王新娶的王后因嫉妒公主的美丽，吩咐仆人塞安娜将公主带到森林，绑在树上，等着公主被饿狼咬死。但是在森林里，塞安娜并没有听从王后的命令，没有伤害公主，没有将她绑在树上，而是请求公主独自在森林里生活。公主随后来到了七个勇士的屋子，在七个勇士的帮助下，与王子重逢。王后看到王子和公主骑马回到王宫，以为遇到了鬼魂，受到了惊吓，几天后便死去了。按照文学伦理学批评的观点，在经过达尔文所说的进化，经过自然选择之后，人性中的人性因子和兽性因子代表着"斯芬克斯因子"的两个方面，"分别代表着理性意志和非理性意志，并由前者制约后者，但是，人性因子与兽性因子一旦分开，兽性因子的自由意志失去了约束，就会释放出来，真正变成邪恶的力量"①。新娶王后因嫉妒而设法加害于人，到头来得到惩罚的却是她自己。

类似的因兽性因子的作用而加害他人的例子，还有普希金的长诗《萨尔丹沙皇的传说》②中的几个女性。这部长诗于1943年和1984年两次被改编为动画片。1943年的动画电影片长34分，由利奥米尔钦执导；1984年的动画电影片长达53分钟，由伊凡·伊凡诺夫-瓦诺（Ivan Ivanov - Vano）执导。在动画片中，萨尔丹沙皇因为在外抗击外族侵略，离开了宫廷。皇后的两个姐姐出于嫉妒，对皇后进行迫害。在不了解实情的情况下，沙皇听信谗言，没有及时保护皇后和儿子，下达的圣旨被人篡改，皇后和王子遭受谋害。他俩被装进了木桶，扔进了大海。然而，皇后和王子经过海上漂泊，被海浪冲上了一个无人的海岛，死里逃生。他们将这一海岛建设成一个无比美妙的王国，王子被称为格维顿王子。最后，萨尔丹国王应格维顿王子的邀请，来到岛国，知晓实情，皇后的两个姐姐阴谋败露，但得到了皇后的饶恕。国王与妻儿幸福地团聚。这部由文学经典改编的动画电影贯穿着善与恶的冲突，影片通过这些冲突让受众分辨是非，学会做人。与此同时，影片犹如英国作家笛福的《鲁滨逊漂流记》，通过"荒岛生存"的叙述，告诫受众在逆境中奋进方能获得解救的道理。

普希金的童话诗、长诗、中短篇小说等，都被大量改编成动画。他的作品之所以被大量改编，重要原因是其作品中所渗透的教诲功能。可见，只有在改编过程中经过伦理过滤的动画作品，只有经过过滤在思想方面获得净化的作品，才更能承担起伦理教诲的功能。

综上所述，文学经典的动画改编，是相辅相成的有益尝试，既在文学作品的传播和普及方面发挥了应有的作用，又丰富了动画电影的内涵，提升了动画电影的品位。文学经典的动画改编，是一种共生双赢的艺术创作。文学经典的动画改编不仅仅为动画电影的创作提供了素材和灵感，也提供了追求理想、净化心灵的崇高的价值趋向。而动画电影将文学经典娱乐化、快餐化、商业化、媚俗化的不良倾向也是应该警惕的，否则，在大众娱乐的驱动下，便会损害和消解文学名著作为经典的价值和意义。与此同时，动画改编文学经典也需要对其进行伦理过滤，使文学经典更适于动

---

① 聂珍钊. 文学伦理学批评导论 [M]. 北京：北京大学出版社，2014：46.
② 普希金的这部长诗名称较长，题为《关于萨尔坦皇帝，关于他的儿子——荣耀而威武的勇士格维顿·萨尔坦诺维奇公爵以及美丽的天鹅公主的故事》，文学作品可参见沈念驹、吴笛主编《普希金全集》第3卷，第562—599页。

画的表现。而且,对于青少年受众,在完成自然属性的选择之后,其伦理意识的形成是动画改编者所不可忽略的重要方面,毕竟,"伦理意识是人性的外在表现,也是人分辨善恶的能力"①。

---

① 聂珍钊. 文学伦理学批评导论 [M]. 北京:北京大学出版社,2014:39.

第六章 动画电影改编的跨文化变异

作为"日本动画片走向鼎盛时期的象征"[①]的日本动画大师宫崎骏在两部自传《出发点：1979—1996》和《折返点：1997—2008》中都提及了一部动画电影，即《白蛇传》。在《出发点：1979—1996》中，宫崎骏称自己"爱上动画，是从看了东映动画的《白蛇传》（昭和三十三年作品）开始"[②]。他甚至说："直到看了《白蛇传》，我才有如醍醐灌顶。"[③]多年后，他又在《折返点：1997—2008》中再度感慨自己看了《白蛇传》后"确信动画是表达人们内心世界的最好方法，于是决定进入这个领域"[④]。这部由东映动画创作于1958年，对宫崎骏产生巨大影响，从而影响到整个日本动画产业的影片《白蛇传》便改编自中国民间传说，一部跨文化改编的动画作品。

文学经典是全人类共同的文化遗产和精神财富，是可以跨越国界的，而文学经典的传承也不应为国界所限制。动画电影将改编的对象扩展到全球范围内，这对于全球化的文学经典传承具有重要的意义，文学经典能够在动画这一传播媒介的帮助下获得更大范围的受众。反过来看，动画改编将选材扩展到全球范围，打破一定的疆域限定，从外国文学和文化中汲取新鲜血液，创作具有异域风情的动画作品，这对于动画风格的拓展也有着积极意义。毕竟，不同的国家和民族拥有自己独特的地域文化，这些极具个性的文化在改编的过程中相互融合，便形成了另一种新的美学风格。可以说，跨文化的动画改编无论对于动画创作还是对于文学传承来说，都是有价值的。

[①] 津坚信之. 日本动画的力量：手冢治虫与宫崎骏的历史纵贯线［M］. 秦刚，赵峻，译. 北京：社会科学文献出版社，2011：8.
[②] 宫崎骏. 出发点：1979—1996［M］. 黄颖凡，章泽仪，译. 台北：台湾东贩股份有限公司，2006：38.
[③] 宫崎骏. 出发点：1979—1996［M］. 黄颖凡，章泽仪，译. 台北：台湾东贩股份有限公司，2006：70.
[④] 宫崎骏. 折返点：1997—2008［M］. 黄颖凡，译. 台北：台湾东贩股份有限公司，2010：108.

但是，由于改编者对外国的文化与风俗习惯了解得不够深入，在动画改编过程中不免会对外国文学有一定的理解偏差和表达错误，从而形成跨文化的误读现象，这是动画改编中难以避免的。不过，在特定的情况下，改编者反而会出于某些因素故意对于异质文化进行"误读"。而这种"误读"实际上是一种文化浸润，即改编者在外国题材中融入本国的价值观以及本国的文化，并以动画作为传播媒介，向世界其他国家输出这种价值观，甚至进行某种意义上的文化侵袭。这种行为也可以理解为主动性的跨文化变异。美国动画电影便大量从他国的文学和文化中汲取创作的素材，然后，结合本国的价值理念和文化需求，主动变异。据统计，"美国动画片经改编其他国家的文化资源占其动漫市场成功产品的比例是49%，而本国文化资源只占6%"① 。迪士尼公司便是跨文化改编领域中的排头兵，打破了国界的限制，推出了多部改编自世界各国文学经典的动画电影。但是，这些改编动画中往往会出现对源语国家文化误读的现象。毕竟，美国人将外国文学经典进行动画改编并不是为了体现自己兼容并蓄的博大胸怀，或是为了宣传他国的文化，而是为了传播本国的价值理念和审美偏好。"对于民间故事传说，迪士尼的借用是有其原则的，用迪士尼化（Disneyfication）或美国化（Americanization）是最为适当的。"② 美国学者提出的这一观点是极为中肯和恰当的，美国动画将他国文化作为载体，融入本国的价值理念和文化特征，从而形成一种他国题材美国化的创作风向。

第一节　多元文化碰撞下的新角色

动画角色在动画电影中具有重要的作用，一个好的动画角色不仅能为作品增光添彩，还可以带动衍生产品的开发，为该动画带来难以估量的社会影响和经济效益。

在改编外国文学经典时，改编者也同样注重动画角色的塑造，在保留原著基本精髓的基础上渗入本国或本民族的价值观和传统文化，对动画角色进行本土化的改造。这便形成了一种文化转换，"所谓文化转换（tran-

---

① 李涛.美日百年动画形象研究［M］.北京：光明日报出版社，2008：234.
② 鲍玉珩，钟大丰.美国学者对"Disney 迪斯尼"的研究与批评（之一）［J］.电影评介，2009（8）：6.

sculturation)是指一种文化被另一种文化吸收、改造、更新成为新文化形式的过程"①。在文化转换的过程中，原著形象发生了变异，在多元文化的碰撞中，出现了崭新的动画角色。

一、"黄皮白心"的花木兰

在改编外国文学为动画电影时，原著的文化背景与改编作品的文化背景差异越大，就越容易在改编过程中对原著形象做出改变。

美国创作于1998年的经典动画电影《花木兰》是根据中国家喻户晓的"木兰从军"的故事改编的。关于花木兰的故事由来已久，在中国文学史上存有多个版本，其中最有名的当数与《孔雀东南飞》合称"乐府双璧"的《木兰诗》。迪士尼公司选取了这一中国文学经典进行创作，却站在美国文化的基点上重新审视和书写。

花木兰在中国作为一个文化形象符号，是"忠"与"孝"的代表。"在中国传统社会中，孝是最重要的传统，因此花木兰对父亲的'孝'是这个故事得以流传的核心价值。"② 中国长期受到儒家文化的熏陶，自古以来便把"忠""孝"视为基本的道德规范和行为准则。"忠"与"孝"几乎成为中国传统文化中不可或缺的重要组成部分，是中国传统文化的精神内核。花木兰这一形象之所以流传千古，为世世代代的中国人所歌颂，就在于她极好地诠释了中国文化中关于"忠""孝"的观念。花木兰替父从军是出于"孝"，父亲年迈，家中无子，花木兰便女扮男装踏入沙场。花木兰从军也是出于"忠"，她作战的目的是保护帝王，守卫国家。花木兰"尽忠尽孝"的思想更是成为整个中华民族的价值典范。

可是，针对这样一个在中国家喻户晓，并且成为中国文化符号的花木兰形象，美国人在改编动画的时候却给出了与中国传统文化以及价值理念完全不相符的解读，塑造出了一个与中国传统文化相悖的花木兰形象。她虽然有着黑色长发、黄色皮肤、丹凤眼、微塌鼻梁、饱满嘴唇等，是常见的中国人长相（如图6-1），内心却是美国化了的，她是"一个典型的迪士尼青少年，具有混血儿的特征"③。

---

① 刘来. 从电影《花木兰》谈文化转换理论：文化全球化与本土化 [J]. 电影艺术，2001 (2)：117.
② 吴保和. 花木兰，一个中国文化符号的演进与传播：从木兰戏剧到木兰电影 [J]. 上海大学学报（社会科学版），2011，18 (1)：21.
③ DONG L. Mulan's legend and legacy in China and the United States [M]. Philadelphia: Temple University Press, 2011: 185.

图6-1　美国动画电影《花木兰》中的花木兰形象

动画电影为花木兰替父从军的动机重新找了一个解释：花木兰从军并非出于对君主的"忠"与对父亲的"孝"，而是出于对自我价值的追寻。为了将这样的理念更好地诠释出来，这部动画电影在开场部分增加了一场与原著完全没有关联的戏，即花木兰相亲。花木兰的相亲遭遇了彻底的失败，她认为这次失败是给父亲，给列祖列宗，给整个花家丢脸。花木兰争强好胜的个性让她竭力想展现自己的价值，既然她无法像家族希望的那样成为一个三从四德的贤妻来"光宗耀祖"，她就必须从其他方面来证明自己，以寻找迷失的自我。那么从军便成了一个良好的契机，她希望通过打胜仗来改变族人对自己的看法，从而实现自我的价值。因此，在影片中，花木兰从军的一个更大的推动力不是"孝心"，而是"追求自我"的决心。有学者指出："在迪士尼推出的'迪士尼公主系列'的14位公主中，花木兰是唯一一个不靠公主出身，不靠嫁入皇族，而是靠自我成长、自我确认的人格魅力与综合实力被赋予'公主'桂冠的。"[1] 这也从另一个侧面阐释了动画的创作者在表达花木兰的自我追寻以及自我成长方面所花费的努力。花木兰贯穿全片的行动线索便是对自身价值的证明。这样的行为动机所塑造出的花木兰形象显然不是中国传统文化中的花木兰形象了，中国文化所称道的"忠""孝"观念在影片中被大大地淡化了，取而代之的是美国人的价值观。"美国人强调个体意识，……认为个人是价值的主体，崇尚通过个人努力实现个体价值，获得成功。"[2] 因此，在这种追求个人

---

[1] 林丹娅，张春. 性别视角下的迪士尼改编《木兰》之考辨［J］. 南开学报（哲学社会科学版），2019（6）：157.

[2] 李朝阳. 中国动画的民族性研究：基于传统文化表达的视角［M］. 北京：中国传媒大学出版社，2011：37.

价值的"个人主义"的基础上,"个人英雄主义"成为美式文化所宣扬的内容。当中国传统文化与美国创作理念相碰撞时,就出现了花木兰这样一个"黄皮白心"的女孩,她拥有中国人的外貌,内心却是美国化的。

此外,在花木兰的日常生活中,也充斥着美式的生活习俗。比如,花木兰的早餐竟然是麦片粥、煎蛋和培根。这些是典型的美式早餐。花木兰打败单于,保护了皇帝,在得到了皇帝的嘉奖之后,她兴奋地冲上前去,拥抱了皇帝,这也是一位美国青少年的行为方式。动画电影中的花木兰是在美式文化熏陶下成长的典型的美国少女。

对于这样的花木兰形象,学界常常质疑其身份,认为她是一个游离在中国和美国之间的非中非美的形象:"作为东西方之间跨国文化流动的产物,占据了一个'既非中国也非美国'的想象境界"[1],"花木兰不是真正的中国人,也不全是美国人。这一形象已经成为一个跨文化的文本:新与旧、传统与现代、东方与西方、集体主义与个人主义、女性的顺从与妇女的解放、孝道与父女间的互爱的结合"[2]。这样的观点不无道理,毕竟这种跨文化的改编,其本质是"一种文化在相互接触中被另一种文化改变的过程,也是一种文化借用的形式,一种文化为自己的目的重新配置另一种文化"[3]。

不过,不管美国人怎样"美国化"花木兰,也只是改变了其性格的外在属性。人的性格可以分为两个层次,第一层是与生俱来的本质属性,第二层是受到后天社会环境影响的性格因素。美国人在对于花木兰这一中国人物形象进行重新塑造的时候,仅是改变了花木兰的第二层性格,也就是美国人根据自己的价值观以及自己所处的社会环境而进行的性格改写,当然这种改变是更符合美国人口味的。然而美国人并没有改变花木兰的第一层性格,也就是人的本质属性。花木兰善良、孝顺、美好、坚强,这些优秀的品质并没有在改编过程中丧失,反而得到了更细致的强化。所以,中国观众在欣赏这部影片时,虽然再三抱怨着我们的巾帼英雄花木兰变成了"黄皮白心"的香蕉女孩,但还是会喜爱这个人物。毕竟,动画中这个人物形象的精神内核是与原著一脉相承的。

---

[1] MCCALLUM R. Screen adaptations and the politics of childhood: transforming children's literature into film [M]. London: Palgrave Macmillan, 2018: 219.

[2] CHAN J M. Disneyfying and globalizing the Chinese legend Mulan: a study of transculturaion [M] //CHAN J M, MCINTYRE B T. Search of boundaries: communication, nation states and cultural identities. Westport: Ablex Publishing, 2002: 241.

[3] CHAN J M. Disneyfying and globalizing the Chinese legend Mulan: a study of transculturaion [M] //CHAN J M, MCINTYRE B T. Search of boundaries: communication, nation states and cultural identities. Westport: Ablex Publishing, 2002: 228.

二、"中西结合"的《西游记》神怪

有学者认为日本动画具有强烈的国际化的意愿,并且日本动画的国际化主要通过三个渠道实现:"去政治化的国际化,商业策略;西方化的国际化,民族主义实践;自我东方化的国际化,文化欲望。"① 这一点并不让人费解。日本动画起步并不算早,现今却形成了庞大的动画产业,在世界范围内产生巨大的影响,并且成为全球能够与美国动画相抗衡的一极。日本动画的发展如此迅速,与其一如既往的"国际化"路线有着密切的关联:"在过去的几十年里,有一个明显的趋势,就是将非日本的文化元素,纳入动漫中。"② 日本动画的飞速发展,也为国民经济带来了巨大的益处,日本动画在美国的销售额早在 2003 年便"达到一个可怕的高峰,销售额超过 48.4 亿美元。这比同年日本钢铁生产对美国的出口值还要多 3.2 倍"③。

因此,不难理解,为什么日本会积极地将外国文化纳入动画创作中,并且积极地将动画中的民族特色削减,代之以国际化元素。以至于有些批评家经常"使用 mukokuseki 这个词,意思是无国籍或没有民族身份,来指代动漫"④。日本动画最具代表性的大师宫崎骏也被认为"对其他文化开放和欣赏"⑤,苏珊·J. 纳皮尔(Susan J. Napier)认为他的作品消除了"日本自我和外国(通常是西方)他人之间的区别"⑥。

早在 1960 年,改编自中国古典文学《西游记》,由东映动画出品、薮下泰司和手冢治虫导演的动画电影《西游记》便已显示出这样的国际化倾向。选择中国文学经典改编创作这一行为本身便具备国际化创作视野,此外,继 1958 年《白蛇传》首次登上美国电影银幕之后,将日本动画推向西方国家便成为日本动画人的目标之一。因此,在日本动画电影《西游

---

① LU A S. The many faces of internationalization in Japanese anime [J]. Animation: an interdisciplinary journal, 2008, 3 (2): 183.
② LU A S. The many faces of internationalization in Japanese anime [J]. Animation: an interdisciplinary journal, 2008, 3 (2): 171.
③ OTMAZGIN N. Anime in the US: the entrepreneurial dimensions of globalized culture [J]. Pacific affairs, 2014, 87 (1): 54.
④ DU D Y. Animated encounters transnational movements of Chinese animation, 1940s – 1970s [M]. Honolulu: University of Hawai'i Press, 2019: 15.
⑤ Batkin J. Identity in animation: a journey into self, difference, culture and the body [M]. Oxon: Routledge, 2017: 133.
⑥ NAPIER S. Anime from "Akira" to "Howl's moving castle" [M]. London: Palgrave Macmillan, 2001: 473.

记》中，呈现出明显的将东方和西方的神怪形象相结合的特点。影片一开场，便是天上的神仙通过望远镜观察地上凡人的动静，而天上这两位视察的神仙，一位皮肤白皙、身材修长、白发微卷，身穿蓝色长袍，披着白色的长巾，像极了耶稣基督（如图6-2）。另一位则身材壮硕、光头、身披淡黄色袈裟，全然是一位佛教神仙（如图6-3）。两位代表着东方和西方、佛教和基督教的神的对话及共事彰显了两种不同文化和宗教的融合。

图6-2　日本动画《西游记》中的神仙

图6-3　日本动画《西游记》中的神仙

除此之外，天上还有神仙在弹奏竖琴，并且组成唱诗班一同吟唱，这些都是西方的文化形象，可是东方仙女的代表嫦娥却也舞动着长袖，扭动着腰肢，飞舞其中。中国和西方的神仙共处天庭之中，形成了一种混搭杂糅之感。值得一提的是，东方的神仙们，无论是佛祖、嫦娥，还是玉帝，他们全部头顶着西方神话中天使的光环，这同样制造出了一种中西融合的效果。此外，当孙悟空大闹天宫，被玉帝命众神捉拿的时候，二郎神与孙悟空展开了一场激战。《西游记》中"仪容清秀貌堂堂、两耳垂肩目有光。头戴三山飞凤帽，身穿一领淡鹅黄。缕金靴衬盘龙袜，玉带团花八宝妆"①的二郎神在动画中却是一副希腊神话英雄的模样，棕色的鬈发飘飘，身材健硕，穿着凸显肌肉轮廓的盔甲，裸露着结实的双臂和肩膀，像极了希腊神话中力大无穷的希腊联军统帅阿基琉斯（如图6-4）。

图6-4　日本动画《西游记》中的二郎神

　　天上满是"中西结合"的神仙，地上的怪物们也是如此。在牛魔王的宴会上，宾客满堂，其中不仅有金发碧眼、皮肤白皙、身材婀娜的欧洲美女，还有舞蛇的印度街头艺人。怪物们的形象同样充斥着文化的交融与冲突。至于《西游记》中重要的角色猪八戒，也是以一种充满着文化矛盾的形象而出现的。原著中的猪八戒"黑脸短毛，长喙大耳；穿一领青不青、蓝不蓝的梭布直裰，系一条花布手巾"②，可是在日本动画中，猪八戒在高老庄强娶民女时穿着西式的黑色燕尾服，戴着高高的黑色礼帽，是典型的现代西方新郎的装扮（如图6-5），而影片的背景音乐也适时地变成了《婚礼进行曲》。中西方的文化冲突在猪八戒身上表露无遗。

　　此外，影片的高潮是孙悟空大战牛魔王，有意思的是，孙悟空最终战败牛魔王的关键是变出一块红布，像西班牙斗牛士一般挥动红布迎战黑牛，最终以斗牛士和斗牛的角色定位结束了这场战斗。可见，在整部影片中，中国题材与西方元素屡屡糅合，不断交融。

　　1960年的日本动画电影《西游记》保留了中国古典文学中的大量情节和细节，却在人物形象上做出了明显的西方化的改动，制造出一种中西

---

① 吴承恩. 西游记［M］. 北京：商务印书馆，2016：46.
② 吴承恩. 西游记［M］. 北京：商务印书馆，2016：157.

图6-5　日本动画《西游记》中的猪八戒

交融的文化形象，以此获得西方国家观众的文化认同，这一做法鲜明地表达了日本动画创作的国际化倾向。多种文化元素在动画中交织融合，形成了崭新的动画形象。这一做法，在2003年发行的手冢治虫的动画电影遗作《我的孙悟空》中同样有所体现。《我的孙悟空》虽然没有出现明显的如同动画电影《西游记》那般将角色外在形象西方化的做法，却从更为深层次的角色的叙事功能上进行了好莱坞式的转化。《我的孙悟空》并未表现唐僧一行抵达天竺，成功取得真经的结局，而是单单表现了师徒四人在途中遭遇了一场危机。这场危机中的反面角色丹术师（昆仑仙人）具有典型的好莱坞式反角的特点，他法力无边，邪恶残暴，他的终极诉求是要征服世界，掌控天地。因此，孙悟空等人与他之间所展开的较量，不再只是为了保护唐僧免遭妖怪袭击，而是演变为一场拯救世界的正义之战。这与好莱坞电影中常见的人物设置特点和叙事逻辑非常相似。

很明显，在上述动画中，呈现出一种去地域化的效果，文化不再只是静止地存在于某国特定的语境中，而是呈现出一种在国际市场快速流动的态势。日本动画人通过改编中国文化经典，在打开中国市场的同时，也不忘注入西方的文化元素，以便占领西方市场，让日本动画具备国际化流动的可能性。

三、"政治夹缝"中的法海

《白蛇传》的传说在中国流传已久，家喻户晓。人们对于法海的认知也发生过明显的改变。法海一开始是作为正义使者的形象出现的，正如冯梦龙在《警世通言》第二十八卷《白娘子永镇雷峰塔》中所写的那样，法海是在许宣（即许仙）被白蛇纠缠，走投无路，甚至要投水自尽的关头以救世主般的形象出现的，他降伏了白蛇和青鱼，解救了许宣，许宣也因此皈依佛法。在将白蛇镇压于雷峰塔下之后，法海还留下诗作，警醒后人："奉劝世人休爱色，爱色之人被色迷。心正自然邪不扰，身端怎有恶来欺？但看许宣因爱色，带累官司惹是非。不是老僧来救护，白蛇吞了不留些。"① 原著中他是正义的化身，是解救误入歧途的人于水火的德高望重之人。"清中期以前'白蛇传说'的诸多版本均承载着警戒、讽劝的佛教命意，法海形象乃是佛家道义的承担者，在很大程度是佛教正义和民间正义的代言人。"②

可是，渐渐地，人们对于法海形象的认识在发生变化，鲁迅在发表于1924年11月17日北京《语丝》周刊第一期的杂文《论雷峰塔的倒掉》中写道："和尚本应该只管自己念经。白蛇自迷许仙，许仙自娶妖怪，和别人有什么相干呢？他偏要放下经卷，横来招是搬非，大约是怀着嫉妒罢，——那简直是一定的。"③ 在这种解读中，法海已经不再是那个拯救许仙于危难之中的救世主了，而是一个多管闲事的无聊和尚。这样的形象定位一直延续下去，为中国众多的改编版本和影视作品定下了基调。"法海体现了统治阶级的态度和权力。……法海与其说是一个宗教人物，不如说是一个僵化的传统主义者，他的作用是维护父权制的价值观"④。直到2019年的中国动画电影《白蛇：缘起》和2021年的《白蛇2：青蛇劫起》，依旧维持了这样的法海形象，将法海塑造为不近人情、存天理灭人欲的固执的宗教执法者。明明许仙与白娘子已经生育孩子，过着平静祥和、与世无争的生活，并未加害任何人，但是法海还是秉承着人与妖岂能苟合的观念执意拆散他们。

---

① 冯梦龙. 警世通言［M］. 北京：中华书局，2009：295.
② 余红艳. 话语变迁与法海形象的演变：基于民间传说多元发展的个案研究［J］. 广西师范大学学报，2013（6）：59.
③ 鲁迅. 鲁迅全集［M］. 北京：人民文学出版社，2005：180.
④ LEE C. The legend of the white snake: a personal amplification［J］. Psychological perspectives, 2007, 50（2）：246.

可是在日本第一部彩色动画长片《白蛇传》中，却展现了一个不一样的法海。该片中的法海，简单来讲，是一个知错能改的佛教僧人，他在影片最后接受了白娘子和许仙的结合，对自己过去的行为产生了悔恨，并帮助许仙和白娘子摆脱危机，同时深深地祝福他们。这样的法海形象在中国影视改编作品中并不存在，甚至与中国的影视改编截然相反。那么，为什么会出现这样的改编现象？显然不能够将此解释为改编者的审美倾向，毕竟日本的审美中带有对悲剧的偏好。"日本的小说和戏剧中，很少见到'大团圆'的结局。……日本的观众则含泪抽泣地看着命运如何使男主角走向悲剧的结局和美丽的女主角遭到杀害。只有这种情节才是一夕欣赏的高潮，人们去戏院就是为了欣赏这种情节。"[1] 而像日本动画《白蛇传》这样将原著结局圆满化，其实是与日本审美偏好相悖的。如何解释《白蛇传》既背离中国文化语境中对法海的认知，又改变日本人自己的审美偏好的行为呢？这需要结合影片创作的时代背景来看。动画电影《白蛇传》创作于1958年，距离"二战"中日本投降不过十余年，日本在东亚地区，尤其是在中国所犯下的恐怖罪行还令人记忆犹新。《白蛇传》中对法海表现出的同情，以及法海改邪归正的行为，能够与战败后的日本产生关联，"可以解释为一种荣格精神分析行为，间接象征着日本的民族主义愿望，即承认其过去的错误行为，希望得到宽恕，并获得改革的机会"[2]。因此，法海在日本动画中的变异，是与政治、与时代紧密相连的。法海，可以说象征着当时处在政治夹缝中的日本，希望通过自省和承认错误获得世界的认同，而选择中国文学来进行改编这一行为本身便隐含了日本普通民众对于中国的示好，尽管这样的示好与其十余年前的残酷行为相比，实在不值一提。这部《白蛇传》对于法海形象的重述可以理解为动画的创作者试图通过这部作品的改编，努力改变当时日本的国际位置。

第二节　审美意识的跨文化表达[3]

一个国家、一个民族的审美意识是根深蒂固的，渗透在文化的方方面

---

[1] 本尼迪克特. 菊与刀 [M]. 吕万和，熊达云，王智新，译. 北京：商务印书馆，1996：133.

[2] Hu T G. The animated resurrection of "the legend of the white snake" in Japan [J]. Animation: an interdisciplinary journal, 2007, 2 (1): 54.

[3] 本节内容以 Small is Beautiful: Japanese Aesthetic Consciousness in the Animated Adaptation of "The Borrowers" 为题发表于 AHCI 检索期刊 Critical Arts 2023 年第 3 期，第 32 – 44 页。

面。在改编他国文学经典的时候，本国的审美意识往往被注入其中，与源文本产生碰撞，从而形成具有跨文化意识的艺术作品。

《借东西的小人》是英国著名儿童文学作家玛丽·诺顿（Mary Norton）的代表作，获得了1952年的卡内基儿童文学奖，2007年还曾入选卡内基奖"七十年来十大童书经典"。这部作品在英国家喻户晓，被翻译为多种文字传播到全世界。2010年，日本著名的动画公司吉卜力工作室将其改编为动画电影《借东西的小人阿莉埃蒂》（*Karigurashi no Arrietty*），由米林宏昌导演，宫崎骏编剧。该片在20多个国家上映，获得了广泛的好评。按照罗宾·麦卡勒姆（Robyn McCallum）的观点，"这部电影表现出吉卜力工作室可识别的动漫美学"[1]。麦卡勒姆还认为"影片'借用'了东方和西方的美学，这已经成为吉卜力的标志性风格"[2]。日本动画家借用西方美学与影片故事中小人借用人类世界的物品，从某种程度上来说恰好形成呼应。

日本文化中普遍存在一种崇尚"小"的审美意识，即认为小的就是美的。"卡哇伊"（kawaii）一词可以说凝结了日本人对美的观点。"卡哇伊"的一个重要含义是"小"："卡哇伊"被用来描述"小的、精致的和幼态的事物"[3]。有学者认为"2000多年来，卡哇伊一直是日本关西地区的一种价值观"[4]。小说《借东西的小人》讲述了寄居在人类老宅中的身高只有10厘米的一家人的故事，原著的这一设定具备着完美贴合日本人审美的先决条件。

早在1001年，日本平安时代的宫廷女官清少纳言所创作的随笔集《枕草子》中，就已经鲜明地表达出了这种"以小为美"的审美意识："无论什么，凡是细小的都可爱。"[5] 她还具体地列举了美的物体就是"紫藤花""被雪覆盖的梅花"以及"非常美丽的小儿在吃着覆盆子"[6]。紫藤花和梅花都是细小簇密的花朵，而吃着小小的红色覆盆子的小孩也是对小的物体的描述。日本人"小即是美"的意识可谓由来已久、根深蒂固。

---

[1] MCCALLUM R. Screen adaptations and the politics of childhood: transforming children's literature into film [M]. London: Palgrave Macmillan, 2018: 251.

[2] MCCALLUM R. Screen adaptations and the politics of childhood: transforming children's literature into film [M]. London: Palgrave Macmillan, 2018: 249.

[3] HIRAMOTO M, WEE L. Kawaii in the semiotic landscape [J]. Sociolinguistic studies, 2019, 13（1）: 16.

[4] Michiko Ohkura. Kawaii engineering: measurements, evaluations, and applications of attractiveness [M]. Singapore: Springer, 2019: 6.

[5] 清少纳言. 枕草子 [M]. 周作人, 译. 长春: 时代文艺出版社, 2018: 186.

[6] 清少纳言. 枕草子 [M]. 周作人, 译. 长春: 时代文艺出版社, 2018: 56.

在写于平安时代的日本古典文学《源氏物语》中，也将美丽的女子比作各种细小的花朵："倘把以前窥见的紫姬比作樱花，玉鬘比作棣棠，那么这小女公子可说是藤花。"① 这一对"小"的喜爱在日本其他文学形式中也可窥见。日本的古典戏剧形式能剧（nō drama）是"世界戏剧中最杰出的表演传统之一"②。能剧繁荣于镰仓时代（1185—1333）和室町时代（1336—1573），也以其短小精悍而闻名。能剧的剧本谣曲"包括对白、词和曲，篇幅短小，最长者 3000 字左右"③。另外，在日本的民间故事中，也常会出现身材纤小却聪明勇敢的人物，比如桃太郎、一寸法师等等。这些经典的日本民间故事形象深入人心，也成为日本人所钟爱的"小"的代表。

日本文化审美中对于"小"的偏好同样出现在电影和动画之中。以"世界上最受好评的工作室之一"④ 的吉卜力工作室为例，吉卜力不仅制作了动画电影《借东西的小人阿莉埃蒂》，讲述了住在地板下的小人的生活，还制作了动画电影《悬崖上的金鱼姬》（Gake no Ue no Ponyo，2008），将安徒生《海的女儿》中的小美人鱼缩小为一只可以装在玻璃瓶中的小金鱼。此外，改编自最早的物语文学《竹取物语》（Taketori Monogatari）的动画电影《辉夜姬物语》（Kaguya-hime no Monogatari，2013）也讲述了一个从竹子中诞生的仅有 3 英寸高的美丽女孩的故事。

由此可见，在日本的文化审美中，小与美直接关联。崇尚"小"，将"大"缩为"小"，便成为日本文艺作品中颇为常见的存在。对于日本国民性的这一特点，日本学者芳贺矢一在他的著作《国民性十论》中也给予了明确的总结："日本人就对这'小'情有独钟。"⑤ 在改编《借东西的小人》为动画电影之时，日本人的这种"小"的审美意识已经可以得到极为充分的表达，但是创作者还不遗余力地在小人所处的自然环境、生活场景以及故事的叙事空间上进行"缩小"处理，让以小为美的审美意识表达得更为淋漓尽致。

---

① 紫式部. 源氏物语 [M]. 丰子恺, 译. 上海：上海译文出版社, 2019：463.
② RIMER T J. On the art of the nō drama: the major treatises of zeami. [M]. Princeton: Princeton University Press, 1984：xvii.
③ 叶渭渠. 日本文化史 [M]. 北京：北京理工大学出版社, 2010：188.
④ ODELL C, BLANC M L. Studio Ghibli: the films of Hayao Miyazaki & Isao Takahata [M]. Harpenden: Kamera Books. 2015：14.
⑤ 芳贺矢一. 国民性十论 [M]. 李冬木, 房雪霏, 译. 北京：生活·读书·新知三联书店, 2020：140.

一、"缩小"的自然环境

日本是一个岛国，人口多，土地少，空间有限，特殊的地理环境使日本人形成了对自然环境中小而精致的事物的偏爱。"日本人生息的世界非常狭小，几乎没有大陆国家那种宏大严峻的自然景观。如上所述，只接触到小规模的景物，并处在温和的自然环境之中，由此养成了日本人纤细的感觉和纤细的感情。他们乐于追求小巧玲珑的东西，而不像大陆国家的人们那样强调宏大。"① 正是因为自然环境的影响，日本人在表达自己对以小为美的审美意识的时候更倾向于以生态环境作为载体。他们热衷于咏叹自然环境中的一切细小之美。日本最早的诗歌集《万叶集》"颂扬最多的花是胡枝子，据称达到141首。而这种花无论是在中国诗还是韩国诗里都很少被提到。胡枝子与日本人喜爱的其他七种秋天里的花草有个共同点，即花朵本身很小，花束稠密地簇拥在一起，有其成群的群集性特点，这与中国人经常赞美的牡丹截然不同"②。在动画电影《借东西的小人阿莉埃蒂》中，阿莉埃蒂经常会摘回一些月桂叶子和花，放置在自己的卧室里。这一细节在小说原著中并未出现，是动画创作者们增加的。阿莉埃蒂的这一细微的行为，恰恰是日本人"以小为美"审美的体现之一。阿莉埃蒂的卧室里有很多细小的植物，如紫罗兰、紫藤、小麦等，她把它们摆成精致的花束，密密麻麻地簇拥在一起。这不仅完全符合日本人的审美，"对日本人来说，美丽的东西就是'细'东西，是小巧地凝聚在一起的'结晶'物体"③，而且从尺寸上来看，与身高只有10厘米的小人阿莉埃蒂完全匹配。

神道，是日本的宗教和"日本'本土'的、'古老'的崇拜传统"④，"神道构成了一种古老的以自然为中心的精神信仰，为环境可持续性提供了模式"⑤，因而，森林在日本被置于神圣的地位。梅原猛也强调说："在日本，神圣的地方不能没有森林，那还是从绳文时代以来日本人信仰的缘

---

① 叶渭渠，唐月梅. 物哀与幽玄：日本人的美意识 [M]. 桂林：广西师范大学出版社，2002：16-17.
②③ 李御宁. 日本人的缩小意识 [M]. 张乃丽，译. 济南：山东人民出版社，2003：19.
④ ROTS A P. Shinto, nature and ideology in contemporary Japan: making sacred forests [M]. London: Bloomsbury, 2017: 26.
⑤ ROTS A P. Sacred forests, sacred nation: the Shinto environmentalist paradigm and the rediscovery of "Chinju no Mori" [J]. Japanese journal of religious studies, 2015, 42 (2): 207.

故。"① 再加上日本人与生俱来的缩小意识,所以在日本民众的家中,建造小巧的融合自然的庭院,或是存放微缩了森林和自然的盆栽是非常多见的,"日本园艺的一个基本原则是小型化"②。在动画电影《借东西的小人阿莉埃蒂》中,日本人的这种森林信仰和缩小意识也被集中表达了出来。动画电影花了不少篇幅去展现阿莉埃蒂的卧室,这是一个极为美妙的地方:屋内放满了各种花草,天花板上挂着绿色的叶片和紫色的浆果,花瓶里插着的狗尾巴草和麦穗就像高大的树木,让整个房间看上去如同一个微缩森林一般。这样的场景的确是日本文化审美的表达,毕竟在玛丽·诺顿的小说原著中,对于阿莉埃蒂的卧室并未如此设计,仅仅用了一两句话加以交代:"波德用两个雪茄烟盒给阿莉埃蒂造了她的卧室。天花板上,一些画得很可爱的穿薄纱衣的女子在蓝天里吹奏长号;在她们下面是羽毛状棕榈树和排列成方形的一些白色小屋。"③

日本人的缩小意识在动画改编电影《借东西的小人阿莉埃蒂》中无处不在。小的东西之所以是小的,便在于它与大所进行的对比,所以小人要能够与自然界中人类随处可见的物体进行尺寸对比,方才能够映衬出他们的"小"。对于这一点,影片在多处做出了表达。比如,小人们在饮茶的时候,他们从水壶里倒出的水,只需要一两滴便可以装满茶杯。覆盆子这种细小的不过弹珠大小的水果对阿莉埃蒂而言,就像一只大篮球,她需要抱在怀里才不至于跌落。至于人类眼中细小的几乎不被注意到的昆虫,对小人儿来说,则是庞然大物。蚱蜢、蟑螂这些昆虫的体积和小人儿相差无几,他们万一遇见了这些在人类看上去弱小的昆虫之时,则需要好好地搏斗一番才能够脱身。而老鼠,于他们便是可以致命的危险,遇上了极有可能葬身鼠口。

为了对比自然界生态环境中常见的生物与小人儿的身形关系,动画电影在改编原著的过程中还加入了一个原著中并未涉及的情节,即阿莉埃蒂遭遇乌鸦攻击。阿莉埃蒂在男孩翔窗下的藤蔓上攀爬,突然,远处一只巨大的乌鸦直冲着她飞来,欲捕食小女孩。这只乌鸦于阿莉埃蒂而言,简直就是一个庞大的怪兽,它的飞行速度极快,张开翅膀的样子异常凶猛,似乎要把阿莉埃蒂撕成碎片。看到乌鸦在攻击阿莉埃蒂,翔急忙出手相助。男孩与乌鸦搏斗的过程中,乌鸦拼命挣扎,扇动着翅膀。乌鸦翅膀引起的

---

① 梅原猛. 森林思想:日本文化的原点 [M]. 卞立强,李力,译. 北京:中国国际广播出版社,1993:21.
② YOUNG D. The art of the Japanese garden [M]. Tokyo:Tuttle Publishing,2005:20.
③ 诺顿. 借东西的小人 [M]. 任溶溶,译. 南京:译林出版社,2016:47.

空气流动对阿莉埃蒂来说就像一场巨大的风暴,她拼命地抓着一片爬山虎的叶子,小小的身体晃荡在半空中,命悬一线。在这危急关头,翔伸出手,把爬山虎的叶子连着阿莉埃蒂一同摘了下来。阿莉埃蒂终于获救了,她在男孩的手中就像一片叶子一样小。这一情节既推进了阿莉埃蒂与翔之间的关系,使得阿莉埃蒂对翔心存感激,明白了人类并不全是如父亲所说的那么可怕,同时又通过与乌鸦的对比凸显了阿莉埃蒂身形的小巧,体现了日本人的缩小意识。

动画电影《借东西的小人阿莉埃蒂》以画面和多种细节直接展现了小人儿在自然环境中的生存方式,通过人们熟悉的动物和植物来映衬和凸显小人儿之小,使其符合日本文化中的"缩小"意识。

二、"缩小"的生活场景

按照小说和动画电影的设定,像阿莉埃蒂和父亲母亲这样的"借东西一族"除了身形比人类要娇小很多之外,他们的容貌衣着、生活习惯、语言方式完全与人类无异。那么,既然阿莉埃蒂的生活场景与人类没有区别,日本人的缩小审美意识便需要通过阿莉埃蒂的身体与人类生活场景的体积差异来体现了。

原著中阿莉埃蒂第一次随父亲前往人类家中"借东西"时,更多地表现了一个被父母保护过度的女孩对自由的渴求,当她终于走出了禁闭自己许多年的掩藏在墙缝里的家,来到了人类的生活场景时,首先感染她的是一种前所未有的自由气息:"当她跑过地上的石板时,它们冒起了一股暖气……使人愉快的阳光照在她的脸上和手上……四周和头顶上空空荡荡,大得可怕!"① 很明显,原著中虽然也提到了人类生活的场景对阿莉埃蒂而言是巨大的,但是这种描述是极为抽象的,并未落到具体对比的实处,而更多的是在表达阿莉埃蒂来到一个自己从未来过的世界,感受到温暖的阳光,以及由此获得的自由感受。然而,在动画电影《借东西的小人阿莉埃蒂》中,阿莉埃蒂是在一个深夜第一次随父亲离开家,去男孩翔的家里"借东西"的。影片用了一系列细腻的镜头语言去表现阿莉埃蒂第一次来到人类生活场景的感受。她首先走进了人类的餐厅,她从墙缝中小心翼翼地走出来,走到时钟的边缘。周围一片漆黑,此刻的阿莉埃蒂就好像站在一个深不可测的悬崖边一样。阿莉埃蒂此时此刻感觉到的并非原著中传达出的自由意识,而是一种对于巨大的不可知世界的恐惧以及对自身渺小的

---

① 诺顿. 借东西的小人[M]. 任溶溶,译. 南京:译林出版社,2016:82.

绝望。接着，影片给了冰箱、水龙头、炖锅以仰拍的大特写镜头，从而凸显出它们在阿莉埃蒂眼中的巨大无比。动画电影中，阿莉埃蒂此次和爸爸一起"借东西"是有明确目的的，他们需要获得一块方糖，以满足妈妈想要制作美味的紫苏果汁的愿望。可是，这样一个小小的微不足道的目的，却让这对父女耗费了极大的精力，付出了巨大的努力。动画电影详细地表现了爸爸是如何通过绳索、钩子、粘胶等物从时钟架上滑下来以及奋力如攀岩一般爬上巨大的餐桌，费力取到一块方糖，用绳索像起重机吊重物一般将方糖从餐桌吊到地面，再由阿莉埃蒂接应，像捧着一块大砖头一般将方糖装入肩上背着的大旅行袋中。这些场景和人物动作都是原著中所没有的，却极为形象地表现了小人儿在人类世界中的生活不易，人类眼中平凡的场景和物体对他们来说是如此巨大，以至于需要利用各种极限技能方才有小小的收获。

此外，相比较原著，动画电影强调了玩具屋这一道具。原著中也有玩具屋的存在，但是仅仅一笔带过，并未正面描写玩具屋的模样，只是提及男孩将玩具屋里的家具一点一点送给阿莉埃蒂一家，从而帮他们过上了物质充裕的生活。玩具屋这样一个对小人儿来说恰到好处的生活场景对人类而言是极为精致小巧的，这一道具非常符合日本人以小为美的审美意识。影片通过人类和小人的视角，两次详细地展现了玩具屋的模样。阿莉埃蒂第一次借东西就和父亲误入了玩具屋，在这里，一切的陈设是那么富丽堂皇，简直像个宫殿，所有家具的尺寸对小人来说刚刚好，像是为他们量身定做的一样。玩具屋内是华丽的欧式装修风格，有雕刻着精致花纹的壁炉，有小巧精美的茶具，还有美妙绝伦的壁画，以及闪耀无比的水晶灯。阿莉埃蒂从来没有见过这样美好的生活场景，她沉浸其中，惊叹不已。此外，为了能够和这一场景形成对比关系，从而表达"缩小"意识，影片还安排了另外一个场景，即姨婆给翔和女仆春姨展示整个玩具屋。姨婆关掉房间内的电灯，打开玩具屋的灯，整个玩具屋看上去美轮美奂。影片在这个场景中一直安排人类与玩具屋出现在同一个画面中，在人类巨大的身形的对比之下，玩具屋中的家具陈设显得那么细小和美好。日本人对细小之物的喜爱在这一个片段中表露无遗。

原著中的女仆德雷弗太太偶然间发现了地板下的小人一家，受到了惊吓，并决定叫警察。这一事件直接促使了阿莉埃蒂一家搬走。动画电影保留了这一情节，却将这一情节强化，使其在更有戏剧性的同时也具备了体现缩小意识的可能性。动画电影中的女仆春姨发现了地板下阿莉埃蒂的家后，邪恶地掳走了阿莉埃蒂的母亲，并将其装入玻璃罐中，藏在厨房，还打电话叫灭鼠机构上门服务，试图消灭阿莉埃蒂全家。这一事件的严重性显然是要大于原著的，也正是这一事件直接将影片故事推到了高潮。动画电影在此处对原著进行改动，除了使其拥有一个更具有戏剧性的高潮之外，还有着明显的对于"缩小"意识的表达。母亲被掳走，随之而来的便是阿莉埃蒂对母亲的救援行动，而救援行动恰恰又成为体现"缩小"意识的绝佳机会。阿莉埃蒂在发现母亲遭遇危险的时候，首先想到去找翔帮忙，但是翔却被春姨事先反锁在卧室里。为了能够帮助翔翻窗从隔壁房间逃出去，阿莉埃蒂充分利用了自己娇小的身形，从窗缝中爬入隔壁屋内，使用自己的各种装备，像攀岩一般顺着窗帘往上爬，使出全身力气打开了窗锁扣。接着，翔支走了春姨，制造机会让阿莉埃蒂来到厨房救母亲。阿莉埃蒂使用了钩子、绳索，通过攀爬和吊绳等方式像个武士一般在人类世界行走、寻找，最后终于在碗柜里找到了妈妈，她使用自己的第一个战利品——一枚大头针作为武器，划开了装着妈妈的罐头瓶封口处的保鲜膜，救出了妈妈。人类的生活场景以及小人在人类生活场景中所遭遇的各种困境都在这一动画电影新增的情节中得到了充分体现。

由此可见，无论是动画电影对于原著中所描述的生活场景进行更为精细化的呈现，还是加入了原著中并未存在或较少涉及的情节，其目的性都指向一个，即为了更为充分地表现"缩小"的意识。

三、"缩小"的叙事空间

动画电影《借东西的小人阿莉埃蒂》在对原著《借东西的小人》进行改编之时，除了在自然环境和生活场景等方面极尽"缩小"的表达，还在动画的叙事空间上进行了"缩小"化改编。

原著呈现出"戏中戏"的套层叙事结构，阿莉埃蒂一家的生活状况以及与男孩之间所发生的事情都是"戏中戏"，在这一层叙事空间之外，还有一层外戏，即故事的叙述者——住在伦敦的梅太太和凯特。小说的第一章是梅太太对凯特讲起自己那喜欢胡言乱语的弟弟曾经见过"借东西的小人"，从第二章到第十八章便是描述梅太太给凯特所讲的那个故事，小说的第十九章和二十章，当阿莉埃蒂一家准备搬走的时候，故事的叙事视角又切换到了梅太太和凯特这里，通过她们的对话间接告知读者阿莉埃蒂和爸爸妈妈的最终结局。原著中的套层叙事结构在动画电影改编过程中被删减了，动画电影并没有梅太太和凯特之间的那一层"外戏"，甚至完全没有这两个人物。影片从小说的第二章开始，从男孩翔来到姨婆的老宅开场，直接表现借东西的小人一家的生活状态。从动画电影将原著的套层叙事空间削减为单层叙事空间这一做法上来看，可以认为是对于故事情节所做出的"缩小"处理。梅太太和凯特的那条副线确实与阿莉埃蒂和男孩之间的叙事主线关联并不非常紧密，若是把"外戏"剥离去的话，不会对"内戏"的发展造成什么影响。在减少了原著的叙事空间后，影片集中精力在已有的叙事空间内继续丰富和完善人物的活动，并有了更多空间去展现小之美。例如，当阿莉埃蒂和她的父亲第一次去人类的家里借东西时，影片花了长达 3 分 15 秒的时间详细描述了这对父女如何使用攀岩等极限运动技术和滑轮等机械，从地板下的家来到人类的厨房。接下来影片又花了 1 分 30 秒来表现这对父女如何通力合作，只为得到一块方糖。然后，影片继续讲述他们如何通过墙壁的缝隙到男孩的卧室去拿纸巾，却遭遇了意外，空手而归。整个借东西的过程持续了整整 14 分钟，这对于一部 94 分钟的电影来说，所占的篇幅不可小觑。这段情节中人物的行动对剧情来说并不重要，仅仅表现了一次"借东西"的经历，影片却使用了超出必要的篇幅来加以表现，细致入微地展示了这对父女在人类世界中的渺小以及随之而来的所有困难，从而间接表达了日本文化中"以小为美"的审美观念。

在动画改编过程中，缩小一些可有可无的叙事空间的做法并不只有这一处。按照小说的设定，借东西的一族潜藏在人类的房屋缝隙之中，依托"借"走人类的一些并不重要的物品来维持生存，对借东西的小人来说，人类是极为危险的存在，一旦被人类"看见"的话，就必须搬家，否则会有杀身之祸。"被人类看见"是借东西的小人的最大灾难，而这一灾难降临到阿莉埃蒂一家的身上时，小说的交代方式和动画电影存有一定的差异。小说中父亲波德被男孩看见是通过父亲跟母亲的转述从而告知读者的，而影片则是观众看着波德和阿莉埃蒂一起在借东西的过程中"被看见的"。动画电影删减了波德此前独自借东西的场景，合并了阿莉埃蒂第一次借东西和"被看见"这两个情节点。这种做法无疑是符合电影的艺术特性的，减少重复出现的场景，合并相似的情节，并且让重要的场景直接被观众"看见"，而非转述告知。同时，这种改编方式也是符合日本文化的"缩小"意识的，将情节集中，将故事叙事时间缩短、叙事空间压缩，使故事更为紧凑。

除了通过转变叙事视角来压缩叙事空间之外，日本人的缩小意识还体现在对原著情节的删减上。原著《借东西的小人》中，男孩将家里玩具屋中的各种摆设送给阿莉埃蒂一家，让他们家过上了前所未有的物资丰足的生活，对于这一情节点，小说通过第十六章和十七章加以充分的表达，甚至小说的第十七章还使用了"富有的日子"这样的章节标题,用整整一章来描绘阿莉埃蒂一家人充裕的物质生活以及由此带来的欣喜之感。他们的生活从来没有这样富足过,他们每日都生活在快乐之中,"唯一感到难过的是没人有来看。没有客人,没有偶然进来的人,没有赞叹声和羡慕的目光"①。然而,在动画电影中,阿莉埃蒂一家接受男孩的"馈赠"这一延绵了两章的情节被删减了大半。影片中,男孩翔出于好心,拆开了阿莉埃蒂家的屋顶,将玩具屋的厨房整个儿赠送给了阿莉埃蒂的母亲。小说中对此的描写比较简单:"就在这个时候只听得嘎嘎一扳,他们的整个屋顶飞走了,啪嗒一声落到看不见的什么地方去了。"② 可是在动画电影中却从小人的视角细致地展现了这个可怕的过程。对小人来说,他们就像遭遇了一场大地震,房子摇摇欲坠,碎石不断跌落,砸坏了各种家具,门也变形了,厨房的置换过程对阿莉埃蒂一家来说就像一场灭顶之灾。翔的好心行为直接导致了阿莉埃蒂一家的搬家。在搬家的过程中,虽然妈妈对玩具屋里的那些家具和日用品非常中意,但是爸爸不让带走任何一件玩具屋里的东西。阿莉埃蒂还认为是翔造成了他们被迫搬家。通过对比,可以明显看出,动画电影删掉了原著中男孩给阿莉埃蒂一家的帮助过程,而男孩的第一次好心"帮助"便毁掉了阿莉埃蒂的家,并且让其不得不搬家。这一改编方式无疑是对于原著的精简。

当然,我们可以说这种叙事空间的缩减是影片的艺术需要,但是使用大量的小细节来填充缩减的叙事空间,就不能不说是日本人"以小为美"的美学意识的体现了。当女仆抓到阿莉埃蒂的母亲时,她把这个可怜的小人儿放在一个玻璃罐子里,然后撕下一张保鲜膜,盖在罐子上,接着拿出一根牙签,在保鲜膜上轻轻地戳了几个洞。影片花费了整整一分钟的时间来表现女仆的这些行为,并同时描绘了阿莉埃蒂的母亲那徒劳的挣扎和巨大的恐慌。另外在阿莉埃蒂的父亲去人类世界借东西的时候,影片详细地表现了他的一系列动作,只见父亲先在自己的鞋子和手掌上贴上双面胶,以此来增加攀爬的阻力,帮助自己安全地爬上人类的桌子。影片甚至细腻地展示了阿莉埃蒂的父亲在攀爬人类的餐桌时,手脚上的双面胶带在桌腿上留下的那一丝丝胶水的痕迹。除此之外,影片还三次展示了一只瓢虫不慌不忙地从阿莉埃蒂身边爬过,张开轻纱般的翅膀,飞向天空的细致动作。更不用说影片对密密麻麻的爬山虎那弯曲的脚、在阳光下闪闪发光的

---

① 诺顿. 借东西的小人 [M]. 任溶溶,译. 南京:译林出版社,2016:181.
② 诺顿. 借东西的小人 [M]. 任溶溶,译. 南京:译林出版社,2016:169.

雏菊花瓣以及蚂蚁一点一点搬走糖块的整个过程都进行了细致入微的展现。在影片中加入这些小细节，很明显地表达了日本人对小的物体的偏爱。

动画电影《借东西的小人阿莉埃蒂》在对于小说《借东西的小人》的改编过程中，不仅通过转换叙事视角达到了缩小叙事空间等作用，还通过删减情节来使得故事更为集中和简短。这些改编手段虽然在一定程度上是为了使小说更符合电影艺术的表达特性，但也在不经意间流露出了日本人崇尚的"以小为美"的意识。

无论是玛丽·诺顿的小说《借东西的小人》还是日本动画电影《借东西的小人阿莉埃蒂》，都把视角放在了微缩的小人世界，给读者和观众展现了一个新奇的观察角度。但是，日本人与生俱来的缩小意识让其即便在面对这样的已经"缩小"了的人物世界的时候，还是忍不住要强化"缩小"意识，使动画电影更为充分地展现了一个精巧纤细的小人世界。按照韩国学者李御宁的观点，日本文化本身就是一种"拉拽式文化"，即"拿来主义"文化，而这种文化与日本人普遍存在的缩小意识是一脉相承的。"这种文化不是从内向外扩张，而是把外部的东西拉至内部，呈现出典型的缩小意识。……如果把文化的扩张看成是'教'，那么缩小就是'学'。所以在历史上，日本把自己的文化教授给外国的很少。日本文化史又被称为外国文化'学习史'。"① 基于这一对缩小意识的延伸解读，甚至可以认为日本人广泛地汲取外国文学素材进行动画改编的行为本身就是符合其以小为美的审美倾向的。

第三节 动画电影改编对异质文化的"误读"

在对外国题材进行动画改编的时候，改编者由于时代背景和个人认知的限制，并不能够完全理解和正确表达异质文化，往往会形成一种对异质文化的"误读"。这种"误读"现象在动画改编作品中大量存在。在谈及动画电影《花木兰》的时候，斯坦利·罗森（Stanley Rosen）坦率地承认："作为一部为美国观众制作的好莱坞电影，中国观众不难发现影片中

---

① 李御宁. 日本人的缩小意识 [M]. 张乃丽，译. 济南：山东人民出版社，2003：227 – 228.

文化和历史方面的缺陷。"①

一、对于中国传统礼仪的误读

中国自古以来便是礼仪之邦，"华夏族之所以有别于其他族类，是因为她拥有'礼义'"②。礼治甚至成为中国古代的治国之道，《荀子》的《荣辱》篇中写道："夫贵为天子，富有天下，是人情之所同欲也。然则从人之欲，则势不能容，物不能赡也。故先王案为之制礼义以分之，使有贵贱之等，长幼之差，知愚能不能之分，皆使人载其事而各得其宜，然后使悫禄多少厚薄之称，是夫群居和一之道也。"③荀子认为通过礼义来将人进行"群分"，使人有贵贱之分、长幼之分、聪明和愚昧之分，这可以解决权力和财富分配的矛盾。上至帝王，下至平民都要遵循严格的礼仪制度，吉礼、凶礼、军礼、宾礼、嘉礼这五礼贯穿于人们生活中的各个场合。

在动画电影《花木兰》中，多处涉及中国的礼仪，却未能准确地表现出中国的礼仪规范，从而造成了一种文化误读。在中国古代礼仪中，君与臣之间有一道绝对不能逾越的鸿沟，臣民在参拜君王时，是极其恭敬，甚至心存畏惧的。臣民叩见皇帝要行稽首之礼，"稽首是拜礼中最高的一等，使用的场合主要是官场，特别是臣下拜见帝王时，必行此礼。行稽首礼时，先拜后跪，然后双手合抱按地，头伏于手前触地，停留片刻后起身"④。而在动画电影《花木兰》中，花木兰和李翔等人战胜了单于，皇帝第一次会见他们的时候，花木兰、李翔、宰相赐福以及众兵士都没有向皇帝行跪拜大礼，花木兰也只是向皇帝鞠了一躬而已。不仅花木兰的行礼方式不符中国古代礼仪，而且皇帝竟然还因为花木兰的相救向花木兰鞠躬致谢。皇帝贵为天子，竟然向着隐瞒女性身份参军，从而犯下"欺君大罪"的花木兰鞠躬，这显然更像一位现代领导者的做法，而绝非恪守传统礼仪的古代中国君王的行为。甚至花木兰在接受了皇帝的致谢后，一高兴冲上前去拥抱了皇帝，皇帝则笑得像个慈祥的老爷爷。这一行为更是对中国礼仪的极大误读。《论语》之《乡党篇》记载了孔子觐见君主时害怕而谨慎的样子："入公门，鞠躬如也，如不容。立不中门，行不履阈。过位，

---

① ROSEN S. Guest editor's introduction [J]. Chinese sociology and anthropology, 1999－2000, 32（2）：5.
② 杨志刚. 中国礼仪制度研究 [M]. 上海：华东师范大学出版社，2000：1.
③ 方勇，李波. 荀子 [M]. 北京：中华书局，2011：51.
④ 朱筱新. 中国古代的礼仪制度 [M]. 北京：商务印书馆，1997：133.

色勃如也，足躩如也，其言似不足者。摄齐升堂，鞠躬如也，屏气似不息者。"① 孔子见君王尚且如此谨慎恭敬，战战兢兢，以至于憋住气似不能呼吸，何况花木兰乎？更为令人惊讶的是，动画中的皇帝在感谢过花木兰之后，不仅没有发落木兰的欺君之罪，反而嘉奖了花木兰，并欲将宰相之位授予花木兰。且不论中国古代的官员均为男性，宰相更是一人之下、万人之上的要职，如此随随便便赐予一个虽然聪敏勇敢，但未必有治国谋略的少女，显然与中国传统的礼制相悖。《庄子·盗跖》第二篇写道："仲尼墨翟，穷为匹夫，今谓宰相曰，子行如仲尼墨翟，则变容易色称不足者，士诚贵也。故势为天子，未必贵也；穷为匹夫，未必贱也；贵贱之分，在行之美恶。"② 文中将"宰相"与"天子"相提并论，同视为"贵人"，宰相一职的尊贵可见一斑。有学者认为中国古代的宰相称谓虽然一直只是一个习惯用语，并无固定的职位，但是若要具备与宰相相当的权力，则"必须具备两个条件，缺一不可，即必须拥有议政权，和必须拥有监督百官执行权"③。可见，宰相的权力是极大的，而显然，花木兰并不具备这样的治国能力。此外，动画中的宰相赐福并未辅佐在皇帝身边，而是一直留在校尉李翔身旁，监视他训练新兵，并随时向李翔的将军父亲汇报训练进展，这显然也不是宰相的工作。

动画电影《花木兰》中存在的这些对于中国传统礼仪和制度的错误表达，也许并非创作者们的考据工作没有做足，而是创作者们试图迎合美国观众的观影习惯和文化习俗，从而形成了一种"文化折扣"现象。

二、对于中国婚恋习俗的误读

动画电影《花木兰》相较于中国南北朝乐府民歌《木兰诗》，较大的变化还在于增加了一条感情线索。原著仅仅讲述了花木兰为了孝道征战沙场，而对于花木兰的个人情感丝毫未曾提及。但是在动画电影之中，爱情线索成了一条重要的叙事线索。校尉李翔和花木兰的爱情线索为影片增色不少，但是这两人之间的爱情状态与中国古代的婚恋习俗有很大差异。"媒妁婚姻在东周时已经确立"④，中国古代的婚恋嫁娶通常是依父母之命、媒妁之言，如花木兰和李翔这样的自由恋爱，在中国古代是极为罕见和不被祝福的。更不用说影片的结尾部分，李翔跟随花木兰来到花家，被

---

① 杨伯峻. 论语译注 [M]. 北京：中华书局，2009：97.
② 陈鼓应. 庄子今注今译 [M]. 北京：商务印书馆，2007：907.
③ 祝总斌. 两汉魏晋南北朝宰相制度研究 [M]. 北京：中国社会科学出版社，1990：5.
④ 张敏杰. 中国古代的婚姻与家庭 [M]. 杭州：浙江人民出版社，2004：76.

花木兰的奶奶邀请"永远留下来",这完全颠覆了中国古代婚姻嫁娶中的女子出嫁、男子娶妻的传统,而让男子通过留在女方家中来实现婚配。

　　动画电影开场的第一个情节点,即花木兰通过媒婆考核的情节,也充满着与中国传统婚恋习俗相背离的地方。在中国古代婚姻建立的过程中,媒人确实扮演着不可或缺的作用,是搭建起男女双方家庭的重要桥梁。媒妁婚姻有着"纳采、问名、纳吉、纳征、请期、亲迎"六个步骤①,"'六礼'的婚姻仪式,一直流传了2000余年"②。在古代媒妁婚姻中,往往是男方看中了哪家姑娘,便派遣媒人到女方家提亲,如果不被拒绝的话,就会正式求婚。媒人在古代婚恋中虽然重要,但大多起到一种"中介"的作用,即男女双方的意见传声筒。"婚姻的订立及成立,不待男女本人的同意。婚姻是由支配男女的族长或家长支持的。婚姻既是两族的事而由支配男女的族长或家长主持,所以家长或族长可以将女子出卖,也可以将女子赠送。"③ 可见,对婚姻起到决定性作用的,大多还是男女双方所在家族的家长。媒人是否忠实地传达消息,诚然也会在一定程度上影响到家长的判断,但是不起决定性作用。而在动画电影《花木兰》中,花木兰战战兢兢,小心翼翼,好像一位赶考的学生那般去面对媒婆的面试,似乎她的人生成败在此一举,甚至花家的满门荣辱都与花木兰面见媒婆,通过媒婆主持的考试息息相关。这显然是夸大了媒婆的作用和地位。影片中的媒婆更像一位西方社会所常见的面试官,面对着前来"求职"的花木兰,掌控着她的职业前途和家族荣誉。

　　影片中对于中国古代婚恋习俗的误读也是显而易见的,这种误读同样可以理解为是面对西方观众所做出的有意而为之的改编。

三、对于中国文化图腾的误读

　　"龙"在中国文化中的地位极其特殊,这样一种世间并不真实存在的生物却成为中国文化的图腾,在中国文化和历史中扮演了重要的角色。"在历史上,龙是中华民族的标志和象征,是民族精神的象征。"④ 在中国古代口口相传的神话中,龙王掌管着关乎宇宙万物生机的水域和降雨,龙在民间的地位至高无上,人民对于可以呼风唤雨的龙顶礼膜拜。除此之外,在中国古代文化中,"龙"还象征着无上的权威,是"皇权的标志和

---

① 张敏杰. 中国古代的婚姻与家庭 [M]. 杭州: 浙江人民出版社, 2004: 76-78.
② 张敏杰. 中国古代的婚姻与家庭 [M]. 杭州: 浙江人民出版社, 2004: 81.
③ 陶希圣. 中国社会之史的分析 [M]. 北京: 商务印书馆, 2015: 205.
④ 何星亮. 中国图腾文化 [M]. 北京: 中国社会科学出版社, 1992: 353.

象征"①，早在殷商时期，龙就已经与王室产生了联系。"殷商时代的青铜重器上，龙已经完全占据了主导的角色，它是殷商王室权威在文化艺术上的代表。龙纹的频频出现，只能说明殷商时代的王权崇拜在不断加强，龙已经成为王室权威的代表物。"② 中国自古以来，帝王以"龙"自居，自称为"真龙天子"，"龙体""龙颜""龙威"这些词汇都是用来形容帝王的。古代帝王的衣袍也必绣龙，"古代皇帝穿龙袍，百官则穿蟒衣或蟒袍。……皇帝像龙一样，是神圣之人；百官像蟒蛇，是凡俗之人"③。虽然"龙"在自然界中并不存在，但是"龙"在中国的历史和文化中扮演着如此重要的角色，因此，"龙"的形象在中国几乎已经形成了一种固有定式，这一并不存在的动物拥有着各种生物特征：蛇身、兽腿、鹰爪、鱼鳞、马头。此外，龙矫健、英勇、威严、强大。这些形象已经在中国人心中根深蒂固了，构成了中国人的集体无意识：这就是龙。

在美国人改编的动画电影《花木兰》中，"龙"这一中国文化图腾却是以截然不同的形象出现的。花木兰替父出征，花家祠堂里祖宗们的魂灵准备派出一条龙去保护花木兰。作为一户平民百姓，其祠堂门前立有龙的雕像，这一现象本就不符常理，在中国古代社会，龙是帝王的象征，只有皇室才能使用龙的形象。更不用说，后来代替石像龙去陪伴花木兰出征的木须龙的形象与中国文化图腾中的龙迥然不同。这条木须龙个头小巧，外形和蜥蜴相仿，他胆小、搞怪、自大、爱吹牛，他的到来根本无法帮助花木兰，反倒给花木兰带来了很多麻烦。这个形象在影片中起到的作用也仅仅是调节气氛，戏谑逗乐而已。动画电影《花木兰》中的"龙"无疑与在中国文化传统中达成了共识的"龙"的形象相差甚远，不管是从外形还是从内在神韵上来看，二者都是截然不同的，中国文化中"龙"的权威性和至高无上之感在影片中也荡然无存。可以说，动画电影《花木兰》中的"龙"的形象是对于构成中华民族文化图腾的"龙"的形象的颠覆与解构。

动画电影《花木兰》之所以会对中国文化最具有代表性的形象"龙"做出如此"误读"，还得从创作者们的创作心态出发来加以考察，毕竟，美国人改编、制作这部动画影片，并不是为了以这部影片来传播中国文化，或是宣扬中国文化元素，他们只是想借用这一带有些许神秘色彩的中

---

① 何星亮. 中国图腾文化 [M]. 北京：中国社会科学出版社，1992：355.
② 王树强，冯大建. 龙文：中国龙文化研究 [M]. 天津：南开大学出版社，2012：69.
③ 何星亮. 中国图腾文化 [M]. 北京：中国社会科学出版社，1992：363.

国题材来吸引美国观众，并从中传达美式的价值理念。而"龙"在影片中只是起到了代表中国元素的作用，至于这一中国元素运用得准确与否，也许根本不是影片创作者们考虑的重点。影片中的"龙"在一定程度上是花木兰本人的象征，"龙"在花家祖先的祠堂里被排挤，他试图通过陪伴花木兰从军来寻找自己的价值，实现自己在祠堂里地位的提升，因此，龙这一形象在影片中所起到的作用，便是强化了花木兰身上的那种追求自我价值体现的精神。

　　基于以上三点，可以看出动画电影在改编异域文化时，误读现象是广泛存在的，但是这种"误读"并非源于创作者不严谨的创作态度，而是因为创作者站在另外一种文化传承的角度而有意为之，他们是在通过这些显而易见的文化"误读"传播另一价值体系之下的文化。东西方两种截然不同的文化在"误读"中碰撞出耀眼的火花，成为文化传承过程中的一道别样风景线。文学经典在这种形式的传承过程中产生了一种文化变异，从而能够为不同文化传统、不同宗教信仰的更为广泛的受众群体所认同。

第七章　动画电影改编与文化资本

"文化资本"这一概念是皮埃尔·布尔迪厄于1986年在《资本的形式》("The Form of Capital")一文中提出的,他认为资本可以表现为三种基本的形态,即经济资本、文化资本和社会资本。①

在布尔迪厄看来,仅从经济理论的角度来看待资本显然是不够全面的,资本不是仅仅只有经济资本这一种形式,文化资本也是其重要的存在形式。文化资本与经济资本存在明显的区别,经济资本"可以立即并且直接转换成金钱,它是以财产权的形式被制度化的"②,而文化资本"在某些条件下能转换成经济资本,它是以教育资格的形式被制度化的"③。我们在此既不奢望也无意就这一学说的学术内涵进行探讨,只是借用文化资本的理念来强调文学经典所具有的资本属性,以及我们正视这一资本属性对于动画以及文化产业发展的重要意义和价值所在。

约翰·杰洛瑞(John Guillory)认为:"经典文本是文化价值的储藏库。"④"文化资本"是人类共同的财富,这笔丰厚的财富不能只让少数阶层独占,而应该成为社会各个阶层的共有资产,只有拥有这笔丰厚的人类共同的文化遗产,构建人类命运共同体的理念才会落到实处。约翰·杰洛瑞还认为:"文本遴选就是价值遴选。"⑤ 的确,文本遴选过程就是针对价值而言的,就是为了发现价值。然而,价值的发现固然重要,价值的体现更为重要,文学经典的动画改编便是文学经典所具有的文化资本之价值体现的一个重要方面。

---

①②③ 布尔迪厄. 文化资本与社会炼金术:布尔迪厄访谈录[M]. 包亚明,译. 上海:人民出版社,1997:192.
④　杰洛瑞. 文化资本[M]. 江宁康,高巍,译. 南京:南京大学出版社,2011:19.
⑤　杰洛瑞. 文化资本[M]. 江宁康,高巍,译. 南京:南京大学出版社,2011:20.

第一节　作为动画电影文化资本的文学经典

一部动画经典的建构并非易事，不仅涉及动画本身的创作，更涉及受众的接受，还有作品的题材、主题和思想理念，及其所能发挥的审美愉悦和伦理教诲等方面的功能。而且，经典也只有回归民众，为民众所理解和接受，才能发挥应有的作用，体现应有的价值。所以，在已经经过时间检验、被人民大众广泛认可和接受的文学经典中遴选创作素材，是动画创作获得成功的捷径。

哈罗德·布鲁姆（Harold Bloom）认为："一部文学作品能够赢得经典地位的原创性标志是某种陌生性，这种特性要么不可能完全被我们同化，要么有可能成为一种既定的习性而使我们熟视无睹。"① 布鲁姆所谓"一种既定的习性而使我们熟视无睹"的状态可以认为是经典已经潜移默化地浸润着人们的生活和思维，成为一种人们似乎与生俱来的习性，而这种状态便意味着文学经典已经形成文化资本，它让读者和观众在任何场合、任何艺术文本中发现此种文化资本的时候都会因为深入骨髓的文本记忆被唤醒而感到雀跃。

正是因为形成文化资本的文学经典能够唤醒群体性记忆，改编的意义便凸显了出来。有相当一部分文学经典被动画电影反复改编，这些文学经典可以被认为是动画电影改编的文化资本，是文化公有领域中人类共同的资产。

哈罗德·布鲁姆在《西方正典：伟大作家和不朽作品》中研究了26位经典作家，他将莎士比亚称为"经典的中心"②。莎士比亚的戏剧作品堪称文学经典，他的戏剧被反复改编为动画电影，其中尤以《罗密欧与朱丽叶》为代表。这部戏剧经典陆续在英国、美国、匈牙利、罗马尼亚、西班牙、南斯拉夫、加拿大、日本、保加利亚等国至少被改编为30部动画长片和短片③。约翰·兰道夫·布莱（John Randolph Bray）早在1915年

---

① 布鲁姆. 西方正典：伟大作家和不朽作品 [M]. 江宁康, 译. 南京：译林出版社, 2005：3.
② 布鲁姆. 西方正典：伟大作家和不朽作品 [M]. 江宁康, 译. 南京：译林出版社, 2005：33.
③ 吴斯佳. 莎士比亚戏剧经典动画改编研究 [M]. 杭州：浙江工商大学出版社, 2021：324.

就创作了动画电影短片《罗密叶与朱丽欧》,这部动画电影幽默地重构了戏剧中两位主角的名字,以此来彰显与原著的关联以及对原著的戏仿。"一度成为 20 世纪 30 年代英国最重要的动画制片人"① 的安森·戴尔(Anson Dyer)随后在 1919 年的动画电影短片《罗密欧与朱丽叶》中采用戏仿的手法再现了莎士比亚的悲剧,该动画电影短片以查理·卓别林(Charlie Chaplin)为人物造型原型创作了罗密欧,以玛丽·皮克福德(Mary Pickford)为人物造型原型创作了朱丽叶。除了这两部作为开创先锋而存在的《罗密欧与朱丽叶》改编动画之外,根据这部经典莎剧改编的动画还包括:1927 年奥图·麦斯默(Otto Messmer)导演的美国动画电影短片《菲利克斯猫之罗喵欧》(*Felix the Cat as Romeeow*);1958 年伊沃·沃班尼克(Ivo Vrbanic)导演的南斯拉夫动画电影短片《罗密欧与朱丽叶》(*Romeo I Julija*);1968 年鲍伯·卡林斯库(Bob Calinescu)导演的罗马尼亚动画电影短片《罗密欧与朱丽叶》(*Romeo Si Julieta*);1971 年米奎尔·艾斯帕比(Miquel Esparbe)导演的西班牙动画电影短片《罗密欧与朱丽叶》(*Romeo Y Julieta*);1979 年克莱夫·A. 史密斯(Clive A. Smith)导演的加拿大动画电影短片《逃跑吧,机器人! 罗密 0 号与朱丽 8 号》(*Runaway Robots! Romie-0 and Julie-8*);1980 年手冢治虫导演的日本动画《罗密欧与罗蜜叶》(ロビオとロビエット);1998 年达雷尔·鲁尼(Darrell Rooney)导演的美国动画电影《狮子王 2:辛巴的荣耀》(*The Lion King II: Simba's Pride*);2006 年菲尔·尼布林克(Phil Nibbelink)导演的美国动画电影《罗密欧与朱丽叶:以吻封缄》(*Romeo & Juliet: Sealed with a Kiss*);2011 年凯利·亚当·阿斯博瑞(Kelly Adam Asbury)导演的英国动画电影《吉诺密欧与朱丽叶》(*Gnomeo & Juliet*);等等。可见,莎士比亚的戏剧经典《罗密欧与朱丽叶》作为人类共同的文化资本,被各国动画人不断纳入改编范围,反复进行创作,并因此获得了可观的经济资本,文化资本发生了存在形态的转化。

英国作家刘易斯·卡罗尔的代表作品《爱丽丝梦游仙境》也作为文化资本,从电影的萌芽时期开始,就不断地被各国改编,出现了大约 60 部改编作品②,其中有不少动画版本。最早的动画电影改编本应是 1903 年塞西尔·赫普沃斯(Cecil Hepworth)和珀西·斯托(Percy Stow)执导的

---

① 薛燕平. 英国动画 [M]. 北京:中国传媒大学出版社,2010:3.
② BECKMAN F. Becoming pawn:"Alice", arendt and the new in narrative [J]. Journal of narrative theory, 2014, 44 (1):1.

《爱丽丝梦游仙境》，该片发行于1903年10月17日。原始影片长12分钟，800英尺，英国电影学院（BFI）拥有唯一的拷贝，已经严重损坏，后来被修复为9分35秒的影片，于2010年重新发行。随后，该作品的动画版本不断涌现，主要有：1923年沃尔特·迪士尼导演的动画电影短片《爱丽丝喜剧》（Alice Comedies）；1951年迪士尼公司制作的动画电影《爱丽丝梦游仙境》（Alice in Wonderland），融合了卡罗尔《爱丽丝梦游仙境》和《爱丽丝镜中奇遇记》两部作品；1981年苏联制作了30分钟时长的动画电影短片《爱丽丝梦游仙境》和40分钟时长的动画电影短片《爱丽丝镜中奇遇记》；1988年捷克著名动画导演史云梅耶采取了真人定格动画的方式创作了动画电影长片《爱丽丝》（Něco z Alenky）；2010年美国鬼才导演蒂姆·波顿（Tim Burton）将卡罗尔的这两部作品以三维动画的形式呈现在大银幕上，完成了真人和电脑动画融合的电影大片《爱丽丝梦游仙境》；2016年詹姆斯·博宾（James Bobin）又执导了《爱丽丝梦游仙境》的续集，即《爱丽丝梦游仙境2：镜中奇遇记》。刘易斯·卡罗尔的《爱丽丝梦游仙境》被世界各国用作创作素材，不断加以改编，并通过注入本国的价值和文化使其成为具有本国特色的文化资本。

查尔斯·狄更斯的《圣诞颂歌》（A Christmas Carol）同样受到了各国的青睐，被至少20次改编为动画。艾略特·吉尔伯特（Elliot L. Gilbert）将其称为"一部道德寓言"①，作为文化资本，这部作品也许天然具备着面向儿童的教化功能。仅迪士尼公司就三次改编了这部小说：1983年伯尼·马汀森（Burny Mattinson）导演的《米奇的圣诞颂歌》（Mickey's Christmas Carol），其中混合了多位迪士尼经典动画人物，该片获得了1984年奥斯卡最佳动画短片提名；1992年布莱恩·亨森（Brian Henson）导演的《布偶圣诞颂歌》（The Muppet Christmas Carol）使用布偶玩具重现了狄更斯的小说；2009年罗伯特·泽米吉斯（Robert Zemeckis）执导的三维动画电影《圣诞颂歌》，这也是迪士尼第三次改编狄更斯的这部小说。此外，改编自《圣诞颂歌》的动画电影还有：1971年英美联合创作的动画电影短片《圣诞颂歌》，该片还获得了1972年的奥斯卡最佳动画短片奖；1982年让·蒂奇（Jean Tych）导演的澳大利亚动画电影《圣诞颂歌》，该片为澳大利亚伯班克电影公司（Burbank Films）于1982—1985年间制作的狄更斯小说动画改编系列中的一部；2006年英国与德国合作推出的三维动

---

① GILBERT E L. The ceremony of innocence：Charles Dickens'"A Christmas Carol"［J］. PMLA，1975，90（1）：24.

画电影《圣诞颂歌：斯克鲁奇的鬼故事》（*A Christmas Carol: Scrooge's Ghostly Tale*）；2001 年吉米·村上（Jimmy T. Murakami）导演的真人/动画电影《电影版圣诞颂歌》（*Christmas Carol: The Movie*）；2011 年特洛伊·奎恩（Troy Quane）导演的美国动画电影短片《蓝精灵：圣诞颂歌》（*The Smurfs: A Christmas Carol*），这部动画融合了比利时漫画家佩约创作的《蓝精灵》系列漫画和狄更斯的小说《圣诞颂歌》；2022 年斯蒂芬·唐纳利（Stephen Donnelly）执导的动画电影《斯克鲁奇：圣诞颂歌》（*Scrooge: A Christmas Carol*）；等等。这些动画电影或较为忠实地再现了原著，或将原著与一些著名的动画形象融合，借助原著和著名动画形象的双重保险来将文化资本转为经济资本。

吴承恩的《西游记》构建了中国动画电影的基本版图，成为被改编次数最多的中国文学经典。中国第一部动画电影长片，1941 年由万氏兄弟导演的《铁扇公主》便是节选式地改编了《西游记》第五十九回至第六十一回。1961、1964 年中国动画学派的巅峰之作《大闹天宫》同样采取了节选改编的方式改编了《西游记》前七回。此外，改编自《西游记》的中国动画电影主要还有：1958 年靳夕导演的动画电影短片《火焰山》；1981 年严定宪导演的动画电影短片《人参果》；1985 年特伟导演的动画电影《金猴降妖》；2015 年田晓鹏导演的《西游记之大圣归来》；等等。《西游记》作为文化资本，也被其他国家的动画人拿来作为创作素材，尤其是日本动画人，多次改编了这部文学经典。早在 1926 年，日本动画先驱大藤信郎（Ōfuji Noburō）便导演了动画电影短片《西游记：孙悟空物语》（*Journey to the West: The Story of Sun Wukong*）；日本动画大师手冢治虫更是将《西游记》作为重要的创作源泉，多次对《西游记》进行改编，1960 年，他和薮下泰司联合导演了动画电影《西游记》，2003 年，其遗作《我的孙悟空》上映；而日本动画人也积极地将文学经典与著名动画形象进行融合，并于 1988 年推出了动画电影《哆啦 A 梦：大雄的平行西游记》。可见，《西游记》也作为动画改编的重要文化资本，被不断重述。

《小红帽》也作为文化资本，跨越时代和国别被不断改编为动画电影。这则童话故事最广为流传的版本是格林兄弟收集编写的版本，却在流传过程中有无数的变形，"美国邦诺（Barnes and Noble）书店卖过一百多种版本的《小红帽》"[①]。凯瑟琳·奥兰斯汀（Catherine Orenstein）认为童话是

---

① 奥兰斯汀. 百变小红帽：一则童话中的性、道德及演变［M］. 杨淑智，译. 北京：生活·读书·新知三联书店，2013：3.

一种"历史文献"①，而童话更是一种文化资本，被不断改写，不断以不同的艺术形态呈现，不断在文化资本与经济资本之间来回转化。《小红帽》便是被多次改编的童话经典的代表，在改编自《小红帽》的动画电影中，特克斯·埃弗里的作品非常独特，他多次改编《小红帽》为动画电影，并且赋予了小红帽以成年女性的特质，使这则童话被成人化。其中较有代表性的为1943年的《热辣小红帽》（Red Hot Riding Hood）和1949年的《乡村小红帽》（Little Rural Riding Hood）。同时期的美国导演福瑞兹·弗里伦（Friz Freleng）也改编创作了动画电影短片《小红兔》（Little Red Riding Rabbit），将童话经典与华纳公司的著名动画形象兔八哥进行融合。苏联动画导演两次改编了这部童话，包括布伦伯格姐妹（Brumberg sisters）于1937年导演的动画电影短片《小红帽》（Krasnaia shapochka）和鲍里斯·斯捷潘采夫（Boris Stepantsev）、叶夫根尼·雷科夫斯基（Evgeny Raykovsky）于1958年导演的《彼佳与小红帽》（Petya and Little Red Riding Hood）。此外还有2005年柯瑞·爱德华（Cory Edwards）导演的动画电影《小红帽后现代版》（Hoodwinked!）和2016年的英国动画《反叛的童谣》（Revolting Rhymes）等。

上述多部文学经典代代相传，不断地在各国被改编，从而形成了一个庞大的改编作品体系。而改编作品数量越多，影响越大，就越能够巩固原著作为文化资本的地位。文学经典为动画电影的生成提供了文化滋养，促成了动画经典的生成，文学经典也在文化资本再生产的过程中，焕发了新的生机。

第二节 文化资本在动画电影改编中的历史作用

小说以及童话等叙事文学是动画改编的重要资源，当然，其他类型的作品也没有被动画家们忽视。就戏剧而言，莎士比亚的作品是许多动画家的兴趣所在，被改编成了多部动画作品。而诗歌也广泛地被改编为动画作品。俄国文学巨匠普希金的多部长诗被改编成动画，如：童话长诗《鲁斯兰与柳德米拉》被改编为动画《森林奇缘》（乌克兰，2019），《死公主与七勇士的故事》被改编为同名动画（苏联，1951），《关于萨尔坦皇帝，

---

① 奥兰斯汀. 百变小红帽：一则童话中的性、道德及演变 [M]. 杨淑智，译. 北京：生活·读书·新知三联书店，2013：3.

关于他的儿子——荣耀而威武的勇士格维顿·萨尔坦诺维奇公爵以及美丽的天鹅公主的故事》也被改编为动画《萨尔丹沙皇的传说》（苏联，1984）。此外，汉内斯·拉尔（Hannes Rall）于1999年将爱伦·坡的著名诗歌《乌鸦》改编成了动画短片，随后又将歌德的名诗《魔王》改编为动画短片。再如但丁的长诗《神曲》，也多次被改编为动画作品。甚至，中国的古典诗词也成为动画改编的创作素材，2016年，《中国唱诗班》系列动画推出了5部改编自古诗的动画短片，分别是《相思》《饮湖山初晴后雨》《游子吟》《元日》和《夜思》，后又于2022年推出了第六部，即《咏梅》。这部动画"一经播出就惊艳和打动了无数观众，引起各方热议，几月内点击量破亿，豆瓣和B站的评分8.5以上，很多网友表示，这才是中国动画精品该有的模样"①。

作为文化资本，在从文字文本向银幕的转换过程中，经典作家的作品往往更受到青睐。2011年，威克曼（Forrest Wickman）做了调研，对IMDB数据进行了详尽分析，从而确定了作品被电影改编最多的作家。调研的结果是，在文学界最受推崇的作家也是作品被改编得最多的作家，原著声望越高，被改编的频率也就越高。排列在统计数据前列的，都是一些举世闻名的作家：英国文艺复兴时代的代表作家莎士比亚以831部改编作品排在首位，其次是世界短篇小说巨匠——俄罗斯作家契诃夫（320部），随后是英国现实主义文学的杰出代表作家狄更斯（300部），以及美国19世纪著名作家爱伦·坡（240部）。②

莎士比亚之所以排在银幕改编的首位，主要得益于他的作品所具有的适合于构建人类命运共同体的独特价值。对此，评论家罗伯塔·皮尔逊（Roberta Pearson）说得非常中肯："人本主义者莎士比亚，摆脱了特定的英国传统的窒息性历史主义，是一个超越性的天才，他写出了具有人类普遍意义的主题和情感，创造了所有人都能够认可的象征性人物。"③ 还有学者认为莎士比亚的戏剧"可以在任何时间、任何地点重置，因为我们在其中所认识的不是日期和城镇，而是情感和经历，以及每个人在任何地方

---

① 王成焱. 中国动画电影的民族风格新探索：试谈国漫精品《中国唱诗班》[J]. 四川戏剧, 2021（2）：142.
② RALL H. Adaptation for animation：transforming literature frame by frame [M]. Boca Raton：CRC Press, 2020：190.
③ PEARSON R. Heritage, humanism, populism：the representation of Shakespeare in contemporary British television [M] //VIRCHOW E. Janespotting and beyond：British heritage retrovisions since the mid–1990s. Tübingen, Germany：Gunter Narr Verlag, 2004：91–92.

都熟悉的人物"①。

契诃夫的作品同样如此。他既是小说家,也是剧作家,其作品以短小精悍、幽默讽刺为主要创作特色。他常常从平凡的小事件入手,来反映和折射社会生活中的重要问题,看似平凡的主题却有着深邃的哲理内涵,看似平凡的题材却折射重大的社会问题。契诃夫的作品题材极为广泛,寓意深邃,而且贴近现实生活,从选材上来说适于银幕传播。他的作品最早在1910年就被改编为影视作品,从1910年的《爱情和低音提琴》直到如今,至少有80部被改编成电影,其中不乏动画电影,这让契诃夫成为作品被改编最多的俄国作家。

英国著名作家狄更斯的作品之所以被广泛改编,同样是由于他的作品所具有的思想深度和艺术感染力。所以,狄更斯的著作也是影视改编领域宝贵的文化财富。他的作品不仅被改编成真人版《孤星血泪》《雾都孤儿》等多部影片,而且在动画改编方面颇为成功,从最初的动画短片到3D巨作,狄更斯的作品为动画改编提供了丰富的文化资源。1971年,根据狄更斯《圣诞颂歌》改编的同名动画短片获得了极大的成功,并于1972年获得了奥斯卡最佳动画短片奖。根据狄更斯长篇小说《雾都孤儿》改编,由迪士尼出品的动画电影《奥丽华历险记》同样获得了成功,为迪士尼的文艺复兴拉开了帷幕。

在中外文学史上,文学经典作为文化资本在各国的改编实践,为动画的发展奠定了坚实的根基,更为动画的创作源泉提供了丰厚的保障。尤其是诸如但丁的《神曲》、阿拉伯民间故事《一千零一夜》、英国莎士比亚经典戏剧、中国古典文学《西游记》等文学经典的多次动画改编,都是人类"文化传承"范畴的突出成就。

以但丁的代表作《神曲》为例,美国动画家鲍里斯·阿柯斯塔(Boris Acosta)一直从事但丁《神曲》的影视改编工作,他已经完成十多部改编自《神曲》的电影或动画电影的制作。他根据《神曲》改编的动画颇为成功,他基本上遵循但丁《神曲》的结构特征,来构建自己的动画作品,其中包括《但丁的地狱》(Dante's Hell 3D Animation)、《但丁的炼狱》(Dante's Purgatory 3D Animation)、《但丁的天堂》(Dante's Paradise 3D Animation)。当然,对于但丁《神曲》的动画改编,不仅仅限于单个动画家

---

① PEARSON R. Heritage, humanism, populism: the representation of Shakespeare in contemporary British television [M] //VIRCHOW E. Janespotting and beyond: British heritage retrovisions since the mid – 1990s. Tübingen, Germany: Gunter Narr Verlag, 2004: 91 – 92.

或单个国家的创作,动画电影《但丁的地狱——动画史诗》(Dante's Inferno: An Animated Epic)便由具有国际规模的多位动画人集体创作。这部被称为"动画史诗"的作品,片长有100分钟,同样,这部动画电影紧扣但丁原著中的"神游三界"这一条主线,并且根据所游历的具体阶段,将全剧分成七个部分,分别由来自美国、日本、韩国等动画强国的七位动画家执导,其中包括维克多·库克(Victor Cook)。与原著相比,动画电影在情节和精神内涵方面都有一定的变异,更为突出了可视性和叙事性。

梳理一下世界文学史,我们可以发现,各个时期的文学经典都有成功的改编实践。如根据古希腊文学中的经典戏剧改编的同名动画电影《俄狄浦斯王》(Oedipus, 2004),以及根据希腊神话而改编的动画短片,根据古希伯来《圣经·旧约》中的《出埃及记》改编而成的动画电影《埃及王子》,连古代巴比伦的史诗性作品《吉尔伽美什》,也在1985年由奎伊兄弟(Stephen and Timothy Quay)改编成动画电影。其实,我国也不例外,万氏兄弟根据公元前6世纪古希腊奴隶伊索所著的寓言集《伊索寓言》中的一则故事,拍摄了"我国第一部有声动画短片《骆驼献舞》(1935),中国动画从此进入了有声的时代"①。

在中世纪的文学经典中,除了《神曲》,英国中世纪英雄史诗《贝奥武甫》也被改编成同名动画电影《贝奥武甫》(Beowulf, 2007)。这部影片由罗伯特·泽米吉斯(Robert Zemeckis)执导,尽管不是真人实拍电影,但是,可以说,从动画效果来看,却极为贴近真人实拍电影。无论是场景还是人物,制作者都是以"真实"为特征,以动画电影技术再现人类真实世界。其中的动画优势是不言而喻的,不仅可以避免少数演员的高片酬,而且,任何真人无法完成的高难度动作,都可以在此轻而易举地解决。如果不是动画电影技术,想要呈现这位拥有惊人战力的主人公贝奥武甫,以及他与格兰戴尔之间的浴血奋战,都是难以想象的。

文艺复兴时期英国剧作家莎士比亚的戏剧经典,也成为后世许多动画创作的灵感源泉和素材来源,据统计,"改编自莎剧的动画(包括电影短片、电影长片、电视动画)有百部之多"②。尤其是根据《哈姆莱特》改编的动画电影《狮子王》,取得了极大的成功,创造了迪士尼动画的票房历史。

在17世纪和18世纪的文学经典中,笛福的长篇小说《鲁滨逊漂流

---

① 林清. 中国动画电影[M]. 上海:同济大学出版社,2014:12.
② 吴斯佳. 莎士比亚戏剧经典动画改编研究[M]. 杭州:浙江工商大学出版社,2021:8.

记》于2016年被改编为同名动画电影。该片由文森特·凯斯特鲁特（Vincent Kesteloo）执导，同样以荒岛生存为主题，但与笛福的原著相比，动画电影更加突出的，是鲁滨逊与海岛上的鹦鹉麦克等动物的交往与沟通。

从19世纪直到20世纪，世界文学史上重要的作品，都有被改编成动画的例子。爱伦·坡的小说也被多次改编为动画。2013年，罗尔·加西亚（Raul Garcia）执导的动画电影《奇特的故事》（*Extraordinary Tales*），改编了爱伦·坡的五个有关死亡的故事，分别是《厄舍古屋的倒塌》（*The Fall of the House of Usher*）、《泄密的心》（*The Tell-Tale Heart*）、《瓦尔德马先生的病例之真相》（*The Facts in the Case of M. Valdemar*）、《陷坑与钟摆》（*The Pit and the Pendulum*）、《红死魔面具》（*The Masque of the Red Death*）。捷克著名动画导演史云梅耶也多次改编了爱伦·坡的小说，其中，动画短片《陷坑、钟摆和希望》（*The Pit, the Pendulum, and Hope*）融合了爱伦·坡的短篇小说《陷坑与钟摆》和法国作家维利耶·德·利勒-亚当（Villiers de L'Isle-Adam）的作品，动画电影《疯狂》（*Lunacy*）改编了爱伦·坡的短篇小说《提前埋葬》（*The Premature Burial*）和《塔尔医生和费瑟尔教授的疗法》（*The System of Doctor Tarr and Professor Fether*）。19世纪俄国著名作家的作品也被改编为动画，其中的代表有：改编自伊万·什梅廖夫（Ivan Sergeyevich Shmelyov）的短篇小说《春之觉醒》（*A Love Story*）的同名动画短片（俄罗斯，2006）、改编自屠格涅夫的短篇小说《木木》（*Mymy*）的同名动画短片（苏联，1987）、改编自陀思妥耶夫斯基《荒唐人的梦》（*The Dream of a Ridiculous Man*）的同名动画短片（俄罗斯、1992）、改编自陀思妥耶夫斯基《罪与罚》（*Crime and Punishment*）的同名动画短片（波兰，2000）等。

文学经典作为文化资本被不断地再生产，按照布尔迪厄的观点，"资本需要花时间去积累，需要以客观化的形式或具体化的形式去积累，资本是以同一的形式或扩大的形式去获取生产利润的潜在能力，资本也是以这些形式去进行自身再生产的潜在能力，因此资本包含了一种坚持其自身存在的意向，它是一种被铭写在事物客观性之中的力量"①。文学经典确实是时间积淀之下的产物，而文学经典依托电影改编，通过创造巨额的票房价值，其经济资本的属性越来越显露出来。文学经典进入公有领域，成为

---

① 布尔迪厄：文化资本与社会炼金术：布尔迪厄访谈录［M］. 包亚明，译. 上海：人民出版社，1997：190.

全世界人民共同的文化资本，不断被进行跨国别、跨文化的改编，成为一种无须争夺的稀缺资源，这对于人类文明的进步而言，是意义深远的。

文学经典作为文化资本在动画电影改编中所能发挥的历史作用，我们也可以从动画公司的代表——迪士尼公司的发展中得到印证。迪士尼公司的百年发展历程，通常被学界分为六个时期，分别为：开创时期（1937—1942）、调整时期（1943—1949）、黄金时期（1950—1967）、萧条期（1968—1988）、再度繁荣期（1989—2000）、转型期（2001年至今）。[1] 我们对上述六个时期的动画发展历程进行仔细考察，就会发现，每当迪士尼公司繁荣辉煌，总是伴随着其动画电影对文学经典的借鉴和改编。

在开创时期（1937—1942），迪士尼公司之所以得以翻开世界动画发展的一页崭新篇章，主要得益于文学经典的动画改编。"1937年"之所以成为开创年份，就是因为迪士尼公司推出了第一部动画电影长片《白雪公主和七个小矮人》。这是世界上第一部用多层次摄影机拍摄的动画片，被誉为美国动画史上"史无前例的创举"[2]。影片由此获得了1938年奥斯卡特别奖，成为一部世界动画发展史上的开创性作品。在这一开创时期，不仅有《白雪公主和七个小矮人》，还有同样改编自文学名著——意大利作家卡罗·科洛迪的《木偶奇遇记》的同名动画电影，也获得了空前的成功。

而在黄金时期（1950—1967）的18年时间里，"九部长片铸辉煌"[3]。代表迪士尼动画辉煌的这九部影片分别是：《仙履奇缘》（1950）、《爱丽丝梦游仙境》（1951）、《小飞侠》（1953）、《小姐与流浪汉》（1955）、《睡美人》（1959）、《101忠狗》（1961）、《石中剑》（1963）、《欢乐满人间》（1964）、《森林王子》（1967）。

我们对这一时期代表动画辉煌的九部动画影片加以分析，就可以看出，其中多数动画影片都是根据各个国家的文学经典改编而成的。《仙履奇缘》改编自德国格林童话中的名篇《灰姑娘》。辛德瑞拉的善良品行以及她积极的人生态度，还有她与王子的浪漫恋情，符合战后一代青年的情感需求。这一文学经典适应了时代的精神，因此拉开了迪士尼动画电影黄金时期的序幕。

《爱丽丝梦游仙境》是根据英国举世闻名的童话作家刘易斯·卡罗尔

---

[1] 杨晓林. 好莱坞动画电影导论[M]. 上海：复旦大学出版社，2012：2-13.
[2] 杨晓林. 好莱坞动画电影导论[M]. 上海：复旦大学出版社，2012：2.
[3] 杨晓林. 好莱坞动画电影导论[M]. 上海：复旦大学出版社，2012：5.

的同名长篇童话《爱丽丝梦游仙境》(Alice in Wonderland)改编的。刘易斯·卡罗尔的《爱丽丝梦游仙境》(又译《爱丽丝漫游奇境记》)以神奇的幻想、智慧的语言在世界文坛享有盛誉,已经被翻译成数十种文字,深受读者尤其是青少年读者的喜爱,早在19世纪末,瓦尔特·贝赞特爵士(Sir Walter Besant)就盛赞过:"只要语言没有被人类废弃,《爱丽丝梦游仙境》都将是属于所有时代的极其珍贵的作品。"① 贝赞特爵士恰如其分地说明了卡罗尔的小说所具有的顽强的生命力以及经久不衰的艺术魅力。迪士尼于1951年出品的75分钟时长的动画电影《爱丽丝梦游仙境》,融合了卡罗尔《爱丽丝梦游仙境》和《爱丽丝镜中奇遇记》两部作品,创造了新的动画经典。

1953年的《小飞侠》改编自英国小说家、剧作家詹姆斯·马修·巴利(James Matthew Barrie)的代表作品《彼得·潘》(Peter Pan)。作品主要讲述了小女孩温蒂和永远长不大的男孩彼得·潘的冒险经历,为读者拉开了一个绚丽而玄幻的梦幻岛的帷幕,用唯美的语言讲述了在梦幻岛上发生的种种奇特历险。作品看似是一个童话故事,但又不仅仅是童话故事,它在讲述孩子们爱看的童话之时,也将值得成年人思索的主题蕴含其中。《彼得·潘》被多次改编成音乐剧、电视节目、电影和动画。迪士尼公司制作的动画电影长片《小飞侠》,成为迪士尼经典动画之一。影片中,迪士尼公司使用了多平面摄影机拍摄了精妙的画面,由于影片大受欢迎,"迪士尼乐园还开发了'小飞侠的飞行'娱乐项目"②。

1959年版的《睡美人》则是取材于法国著名童话作家夏尔·佩罗的同名童话经典《睡美人》(Sleeping Beauty),围绕着家喻户晓的"王子+公主+巫婆"的童话叙事模型展开。而《石中剑》则是改编自英国中世纪著名的"亚瑟王传奇"系列。

可见,充分利用文学经典这一文化资本,对于动画作品的成功极为关键。从迪士尼动画的发展历程来看,每当坚守文化资本,就会获得成功,每当放弃这一重要资源,辉煌也就不复存在。这一点,在迪士尼动画发展的第五时期"再度繁荣期(1989—2000)"表露无遗。这一时期,迪士尼公司的重要动画作品有改编自法国童话的《美女与野兽》(1991),改编自阿拉伯文学名著《天方夜谭》的《阿拉丁》(1993),改编自希腊神话

---

① CARPENTER H. Secret gardens: the golden age of children's literature [M]. Boston: Houghton Mifflin, 1985: 68.
② 杨晓林. 好莱坞动画电影导论 [M]. 上海: 复旦大学出版社, 2012: 6.

故事的《大力士》(1997)，改编自法国文学巨匠雨果的名著《巴黎圣母院》的《钟楼怪人》(1996)，以及改编自莎士比亚代表作《哈姆莱特》的《狮子王》(1994)和改编自中国南北朝时期著名的乐府民歌《木兰辞》的《花木兰》(1998)。

《美女与野兽》由加里·特洛斯达勒（Gary Trousdale）和柯克·维斯（Kirk Wise）共同执导，在这部动画片中，一个突出的特征是展现外表与内心的辩证关系，表面上可怖的怪兽慢慢地向观众和女主角展现了他的善良之心，而外表活泼可爱的卡斯顿（Gaston）渐渐地暴露出阴险的一面。所以，"该片深刻地刻画了人物的心理，公开挑战了'丑陋＝坏'的等式"①。

在源自阿拉伯文学名著《天方夜谭》的《阿拉丁》中，阿拉丁被塑造成活力四射的孤儿，凭借自己的智慧而得以生存。而《大力士》的特征是"集冒险、阴谋、美女、电脑特技、笑料于一身"②。

《钟楼怪人》改编自文学经典《巴黎圣母院》，原著声名显赫，改编的动画电影同样大获成功。该片由加里·特洛斯达勒（Gary Trousdale）和柯克·维斯（Kirk Wise）共同执导，获得了1996年安妮奖最佳动画电影、最佳导演和作家编剧等重要奖项。

《狮子王》和《花木兰》这两部动画电影的意义已经在本书的其他场合进行过论述，故在此不再赘述。但是，利用作为人类文明进程中的珍贵遗产以及人类共同文化资本的文学名著，对于动画改编以及动画产业的意义，怎么强调都不为过。

可见，迪士尼动画的发展建筑在文学经典改编的基础之上，是文学经典铸就了一个又一个动画经典。文学经典作为文化资本，在动画的发展历史中扮演了不可或缺的重要角色。

第三节　动画电影改编：文学经典生命的延续方式

文学经典是动画改编得以成功的重要保障和取之不尽的丰厚文化资本，同时，动画改编也促使文学经典更为广泛地普及与传播，增强了这一

---

① BENDAZZI G. Animation：a world history, Volume 3：contemporary times [M]. Boca Raton, FL：CRC Press, 2017：12.
② 杨晓林. 好莱坞动画电影导论 [M]. 上海：复旦大学出版社，2012：11.

文化资本的精神价值和资本内涵，使得文学经典在动画改编中获得了源语文本之后新的生命。

一种文学艺术类型，甚至小至一部作品，其实就类似于一个生命的实体。而作为一个生命的实体，其生命的历程必然要经历从诞生到灭亡以及被新的生命形态取代的历程。

从艺术类型来看，三千多年以前，人类的艺术形态基本上是诗歌、音乐、舞蹈三位一体的形态，体现在文学艺术的文本中，主要是以诗歌在呈现的。这种艺术形态，适应当时的社会语境和人们的文化需求。然而，随着社会的发展和人民文化需求的增长，戏剧、小说等文学类型陆续出现，到了19—20世纪，又产生了电影和动画等新的艺术类型。于是，诗歌、音乐、舞蹈三位一体的艺术形态，当初只能算得上文学艺术的根须和幼芽，然后，随着时代的发展和人类文明的进步，这株幼芽逐渐长成了包括长篇小说和影视动画在内的参天大树。但是，这棵参天大树依然要从根部汲取营养。这种汲取营养的方法，就是改编。所以，对于文学艺术而言，改编无所不在。就具体作品而言，即使文学经典已经经过动画改编成为经典动画作品，动画也不可能是所提及的文学经典的最终艺术形态，文学经典依然需要经过持续不断的改编，转换成其他的艺术形态。而且，动画也必然会被其他的艺术形态取代，从而获得新的生命。

美国百老汇的艺术实践已经充分说明了这样的道理。很多从文学经典改编而来的动画电影反过来又被改编成舞台剧进行演出，如《美女与野兽》《狮子王》等。1991年上映的改编自文学经典的动画电影《美女与野兽》又在1994年被改编为真人演出的舞台剧。该舞台剧"将当代动画片至关重要的技术发明运用到舞台上"①，获得了不小的成功，被认为是"那个时期百老汇音乐剧季中最好的一出"②。尽管戏剧和动画在艺术表现形态上存在明显差异，但是，"这场演出和随后的其他演出都表明，动画的弹性特征可以在现场戏剧表演中得以再现"③。当然，正如动画改编的成功在一定程度上取决于文学经典，《狮子王》等迪士尼音乐剧的成功在一定程度上取决于动画经典，如约翰·贝尔所说："迪士尼的戏剧作品成

---

① ROZARIO R. Reanimating the animated: Disney's theatrical productions [J]. The drama review, 2004, 48 (1): 164.
② EISNER M. Work in progress [M]. London: Penguin Books, 1998: 254.
③ ROZARIO R. Reanimating the animated: Disney's theatrical productions [J]. The drama review, 2004, 48 (1): 164.

功与否取决于它与迪士尼电影的关联性。"① 这一改编行为，不仅扩大了动画电影的影响，在动画经典的生成过程中发挥了一定作用，更为重要的，是将一些动画作品以新的生命形态延续下去。

再从作者与受众的关系来看，作为纸质文本的文学经典，是通过讲述（Tell）进行传播的，而动画则是通过展示（Show）进行传播的。在受众这一方，对待文学经典，是采用"读"（Read）的方式来接受，使用的是"眼睛"这一人体器官，通过"视觉"获得感知和接受。而对待动画，受众接受的方式主要是"观看"（Watch），使用的人体器官是"眼睛"和"耳朵"，不仅通过"视觉"而且通过"听觉"来接受。哪怕都是通过"视觉"，文学经典所提供的是平面的文字，而动画所提供的则是多维的图像。前者更多属于"文学"的范畴，后者则更多属于"艺术"的范畴。前者的受众需要具有较高的文学素养和文字功底，后者的受众则相对更为广泛。对于低幼年龄段的受众来说，在人生的初始阶段就阅读文学经典似乎不大可能，然而，他们可以通过观看改编自文学经典的动画，接受该文学经典的有关信息，并且为其以后阅读文学经典原著奠定基础。所以，经常出现的情况是，动画激发了受众对文学经典的兴趣，提升了受众进一步阅读经典的需求。于是，文学经典不但通过动画改编获得了新的生命，而且通过动画延续了自身的生命。

文学经典是人类共同的文化遗产，是人类不可多得的文化资本，在动画改编中注重文学经典的价值，对于中华民族的现代化进程、中华民族文化的振兴和发展，都具有重要意义。所以，外国动画可以汲取我国的文化资源，从中华民族的文化资本中获取灵感和营养，我们同样应当充分注意在动画领域汲取他国的优秀文化资源。

动画改编，使得文学经典和动画经典不断再经典化，同时，动画产业的发展更需要文学经典的支撑以及相应的理论研究的支撑。动画改编研究不仅在文化传承方面具有重要意义，同样可以在文化产业的发展方面发挥应有的价值，因而我们不难理解为什么有学者声称"改编研究也将从边缘走向当代媒介研究的中心"②。

文学经典在动画改编中得以普及，获得再生。在动画创作中，坚守对文学经典的改编既是在创作新的艺术作品，同时也是在履行传承中外优秀

---

① BELL J. Disney's times square: the new American community theatre [J]. The drama review, 1998, 42 (1): 32.
② NAREMORE J. Film adaptation [M]. New Brunswick: Rutgers University Press, 2000: 12.

文化的使命，从而获得多方面的价值和意义。

综上所述，对于只有一个多世纪发展历程的动画艺术来说，具有几千年历史、经过时间洗礼而流传下来的文学经典，是可资利用的文化资本，是取之不尽的具有丰厚文化价值的艺术宝库。动画先进国家的实践经验已经充分说明了文化资本在动画实践中运用的重要意义。基于文学经典而生产的动画作品，不仅在题材方面更易于被观众接受，更为主要的，是思想层面的接受，文学经典中所具有的一些思想意义如集体主义、爱国主义、英雄主义、乐观主义以及人与自然的和谐关系等思想意识或价值观已经深入人心，被普遍接受，所以，由文学经典改编的动画电影更易于完成从纯粹娱乐到人生教诲的功能转换，更能充分发挥文学艺术作品陶冶情操以及引导受众学会做人等伦理教诲的功能。与此同时，改编"促进了现代多媒体融合时代的发展，改编事实上继续推动如今文化产业的持续发展"[①]。

---

① SYMONS A. Rethinking adaptation studies: survival strategies in the cultural industries [M]. Edinburgh: Edinburgh University Press, 2012: 42.

第八章 动画电影改编与动画产业

从 2004 年中共中央、国务院发布了《关于进一步加强和改进未成年人思想道德建设的若干意见》以来，中国动画产业进入了高速发展阶段。但是，在这一飞速发展过程中，"动画内容创意仍然是制约动画产业的最大短板"①。与电影及其他叙事类的艺术作品一样，选材在很大程度上决定了一部动画的成败，而文学经典为动画提供了宝贵的素材来源，为动画的成功奠定了基础。依据前文所述，获得成功的动画作品有相当大的数量都是从文学经典改编而来的。经典改编为动画发展提供了良好的基础和宝贵的资源，忽略经典改编必然削弱动画产业。纵观美日等世界动画强国动画产业的发展情况，可以看出，经典改编是动画这一文化产业自身发展的必由之路。充分利用好文学经典，对于动画产业的发展，有着难以估量的积极作用，同时，对于文学经典在新时期的传承，也有着不可磨灭的历史意义。

第一节 动画电影改编与产业发展的启示

文学经典在电影的发展和成熟历程中扮演着不可忽视的角色，动画，往往被认为是电影的一种类型，同样，也受到了文学经典的滋养。可以说，没有改编文学经典的行为，动画是不可能快速找到自己的艺术位置，并成长为一种成熟的艺术形态的。通过本节的研究，可以发现，改编文学经典与动画产业的兴盛息息相关。

---

① 苏锋. 论中国动画产业发展模式的双重转型［J］. 同济大学学报（社会科学版），2022（1）：39.

一、动画长片的诞生与文学经典的改编

动画的诞生之初是极具实验性质的。动画在某种意义上是科技进步的产物，早期的动画家甚至还具有另一种身份，即发明家：法国动画家埃米尔·雷诺（Émile Reynaud）发明了具有复杂光学和镜面系统的光影戏机（théâtre optique），奠定了动画放映的技术基础；美国动画家麦克斯·弗莱舍（Max Fleischer）发明了可以捕捉动作的转描机（rotoscope）……正如《超级无敌掌门狗》（Wallace and Gromit）的导演尼克·帕克（Nick Park）所言："动画是一种发明的媒介。"① 因此，在动画呱呱坠地的时候，它的科技属性占据了重要地位，从而使得早期的动画呈现出这样一种特点：注重新奇画面的表现，而忽视故事的叙述；注重技术的革新，而忽视艺术的突破。在动画诞生的最初时期，这种演出技术上的创新并没有能够形成相应的气候，甚至在相当长一段时间内，动画不过是真人电影的一种附属品，是在真人电影放映前加播的一段噱头，"数十年来常常在电影长片之前作为'短题材'或'短片'展出"②，用以吸引观众。倘若动画一直如此发展的话，那么它是绝不会成为一种独立的艺术形态的，或许早已被时代淘汰。

1906年，《滑稽面孔的幽默姿态》（Humorous Phases of Funny Faces）由美国人斯图亚特·布莱克顿（Stuart Blackton）拍摄完成，"影片虽然极其短小简单，但在世界动画史上却有着非比寻常的意义，这是美国，同时也是世界上第一部拍摄在胶片上的动画电影"③。后来，布莱克顿又陆续制作了几部短片，如1907年公映的《闹鬼的旅馆》（The Haunted Hotel）等。美国动画电影在开创时期，片长较短，往往只有短短的5分钟左右，用于正式电影播放前的加演，制作也比较简单粗糙。这个时期，除了布莱克顿，温莎·麦克凯、派特·苏立文、弗莱舍兄弟等人都对美国动画的发展起了重要作用。沃尔特·迪士尼在20世纪20年代后期崛起，他的动画创作在很大程度上加快了美国动画的发展。

动画起初是作为一种新奇事物出现的，用人们未曾见过的技术手段吸引观众，但是动画仅仅依靠炫技是走不远的，20世纪20年代之后，这一

---

① TAI P Y. The animator as inventor: labour and the new animated machine comedy of the 2010s [J]. Animation: an interdisciplinary journal, 2018, 13（3）: 242.
② YOON H, MALECKI E J. Cartoon planet: worlds of production and global production networks in the animation industry [J]. Industrial and corporate change, 2009, 19（1）: 239.
③ 周兰平. 动漫的历史 [M]. 重庆：重庆出版社，2007: 39.

现象越来越明显,动画在失去了其新奇价值之后,"许多从未提供过其他服务的动画片制片厂要么被淘汰,要么正在被淘汰的路上。1922 年,美国只有不到 23% 的影院在提供动画片"①。如果动画没有快速找到新的生存法则,那么便极有可能真的消失于历史的尘嚣之中。所幸的是,动画逐渐与文学经典进行了联姻。到了 20 世纪 30 年代,美国动画虽然还仅有短片的形态,但是越来越多地和文学经典产生联系,出现了多部改编自文学经典的优秀电影短片。其中以迪士尼工作室和华纳兄弟的史莱辛格工作室(Schlesinger Studios)的作品为代表,主要包括短片《乡下表哥》(*The Country Cousin*,1936,改编自《伊索寓言》之《城里老鼠和乡下老鼠》)、《火枪手博斯克》(*Bosko the Musketeer*,1933,改编自《三个火枪手》)、《三只小猪》(*The Three Little Pigs*,1933,改编自英国经典童话《三只小猪》)、《蚱蜢与蚂蚁》(*The Grasshopper and the Ants*,1934,改编自《伊索寓言》之《蚱蜢与蚂蚁》)等等。改编文学经典让动画的发展加快了节奏,同时动画逐渐走上了能够形成一种独立艺术形态的道路。

美国的动画产业在 1937 年发生了一次根本性的转折,被学界认可的美国动画"初步发展时期"便是在这一年开始的。而这一开始的标志,便是根据文学经典改编的动画电影《白雪公主与七个小矮人》的面世。1937 年,迪士尼公司拍摄完成了《白雪公主与七个小矮人》,该片长达 74 分钟,这在美国动画片史上是个史无前例的创举。该片很快就在美国和世界各地传播开来,并在极大程度上影响到了世界各国的动画创作,也正是这部作品,使得迪士尼公司在美国无可匹敌、首屈一指,"以至于人们会认为动画起源于沃尔特·迪士尼"②,这一误解足以可以看出迪士尼在动画领域的强大影响力了。而也正是由于迪士尼公司的巨大贡献,美国强大的动画王国的地位便开始在世界范围内确立。

动画电影《白雪公主与七个小矮人》所获得的巨大成功,向世人证明动画电影是一种独立于真人实拍电影之外的艺术形式,重新书写了美国动画电影的历史。美国动画沿着改编经典这条道路越走越远,取得了越来越大的成功。可以说,是经典改编彻底地改变了美国动画起步时期的困窘状态,让美国动画进入了快速发展的阶段。

尝到了文学经典改编的甜头之后,1939 年,美国又推出一部动画长

---

① BARRIER M. Hollywood cartoons:American animation in its golden age [M]. Oxford:Oxford University Press,1999:9.
② WASKO J. Understanding Disney:the manufacture of fantasy [M]. Oxford:Polity,2001:21.

片《格列佛游记》（*Gulliver's Travels*，又译《小人国》）。该片由美国著名动画艺术家戴夫·弗莱舍（Dave Fleischer, 1894—1979）执导，根据英国作家乔纳森·斯威夫特（Jonathan Swift）的同名小说改编。广为传播的文学经典《格列佛游记》在动画界再次获得了广泛关注。接着，在1940年，美国的第三部动画长片《木偶奇遇记》（*Pinocchio*）得以面世，依然属于文学经典的动画改编。同样，这部动画经典也不是改编自美国的作品，而是改编自意大利作家卡罗·科洛迪的著名童话《匹诺曹》。这部动画电影讲述了一个木偶变成真正男孩的具有传奇色彩的经历，获得了奥斯卡最佳原著配乐奖和奥斯卡最佳歌曲奖两项大奖，为迪士尼公司赢得了荣誉。可见，美国动画长片的诞生与随后的高速发展与改编文学经典息息相关。

而中国动画长片的诞生，竟然与美国有着惊人的相似之处。1926年，万籁鸣和三个弟弟在"那间狭小的亭子间里，成功地试制了我国第一部动画短片《纸人捣乱记》"①。影片表现了画家与纸人之间的一场闹剧，将会动的纸人作为动画手段给当时的观众带来惊异之感。这部短片与美国动画诞生之初的《滑稽面孔的幽默姿态》相仿，同样是以技术性代替了故事性，动画的美术表现方式是创作者们关注的重点。虽然，中国第一部动画的出现比美国晚了将近20年，但是中国动画随着1941年万氏兄弟的动画长片《铁扇公主》的上映迅速走到世界前列。这部动画在世界范围内产生了极大的影响，影响到了包括日本动画鼻祖手冢治虫在内的一大批动画先驱。手冢治虫在其漫画作品《我与孙悟空》的后记中写道："让我瞪大眼睛，留下深刻印象，而有今天的创作欲的是昭和十七年初次放映的中国最初的长篇卡通《铁扇公主》……迪斯耐的《白雪公主》才刚刚问世，中国就已完成具多样化及特殊效果的长篇卡通，真是叫人惊异。"②《铁扇公主》让中国动画迅速走向成熟，并且走在世界前列，而它也是一部典型的文学经典改编动画，改编自中国古典名著《西游记》。

通过比较美国和中国早期动画的发展历程，我们可以发现一个共同之处和一个明显的差异。共同之处在于：不论是美国还是中国，在动画发展的早期都是处于一种探索和实验的阶段，这一时期以动画技术表现为主，忽视了动画的叙事艺术，而真正让美国动画和中国动画走向成熟的作品都

---

① 万籁鸣，万国魂. 我与孙悟空 [M]. 太原：北岳文艺出版社，1986：53.
② 手冢治虫. 我的孙悟空（第八卷）[M]. 涂愫芸，译. 台北：时报文化出版企业有限公司，1994：166 – 167.

是根据文学经典改编而成的。《白雪公主和七个小矮人》与《铁扇公主》这两部根据文学经典改编的动画的问世让两国的动画发展进入了新的阶段，从而摆脱了技术性的探索，走向了艺术性的表达。不过，从第一部动画短片面世到第一部成熟的动画长片面世，两国所花费的时间存在较大差异，美国花了 30 年，中国花了 15 年。中国仅仅使用了美国所花时间的一半就使得中国动画走上了正途，进入了迅速繁荣的阶段。那么，为什么中国动画这样一个后起之秀能够较快地走向成熟呢？其中最为核心的原因恐怕在于及时找到了文学改编这条动画发展的捷径。文学经典改编在动画创作中扮演了非常重要的角色，是文学经典让动画摆脱了短片阶段以闹剧和插科打诨的笑料为主的尴尬局面，是文学经典让动画真正地成为一种独立的叙事艺术，是文学经典让动画找到了自己发展的正途。

  文学经典改编动画在动画发展初期几乎是各国动画人的不二选择。动画研究专家普遍认为的世界上第一部动画长片，即 1926 年德国女导演洛特·蕾妮格（Lotte Reiniger）的作品《阿基米德王子历险记》（The Adventures of Prince Achmed）便是根据阿拉伯文学经典《一千零一夜》改编的。这部 65 分钟的剪影动画获得了巨大的成功，还得到了法国著名电影导演让·雷诺阿（Jean Renoir）和雷内·克莱尔（René Clair）的热情推荐[①]。英国第一部动画电影长片也改编自文学经典。1953 年，约翰·哈拉斯（John Halas）根据英国著名作家乔治·奥威尔（George Orwell）于 1945 年出版的小说《动物农庄》（Animal Farm），拍摄了英国历史上第一部动画电影长片《动物农庄》。这部动画长片于 1954 年 4 月上映之后广受好评，美国《时代》周刊对该影片给予了极高的评价，称其为杰作。中国学者也认为："《动物农庄》使约翰·哈拉斯夫妇名声大振，彻底奠定了其英国动画大师的地位，他们二人的名字甚至可以成为英国动画的代名词。"[②] 此外，苏联的第一部动画长片《神驼马》（The Humpbacked Horse, 1947）也改编自俄国著名作家彼·巴·叶尔绍夫（Pyotr Pavolich Yershov）的长篇童话诗《神驼马》。可见，文学经典为动画能够成为一种独立的艺术形态立下了汗马功劳，这一点成为各国动画人的共识，他们也通过惊人一致的动画选材方式表达了这一共识。

---

① BENDAZZI G. Animation: a world history, volume 1: foundations – the golden age [M]. Baca Raton: CRC Press, 2016: 61.
② 薛燕平. 英国动画 [M]. 北京：中国传媒大学出版社，2010: 8.

二、美国动画产业发展的启示

在美国动画产业中，迪士尼是当之无愧的霸主。自从 1937 年推出美国第一部动画长片《白雪公主与七个小矮人》以来，迪士尼在美国动画界就"几乎完全占主导地位"①，尤其是 20 世纪 90 年代之前，其他的动画公司产量非常少，在一定时期内迪士尼基本就是美国动画的代名词。甚至还有不少人会误以为迪士尼就是动画的开创者，"许多传记对他（迪士尼）的动画创新给予了极高的评价，以至于人们会认为动画起源于沃尔特·迪士尼"②，还有研究者明确地表示："沃尔特·迪士尼工作室可以说制作了电影史上最好的动画片。"③ 在 20 世纪 90 年代之后，美国出现了大大小小多个动画公司，与迪士尼相抗衡，但是，依旧无法动摇迪士尼作为美国首屈一指的动画公司的地位，从 1990—2019 年迪士尼和其他各大动画公司的动画电影总量的对比上就可以看出迪士尼动画的压倒性优势，见表 8-1。

表 8-1 1990—2019 年美国主要的动画公司发行的影院动画数量④

动画公司	手绘动画	电脑动画	定格动画	总计
迪士尼	29	27	2	58
梦工厂	4	31	2	37
皮克斯	/	21	/	21
派拉蒙	10	10	1	21
索尼	/	19	/	19
华纳兄弟	6	7	/	13
蓝天	/	12	/	12
总计	49	127	5	181

可见，从 1990 年至 2019 年的近 30 年里，虽然出现了梦工厂、皮克斯等在业界卓有建树的动画公司，但是从动画电影制作数量上来看，迪士

---

① BROWN N. Contemporary hollywood animation：style，storytelling，culture and ideology since the 1990s [M]. Edinburgh：Edinburgh University Press，2021：2.
② WASKO J. Understanding Disney：the manufacture of fantasy [M]. Oxford：Polity，2001：21.
③ MOLLET T L. Cartoons in hard times：the animated shorts of Disney and Warner Brothers in depression and war 1932 - 1945 [M]. New York：Bloomsbury Academic，2017：8.
④ BROWN N. Contemporary hollywood animation：style，storytelling，culture and ideology since the 1990s [M]. Edinburgh：Edinburgh University Press，2021：6.

尼依旧拥有显著的优势，尤其是在手绘动画领域，迪士尼更是无人能敌。此外，在电影票房收入上，迪士尼依旧占据领先位置。根据美国专业的电影数据统计网站 the Numbers 上显示的数据，美国各大电影公司于 1995—2022 年的电影票房收入以及所占的市场份额见表 8-2，表中票房收入数据不仅包括动画电影，也包括真人电影。

表 8-2　1995—2022 年美国各大电影公司票房收入所占市场份额

电影公司	总票房（亿美元）	市场份额（百分比）
迪士尼	415.1	16.97%
华纳兄弟	370.1	15.16%
索尼	305.8	12.51%
环球	294.4	12.04%
20 世纪福克斯	258.7	10.58%
派拉蒙	255.7	10.45%
狮门	97.0	3.97%
新线	61.2	2.53%
梦工厂	42.8	1.75%
米拉麦克斯	38.4	1.57%

迪士尼不仅以高产量和高收入赢得了商业上的巨大成功，更获得了艺术上的卓越成就，截至 2010 年，迪士尼就已经"获得了 32 座奥斯卡奖，7 座格莱美奖，950 项全球范围的奖项"[①]。迪士尼是一家商业、口碑双赢的巨无霸电影公司，而且以制作动画而出名，所以研究迪士尼的产业情况对于分析动画产业与文学改编的关联具有极强的参考价值。更不用说迪士尼在 1996 年与美国广播公司电视制片厂（ABC Television Studios）合并，在 2006 年收购了皮克斯工作室（Pixar Studios），在 2009 年收购了漫威娱乐公司（Marvel Entertainment），在 2012 年收购了卢卡斯影业公司（Lucasfilm），"进一步宣称其对全球娱乐文化的控制"[②]。

迪士尼在动画创作上一向热衷于改编文学经典，"自 1937 年推出首部动画电影《白雪公主》以来，截至 2019 年 9 月，迪士尼共制作了 57 部动画电影长片，其中 46 部均为基于 IP 改编的题材，所占比例高达 80%。作品大都改编自世界各地广为流传的民间传说和童话故事，如格林童话、安

---

① 孙立军，马华. 美国迪士尼动画研究 [M]. 北京：京华出版社，2010：10.
② MOLLET T L. Cartoons in hard times: the animated shorts of Disney and Warner Brothers in depression and war 1932-1945 [M]. New York: Bloomsbury Academic, 2017: 8.

徒生童话、经典文学名著、希腊神话、英国/中国民间传说、阿拉伯民间故事集《一千零一夜》、知名儿童读物等"①。由此，不能否认迪士尼的巨大成功与改编文学经典之间的关联。

于迪士尼而言，其动画电影在商业上并非一帆风顺，甚至公司多次处于破产边缘，究其原因，当然与沃尔特·迪士尼在动画创作上的高标准、高投入所形成的商业风险有一定的关系，但是也与迪士尼的发展路线的变化密切相连，尤其是对文学经典的选择态度上。我们可以通过梳理迪士尼多年来作品类型的选择以及由此产生的商业和社会影响的变化来看出这一问题。

迪士尼根据格林童话改编的《白雪公主与七个小矮人》（1937）的公映毫无疑问是美国动画史上的大事，是这部作品带领迪士尼以及美国动画进入了长期的繁荣时期。1937年这一年成为迪士尼动画产业发展的标志年，同时也是美国动画发展的标志年。在《白雪公主与七个小矮人》之后，迪士尼依然根据文学经典，经过精心改编，推出多部动画电影长片，包括根据意大利作家卡洛·科洛迪的童话《匹诺曹》改编的动画电影《木偶奇遇记》（1940）、根据奥地利作家费利克斯·萨尔腾（Felix Salten）的小说《斑比，林中生活》（Bambi, a Life in the Woods）改编的动画电影《小鹿斑比》（1942）、根据童话经典《杰克与魔豆》改编的动画电影《米奇与魔豆》（1947）、根据英国作家肯尼斯·格雷厄姆（Kenneth Grahame）的童话经典《柳林风声》（The Wind in the Willows）改编的动画电影《伊老师与小蟾蜍大历险》（1949）等。可以说，迪士尼从一开始，就走上了改编文学经典的道路。这一方针在20世纪50年代被继续推行，获得了极大的成功，更是开创了美国动画史上的第一次繁荣时期（1950—1966）。这一时期根据文学经典改编的动画主要有：根据格林童话《灰姑娘》改编的动画电影《仙履奇缘》（1950）、根据英国作家刘易斯·卡罗尔（Lewis Carroll）的童话《爱丽丝漫游奇境记》和《爱丽丝镜中奇遇记》改编的动画电影《爱丽丝梦游仙境》（1951）、根据英国作家詹姆斯·马修·巴利（James Matthew Barrie）的小说《彼得·潘》改编的动画电影《小飞侠》（1953）、根据格林童话《睡美人》改编的动画电影《睡美人》（1959）。这些人们耳熟能详的童话经典铸就了迪士尼辉煌的开端和第一次繁荣。

---

① 牛兴侦. 文化符号赋能中国动画学派影片价值研究［M］//孙立军，孙平. 文化与审美：中国动画学派的启示. 北京：海洋出版社，2020：265.

但是，在1966年沃尔特·迪士尼因肺癌去世后，迪士尼陷入了发展困境，其创作的方向也发生了明显的变化，甚至带动着美国动画产业进入萧条时期（1967—1988）。迪士尼从70年代开始，就"经历了长期的、日益严重的萎靡不振，一直延续到20世纪80年代"①。在这一时期，迪士尼的作品无论从艺术还是从票房上来看，都不尽如人意。其中主要的作品有：《丛林之书》（1967）、《猫儿历险记》（1970）、《救难小英雄》（1977）、《黑神锅传奇》（1985）、《妙妙探》（1986）。在这些作品中，有相当比例的原创动画，也有一些为改编动画，例如《救难小英雄》是根据马格丽·夏普（Margery Sharp）的系列小说改编；《丛林之书》是根据鲁德亚德·奇普林斯（Rudyard Kiplings）的同名小说改编；《黑神锅传奇》根据劳埃德·亚历山大（Lloyd Alexander）的奇幻系列小说《布莱恩编年史》（The Chronicles of Prydain）改编。虽然其中有一些改编作品，但是大多数并未选择文学经典来进行改编。与迪士尼的第一次繁荣时期相比，这一时期的选材方向明显发生了变化，主要表现为偏离了对文学经典的选择。当然，沃尔特·迪士尼的去世对迪士尼公司所造成的影响是难以估量的，但是迪士尼动画在选材方面出现的变化不能不说是造成公司危机的另外一个原因。1989年之后，迪士尼继续选择改编文学经典，从而进入了第二次繁荣时期，这也能充分证明文学经典是迪士尼公司发展的制胜法宝。

1989年迪士尼公司推出了《小美人鱼》，获得了极大成功，标志着美国动画片又一次进入繁荣时期，"这部电影被广泛认为是重振了好莱坞动画长片"②。甚至，由《小美人鱼》引发的迪士尼的创作高潮还被不少学者赋予了一个极具历史厚重感并充满了对未来发展的信心的名字："迪士尼的文艺复兴（The Disney Renaissance）"③。随后，在《小美人鱼》的引领下，迪士尼又陆续推出一系列重要的动画电影，包括：根据安徒生童话《海的女儿》改编的动画电影《小美人鱼》（1989）、根据经典童话改编的动画电影《美女与野兽》（1991）、根据阿拉伯民间故事《一千零一夜》改编的动画电影《阿拉丁》（1992）、根据莎士比亚悲剧经典《哈姆莱特》改编的动画电影《狮子王》（1994）、根据真实历史事件改编的动画电影

---

① BROWN N. Contemporary hollywood animation: style, storytelling, culture and ideology since the 1990s [M]. Edinburgh: Edinburgh University Press, 2021: 7.
② BROWN N. Contemporary hollywood animation: style, storytelling, culture and ideology since the 1990s [M]. Edinburgh: Edinburgh University Press, 2021: 3.
③ PALLANT C. Demystifying Disney: a history of Disney feature animation [M]. New York: Continuum, 2011: 89.

《风中奇缘》（1995）、根据法国作家雨果的小说《巴黎圣母院》改编的动画电影《钟楼怪人》（1996）、根据希腊神话改编的动画电影《大力士》（1997年）、根据中国南北朝乐府民歌《木兰辞》改编的动画电影《木兰》（1998）和根据埃德加·莱斯·伯勒斯（Edgar Rice Burroughs）的小说《人猿泰山》（Tarzan of the Apes）改编的动画电影《泰山》（1999）。在这些动画作品中，虽然有少量是根据非经典文本改编的，但是绝大多数还是改编自世界各国的文学经典。"迪士尼文艺复兴"时期的创作"回到了迪士尼正规主义时期的艺术意识形态"①。并且，值得一提的是，这些作品都获得了商业上的成功，"都进入了其上映当年全球收入最高的十部电影名单"②。同样，这些动画电影在艺术上也取得了傲人的成就。

通过梳理迪士尼的两次繁荣时期和一次低谷时期，可以明显地看出改编文学经典在迪士尼发展的历程中几乎成为一个神奇的魔咒，遵循之，则获得成功，背弃之，则惨遭失败。进入21世纪后，虽然动画创作的形态发生了剧烈变化（由手绘动画转向电脑动画），但是改编文学经典这一魔法于迪士尼而言，依然有效。迪士尼继续改编文学经典，并获得了巨大的成功，其中包括根据格林童话《青蛙王子》改编的《公主和青蛙》（2009），根据格林童话《莴苣姑娘》改编的《长发公主》（2010），根据安徒生童话《白雪皇后》改编的《冰雪奇缘》（2013）、《冰雪奇缘2》（2019）等。

迪士尼公司一定是意识到文学经典改编所带来的巨大商业价值，所以，近年来，不断推出一系列根据文学经典改编的真人电影或CG动画电影，也可以认为是对其过去的动画经典的重述。这些作品主要包括：2015年《仙履奇缘》，全年全球电影票房排名第12，票房收入5.42亿美元；2017年《美女与野兽》，全年全球电影票房排名第2，票房收入12.64亿美元；2019年《小飞象》，全年全球电影票房排名第26，票房收入3.53亿美元；2019年《阿拉丁》，全年全球电影票房排名第9，票房收入10.51亿美元；2019年《狮子王》，全年全球电影票房排名第2，票房收入16.57亿美元；③ 2023年《小美人鱼》，全年全球电影票房排名第10，

---

① PALLANT C. Demystifying Disney: a history of Disney feature animation [M]. New York: Continuum, 2011: 89.
② BROWN N. Contemporary hollywood animation: style, storytelling, culture and ideology since the 1990s [M]. Edinburgh: Edinburgh University Press, 2021: 11.
③ 由于迪士尼并未将2019年的《狮子王》归为动画电影来进行宣传，而是将其作为真人电影，所以并未将此片的票房收入列入全球动画票房排行榜中。实际上，该片是使用CG动画制作出来的写实的动物来拍摄制作的，也应归属在动画的范畴之中。

票房收入 5.69 亿美元。

在这几部电影中，除了《小飞象》的票房收入和排名稍低之外，其余电影的全年全球电影票房排名均很高，尤其是 2017 年的《美女与野兽》和 2019 年的《狮子王》，更是荣获全年全球电影票房的亚军。可见，改编文学经典直到今天还是迪士尼的制胜法宝。

迪士尼动画在文学经典改编上所取得的成功，不仅为其带来了巨大的商业价值，而且让文学经典成为自己的文化资本。杰克·泽佩斯（Jack Zips）甚至对此饱含忧虑，认为迪士尼的名字掩盖了查尔斯·佩罗、格林兄弟、汉斯·克里斯蒂安·安徒生、卡洛·科洛迪、刘易斯·卡罗尔、詹姆斯·巴利等人的名字。他不无担心地说道："如果今天的儿童或成年人想到伟大的古典童话，无论是《白雪公主》（1937）、《睡美人》（1959），还是《灰姑娘》（1950），他们都会想到沃尔特·迪士尼。他们对这些故事和其他故事的最初印象，也许是持久的印象，将来自迪士尼的电影、书籍或艺术品。"① 当然，泽佩斯的担忧是不无道理的，但是，也从另一个侧面说明了迪士尼动画在文学经典改编领域的成功，正是这些文学经典，铸就了迪士尼的辉煌。

第二节 经典改编对中国动画产业的影响

中国动画在诞生之初是走在世界前列的。迪士尼于 1937 年 12 月 21 日在洛杉矶首映了其第一部动画长片《白雪公主与七个小矮人》，让世人见证了动画的魅力，6 个月后，1938 年的夏天，这部动画便被引入国内，在上海放映。距离《白雪公主与七个小矮人》在国内公映不到 3 年，也就是 1941 年，中国动画的鼻祖万氏兄弟就完成了中国第一部动画长片《铁扇公主》的创作，这部动画也是亚洲第一部动画长片。而现今与美国形成动画产业两极的日本却到 1945 年才创作了自己的第一部动画长片《桃太郎：海之神兵》，远落后于中国。

可见，中国动画的起步不仅早而且卓有建树。而后，在以万氏兄弟为首的第一代动画人的努力下，"中国动画学派"迅速崛起，成为能与著名的"萨格勒布学派"实力相当的世界动画的重要一翼。一时间，中国动画

---

① ZIPES J. Breaking the Disney Spell [M] //BELL E, HASS L, SELLS L. From mouse to mermaid: the politics of film, gender, and culture. Indiana: Indiana University Press, 1996: 21.

在世界范围内频频获奖,引得世人瞩目:《神笔》(1955)获得意大利第八届威尼斯国际儿童电影节儿童文娱片一等奖和南斯拉夫第一届贝尔格莱德国际儿童电影节优秀儿童影片奖等国际重要奖项;《小蝌蚪找妈妈》(1960)获得瑞士第十四届洛迦诺国际电影节短片银帆奖、法国第四届安纳西国际动画电影节儿童片奖、法国第十七届戛纳国际电影节荣誉奖、南斯拉夫第三届萨格勒布国际动画电影节一等奖等;《三个和尚》(1981)获得德国第三十二届柏林国际电影节银熊奖等;《哪吒闹海》(1979)获得菲律宾第二届马尼拉国际电影节特别奖等;《鹬蚌相争》(1983)获得第三十四届西柏林国际电影节短片银熊奖、加拿大多伦多国际动画电影节特别奖等。各种动画影片频频获奖,中国动画学派的蓬勃发展造就了中国动画史上的高峰。然而,中国动画学派的辉煌并没能持续,在 20 世纪 80 年代之后便渐渐消沉,中国动画失去了自己的方向,甚至失去了独立创作的能力,一度沦为美、日等动画强国的"加工厂"。所幸这种沉寂的状态在近年被打破,2015 年,一部现象级的动画电影《西游记之大圣归来》横空出世,这部动画的出现和成功,让人重新审视中国动画的出路和方向。当时动画研究专家盘剑教授的一番话几乎成为一个预言:"一部《大圣归来》将使 2015 年成为中国动画电影发展史上一个划时代的年头——国产动画电影将从此走进一个新的时代。"① 现在回想起来,《西游记之大圣归来》在中国动画发展史上的历史地位的确意义非凡,它的成功让中国动画人迅速找寻到了动画的发展方向,即传统的、民族的与现代的、世界的相融合的创作策略。也难怪有学者将这部电影定义为"一次重要的文化事件"②。《西游记之大圣归来》之后的中国动画进入了一个全新的发展轨道,展现了不同于过去 30 年的创作风貌,涌现出了诸如《大鱼海棠》《哪吒之魔童降世》《白蛇:缘起》《白蛇2:青蛇劫起》《姜子牙》《新神榜:哪吒重生》《新神榜:杨戬》《哪吒之魔童闹海》等一系列叫好又叫座的国产动画电影,给中国动画的发展带来了新的希望。还有学者因此倡导建构"新动画中国学派"理论体系③。

可见,中国动画的发展经历了几次起伏,从一开始的高开高走,到中途滑落,再到现在的奋发崛起。造成这一发展趋势的原因是多方面的,但是文学改编作为其中原因之一不容小觑。和其他动画强国一样,中国动画

---

① 盘剑.动漫研究:理论与实践[M].杭州:浙江大学出版社,2016:192.
② 白惠元.民族话语里的主体生成:重绘中国动画电影中的孙悟空形象[J].文艺研究,2016(2):21.
③ 盘剑."新动画中国学派"的理论体系建构[J].民族艺术研究,2021(1):14.

在诞生之初就走上了文学改编的道路。文学经典为动画创作提供了坚实的基础，在动画蹒跚学步的时候，文学改编是有力的拐杖，引领中国动画攀上高峰。正是因为万氏兄弟在创作动画时早早地开始文学改编，才使得中国早期动画的发展避开了许多弯路，以较快的速度走上了正途，形成了"中国动画学派"。孙立军认为"中国动画学派"一词最早见于尹岩1988年6月发表在《当代电影》上的《动画电影中的动画学派》一文中。① 尹岩在文中写道："动画电影中的'中国学派'，实际上就是中国民族化的动画电影。"② 对于这一定义，学界是认可的，李三强进一步认为"中国动画学派"具体是指"20世纪50年代中期至80年代中后期，我国动画界以上海美术电影制片厂为主要基地创作的一大批具有浓郁民族特色的动画作品"③。民族性是中国动画学派最具有识别性的特征，在对民族性的强调过程中，中国动画学派获得了长足的发展，标志着中国动画的成熟和高峰。可是，另一个值得注意的方面是，在中国动画学派辉煌的时间段内，几乎所有的动画长片都是改编自文学经典。表8-3列举了中国动画学派繁荣时期内，即20世纪50年代中期到20世纪80年代中期的动画电影长片。

表8-3　20世纪50年代中期—20世纪80年代中期的中国动画电影长片

年份	片名	导演	原著	时长
1959	《一幅僮锦》	钱家骏	壮族民间故事	60分钟
1961	《大闹天宫》（上）	万籁鸣	《西游记》	50分钟
1963	《孔雀公主》	靳夕	傣族叙事诗《召树屯》	73分钟
1964	《大闹天宫》（下）	万籁鸣	《西游记》	70分钟
1977	《小石柱》	王树忱	1975年出版的儿童文学《新来的小石柱》	80分钟
1979	《哪吒闹海》	王树忱	《封神演义》	65分钟
1983	《天书奇谭》	王树忱	《平妖传》	89分钟
1984	《西岳奇童》	靳夕	中国民间传说《劈山救母》	93分钟
1985	《金猴降妖》	特伟	《西游记》	90分钟

表格中的这几部动画长片均改编自文学作品，除了《小石柱》改编自现代文学，其余都改编自中国古代文学经典和民间传说。可见，文学经典

---

① 孙立军，孙平. 文化与审美：中国动画学派的启示 [M]. 北京：海洋出版社，2020：11.
② 尹岩. 动画电影中的"中国学派" [J]. 当代电影，1988 (6)：71.
③ 李三强. 重读"中国学派" [J]. 电影艺术，2007 (6)：142.

为"中国动画学派"繁荣时期的动画电影创作提供了宝贵的素材来源。也正是这些改编自中国文学经典的动画长片,将中国动画学派推向高潮:"中国动画学派有过两次辉煌:第一次是1956年到60年代中期,这一时期的代表作有《大闹天宫》等。……第二次是1979年《哪吒闹海》带来的第二次高潮。"① 这不能仅仅用巧合二字加以解释,改编文学经典和中国动画取得成功二者之间是有着必然联系的。文学经典奠定了动画创作的基础,推动中国动画迅速走向了巅峰,同时也推动中国动画学派在世界范围内取得瞩目成就。

20世纪90年代,中国动画电影创作的选材开始呈现出多元化的局面。表8-4罗列了20世纪90年代到21世纪初期主要的动画电影长片:

表8-4　20世纪90年代至21世纪初期中国主要的动画电影长片

年份	片名	素材来源
1996	《倔强的凯拉班》	法国作家凡尔纳的同名小说
1997	《小倩》	《聊斋志异》
1999	《宝莲灯》	民间神话《劈山救母》
2001	《气球上的五星期》	法国作家凡尔纳的同名小说
2001	《可可的魔伞》	原创
2001	《小虎斑斑》	原创
2004	《梁山伯与祝英台》	中国民间故事
2005	《红孩儿大话火焰山》	《西游记》
2005	《小兵张嘎》	徐光耀同名小说
2006	《勇闯天下》	原创
2006	《魔比斯环》	原创
2007	《勇士》	原创
2007	《闪闪的红星》	李心田同名小说
2008	《风云决》	香港漫画《风云》
2008	《喜羊羊与灰太狼之牛气冲天》	原创
2009	《马兰花》	任德耀同名舞台剧
2010	《长江七号爱地球》	电影《长江七号》
2010	《喜羊羊与灰太狼之兔年顶呱呱》	原创

可见,随着时间的推移,中国动画越来越倾向于原创动画。从上表可

---

① 孙立军,孙平. 文化与审美:中国动画学派的启示 [M]. 北京:海洋出版社,2020:20.

以很明显地看出中国动画在选材上与文学经典渐行渐远。虽然进入 21 世纪以来中国动画得到了政策的大力扶持，在产量上大大地增加了，但是，"'产量'高而'产值'低"①，更令人沮丧的是，"作品的影响力也微乎其微"②。

究其原因，还在于动画的选材以及剧本创作。剧本，是一剧之本。一部好的剧本不一定能拍出好动画，但是一部差的剧本是绝对拍不出好动画的。能够为动画剧本创作提供优质素材的，恰恰是那些堪称人类文化结晶的文学经典。20 世纪 90 年代后，中国动画较少涉足文学经典改编，造成这一现象的根源是微妙且深刻的。安德烈·巴赞（André Bazin）说："作品的文学素质越是重要，越是关键，那么改编作品就越是难以和它相媲美，因而也就越是需要有创作天才来对它重新安排，这样的新作品，虽然未必能和原作神形毕肖，但是至少也能和它相称。"③ 或是正是这个原因，对于那些在文学艺术上成就特别高的经典作品，改编者害怕自己无法再现原著的神貌，以至于被后人诟病，于是便集体采取了逃避的方式，选择原创作品（但却并没有在剧本创作上下足功夫），或是选择改编一些相对来说较为通俗的文学作品。但是，这种选材方式恐怕也在一定程度上造成了中国当代动画产量高但质量低的现象。

然而，可喜的是，这一现象在 2015 年前后慢慢发生了改变。2015 年，动画电影《西游记之大圣归来》的横空出世，让所有不看好中国动画的人为之震惊。近 10 亿元的票房收入让所有人瞠目结舌，原来动画也可以取得这样巨大的商业成就。这部堪称现象级的动画电影在上映不足一月的时候，中宣部文艺局、国家新闻出版广电总局电影局、中国电影资料馆便一同召开了一场《大圣归来》研讨会，充分肯定了其创作成就。随后，中国动画开始走向一条全新的发展道路，相继涌现越来越多叫好又卖座的动画电影，这一发展势头在 2019 年因《哪吒之魔童降世》达到一个高峰，《哪吒之魔童降世》不仅获得了第 33 届中国电影金鸡奖最佳美术片奖，更是创造了票房奇迹，总票房超过 50 亿元。而这一票房纪录在 2025 年被其续篇《哪吒之魔童闹海》打破，截至 2025 年 3 月，该片以近 150 亿的票房收入登上了中国电影票房排行榜首位，同时也成为世界动画电影票房排行榜第一名。这一数据简直是中国电影史上的奇观。

---

① 盘剑. 中国动漫产业发展报告 2004—2009 [M]. 北京：中国社会科学出版社，2010：29.
② 盘剑. 动漫研究：理论与实践 [M]. 杭州：浙江大学出版社，2016：38.
③ 陈犀禾. 电影改编理论问题 [M]. 北京：中国电影出版社，1988：89.

可见，改编文学经典在 21 世纪 20 年代的今天于中国动画而言，依旧有其魔力。表 8-5 列举了从引领中国动画走向新的发展征途的《西游记之大圣归来》横空出世的年份 2015 年到 2025 年 3 月所有超过 4 亿元票房的国产动画电影，再结合其素材来源，可以对于现阶段中国动画电影不断创下辉煌的原因有一个更为直观的认识。

表 8-5 2015—2025 年超过 4 亿元票房收入的国产动画电影（截至 2025 年 3 月）

年份	片名	导演	票房收入（亿元人民币）	素材来源
2015	《西游记之大圣归来》	田晓鹏	9.57	《西游记》
2016	《大鱼海棠》	梁旋/张春	5.74	《庄子·逍遥游》《山海经》
2017	《熊出没之奇幻空间》	丁亮/林汇达/林永长	5.22	原创
2018	《熊出没·变形记》	丁亮/林汇达/林永长	6.06	原创
2019	《哪吒之魔童降世》	饺子	50.35	《封神演义》
2019	《熊出没·原始时代》	丁亮/林汇达	7.18	原创
2019	《白蛇：缘起》	黄家康/赵霁	4.67	民间传说、《警世通言》
2020	《姜子牙》	程腾等	16.03	《封神演义》
2021	《白蛇2：青蛇劫起》	黄家康	5.80	民间传说、《警世通言》
2021	《熊出没·狂野大陆》	丁亮/邵和麒	5.97	原创
2021	《新神榜：哪吒重生》	杨乐	4.56	《封神演义》
2022	《熊出没·重返地球》	林汇达等	9.79	原创
2022	《新神榜：杨戬》	赵霁	5.56	《封神演义》
2023	《长安三万里》	谢君伟、邹靖	18.2	历史及李白的诗歌
2023	《熊出没·伴我"熊芯"》	林永长	14.9	原创
2023	《深海》	田晓鹏	9.2	原创
2024	《熊出没·逆转时空》	林汇达	20.0	原创
2024	《白蛇3：浮生》	陈健喜、李佳锴	4.2	民间传说、《警世通言》
2025	《熊出没·重启未来》	林永长	7.9	原创
2025	《哪吒之魔童闹海》	饺子	147.3①	《封神演义》

由此表可见，除了《熊出没》系列动画和《深海》，其余所有超过 4 亿元票房收入的动画电影全部根据文学经典改编。《熊出没》作为"低幼

---

① 数据截止到 2025 年 3 月 13 日。

向的动画电影,并且来源于知名动画IP"[1],算是其中的特例。《深海》则是中国动画中比较特殊的存在了,在中国动画的发展历程中,原创动画作品获得如此高票房的情况并不多见。另外《长安三万里》虽然没有直接改编某一部文学作品,但是也杂糅了历史人物传记和李白的多首名诗,也可以算作一种文学经典改编形态。通过此表,可以看出,改编文学经典,依旧是中国动画做大做强的不可忽视的法宝。对于这一观点,从图8-1中的国产动画票房排行榜中可以看得更为清楚。

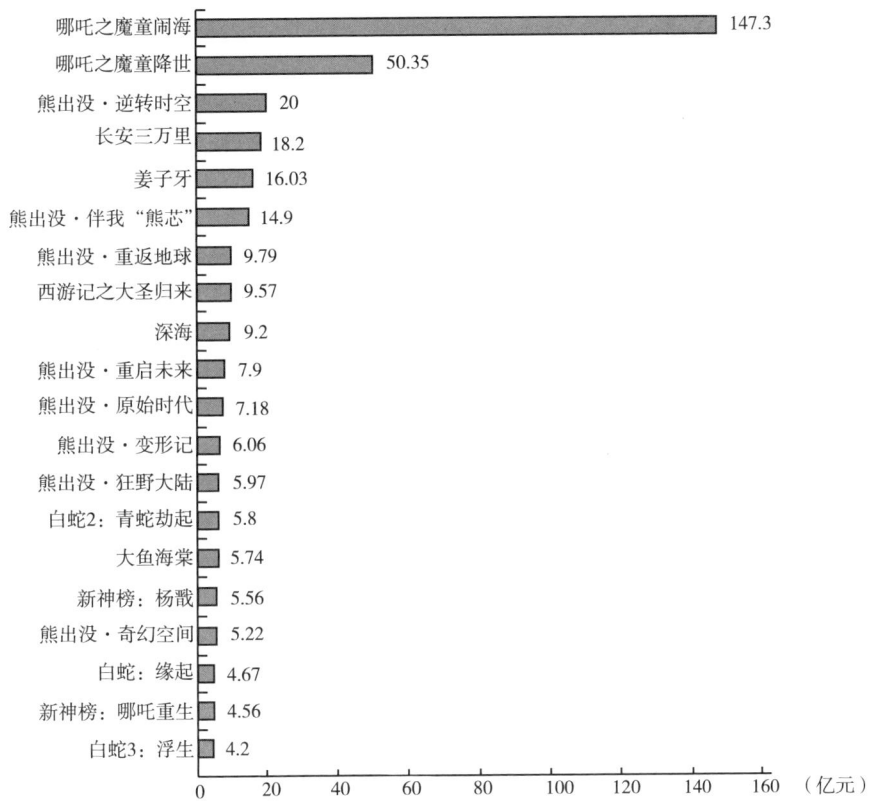

图8-1 2015—2025年超过4亿元票房收入的国产动画电影排行榜

数据来源:艺恩内容智库,截止到2025年3月13日,票房数据含服务费

2015年到2025年3月,中国动画电影票房排行榜中超过4亿元票房收入的20部影片中,有11部是根据文学经典改编的,其中超过10亿元票房收入的6部影片中有4部是根据文学经典改编的。这一现象不容小

---

[1] 邓林,韩梦毅.2018年中国影视动画产业发展回顾[J].中国文化产业评论,2020(1):355.

觑，可以说是文学经典奠定了这些动画电影在票房上的成功。有学者认为，"深入探究，会发现这样的情况与上个世纪 50 至 80 年代由上海美术电影制片厂（简称美影厂）所创造的'中国学派'动画有着某些相似之处"①。这相似之处，既有民族化艺术风格的相似，也有取材上的相似。改编文学经典，是中国动画电影获得成功的重要根源。

  这些在票房上取得巨大收益的国产动画电影并不仅仅获得了商业成功，在艺术成就上同样令人称赞，获奖无数。《大鱼海棠》获得第 15 届布达佩斯国际动画电影节最佳动画长片奖和中国文化艺术政府奖第三届动漫奖；《哪吒之魔童降世》获得第 33 届中国电影金鸡奖最佳美术片奖、第 16 届中国动漫金龙奖最佳动画长片；《哪吒之魔童降世》还与《白蛇：缘起》同获中国文化艺术政府奖第四届动漫奖；《白蛇 2：青蛇劫起》获第 34 届中国电影金鸡奖最佳美术片奖；《姜子牙》获第 18 届中国动漫金龙奖最佳动画长片、最佳导演和最佳音乐奖；等等。

  文学经典的影响力和知名度让动画电影获得了观众根基，同时，文学经典优秀的故事内核和卓越的思想内涵为动画电影提供了质量保证。2015 年以来的这些高票房的动画电影为中国动画电影的发展指明了一条清晰的方向。虽然，《熊出没》系列原创动画也创造了高额票房，但是此类低幼向的动画电影只能作为中国动画电影的一个组成部分。中国动画电影要想真正做大做强，还是得依靠面向全年龄层次的作品。"无论是好莱坞还是日本的动画经验都显示，动画电影想要做大做强就必须摒弃单一的低幼化取向，走向合家欢的影片类型。动画并不意味着是孩子的专属影片，其更应成为成人的童话，在无限的想象空间中'真实'造梦。"② 而面向全年龄层次的动画作品要想获得成功，就必须在影片内容上下功夫。有学者通过比较《西游记之大圣回来》与《喜羊羊与灰太狼》，得出这样的结论："《大圣归来》的成功完全不同于《喜羊羊与灰太狼》系列动画电影的快餐式商业成功，其意义在于影片一定程度上摆脱了对国产电视动画的粗糙复制模式，又突破唯技术的视觉表象诱惑，重回商业电影叙事法则，回到富有人性光彩的故事自身。"③ 而文学经典，则为好的故事提供了保证。

  对于中国当下的动画产业而言，改编文学经典确实为一条安全且有成

---

① 盘剑. 中国动漫产业和动画艺术的发展趋势与流变 [J]. 人民论坛，2021（1）：134.
② 邓林，韩梦毅. 2018 年中国影视动画产业发展回顾 [J]. 中国文化产业评论，2020（1）：355.
③ 陈可红. 《西游记之大圣归来》：叙事回归与人性情怀 [J]. 电影艺术，2015（6）：59.

效的创作道路,但是在改编方法上也不能一味照搬"中国动画学派"时代的模式。那么,在改编文学经典的时候,动画到底该何去何从呢?其实,中国动画企业中的佼佼者——彩条屋影业公司已经给出了极具参考价值的答案。这家成立于2015年的动画公司先后出品了《大鱼海棠》《大护法》《哪吒之魔童降世》《姜子牙》《哪吒之魔童闹海》等动画电影。彩条屋称得上是中国动画产业的领军企业,被称为"中国动画海洋中行驶的一艘巨舰"[1]。纵观彩条屋近年来取得巨大成功的多部影片,可以发现其中的共同之处,那便是:改编文学经典,并对文学经典进行符合当下观众情感和审美的现代演绎。有学者还总结出了中国动画的"彩条屋模式",认为该模式"越来越具有借用中国传统文化资源表达与链接当下社会大众情感和流行文化的明显倾向"[2]。取材于文学经典,但是不拘泥于文学经典,这样的改编模式也正是一直以来改编研究在强调改编本与源文本的关系问题时所推崇的。近年来的中国动画显然是找到并妥当地运用好了"对传统文学进行现代性的改编"这一模式。学界对此持有乐观的态度,相信"民族化+现代性的'中国学派'迟早会被真正地'重建'起来"[3]。

虽然,近些年来的中国动画产业的迅猛发展已经让人看到了"新动画中国学派"形成的曙光,而文学经典也在其中扮演了重要的角色,但是,不能不认识到现阶段动画对于文学经典的改编还存在过于偏狭的问题。纵观2015—2025年票房成功的文学经典改编动画,会发现一个现象,那便是改编对象的单一化,几乎都是对于《西游记》《封神演义》以及《白蛇传》的改编。中华民族有着五千年的悠久历史,中华文化博大精深,中国文学经典汗牛充栋,可供动画电影改编的文学经典应该是繁多的。倘若仅仅局限于上述三部作品翻来覆去地进行改编的话,中国动画的发展显然会因此受限,观众也会因此而审美疲劳。更何况既然文学经典能够为动画的创作提供积极和有益的素材来源,那么为何不放眼四方,从更为广泛的世界文学经典中汲取创作的素材?

改编文学经典的行为既促进了优秀动画经典的产生,同时也利于文学经典自身的传播和继承。在当今这一讲究传播效率的时代,要想让本国文

---

[1] 屈立丰,白宇恒,王佳楠.中国动画电影产业发展的"彩条屋模式"[J].艺术评论,2019(11):82.

[2] 屈立丰,白宇恒,王佳楠.中国动画电影产业发展的"彩条屋模式"[J].艺术评论,2019(11):85.

[3] 盘剑.2019年中国动画电影观察与分析[J].当代电影,2020(2):33.

化能够顺应时代得到传承，甚至跨越空间在异国传播，便需要采取更为适应当代社会的传播媒介。文学经典有其超越时空的魅力，可也需要采取一种新的表达方式，以一种新的载体对于文学经典进行重述，可以使得文学经典能够不被时间和国界局限，而成为全人类共有的财富。重视动画改编应是动画产业发展的一个重要策略，动画的经典改编策略既是动画产业自身发展的需要，也是文化强国策略尤其是文化对外传播策略的需求以及中外文化交流的需求。如此来看，以动画的方式重述文学经典便具有了更为深远的意义。一方面，作为我国优秀的文化遗产的中国文学经典借助于动画电影这一重要平台，可以行之有效地展开对外文化传播，能够收到理想的效果，不仅传承了我国传统文化，也向世界传播了中国文化的永恒魅力。另一方面，作为人类共同财富的世界文学经典，可以为我国的动画电影提供理想的素材，也能够为我国动画电影在主题学意义上与世界各国动画产业的交流提供空间，为平等对话创造条件。这样，无疑能为我国动画产业的发展做出应有的贡献。

第三节　中国动画"走出去"与文化对外传播

电影的受众群体不限于某一个国家和地区，作为一种视觉艺术，电影本身强有力的表达能力以及高效的传播能力让其有能力拥有更为广泛的观众群体。动画电影同样如此。中国动画在发轫之初就并非孤立于世界动画之外，即便是1941年诞生于战火之中的《铁扇公主》也并没有停止对外传播。"尽管战时受到封锁，《铁扇公主》还是去了日本、新加坡、印度尼西亚、（中国）香港、美国和加拿大。"[①] 新中国成立之后，中国动画"走出去"的范围愈加扩大，"据估计，从1950年到1964年6月，大约有65部中国动画片输出到了近64个国家和地区，包括欧洲、亚洲、非洲、拉美、澳大利亚和美国"[②]。中国动画并不只是面对国内观众，更要面向全球观众，让全球观众看到中国的动画艺术和民族文化，这一初衷至今未改。甚至，盘剑教授认为"对外传播是中国动漫产业发展的题中之义"[③]。

---

① ② DU D Y. Animated encounters transnational movements of Chinese animation, 1940s – 1970s [M]. Honolulu: University of Hawai'i Press, 2019: 3.

③ 盘剑. 中国动漫如何"走出去"：论中国动漫对外传播的现状、问题与策略 [J]. 东岳论丛, 2012 (1): 53.

中国动画走出去以及中国文化以动画为载体对外传播，是中国动画发展的必由之路。纵观全球动画电影市场，堪称世界动画两极的美国和日本，都在积极地推动本土动画国际化。美国动画电影全球票房前五名见表8-6。

表8-6　美国动画电影全球票房前五名（截止到2024年）　（单位：亿美元）

排名	年份	片名	美国本土票房	海外票房	全球票房
1	2024	《头脑特工队2》	6.53	10.34	16.87
2	2019	《冰雪奇缘2》	4.77	9.68	14.45
3	2023	《超级马里奥兄弟大电影》	5.75	7.87	13.62
4	2013	《冰雪奇缘》	4.01	8.62	12.63
5	2018	《超人总动员2》	6.09	6.34	12.43

从上表可见，除了《超人总动员2》美国本土票房与海外票房基本持平，其余4部都是海外票房远超美国本土票房。国际市场是美国动画产业的重要组成部分，也是美国动画产业积极拓展的对象。

而对于日本动画而言，海外市场也是不可小觑的部分。图8-2是日本动画2010—2018年海外和日本国内市场的收入情况。

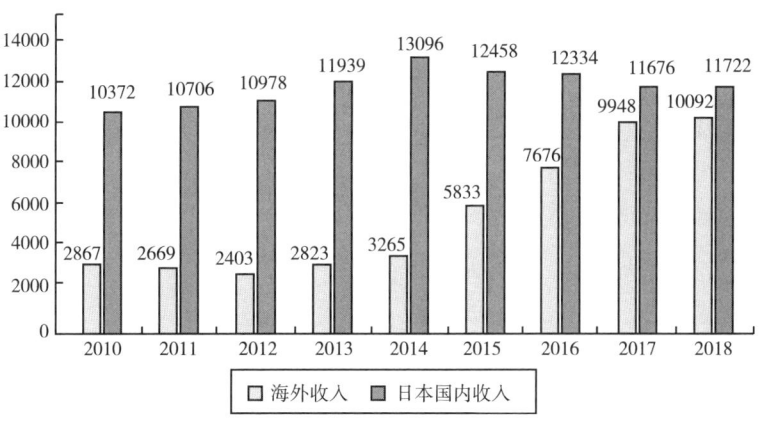

图8-2　2010—2018年日本动画市场收入情况（单位：亿日元）

从上图中能够看出，日本动画的国内收入从2010到2018年的变化并不显著，而海外收入发生了巨大的变化，从2010年的2867亿日元猛增到2018年的10092亿日元，几乎与国内收入持平。可见，日本动画也将海外市场作为重要的发展目标，同时也已经占据了一定的海外市场。

中国动画的海外票房情况，则不那么乐观了。以中国国内票房排行靠前的动画电影《哪吒之魔童闹海》《哪吒之魔童降世》和《姜子牙》为例来看，虽然这三部动画电影在国内狂扫数十亿甚至上百亿票房，但是在海外受到的关注较为有限。截至 2025 年 3 月，国内票房收入近 150 亿元人民币的《哪吒之魔童闹海》的海外票房仅有约 1.4 亿元人民币，① 国内票房收入超过 50 亿元人民币的《哪吒之魔童降世》，其海外票房收入却不足 5000 万元人民币，不到总票房收入的百分之一。② 而国内票房超过 16 亿元人民币的《姜子牙》，其海外票房只有大约 500 万元人民币。③

可见，虽然中国动画电影的总票房规模已经急剧上升，但是海外票房与美、日相比，还存在巨大的差距。而中国动画想要真正强大起来，不能只在"墙内开花"，还需要在墙外也"香"起来。

如何让中国动画更快更好地在国际上产生影响，恐怕并不能仅仅依靠动画技术，而是要依托能让不同国家、不同民族的观众都产生情感共鸣的故事，况且，现今的中国动画在技术层面上日臻成熟，已经可以"用 1/3 的人员，1/10 的成本完成好莱坞品质的动画电影制作"④。文学经典为动画的创作提供了极为宝贵的素材来源，这些文学经典之所以能够流传下来，正是因为它讲述了不被时代和国家局限的具有人类普世价值的故事。这一点，恰恰也能够给予动画创作以启示。

一、中国改编动画的海外传播

中国动画一直都没有停下对外传播的脚步，在中国动画学派萌芽和繁荣时期，中国动画的海外传播就已经是积极有效的，中国动画电影频频在国际舞台上获奖。据统计，"1949 年—1978 年，中国动画电影在所参加的国际各类电影节中共获奖 25 次。1979 年—1993 年，共有 30 部动画电影作品先后在包括丹麦、葡萄牙、意大利、日本、美国等各类电影节中获得

---

① 根据美国电影票房数据统计网站 The Numbers 上的数据，截止到 2025 年 3 月，《哪吒之魔童闹海》的海外票房主要集中在以下两个国家：美国 $17910000，澳大利亚 $1470108。
② 根据美国电影票房数据统计网站 The Numbers 上的数据，《哪吒之魔童降世》的海外票房主要集中在以下几个国家：美国 $3695533，澳大利亚 $1559579，新西兰 $280339，英国 $55800。
③ 根据美国电影票房数据统计网站 The Numbers 上的数据，《姜子牙》的海外票房主要集中在以下几个国家：美国 $214670，澳大利亚 $337808，新西兰 $103207，英国 $7744。
④ 赵霁，张娟. 传统文化的时代重塑与生产体系的持续构建：《新神榜：杨戬》导演赵霁访谈［J］. 电影新作，2022（4）：148.

各类奖项共 47 次"①。这一成绩对于经济刚刚起步的中国而言,非常难能可贵。而在这些屡获国际奖项的动画作品中,有相当部分是改编动画。中国动画学派活跃期间改编动画在国际上获奖的情况见表 8-7。

表 8-7　20 世纪 50 年代中期至 20 世纪 80 年代末期中国动画获得国际奖项一览

年份	片名	导演	素材来源	获奖情况
1955	《神笔》	靳夕、尤磊	洪汛涛的小说《神笔马良》	1956 年获得意大利第八届威尼斯国际儿童电影节儿童文娱片一等奖、叙利亚第一届大马士革国际博览会电影节短片银质一等奖、南斯拉夫第一届贝尔格莱德国际儿童电影节优秀儿童影片奖、波兰第二届华沙国际儿童电影节木偶片特别优秀奖；1957 年获得加拿大第二届斯特拉特福纪念莎士比亚国际电影节奖
1956	《机智的山羊》	万超尘	中国民间故事	1958 年获得罗马尼亚第一届布加勒斯特国际木偶片电影节奖
1958	《小鲤鱼跳龙门》	何玉门	民间传说"鲤鱼跳龙门"的故事	1959 年获得苏联第一届莫斯科国际电影节银质奖
1958	《砍柴姑娘》	集体编导	中国民间故事	1960 年获得捷克斯洛伐克第十二届卡罗维发利国际电影节荣誉奖
1959	《雕龙记》	章超群、岳路、万超尘	白族传说	1960 年获得罗马尼亚第二届布加勒斯特国际木偶片电影节银奖
1959	《一幅僮锦》	钱家骏	萧甘牛于 1955 年发表在《民间艺术》杂志上的《一幅僮锦》	1960 年获得捷克斯洛伐克第十二届卡罗维发利国际电影节荣誉奖

---

① 胡泊. 从"民族原创"到"IP 转换":中国动画电影海外传播的前世今生 [J]. 当代电影, 2017 (6):144.

续表

年份	片名	导演	素材来源	获奖情况
1961	《小蝌蚪找妈妈》	特伟、钱家骏、唐澄	方慧珍、盛璐德创作的同名童话	1961年获得瑞士第十四届洛迦诺国际电影节短片银帆奖； 1962年获得法国第四届安纳西国际动画电影节儿童片奖； 1964年获得法国第十七届戛纳国际电影节荣誉奖； 1978年获得南斯拉夫第三届萨格勒布国际动画电影节一等奖； 1981年获得法国巴黎蓬皮杜文化中心第四届国际儿童和青年节二等奖
1961	《人参娃娃》	万古蟾	张士杰原著《人参娃娃》	1961年获得德意志民主共和国第四届莱比锡国际纪录片和短片电影节荣誉奖； 1979年获得埃及第一届亚历山大国际电影节最佳儿童片奖
1961年到1964年制作	《大闹天宫》	万籁鸣、唐澄	《西游记》	1962年获得捷克斯洛伐克第十三届卡罗维发利国际电影节短片特别奖； 1978年获得英国第二十二届伦敦国际电影节最佳影片奖； 1982年获得厄瓜多尔第五届基多国际儿童电影节三等奖； 1983年获得葡萄牙第十二届菲格拉达福兹国际电影节评委奖
1963	《金色的海螺》	万古蟾	阮章竞的同名童话诗	1964年获得印度尼西亚第三届亚非国际电影节卢蒙巴奖
1973	《东海小哨兵》	胡雄华	温州地区瓯剧团同名瓯剧	1974年获得南斯拉夫第二届萨格勒布国际动画电影节奖
1978	《狐狸打猎人》	胡雄华	金近的同名儿童文学	1980年获得南斯拉夫第四届萨格勒布国际动画电影节美术奖
1979	《哪吒闹海》	严定宪、王树忱、徐景达	《封神演义》	1982年获得菲律宾第二届马尼拉国际电影节特别奖； 1988年获得法国布尔昂莱斯文化俱乐部青年国际动画电影节评委奖、宽银幕长动画片奖

续表

年份	片名	导演	素材来源	获奖情况
1981	《三个和尚》	徐景达、马克宣	中国民间谚语	1981年获得丹麦第四届欧登塞国际童话电影节银质奖；1982年获得德国第三十二届柏林国际电影节银熊奖、葡萄牙第六届埃斯皮尼奥国际动画电影节最佳影片奖；1983年获得菲律宾第二届马尼拉国际电影节特别奖；1984年获得厄瓜多尔第七届基多国际儿童电影节荣誉奖
1981	《猴子捞月》	周克勤	民间童话《猴子捞月》	1982年获得加拿大第四届渥太华国际动画片电影节儿童片一等奖；1987年获得保加利亚第四届卡洛澳国际喜剧电影节最佳短片奖
1981	《人参果》	严定宪	《西游记》	1983年获得菲律宾第二届马尼拉国际电影节特别奖
1982	《鹿铃》	唐澄、邬强	根据庐山"白鹿洞书院"的传说改编	1983年获得苏联第十三届莫斯科国际电影节最佳动画片特别奖
1983	《鹬蚌相争》	胡进庆	《战国策·燕策》	1984年获得第三十四届西柏林国际电影节短片银熊奖、南斯拉夫第六届萨格勒布国际动画电影节特别奖、加拿大多伦多国际动画电影节特别奖
1984	《火童》	王柏荣	中国哈尼族民间传说	1985年获得日本第一届广岛国际动画电影节C组一等奖
1985	《女娲补天》	钱运达	中国上古神话传说	1986年获得法国圣罗马国际儿童电影节特别奖
1985	《金猴降妖》	特伟，严定宪，林文肖	《西游记》	1987年获得法国布尔波拉斯文化俱乐部青年动画电影节长片奖和大众奖、法国布尔昂莱斯文化俱乐部青年国际动画电影节青年评选委员会长片奖大众奖；1989年获得美国第六届芝加哥国际儿童电影节动画故事片一等奖

续表

年份	片名	导演	素材来源	获奖情况
1985	《夹子救鹿》	林文肖、常光希	敦煌壁画中的佛教故事	1987年获得印度第五届库塔克国际儿童电影节最佳短片奖金象奖
1986	《新装的门铃》	阿达、马克宣	周锐现代题材的超短篇小说	1988年获得中国第一届上海国际动画电影节特别奖
1988	《螳螂捕蝉》	胡进庆	成语故事	1988年获得中国第一届上海国际动画电影节美术片分组奖
1989	《牛冤》	钟泉	司马光的《冤牛问》	1990年获得日本第三届广岛国际动画电影节参赛奖

依据上表可以看出，改编动画的获奖数量是非常可观的，通过这些国际奖项的获得，中国动画在世界范围内赢得了一定的关注，并积极传播了中国传统文化。但另一方面，值得注意的是，中国动画学派兴盛期间所有的改编动画都是根据中国题材改编，无一改编自外国作品。形成这一现象当然一部分是由历史原因造成的，但另外一方面，中国动画学派一直以来的对于民族性的强调也对选材进行了限定。诚然，民族性是中国动画独特的风格，也是中国动画能够在世界动画中保持其独立性和可识别性的重要手段，但是，民族性的表达方式应该是多元的，只要能够传播中国文化特点，只要能够传播中华民族的价值观念和文化观念，只要能够传播中国的文艺作品，都应算作民族性的表达，将中国的民族精神寓于外国文学经典，这也应是民族性的表现方式之一。

中国动画学派的辉煌并未一直延续下去，其在20世纪90年代初期走向衰落，此后相当长时间内，中国动画处于迷茫期，一度沦为美、日等动画强国的代工厂。但是，这一状态在2015年左右发生了变化。近年来，国漫的概念被频频提及。"'国漫'概念首次出现（正规文献记载）的具体时间和相关媒体还有待考证，但其引起社会广泛关注和高度重视的第一个作品样本应该是2015年出品的《西游记之大圣归来》。"① 《西游记之大圣归来》之后，又出现了诸如《哪吒之魔童降世》《哪吒之魔童闹海》这种现象级的动画电影，还有《姜子牙》《大鱼海棠》《白蛇：缘起》等多部国内票房和口碑双赢的动画电影，一时间，创造出了中国动画的新高

---

① 盘剑. 中国动画的概念更替与艺术演进［J］. 美术观察, 2021（1）：16.

潮。这些动画电影均改编自中国文学作品,它们在国际上多次露面,也斩获了一些奖项,其中主要有:《西游记之大圣归来》于 2016 年荣获东京动画奖竞赛单元长篇动画优秀奖;《大鱼海棠》于 2017 年入围第二十四届斯图加特国际动画电影节长片主竞赛单元,提名第二十六届安纳西国际动画电影节主竞赛单元最佳动画长片,并荣获第十五届布达佩斯国际动画电影节最佳动画长片奖;《哪吒之魔童降世》于 2019 年提名澳大利亚电影与电视艺术学院奖最佳亚洲电影奖,荣获第三十二届东京国际电影节金鹤奖最佳作品,入围第九十二届奥斯卡金像奖最佳国际影片;《姜子牙》于 2021 年提名法国安纳西国际动画节官方长片主竞赛单元;等等。

然而,这些在国内产生巨大影响,狂揽数十亿票房的动画电影在海外市场却反响平平,未能受到太大的关注。除了如本节开头所述,票房收入不尽如人意之外,海外观众的关注度和口碑也与国内有着巨大的差距。在美国权威的电影网站 IMDb(互联网电影数据库,Internet Movie Database,简称 IMDb)上,近年来中国红极一时的改编动画无论从关注度还是评分上来看都平平无奇。表 8-8 统计了近年来根据中国文学经典改编的动画电影在 IMDb 网站上的评分以及评分人数:

表 8-8　近年来中国文学经典改编动画电影的 IMDb 评分

片名	评分人数	评分(满分 10 分)
《西游记之大圣归来》	4300	6.7
《大鱼海棠》	6300	7.0
《哪吒之魔童降世》	7700	7.4
《白蛇:缘起》	4400	7.0
《姜子牙》	1900	6.5
《新神榜:哪吒重生》	3300	6.8
《白蛇 2:青蛇劫起》	2600	6.7
《新神榜:杨戬》	1100	6.6
《白蛇 3:浮生》	426	6.9
《哪吒之魔童闹海》	7600	8.2

从表中可以看出,近年来在国内大热的中国动画电影无论在评分人数还是获得的评分上都与国内的高关注度、高票房、高口碑的情态不够匹配。相形之下,日本 2008 年改编自安徒生童话《海的女儿》的动画电影《悬崖上的金鱼姬》收获了 14 万人次的评分,得分 7.6 分;美国 1994 年改编自莎士比亚戏剧《哈姆莱特》的动画电影《狮子王》则有超过 100

万人的评分,得分 8.5 分。而中国动画学派鼎盛时期的代表作品——改编自《西游记》的《大闹天宫》仅有 2100 人参与评分,最终得分为 8.1 分,《哪吒闹海》有 1100 人参与评分,得分 7.7 分。可见,以《大闹天宫》和《哪吒闹海》为代表的中国动画学派的巅峰之作虽然在海外各大电影节中频频获奖,却在海外普通民众中并未形成足够的影响。而 2015 年之后国内取得广泛关注的《西游记之大圣归来》《哪吒之魔童降世》等影片则同样未能在海外民间收获足够的好评,《哪吒之魔童闹海》虽然评分尚可,但评分人数不足 1 万人次,海外关注度依然有限。可见,中国动画在海外的传播实在任重道远。究其原因,还是和影片的题材有相当的关联。

通过此前的大量论述已经足够说明改编文学经典对于动画的意义所在,但是,不局限于改编本国文学经典,而是放眼全世界的文学经典,恐怕是中国动画能够真正"走出去"的关键。而对于其他动画强国而言,也是如此,视改编文学经典为动画创作的重要手段,并从世界各国文学中汲取精华进行改编,是动画电影在世界范围内收获成功的关键所在。

二、外国动画对中国文学经典的改编

文学经典是动画创作的宝贵素材来源,而对文学经典的改编不应该仅仅局限于本国文学经典,更可以放眼世界。美国、日本等动画强国便是将创作的触角伸向了世界各国的文学经典之中。日本动画的代表,即宫崎骏和高畑勋所在的吉卜力工作室就改编了各国的文学作品:1986 年的《天空之城》改编自英国作家乔纳森·斯威夫特的小说《格列佛游记》;2004 年的《哈尔的移动城堡》改编自英国作家戴安娜·韦恩·琼斯创作于 1986 年的同名小说;2008 年的《悬崖上的金鱼姬》改编自丹麦作家安徒生的童话《海的女儿》;2010 年的《借东西的小人阿莉埃蒂》改编自英国作家玛丽·诺顿的小说《借东西的小人》;2014 年的《回忆中的玛妮》改编自英国作家琼安·罗宾森的同名小说;2021 年的《安雅与魔女》改编自英国作家戴安娜·韦恩·琼斯的同名小说。可以明显看出,欧洲作家的作品受到了吉卜力工作室的青睐,也就不难理解为什么在吉卜力的动画中,常常出现欧洲场景了,正如学者所言:"吉卜力的电影是世界性的。"[1] 至于美国动画,如前文所述,同样改编了大量世界各国的文学经

---

[1] ODELL C, BLANC M L. Studio Ghibli: the films of Hayao Miyazaki & Isao Takahata [M]. Harpenden: Kamera Books. 2015: 14.

典,既有英国文学巨匠莎士比亚的戏剧经典,也有中国南北朝乐府民歌;既有法国文豪雨果的小说名著,也有阿拉伯民间故事。

美国、日本、俄罗斯等国家多次将中国文学经典作为本国动画创作的素材,中国题材的动画改编,成为世界动画史上的一条别样风景线。苏珊·曼(Susan Mann)在2000年亚洲研究协会年会上的主席讲话中,将花木兰作为中国文化中"两个最突出的女性神话人物之一"[1]。美国便将《木兰辞》作为动画创作的素材,多次进行改编。除了1998年迪士尼享誉全球的动画《花木兰》,1998年美国联合视频娱乐公司(United American Video Entertainment)也制作了一部关于花木兰的动画,即《花木兰的秘密》(*The Secret of Mulan*),该片将花木兰的故事融入自然界中:花木兰是一只等待破茧成蝶的毛毛虫。迪士尼的《花木兰》把花木兰的故事推向了全世界,该片获奖无数,包括第二十六届安妮奖的12个提名和10个奖项,2个金球奖提名,2个格莱美奖提名,1个奥斯卡奖提名等,在世界各国都广受好评。由于动画电影《花木兰》的成功,迪士尼又创作了续集,即2004年的《花木兰2》(Mulan II),对花木兰的故事进行了延伸。

日本改编自中国文学的动画作品的数量则更为惊人。中国文学经典中最得到日本动画人青睐的便是明代作家吴承恩的小说《西游记》。早在1926年,日本动画先驱大藤信郎(Ōfuji Noburō)就制作了动画短片《西游记:孙悟空物语》(*Journey to the West:The Story of Sun Wukong*),这是一部时长8分钟的剪纸动画。随后,日本一代动画大师手冢治虫更是将《西游记》以及根据《西游记》改编的中国动画《铁扇公主》作为自己一生创作的重要灵感来源,他在创作完自己的漫画作品《我的孙悟空》之后,于后记中写道:"《我的孙悟空》强烈受到《铁扇公主》的影响。尤其是在写《火焰山与牛魔王》的结尾时,这一部卡通的影像更是在我思考中跳跃,挥之不去。逼得我几近于模仿,而且模仿到,现在读到这一段都还觉得不好意思。"[2] 随后,日本东映动画关注到了手冢治虫的这部漫画作品,有意将其改编为动画,这便有了发行于1961年7月26日的日本动画电影《西游记》(该片在美国发行的版本更名为《阿拉卡扎姆大帝》,*Alakazam the Great*)。据手冢治虫所言,当他得知《我的孙悟空》有机会

---

[1] DONG L. Mulan's legend and legacy in China and the United States [M]. Philadelphia: Temple University Press, 2011: 10.
[2] 手冢治虫. 我的孙悟空(第八卷)[M]. 涂愫芸,译. 台北:时报文化出版企业有限公司, 1994: 167.

制作成动画电影之时，喜不自禁："《白蛇传》的制作人浑大坊五郎向我提出制作成卡通的方案时，我感到非常兴奋，心想，日本终于可以跟中国一样，把《西游记》做成卡通了。"① 于手冢治虫而言，能够将一部中国文学经典创作为动画，是一件如此欣喜之事，可见，手冢治虫在进行动画创作的时候，并没有太多地考虑题材的出处，而更多地关注题材本身的意义和价值。在该片的创作过程中，手冢治虫承担了重要的工作："导演是《白蛇传》的薮下泰司，角色、结构、底稿素描由我负责。"② 值得注意的是，1989年8月27日手冢治虫的最后一部动画《我是孙悟空》发行，这是一部自传体电影，介绍了孙悟空对手冢治虫一生创作的影响。手冢治虫用最后一部作品对自己的动画生涯进行了回顾和总结，而这部作品恰恰和《西游记》紧密相连。仅仅这一点，就足够耐人寻味。随后，2003年7月12日手冢治虫的遗作《我的孙悟空》上映，该片于2004年11月6日以《孙悟空》的名字在中国发行。可以说，《西游记》贯穿了手冢治虫的整个动画生涯。

　　《西游记》在日本动画的创作中并不仅仅只与手冢治虫的名字相连。日本动画公司的先驱东映动画也与《西游记》有着不解之缘。"尽管（日本）早在1917年就制作了第一部动画片，但直到1956年日本第一家大型商业工作室东映动画成立，才出现了动画产业。"③ 东映动画在日本动画史中的地位可见一斑。东映动画除了邀请手冢治虫创作动画《西游记》，还于1978年4月2日发行了动画《太空西游记》，这是一部科幻动画。原著中的唐僧、孙悟空、猪八戒、沙和尚在动画中都是未来的太空人，唐僧甚至是一位美少女。天凤公主（唐僧）需要前往另一颗星球以拯救银河系，天虎（孙悟空）、天狼（猪八戒）、天豹（沙和尚）等人保护天凤一同前往大王星，途中遭遇了很多宇宙怪物，这些怪物想要阻止他们的行动，并且占有天凤公主的能量。动画虽然给《西游记》的故事披上了科学幻想的外衣，但是人物为了信仰历尽千难万险，终于到达目的地，获得净化和成功的故事情节内核还是和原著匹配的。此外，东映动画于1986年制作的动画《七龙珠》在亚洲地区风靡一时，这部作品也是松散地改编了《西游记》：本领高强的孙悟空和伙伴们一起陪伴天才科学家布尔玛寻找分散在世界各地的七颗龙珠，在此过程中历经艰险，战胜了各种各样邪恶的

---

①② 手冢治虫. 我的孙悟空（第八卷）[M]. 涂愫芸，译. 台北：时报文化出版企业有限公司，1994：167.

③ TOMOHIRO M. Managing the unmanageable: emotional labour and creative hierarchy in the Japanese animation industry [J]. Ethnography, 2015, 16 (2): 265.

妨碍者，终于实现了目标。

此外，堪称日本动画代名词的蓝色机器猫哆啦A梦系列动画也曾经制作过改编自《西游记》的动画电影，即1988年的《哆啦A梦：大雄的平行西游记》。原动画中的四个角色野比大雄、骨川小夫、刚田武（胖虎）、源静香分别扮演了《西游记》中唐僧师徒四人。《西游记》中的角色铁扇公主、牛魔王、金角大王、银角大王也都有出现，与《哆啦A梦》中的角色碰撞出一种混合着熟悉感和陌生化的火花来。

可见，中国文学经典《西游记》在日本动画的创作中扮演了非常重要的角色，成为日本动画创作的宝贵素材来源。

除了《西游记》，中国著名的民间传说《白蛇传》也曾被改编为日本动画。并且，这部发行于1958年的日本动画电影《白蛇传》在整个日本动画史上具有非凡的意义。《白蛇传》是日本制作的第一部彩色动画长片，在日本影响深远。"虽然日本以前也制作过动画片（Anime），但真正掀起制作浪潮是在20世纪60年代初，部分原因是手冢治虫的作品，部分原因是通常被认为是日本第一部长篇彩色动画片《白蛇传》（*Hakujaden*，1958年）的出现。"[1] 此外，这部动画还是"第一部前往美国的日本动画电影"[2]，日本的第一部彩色动画长片选取了中国题材，有学者认为这一现象有其历史和政治原因，这部动画是"作为与中国和其他亚洲国家和解的姿态"[3] 而出现的。

更值得一提的是，日本动画公司先驱东映动画制作的前三部作品《白蛇传》《少年猿飞佐助》《西游记》中有两部是根据中国文学经典改编而成的。中国文学经典为日本早期动画的发展提供了重要的素材来源。

除了美国和日本这两个国际上公认的动画强国屡屡改编中国文学经典，俄罗斯也曾多次将中国文学改编为动画，其中，较有代表性的有1950年改编自中国民间传说的动画电影《黄鹤的故事》，还有1999年改编自中国著名儿童文学作家洪汛涛创作于20世纪50年代的童话《神笔马良》的同名动画。这些动画作品不仅在内容上完整地再现了原著的风貌，而且在动画画面上充满着浓郁的中国味道。

---

[1] ODELL C, BLANC M L. Studio Ghibli: the films of Hayao Miyazaki & Isao Takahata [M]. Harpenden: Kamera Books. 2015: p.16.

[2] DU D Y. Animated encounters transnational movements of Chinese animation, 1940s - 1970s [M]. Honolulu: University of Hawai'i Press, 2019: 60.

[3] ZIPES J. The enchanted screen: the unknown history of fairy - tale films [M]. New York: Routledge, 2011: 106.

可见，中国文学经典作为宝贵的文化资本，不仅仅为中国动画提供了素材来源，也为全世界其他国家的动画创作提供了源泉。反过来看，其他国家的改编动画作品并未受限于本国文学，而是放眼世界，从世界各国，包括从中国文学中汲取精华展开创作。这一对全人类文化资本兼容并蓄的态度值得中国动画人借鉴。

三、中国动画的改编策略

通过前文的论证，文学经典在动画创作以及动画产业的发展中扮演了非常重要的角色，为动画提供了受众群体和票房保证，也为动画作品的艺术成功奠定了坚实的基础。

"新动画中国学派"的逐渐形成，国漫崛起时代的到来，为中国动画的发展带来无限可能性，也给人们留下巨大的遐想空间。这一振奋人心时代的到来在很大程度上依托于改编中国文学经典，文学经典在中国动画学派鼎盛的时期能够充分发挥作用，在今天，这一魔法同样有效。可是，纵观中国当下动画的创作现状，会发现又逐渐走向一个极端和误区，那便是过分地困囿于少数几部中国文学经典。也许是此前在票房和口碑上都取得极大成功的《西游记之大圣归来》和《哪吒之魔童降世》所带来的影响过于强大，以至于中国动画在相当长一段时间内都无法从改编《西游记》和《封神演义》这两部作品中脱离出来。近期已经上映和未来几年内即将上映的多部中国动画似乎被这两部古典文学捆绑住了。

改编文学经典确实是动画电影发展的一条捷径，但是在前人取得成功之后，按图索骥，甚至是刻舟求剑一般地去改编那少数几部文学经典，这一做法于中国动画发展而言，一定是不利的。改编文学经典，不应该被本国的文学经典限制，更可以放眼世界，从全人类的智慧结晶中广泛汲取灵感和创作素材。迪士尼和吉卜力的成功都证明了这一点。在谈及迪士尼成功的经验之时，约瑟夫·陈（Joseph Chan）阐述道："对外国故事的改编，其作用至少有两个：它为迪士尼的产品增加了多样性，使其具有更多的全球形象；而且它降低了生产的风险，因为这些故事在其本国文化中经受了时间的考验。"① 这样的考量是周全的。迪士尼是本着动画全球化的商业理念来进行跨文化选材的，同时，也并未因为选取了他国文学经典进

---

① CHAN J M. Disneyfying and globalizing the Chinese legend Mulan: a study of transculturaion [M] //CHAN J M, MCINTYRE B T. Search of boundaries: communication, nation states and cultural identities. Westport: Ablex Publishing, 2002: 231.

行改编创作而失掉了推行本国思想文化的机会，相反，迪士尼将美国的文化和价值观念通过动画这一载体渗透入他国文学经典中，凭借着他国文学经典在海外市场的巨大号召力，潜移默化地传播美国文化传统。"不论是采取'跨文化策略'还是运用'全球文化策略'，美国电影的'中心内核'表达的都是美国主流意识形态或主流价值观，这使得它们既能取得经济效益的最大化，也能获得文化传播甚至政治宣传效应的最大化。"① 这种创作策略的确可以为我们所借鉴，而且并不违背中国动画民族化的创作方针，只是不再将民族化狭隘地等同于讲中国古典故事。世界各国的能够被广泛接受的具有普世价值观的文学经典都可以被"拿来"，作为承载中国民族文化的容器，成为中国动画成长的基石。正如学者所言："'跨文化'和'民族化'是我们必须面对的两个课题，而且二者并非相互独立，而是一种包容的互为生长的关系。跨文化必须是建立在一个可以被广泛接受的普世价值观的前提之下的，而民族化则是中国动画电影对外传播本民族优秀传统文化的主要目的。"② 这里所说的跨文化不应该仅仅是中国文学经典动画改编的跨文化海外传播，更应是外国文学经典动画改编于中国动画人而言的跨文化创作。民族化则可以用更为多元的形式加以呈现，并不应该局限于对于中国故事的讲述上，更可以使用中国的民族艺术手段去讲述全世界的故事。

　　改编外国文学经典但保留本国动画艺术的特色，这一创作导向已在美、日等动画强国充分体现。诺埃尔·布朗（Noel Brown）对此总结道："虽然经典时代的迪士尼改编的国际童话故事往往保留了非美国的背景，但在其他方面都是美国观众可以识别和解释的。"③ 美国改编动画也因此有了鲜明的可识别性，在外国文学经典的框架内加入具有美国文化和美国动画特点的外在表现。譬如源自百老汇歌舞剧的歌舞元素成为美国动画电影中普遍存在的表现手段，即便在改编外国文学经典的动画中也不例外，动画电影《白雪公主与七个小矮人》出现了9首歌曲和歌舞片段，《花木兰》出现了12首歌曲和歌舞片段，《狮子王》出现了12首歌曲和歌舞片段……此外，美国动画在艺术风格上的特点也很鲜明，简单来说，便是一种现实主义的动画风格，但这里所谓现实主义并非无限接近真人的逼真，

---

① 盘剑. 中国动漫如何"走出去"：论中国动漫对外传播的现状、问题与策略［J］. 东岳论丛，2012（1）：59.
② 胡泊. 从"民族原创"到"IP转换"：中国动画电影海外传播的前世今生［J］. 当代电影，2017（6）：146.
③ BROWN N. Contemporary hollywood animation: style, storytelling, culture and ideology since the 1990s［M］. Edinburgh: Edinburgh University Press, 2021: 118.

而是一种与抽象艺术区别开来的"风格化的现实主义"①，大卫·普莱斯（David Price）认为这种现实主义"有一种栩栩如生的感觉，但实际上并不像摄影那样"②。这种现实主义的动画风格不仅在传统手绘动画时代就已奠定，更也延续到了电脑动画时代，安德鲁·达尔利（Andrew Darley）认为，电脑动画电影代表了"迪士尼首次展示的对高度现实主义的关注的进一步延伸或发展"③。因此，虽然美国动画选择了外国文学经典进行改编，却对其赋予了美国文化特点和审美特征，使其具有第一眼的识别性。这一现象在日本动画中同样存在。

外国文学经典同样是日本动画的重要素材来源，虽然日本动画在选材上并没有受限于本国的文学作品，但是日本动画却在动画艺术风格上极具辨识度，其艺术形态和其他国家的动画具有明显的差别，能够让观众轻易分辨。日本动画与流行文化紧密结合在一起，在一定程度上形成了一个具有广泛传播力的相对固定的艺术表现：对三维电脑动画的疏离，漫画元素的普遍使用；动画人物形象的高度类型化，硕大的闪光的眼睛、完美的身材比例几乎是所有角色都拥有的；动画主题的成人化以及显著的悲剧意识的表达；等等。日本动画因其艺术风格的独树一帜以及与漫画的紧密关联，有了一个独特的称谓，即 Anime（动漫），"'动漫'是日本动画的一个方便的称谓"④。这些特征出现在改编自外国文学的动画电影中，便让改编作品印上了日本的文化烙印，并通过与外国文学文化的连接，让日本文化依托动画获得了一定程度的对外输出。

而于中国动画，西方学者已有断言："中国的动画曾经有一个伟大的传统。其中一些并不是基于动画和角色，而是主要基于风格。"⑤ 这一观点早在1926年就已经得到了证明，德国导演洛特·蕾妮格（Lotte Reiniger）的动画电影长片《阿基米德王子历险记》（*The Adventures of Prince Achmed*）不仅素材来源于阿拉伯民间故事《一千零一夜》，而且在创作形

---

① PRICE D A. The Pixar touch: the making of a company [M]. New York: Vintage Books, 2009: 213.
② PRICE D. The Pixar touch: the making of a company [M]. New York: Vintage Books, 2009: 213.
③ DARLEY A. Visual digital culture: surface play and spectacle in new media genres [M]. New York: Routledge, 2000: 84.
④ SWALE A D. Anime aesthetics: Japanese animation and the "post-cinematic" imagination [M]. New York: Palgrave MacMillan. 2015: 1.
⑤ GIESEN R, KHAN A. Acting and character animation: the art of animated films, acting, and visualizing [M]. Boca Raton: CRC Press. 2018: 95.

式上模仿了中国的民族艺术剪纸艺术和皮影戏，通过从黑纸上剪下来的剪影，表现了背光的人、动物和其他物体，以至于这部动画因其独特的艺术形态被称为"中国影子"①，并在全球范围内引起广泛关注。可见，中国的民族艺术风格是具有独特的审美价值的，早在动画艺术的开创时期，就已经被西方关注和使用。而在中国动画学派的鼎盛时期，民族性也成为取得成功的关键，这一时期的中国动画"主动寻求民族化的表现方式，将传统元素符号式地融入动画中"②。中国动画先驱不断探索具有民族化风格的动画表现形式，涌现了剪纸片、折纸片、水墨动画等具有浓郁中国特色的动画作品，并从中国传统艺术，如民间年画、敦煌壁画中获取人物造型的灵感，还从戏曲艺术中充分汲取创作元素，使用京剧脸谱化的人物扮相、民族乐器配乐等，让中国动画也具备了第一眼的强辨识度。在 21 世纪 20 年代的今天，中国动画又迎来了一次创作高峰，涌现出了多部叫好又叫座的动画电影作品，而且其中多数为改编动画。2022 年上映的动画电影《新神榜：杨戬》的导演赵霁曾谈到，"不拘泥于传统故事和传统国漫形象，用更现代的方式呈现传统文化是建立'封神宇宙'人物的关键"。③ 赵霁导演归纳出了现今改编动画的创作关键，即为传统文化赋予现代性。这一观点是有道理的，不仅在《新神榜：杨戬》中得到印证，而且在近年来大获成功的一系列改编动画，如《西游记：大圣归来》《哪吒之魔童降世》《新神榜：哪吒重生》《白蛇2：青蛇劫起》《哪吒之魔童闹海》等动画影片中都能发现传统文化与现代意识的交融，用饱含中国文化元素的艺术手段讲述具备中国思想的故事。这一动画的创作风格其实与"中国动画学派"时期是一脉相承的。然而，根据美国和日本等动画强国的创作经验，中国动画更可以在选材上充分扩展，将创作的触角伸到全世界全人类共同的文化遗产之中，从各国文学经典中广泛汲取创作源泉，并一如既往地使用具有中国文化艺术特色的表现手段来重述，动画的民族特色并不应该被只表现本民族的文学和文化局限，也应该体现在创作出凝结本民族审美特点的视听形象的呈现之上。通过改编那些能够引起更广泛受众群体文化共鸣的文学经典，同时赋予中国文化元素的改写，从而让中国动画产生更深远的影响，真正走出国门。

---

① BENDAZZI G. Animation：a world history, volume 1：foundations – the golden age [M]. Baca Raton：CRC Press, 2016：61.
② 丁亚平，王昊. 中国动画百年的民族化征程 [J]. 当代动画，2023（2）：50.
③ 赵霁，张娟. 传统文化的时代重塑与生产体系的持续构建：《新神榜：杨戬》导演赵霁访谈 [J]. 电影新作，2022（4）：146.

结　　语

　　动画电影自从诞生之日起，就一直与文学，尤其是文学经典形影相伴。中国、美国、日本、德国、英国、俄罗斯等动画大国的第一部动画长片均改编自文学经典，这不能仅视为一种巧合，而应认为是动画发展过程中的一种必然规律。动画与文学经典，二者相辅相成，相得益彰。文学经典的动画改编，既促进了动画成为一种独立的艺术形态，同时也以一种崭新的方式加快了文学经典传播的速度，也在一定程度上拓展了文学经典传播的途径和广度，并在一定层面上作用于广大受众的审美愉悦和伦理道德的提升。而基于文学经典的动画改编也因为改编形态的变异和跨越时空的对话而为相应的文学研究、动画研究以及改编研究破解了界限，拓展了空间，也为动画作为文化产业的发展奠定了扎实的根基。

　　尽管文学经典对于动画产业的发展产生了重要的作用，而文学经典又因动画改编这一新的传播方式而获得了新的生命，但是，文学经典动画改编研究无论在学理建构还是在个案研究方面，都尚未获得学界足够的关注。正是鉴于这一情形，《动画电影改编与文学经典传承》拟从较为宏观的批评视角，介入这一领域的研究，对文学经典动画改编中的一些核心话语和重要命题进行审视和力所能及的理论建构。文学经典的动画改编不仅是一个有待深入发掘的跨学科研究领域，而且无论对于学术研究还是产业发展，都是不可忽略的重要命题，其研究价值和意义主要体现在以下几个方面。

　　首先，文学经典动画改编研究拓展了文学跨学科研究以及动画改编研究的学术空间。文学经典和动画电影尽管属于不同的文学艺术门类，但是，二者都具有文化传承的历史使命，而文学经典的动画改编，则是在文化传承这一层面上，将二者完美地融会在一起。一方面，文学经典依赖动画改编进行富有成效的传播，从而获得了本雅明在论及翻译时所说的"源语文本的历史性的来生"（the historical afterlife of an original work）①，另一方面，动画家们也从文学经典这一文化资本中获得创作的灵感和思想的启迪。文学经典对于动画创作而言，是难能可贵、取之不竭的文化资本。百年来，各国动画发展的成功经验都足以表明，文学经典是动画创作的重要素材来源。改编文学经典加快了动画从技术向艺术的跨越过程，改编文学经典让动画不再是电影的附属品，不再以炫耀技术为主，而成为独立的艺术形态。对于只有一个多世纪发展历程的动画艺术来说，具有几千年历史、经过时间洗礼而流传下来的文学经典，是可利用的文化资本，是取之不尽的具有丰厚文化价值的艺术宝库。已经形成了文化资本的文学经典能够唤醒的受众群体性记忆为动画电影改编打下了扎实的基础，使得作品的题材更易被观众接受，同时，更为主要的，是思想层面的接受，文学经典中所具有的一些思想意义如爱国主义、英雄主义、乐观主义以及人与自然的和谐关系等思想意识或价值观已经深入人心，被普遍接受。在时代更迭中沉淀下来的文学经典本身就有着难以估量的艺术魅力，这为动画的创作打下了坚实的基础，同时也为动画培养出了一批忠实的观众群体。可以说，动画的发展离不开文学经典改编，动画经典的生成离不开文学经典的滋养。

其次，文学经典动画改编研究为优秀文化传承以及国民教育和文化素质的提升提供了有效的平台。动画艺术的功能不仅仅在于愉悦，更在于文化传承和"学以成人"的启迪。尤其是对于少年儿童，"文学经典的改编一直扮演着重要角色"，而且，"这类改编既是为了美学目的，也是为了教育功能"②。文学经典是可以历经时间磨砺的作品，是可以跨越时代的作品，是可以为各种民族各种信仰的人们所接受欣赏的作品。但是，当今科技信息快速发展的时代也是一个传播媒介多元化、传播效率大大增加的"读图"时代，传统的纸质媒体和文字形态不能够完全满足人们的需求，文学经典的传播和传承也应当出现新的形式。电影改编让文学经典图像化，大大地加快了文学经典的传播速度，改变了文学经典的传播形态，扩大了文学经典的受众群体。而动画电影改编相较于真人电影改编，则是站在不同的审美纬度，使用一种强调想象力和独创性的艺术表现手段对于文学经典进行解读，从而使得文学经典可以拥有更为广泛的受众群体。虽然

---

① FERRIS D. The Cambridge introduction to Walter Benjamin [M]. Cambridge: Cambridge University Press, 2008: 66.
② MÜELLER A. Adapting canonical texts in children's literature [M]. London: Bloomsbury Academic, 2013: 1.

动画的受众并不限于少年儿童，动画是任何年龄层次的人都可以欣赏的一种艺术，但是不能否认少年儿童这一群体是动画受众的重要组成部分。因此，文学经典在经历动画改编之后，无疑是将这些本来无法阅读和理解文学经典的低龄化受众群体纳入了文学经典的接受范围，为文学经典的广泛传播奠定了基础，提早了少年儿童接受文学素养熏陶的时间，同时激发了受众对文学经典的兴趣，提升了受众进一步阅读经典的需求。因此，文学经典改编动画使得文学经典得以普及和传承，获取新的生命，获得源语文本之后的影像再生。从形式上看，通过动画改编，文学经典以不同的媒介形式进行传播，是从文字文本朝视觉文本的转换，然而，从实质上看，动画改编是对文学经典精神内核的传承，而且是一种典型的文化传承。文学经典的动画改编，是一种共生双赢的艺术创作。文学经典的动画改编不仅仅为动画电影的创作提供了素材和灵感，也提供了追求理想、净化心灵的崇高的价值取向。但动画电影将文学经典娱乐化、快餐化、商业化、媚俗化的倾向也是应该警惕的，否则，在大众娱乐的驱动下，便会损害和消解文学名著作为经典的价值和意义。

最后，文学经典的动画改编促使了两种文学艺术门类的跨越时空的对话，在各自的经典化和再经典化过程中发挥重要的作用。文学经典和动画电影这两种艺术形态的对话和交融促成了新的艺术作品的诞生，同时拓展了改编研究的空间。动画作者和源语作者通过跨越时空的对话完成了对原著的动画再现和视觉重塑，文学的文字文本被如同"翻译"一般转码为动画的视觉文本，在转码过程中出现的形象重构、叙述"不可叙述"的文本语言、"建构"与"解构"叙事结构等现象都为新的艺术作品的诞生提供了可能性。弹性和变形、符号和奇观、"万物有灵"等动画视觉语言的修辞策略以及音乐和音效所形成的动画听觉语言转码从动画的本体性特征出发为改编研究拓展了空间，电影改编研究不仅仅关注文字文本向视觉文本的转化，也需要考虑到具有独特艺术表现形式和强大艺术表现力的动画电影在将文字具象化为赛璐珞动画、定格动画、电脑动画的过程中所出现的有别于真人电影的艺术表达方式。同时，因动画电影和真人电影的受众差异，改编研究同样需要关注到不同受众群体的接受需求，意识到改编也是一种对原著中会阻碍儿童脱离伦理混沌的内容进行过滤的过程，从而帮助儿童尽快完成从自然选择到伦理选择，建立明确的伦理秩序。

动画诞生百年以来与文学经典结下的不解之缘，动画依托文学经典所获得的巨大成功，这些都在表明：改编文学经典是动画发展的一条必由之路。美国和日本等动画强国广泛改编异国文学经典的成功经验也对中国动画产生一定的启迪作用。中国动画学派的辉煌时期与文学经典改编紧密相连，而现今，中国动画在经历了相当长一段时期的低迷之后，国漫崛起，新动画中国学派逐渐形成。究其原因，是与改编文学经典再次被中国动画人所重视息息相关的。近年来出现的一系列叫好又叫座的文学经典改编动画让中国动画在多年的蛰伏中发现了属于自己的创作方向，将文学经典与中国传统文化进行有机结合，并融入现代意识，从而创造出了极具中国特色和时代特征的动画作品。改编文学经典不能不说是动画电影发展进程中行之有效的魔法。然而，中国动画改编不应限于本国的少数作品，更应该放眼世界，用全球性的眼光去看待改编行为，用人类命运共同体的意识去看待外国文学经典，取其精华，去其糟粕，从各国文学经典中广泛汲取创作源泉，并一如既往地使用具有中国文化艺术特色的表现手段来重述，将其作为中国文化传承的载体和中国动画走向世界的桥梁。

文学经典在人类的历史长河中不会消失，永远熠熠生辉，是人类共同的文化资本，世代传承。文学经典在各种艺术门类中被不断重述的过程也是促成新的经典生成的过程，动画经典与文学经典所产生的跨越时空的对话，二者碰撞时所迸发出的火花让文学经典永远具备生命的萌动，让动画电影拥有源源不断的补给和滋养。文学经典的动画改编，既为动画艺术以及动画产业的发展提供了有力的支撑和保障，同时也对文学经典的普及和再经典化以及相应的文化传承产生了非凡的意义。正是基于这一文化传承层面的非凡意义，文学经典动画改编研究理应成为跨学科研究领域不可忽略的重要阵地。

在动画电影发展史上，根据文学经典改编的动画电影已经取得并且还将继续取得卓越的艺术成就，并同时感染许许多多的观众，这正是文学和动画这两种艺术类型的魅力所在。所以，文学经典动画改编在文化传承方面的意义是极为显著的，动画电影不仅可以激发受到感染的观众阅读经典原著的热忱，同时也使得经过时间锤炼出来的文学经典能以动画电影这一新的生命形态为经典的普及、再经典化以及文化的传承发挥应有的作用，并为文学经典的跨媒介传播以及动画产业的积极发展提供有益的借鉴。而这些，正是作者从事该项研究的初衷。

参考文献

专著：

[1] 安德鲁. 电影是什么![M]. 高瑾, 译, 北京：北京大学出版社, 2019.

[2] 安徒生. 海的女儿[M]. 叶君健, 译. 上海：上海译文出版社, 1978.

[3] 安徒生. 真爱让我如此幸福[M]. 流帆, 译. 北京：国际文化出版公司, 2002.

[4] 安徒生. 我的童话人生：安徒生自传[M]. 傅光明, 译. 上海：上海译文出版社, 2018.

[5] 奥兰斯汀. 百变小红帽：一则童话的性、道德及演变[M]. 杨淑智, 译. 北京：生活·读书·新知三联书店, 2013.

[6] 奥蒙, 玛利. 电影理论与批评辞典[M]. 崔君衍, 胡玉龙, 译. 上海：上海人民出版社, 2011.

[7] 奥威尔. 动物农场[M], 姜希颖, 译. 长春：时代文艺出版社, 2018.

[8] 巴赫金. 文本、对话与人文[M]. 白春仁, 晓河, 周启超, 等译. 石家庄：河北教育出版社, 1998.

[9] 巴特勒. 解读后现代主义[M]. 朱刚, 秦海花, 译. 北京：外语教学与研究出版社, 2017.

[10] 贝尔. 资本主义文化矛盾[M]. 赵一凡, 蒲隆, 任晓晋, 译. 北京：生活·读书·新知三联书店, 1989.

[11] 巴拉兹. 可见的人：电影文化、电影精神[M]. 安利, 译. 北京：中国电影出版社, 2000.

[12] 巴拉兹. 电影美学[M]. 何力, 译. 北京：中国电影出版社, 1982.

[13] 本尼迪克特. 菊与刀[M]. 吕万和, 熊达云, 王智新, 译. 北京：商务印书馆, 1996.

[14] 柏拉图. 理想国[M]. 顾寿观, 译. 长沙：岳麓书社, 2010.

[15] 布尔迪厄：文化资本与社会炼金术：布尔迪厄访谈录[M]. 包亚明, 译. 上海：人民出版社, 1997.

[16] 布鲁姆. 西方正典：伟大作家和不朽作品[M]. 江宁康, 译. 南京：译林出版社, 2005.

[17] 布鲁斯东. 从小说到电影[M]. 高骏千, 译. 北京：中国电影出版社, 1982.

[18] 查特曼. 故事与话语：小说和电影的叙事结构[M]. 徐强, 译. 北京：中国人民大学出版社, 2013.

[19] 蔡铁鹰. 大道正果：吴承恩传 [M]. 北京：作家出版社，2016.
[20] 陈鼓应. 庄子今注今译 [M]. 北京：商务印书馆，2007.
[21] 陈犀禾. 电影改编理论问题 [M]. 北京：中国电影出版社，1988.
[22] 德斯蒙德，霍克斯. 改编的艺术：从文学到电影 [M]. 李升升，译. 北京：世界图书出版公司，2016.
[23] 董学文. 西方文学理论史 [M]. 北京：北京大学出版社，2005.
[24] 段佳. 世界动画电影史 [M]. 武汉：湖北美术出版社，2008.
[25] 冯文，孙立军. 动画艺术概论 [M]. 北京：海洋出版社，2007.
[26] 戈德罗. 从文学到影片：叙事体系 [M]. 北京：商务印书馆，2010.
[27] 格里格斯. 文学改编指南：改编电影、电视、小说和流行文化中的经典 [M]. 阎海英，译. 北京：中国华侨出版社，2021.
[28] 格林兄弟. 格林童话全集 [M]. 魏以新，译. 北京：人民文学出版社，2003.
[29] 葛玉清. 对话虚拟世界：动画电影与跨文化传播 [M]. 北京：中国传媒大学出版社，2011.
[30] 葛玉清. 动画电影叙述艺术 [M]. 北京：中国传媒大学出版社，2010.
[31] 宫崎骏. 出发点：1979—1996 [M]. 黄颖凡，章泽仪，译. 台北：台湾东贩股份有限公司，2006.
[32] 宫崎骏. 折返点：1997—2008 [M]. 黄颖凡，译. 台北：台湾东贩股份有限公司，2010.
[33] 芳贺矢一. 国民性十论 [M]. 李冬木，房雪霏，译. 北京：生活·读书·新知三联书店，2020.
[34] 方勇，李波. 荀子 [M]. 北京：中华书局，2011.
[36] 冯梦龙. 警世通言 [M]. 北京：中华书局，2009.
[37] 哈琴. 改编理论 [M]. 任传霞，译. 北京：清华大学出版社，2019.
[38] 何星亮. 中国图腾文化 [M]. 北京：中国社会科学出版社，1992.
[39] 霍克斯. 结构主义与符号学 [M]. 瞿铁鹏，译. 上海：上海译文出版社，1987.
[40] 纪伯伦. 先知 [M]. 伊宏，译. 长春：时代文艺出版社，2018.
[41] 吉尔伯特，古芭. 阁楼上的疯女人：女性作家与19世纪文学想象 [M]. 杨莉馨，译. 上海：上海人民出版社，2015.
[42] 杰洛瑞. 文化资本：论文献经典的建构 [M]. 江宁康，高巍，译. 南京：南京大学出版社，2011.
[43] 金丹元. 电影美学导论 [M]. 上海：复旦大学出版社，2008.
[44] 津坚信之. 日本动画的力量：手冢治虫与宫崎骏的历史纵贯线 [M]. 秦刚，赵峻，译. 北京：社会科学文献出版社，2011.
[45] 卡林内斯库. 现代性的五副面孔 [M]. 顾爱彬，李瑞华，译. 南京：译林出版社，2015.
[46] 卡罗尔. 爱丽丝漫游奇境记 [M]. 赵元任，译. 贵阳：贵州人民出版社，2019.
[47] 卡罗尔. 爱丽斯漫游奇境 [M]. 张烨，译. 北京：中国少年儿童出版社，2012.
[48] 卡罗尔. 爱丽丝漫游奇境·爱丽丝镜中奇遇 [M]. 王永年，译. 北京：中央编译出版社，2003.
[49] 卡斯蒂. 电影的戏剧艺术 [M]. 郑志宁，译. 北京：中国电影出版社，1992.

[50] 卡西尔. 人论 [M]. 上海：上海译文出版社，1985.

[51] 克拉斯薇姿. 给自己一个梦想：沃尔特·迪士尼传 [M]. 杨茜，译. 北京：中国友谊出版公司，2011.

[52] 克拉考尔. 从卡里加利到希特勒：德国电影心理史 [M]. 黎静，译. 上海：上海人民出版社，2008.

[53] 朗格. 艺术问题 [M]. 滕守尧，译. 北京：中国社会科学出版社，1983.

[54] 莱辛. 拉奥孔 [M]. 朱光潜，译. 北京：商务印书馆，2019.

[55] 劳逊. 戏剧与电影的剧作理论与技巧 [M]. 邵牧君，齐宙，译. 北京：中国电影出版社，1989.

[56] 李保传. 万籁鸣研究 [M]. 成都：四川美术出版社，2016.

[57] 李道新. 中国电影史研究专题 [M]. 北京：北京大学出版社，2006.

[58] 李恒基，杨远婴. 外国电影理论文选：修订本 [M]. 北京：生活·读书·新知三联书店，2006.

[59] 李欧梵. 不必然的对等：文学改编电影 [M]. 北京：人民文学出版社，2017.

[60] 李涛. 美日百年动画形象研究 [M]. 北京：光明日报出版社，2008.

[61] 李铁. 中国动画史 [M]. 北京：清华大学出版社，2018.

[62] 李铁. 捷克与斯洛伐克动画史 [M]. 北京：清华大学出版社，2014.

[63] 李希凡. 论中国古典小说的艺术形象 [M]. 上海：上海文艺出版社，1961.

[64] 李御宁. 日本人的缩小意识 [M]. 张乃丽，译. 济南：山东人民出版社，2003.

[65] 李朝阳. 中国动画的民族性研究：基于传统文化表达的视角 [M]. 北京：中国传媒大学出版社，2011.

[66] 李卓. 日本家训研究（第1卷）[M]. 天津：天津人民出版社，2006.

[67] 林清. 中国动画电影 [M]. 上海：同济大学出版社，2014.

[68] 鲁迅. 鲁迅全集 [M]. 北京：人民文学出版社，2005.

[69] 鲁迅. 中国小说史略 [M]. 上海：上海古籍出版社，2006.

[70] 吕锋. 动画大师宫崎骏 [M]. 沈阳：辽宁美术出版社，2014.

[71] 罗国杰. 伦理学 [M]. 北京：人民出版社，1989.

[72] 麦奎尔. 受众分析 [M]. 刘燕南，李颖，杨振荣，译. 北京：中国人民大学出版社，2006.

[73] 梅原猛. 森林思想：日本文化的原点 [M]. 卞立强，李力，译. 北京：中国国际广播出版社，1993.

[74] 梅茨. 电影的意义 [M]. 刘森尧，译. 南京：江苏教育出版社，2005.

[75] 苗棣. 电视艺术哲学 [M]. 北京：北京广播学院出版社，1997.

[76] 莫洛亚. 从普鲁斯特到萨特 [M]. 袁树仁，译. 桂林：漓江出版社，1987.

[77] 聂珍钊. 文学伦理学批评导论 [M]. 北京：北京大学出版社，2014.

[78] 诺顿. 借东西的小人 [M]. 任溶溶，译. 南京：译林出版社，2016.

[79] 盘剑. 动漫研究：理论与实践 [M]. 杭州：浙江大学出版社，2016.

[80] 盘剑. 中国动漫产业发展报告2004—2009 [M]. 北京：中国社会科学出版社，2010.

[81] 普多夫金. 论电影的编剧、导演和演员 [M]. 何力，译. 北京：中国电影出版社，1980.

[82] 普希金. 普希金全集（第3卷）[M]. 余振, 译. 杭州：浙江文艺出版社, 1997.

[83] 秦刚. 捕风者宫崎骏：动画电影的深度[M]. 北京：生活·读书·新知三联书店, 2015.

[84] 清少纳言. 枕草子[M]. 周作人, 译. 长春：时代文艺出版社, 2018.

[85] 萨杜尔. 世界电影史[M]. 徐昭, 胡承伟, 译. 北京：中国电影出版社, 1982.

[86] 萨莫瓦约. 互文性研究[M]. 邵炜, 译. 天津：天津人民出版社, 2003.

[87] 莎士比亚. 莎士比亚全集（第2卷）[M]. 朱生豪, 译. 南京：译林出版社, 2014.

[88] 杉田俊介. 宫崎骏评传：众神和孩童的故事[M]. 于素秋, 李延坤, 武宝瑞, 译. 北京：商务印书馆, 2021.

[89] 圣埃克苏佩里. 小王子[M]. 马振骋, 译. 北京：人民文学出版社, 2000.

[90] 手冢治虫. 我的孙悟空（第八卷）[M]. 涂愫芸, 译. 台北：时报文化出版企业有限公司, 1994.

[91] 孙立军, 马华. 美国迪士尼动画研究[M]. 北京：京华出版社, 2010.

[92] 孙立军, 孙平. 文化与审美：中国动画学派的启示[M]. 北京：海洋出版社, 2020.

[93] 索威尔. 美国种族简史[M]. 沈宗美, 译. 北京：中信出版社, 2011.

[94] 谭霈生. 论戏剧性[M]. 北京：北京大学出版社, 1981.

[95] 唐忠会. 动画电影艺术论[M]. 北京：中国书籍出版社, 2013.

[96] 陶希圣. 中国社会之史的分析[M]. 北京：商务印书馆, 2015.

[97] 佟婷. 动画美学概论[M]. 北京：中国电影出版社, 2015.

[98] 屠格涅夫. 木木集[M]. 巴金, 译. 杭州：浙江文艺出版社, 2019.

[99] 万籁鸣, 万国魂. 我与孙悟空[M]. 太原：北岳文艺出版社, 1986.

[100] 王波. 好莱坞动画电影类型研究[M]. 北京：社会科学文献出版社, 2016.

[101] 王健. 动画艺术概论[M]. 长沙：湖南师范大学出版社, 2008.

[102] 王树强, 冯大建. 龙文：中国龙文化研究[M]. 天津：南开大学出版社, 2012.

[103] 王泰来. 叙事美学[M]. 重庆：重庆出版社, 1987.

[104] 威尔逊. 论观众[M]. 李醒, 译. 北京：文化艺术出版社, 1986.

[105] 吴承恩. 西游记[M]. 北京：商务印书馆, 2016.

[106] 吴斯佳. 莎士比亚戏剧经典动画改编研究[M]. 杭州：浙江工商大学出版社, 2021.

[107] 希翁. 声音[M]. 张艾弓, 译. 北京：北京大学出版社, 2013.

[108] 希翁. 视听：幻觉的构建[M]. 北京：北京联合出版公司, 2014.

[109] 许仲琳. 封神演义[M]. 北京：中华书局, 2009.

[110] 薛燕平. 世界动画电影大师[M]. 北京：中国传媒大学出版社, 2010.

[111] 薛燕平. 英国动画[M]. 北京：中国传媒大学出版社, 2010.

[112] 颜慧, 索亚斌. 中国动画电影史[M]. 北京：中国电影出版社, 2005.

[113] 杨伯峻. 论语译注[M]. 北京：中华书局, 2009.

[114] 杨俊.《西游记》研究新探[M]. 北京：社会科学文献出版社, 2018.

[115] 杨晓林. 好莱坞动画电影导论[M]. 上海：复旦大学出版社, 2012.

[116] 杨远婴. 电影理论读本[M]. 北京：世界图书出版公司, 2012.

[117] 杨志刚. 中国礼仪制度研究[M]. 上海：华东师范大学出版社, 2000.

[118] 姚斯, 霍拉勃. 接受美学与接受理论[M]. 周宁, 金元浦, 译. 沈阳：辽宁人民出版

社，1987.

[119] 叶渭渠，唐月梅. 物哀与幽玄：日本人的美意识 [M]. 桂林：广西师范大学出版社，2002.

[120] 叶渭渠. 日本文化史 [M]. 北京：北京理工大学出版社，2010.

[121] 张颖. 中国动画与"中国学派"研究 [M]. 上海：东方出版中心，2012.

[122] 张冲. 文本与视觉的互动：英美文学电影改编的理论与应用 [M]. 上海：复旦大学出版社，2010.

[123] 张慧临. 二十世纪中国动画艺术史 [M]. 西安：陕西人民美术出版社，2004.

[124] 张慧元. 大众传播理论解读 [M]. 苏州：苏州大学出版社，2005.

[125] 张敏杰. 中国古代的婚姻与家庭 [M]. 杭州：浙江人民出版社，2004.

[126] 周兰平. 动漫的历史 [M]. 重庆：重庆出版社，2007.

[127] 周鲒. 动画电影分析 [M]. 广州：暨南大学出版社，2007.

[128] 朱筱新. 中国古代的礼仪制度 [M]. 北京：商务印书馆，1997.

[129] 朱一玄，刘毓忱. 西游记资料汇编 [M]. 天津：南开大学出版社，2012.

[130] 祝总斌. 两汉魏晋南北朝宰相制度研究 [M]. 北京：中国社会科学出版社，1990.

[131] 紫式部. 源氏物语 [M]. 丰子恺，译. 上海：上海译文出版社，2019.

[132] ADAMSON J. Tex Avery：king of cartoons [M]. New York：Da Capo Press，1985.

[133] ANDREW D. Concepts in film theory [M]. Oxford：Oxford University Press，1984.

[134] MCKEON R. The basic works of Aristotle [M]. New York：Random House，1941

[135] BARRIER M. Hollywood cartoons：American animation in its golden age [M]. Oxford：Oxford University Press，1999.

[136] BARTHES R. The rustle of language [M]. Berkeley and Los Angeles：University of California Press，1989.

[137] Batkin J. Identity in animation：a journey into self，difference，culture and the body [M]. Oxon：Routledge，2017.

[138] BEATRICE L，MARTIN F. Ladislas Starewitch，1882 - 1965 [M]. Paris：L'Harmattan，2003.

[139] BECKMAN K. Animating film theory [M]. Durham and London：Duke University Press，2014.

[140] BEER G. Alice in space：the sideways victorian world of Lewis Carroll [M]. Chicago：The University of Chicago Press. 2016.

[141] BELL E，HASS L，SELLS L. From mouse to mermaid：the politics of film，gender，and culture [M]. Indiana：Indiana University Press，1996.

[142] BENDAZZI G. Animation：a world history，volume 1：foundations – the golden age [M]. Boca Raton，FL：CRC Press，2016.

[143] BENDAZZI G. Animation：a world history，Volume 3：contemporary times [M]. Boca Raton，FL：CRC Press，2017.

[144] BLOOM H. Bloom's modern critical interpretations：Lewis Carroll's "Alice's Adventures in Wonderland" [M]. New York：Chelsea House，2006.

[145] BLOOM H. Hans Christian Andersen [M]. Philadelphia：Chelsea House Publishers，2005.

［146］BOOKER M K. Postmodern Hollywood: what's new in film and why it makes us feel so strange ［M］. Westport: Praeger Publishers. 2007.

［147］BOOZERJ. Authorship in film adaptation ［M］. Austin: University of Texas Press, 2008.

［148］BOTTING F. Gothic ［M］. London: Routledge, 1996.

［149］BROWN N. Contemporary hollywood animation: style, storytelling, culture and ideology since the 1990s ［M］. Edinburgh: Edinburgh University Press, 2021.

［150］CARPENTER H. Secret gardens: the golden age of children's literature ［M］. Boston: Houghton Mifflin, 1985.

［151］CARROLL L. Through the looking glass ［M］. San Diego: ICON Group International, Inc. 2005.

［152］CARTMELL D, WHELEHAN I. Adaptations: from text to screen, screen to text ［M］. London: Routledge, 1999.

［153］CARTMELL D, WHELEHAN I. The Cambridge companion to literature on screen ［M］. Cambridge: Cambridge University Press, 2007.

［154］CAUGHIE J. Theories of authorship ［M］. London: Routledge, 2013.

［155］CAVALLARO D. Anime and the art of adaptation eight famous works from page to screen ［M］. Jefferson: McFarland & Company, Inc., Publishers, 2010.

［156］CHAN J M, MCINTYRE B T. Search of boundaries: communication, nation states and cultural identities ［M］. Westport: Ablex Publishing, 2002.

［157］CHOLODENKO A. The illusion of life: essays on animation ［M］. Sydney: Power Pubilications, 1991.

［158］CHRISTIE I. Audiences: defining and researching screen entertainment reception ［M］. Amsterdam: Amsterdam University Press, 2012.

［159］CONGER S, WELSCH J R. Narrative strategies ［M］. Macomb: West Illinois University Press, 1980.

［160］COYLE R. Drawn to sound: animation film music and sonicity ［M］. London: Equinox Publishing Ltd, 2010.

［161］DANESI M. Blending logic and imagination. the puzzle art of Lewis Carroll ［M］. New York: Science Publishers. 2020.

［162］DARLEY A. Visual digital culture: surface play and spectacle in new media genres ［M］. New York: Routledge, 2000.

［163］DENISON R. Studio Ghibli: an industrial history ［M］. Cham: Palgrave Macmillan, 2023.

［164］DOBSON N. Historical dictionary of animation and cartoons ［M］. Plymouth: Scarecrow Press, Inc., 2009.

［165］DONG L. Mulan's legend and legacy in China and the United States ［M］. Philadelphia: Temple University Press, 2011.

［166］DOWNING L, SAXTON L. Film and Ethics ［M］. New York: Routledge, 2010.

［167］DU D Y. Animated encounters transnational movements of Chinese animation, 1940s – 1970s ［M］. Honolulu: University of Hawai'i Press, 2019.

［168］EISENSTEIN S. Eisenstein on Disney ［M］. London: Methuen, 1988.

[169] EISNER M. Work in progress [M]. London: Penguin Books, 1998.

[170] ELLIOTT K. Theorizing adaptation [M]. Oxford: Oxford University Press, 2020.

[171] FARNELL L P, BRIEN D L. New directions in 21st century gothic: the gothic compass [M]. New York: Routledge, 2015.

[172] FISCHER G, GREINER B. The play within the play: the performance of meta-theatre and self-reflection [M]. Amsterdam: Rodopi, 2007.

[173] FRANK H. Frame by frame: a materialist aesthetics of animated cartoons [M]. Oakland: University of California Press, 2019.

[174] STRACHEY J. The standard edition of the complete psychological works of sigmund freud. vol. 13, totem and taboo: and other works: (1913-1914) [M]. London: Hogarth Press and the Institute of Psychoanalysis, 1958.

[175] Garber H. The turn to ethics [M]. New York: Routledge, 2000.

[176] GENETTE G. Palimpsests: literature in the second degree [M]. NEWMAN C, DOUBINSKY C, trans. Lincoln: University of Nebraska Press, 1997.

[177] GIESEN R, KHAN A. Acting and character animation: the art of animated films, acting, and visualizing [M]. Boca Raton: CRC Press. 2018.

[178] GIESEN R. Animation in Europe [M]. Boca Raton: CRC Press, 2023.

[179] GOLDMARK D, KEIL C. Funny pictures: animation and comedy in Studio-Era Hollywood [M]. Berkley: University of California Press, 2011.

[180] GRANT B K. Auteurs and authorship: a film reader [M]. Malden: Blackwell Publishing, 2008.

[181] GREENWALD S R, LANDRY P. The business of film: a practical introdution (Third Edition) [M]. New York: Routlege, 2023.

[182] HAMES P. Czech and Slovak cinema: theme and tradition [M]. Edinburgh: Edinburgh University Press, 2009.

[183] HAND R J, MCROY J. Gothic film: an Edinburgh companion [M]. Edinburgh: Edinburgh University Press. 2020.

[184] HANEY W S. Cyberculture, cyborgs and science fiction consciousness and the posthuman [M]. New York: Rodopi, 2006.

[185] HARD R. The Routledge handbook of Greek mythology [M]. London: Routledge, 2004.

[186] HARRIS T L. Value-added public relations: the secret weapon of intergrated marketing [M]. Chicago: McGraw Hill Professional, 1998.

[187] HEFFERNAN J A W. Museum of words: the poetics of ekphrasis from Homer to Ashbery [M]. Chicago and London: University of Chicago Press, 1993.

[188] HOCKENHULL S, KELLY F. Tim Burton's bodies: gothic, animated, corporeal and creaturely [M]. Edinburgh: Edinburgh University Press, 2021.

[189] HORNBY R. Drama metadramma and perception [M]. Lewisburg: Bucknell University Press, 1986.

[190] HUTCHEON L. A theory of adaptation [M]. Oxford: Routledge, 2006.

[191] HUTCHINSON J, SMITH A D. Ethnicity [M]. Oxford: Oxford Unviersity Press, 1996.

[192] JONES C. Chuck Amuck: the life and times of an animated cartoonist [M]. New York: Farrar Strauss Giroux, 1999.

[193] KATZ M B. Drawing the iron curtain: Jews and the golden age of Soviet animation [M]. New Brunswick: Rutgers University Press, 2018.

[194] KLEIN M, PARKER G. The English novel and the movies [M]. New York: Frederick Ungar Publishing, 1981.

[195] LEHMANN C. Screen adaptation: Shakespeare's Romeo and Juliet, the relationship between text and film [M]. London: Bloomsbury Methuen Drama, 2010.

[196] LEIGH M, MJOLSNESS L. She animates: Soviet female subjectivity in Russian animation [M]. Brookline: Academic Studies Press, 2020.

[197] LEITCH T. Film adaptation and its discontents [M]. Baltimore: Johns Hopkins University Press, 2007.

[198] LENBRUG J. Walt Disney: the mouse that roared [M]. New York: Chelsea House, 2011.

[199] LENBURG J. Hayao Miyazaki: Japan's premier anime storyteller [M]. New York: Chelsea House, 2012.

[200] LESLIE E. Hollywood flatlands: animation, critical theory and the avant – garde [M]. London: Verso, 2002.

[201] MANOVICH L. The language of new media [M]. Cambridge: The MIT Press, 2001.

[202] MARKS L U. Touch: sensuous theory and multisensory media [M]. Minnesota: University of Minnesota Press, 2002.

[203] MARSDEN J I. The appropriation of Shakespeare: post – renaissance reconstructions of the works and the myth [M]. New York: St. Martin's Press, 1991.

[204] MCCALLUM R. Screen adaptations and the politics of childhood: transforming children's literature into film [M]. London: Palgrave Macmillan, 2018.

[205] MCCARTHY H. Hayao Miyazaki master of Japanese animation: films, themes, artistry [M]. Berkeley: Stone Bridge Press, 1999.

[206] MACDONALD S. Animation in China: history, aesthetics, media [M]. New York: Routledge. 2016.

[207] MCFARLAN B. Novel to film: an introduction to the theory of adaptation [M]. Oxford: Clarendon Press, 1996.

[208] MCGINN C. Ethics, evil and fiction [M]. Oxford: Clarendon Press, 1997.

[209] MCINTYRE G. Guillermo del Toro's Pinocchio: a timeless tale told anew [M]. San Rafael: Insight Editions, 2022.

[210] MILLER G. Screening the novel: rediscovered American fiction in film [M]. London: Bloomsbury Academic, 2016.

[211] MOLLET T L. Cartoons in hard times: the animated shorts of Disney and Warner Brothers in depression and war 1932 – 1945 [M]. New York: Bloomsbury Academic, 2017.

[212] MOLLET T L. A cultural history of the Disney fairy tale [M]. Cham: Palgrave Macmillan, 2020.

[213] MÜELLER A. Adapting canonical texts in children's literature [M]. London: Bloomsbury

Academic, 2013.

[214] Naremore J. Film adaptation [M]. New Brunswick: Rutgers University Press, 2000.

[215] NEUPERT R. French animation history [M]. Chichester: Wiley – Blackwell, 2011.

[216] ODELL C, BLANC M L. Studio Ghibli: the films of Hayao Miyazaki & Isao Takahata [M]. Harpenden: Kamera Books. 2015.

[217] Michiko Ohkura. Kawaii engineering: measurements, evaluations, and applications of attractiveness [M]. Singapore: Springer, 2019.

[218] PALLANT C. Demystifying Disney: a history of Disney feature animation [M]. New York: Continuum, 2011.

[219] PIKKOV Ü. Animasophy: theoretical writings on the animated film [M]. Tallinn: Estonian Academy of Arts, 2010.

[220] PILLING J. A reader in animation studies [M]. London: John Libbey Publishing Ltd., 2011.

[221] PONTIERI L. Soviet animation and the thaw of the 1960s: not only for children [M]. New Barnet: John Libbey Publishing Ltd., 2012.

[222] PRICE D A. The Pixar touch: the making of a company [M]. New York: Vintage Books, 2009.

[223] RALL H. Adaptation for animation: transforming literature frame by frame [M]. Boca Raton: CRC Press, 2020.

[224] RIMER T J. On the art of the Nō Drama: the major treatises of Zeami. [M]. Princeton: Princeton University Press, 1984.

[225] ROONEY C. African literature, animism and politics [M]. London: Routledge, 2000.

[226] ROTS A P. Shinto, nature and ideology in contemporary Japan: making sacred forests [M]. London: Bloomsbury, 2017.

[227] SADOUL G. Dictionary of films [M]. Peter Morris, trans. Berkelry: University of California Press, 1972.

[228] SANDERS J. Adaptation and appropriation [M]. London: Routledge, 2005.

[229] SANTAS C. Responding to film: a text guide for students of cinema arts [M]. Chicago: Rowman & Littlefield, 2002.

[230] SCHERMERHORN R A. Ethnic plurality in india [M]. Thescon: University of Arizona Press, 1978.

[231] SCHICKEL R. The Disney version: the life, times, art and commerce of Walt Disney [M]. Chicago: Elephant, 1997.

[232] SLETHAUG G E. Adaptation theory and criticism: postmodern literature and cinema in the USA [M]. New York: Bloomsbury, 2014.

[233] STEPHENS J. Ways of being male: representing masculinities in children's literature and film [M]. New York: Routledge, 2002.

[234] ŠVANKMAJER J. Touching and imagining: an introduction to tactile art [M]. DALBY S, trans. London & New York: I. B. Tauris & Co Ltd., 2014.

[235] SWALE A D. Anime aesthetics: Japanese animation and the "post – cinematic" imagination

［M］. New York：Palgrave MacMillan. 2015.

［236］SYMONS A. Rethinking adaptation studies：survival strategies in the cultural industries［M］. Edinburgh：Edinburgh University Press，2012.

［237］TATAR M. The classic fairy tales：texts，criticism［M］. New York：Norton，1999.

［238］TINWELL A. The uncanny valley in games and animation［M］. Boca Raton：CRC Press，2015.

［239］UMLAND S J. The Tim Burton encyclopedia［M］. Lanham：Rowman&Littlefield，2015.

［240］WASKO J. Understanding Disney：the manufacture of fantasy［M］. Oxford：Polity，2001.

［241］WEINSTOCK J A. The works of Tim Burton：margins to mainstream［M］. London：Palgrave Macmillan，2013.

［242］WELLS P. Understanding animation［M］. London：Routledge，1998.

［243］WELLS P. Animation：genre and authorship［M］. London：Wallflower，2002.

［244］WELLS P. The animated bestiary：animals，cartoons，and cultural［M］. New Brunswick：Rutgers University Press，2009.

［245］WHITLEY D. The idea of nature in Disney animation［M］. Surrey：Ashgate Publishing Company. 2012.

［246］WHYBRAY A. The art of Czech animation：a history of political dissent and allegory［M］. London：Bloomsbury Academic，2020.

［247］WILLERSLEV R. Soul hunters：hunting，animism，and personhood among the siberian yukaghirs［M］. Berkeley：University of California Press，2007.

［248］WILSON R. Lewis Carroll in numberland：his fantastical mathematical logical life［M］. New York：W. W. Norton & Company. 2008.

［249］YOUNG D. The art of the Japanese garden［M］. Tokyo：Tuttle Publishing，2005.

［250］ZATLIN P. Theatrical translation and film adaptation：a practitioner's view［M］. Clevedon：Multilingual Matters Ltd.，2005.

［251］ZIPES J. Happily ever after：fairy tales，children and the culture industry［M］. New York：Routledge，1997.

［252］ZIPES J. The enchanted screen the unknown history of fairy–tale films［M］. New York：Routledge，2011.

论文：

［1］白惠元. 民族话语里的主体生成：重绘中国动画电影中的孙悟空形象［J］. 文艺研究，2016（2）：21-28.

［2］鲍玉珩. 美国学者对"Disney 迪斯尼"的研究与批评（之一）［J］. 电影评介，2009（8）：5-7.

［3］陈菲仪. "流动的线条"与"弹性的团块"：对"中国学派"与美国动画美学特征的一种解读［J］. 中国电视，2010（10）：96-100.

［4］陈可红.《西游记之大圣归来》：叙事回归与人性情怀［J］. 电影艺术，2015（6）：59-61.

［5］陈祺祺，薄冰. 孙悟空动画形象的重构趋势研究：从《西游记之大圣归来》说起［J］. 当代电影，2016（10）：178-181.

[6] 楚汉. 动画作为一种语言 [J]. 当代电影, 1989 (3): 48-56.

[7] 邓林, 韩梦毅. 2018年中国影视动画产业发展回顾 [J]. 中国文化产业评论, 2020 (1): 343-360.

[8] 丁亚平, 王昊. 中国动画百年的民族化征程 [J]. 当代动画, 2023 (2): 47-53.

[9] 伏科蒂克. 动画电影剧作 [J]. 世界电影, 1987 (6): 71-80.

[10] 格里叶. 我的电影观念和我的创作 [J]. 世界电影. 1984 (6): 196-209.

[11] 顾启军. 苏俄现代动画美学之流变 [J]. 电影艺术, 2018 (6): 98-106.

[12] 范健. 《贝奥武甫: 北海的诅咒》中的宗教寓意 [J]. 电影文学, 2013 (1): 129-130.

[13] 哈姆斯. 在物品中收集失散的情感: 杨·史云梅耶访谈 [J]. 电影艺术, 2017 (4): 97-103.

[14] 胡泊. 从"民族原创"到"IP转换": 中国动画电影海外传播的前世今生 [J]. 当代电影, 2017 (6): 143-146.

[15] 胡玉龙. 《小王子》的象征意义 [J]. 外国文学评论, 1998 (1): 34-39.

[16] 黄家康, 刘佳, 於水. 《白蛇2: 青蛇劫起》: 中国动画电影的类型探索与制作体系建构——黄家康访谈 [J]. 电影艺术, 2021 (5): 77-83.

[17] 李三强. 重读"中国学派" [J]. 电影艺术, 2007 (6): 142-148.

[18] 李三强. 万籁鸣与特伟动画创作之比较 [J]. 电影艺术, 2011 (2): 104-108.

[19] 李骁. 艺格敷词的历史及功用 [J]. 新美术, 2018 (1): 50-61.

[20] 林丹娅, 张春. 性别视角下的迪士尼改编《木兰》之考辨 [J]. 南开学报 (哲学社会科学版), 2019 (6): 156-163.

[21] 刘佳, 於水. 中国影视动画中孙悟空造型的演变 [J]. 电影艺术, 2012 (6): 90-96.

[22] 刘来. 从电影《花木兰》谈文化转换理论 [J]. 电影艺术, 2001 (2): 117-123.

[23] 马军英, 曲春景. 媒介: 制约叙事内涵的重要因素——电影改编中意义增值现象研究 [J]. 社会科学, 2008 (10): 134-139.

[24] 马涌. 偶然与必然: 关于《西游记之大圣归来》的思考 [N]. 人民日报, 2015-7-24 (24).

[25] 聂珍钊. 关于文学伦理学批评 [J]. 外国文学研究, 2005 (1): 8-11.

[26] 聂珍钊. 文学伦理学批评: 基本理论与术语 [J]. 外国文学研究, 2010 (1): 12-22.

[27] 聂珍钊. 文学伦理学批评: 伦理选择与斯芬克斯因子 [J]. 外国文学研究, 2011 (6): 1-13.

[28] 盘剑. 论动漫作为独立艺术门类的语言与表达 [J]. 当代电影, 2009 (8): 115-117.

[29] 盘剑. 中国动漫如何"走出去": 论中国动漫对外传播的现状、问题与策略 [J]. 东岳论丛, 2012 (1): 53-59.

[30] 盘剑. 2019年中国动画电影观察与分析 [J]. 当代电影, 2020 (2): 53-59.

[31] 盘剑. 中国动画的概念更替与艺术演进 [J]. 美术观察, 2021 (1): 14-16.

[32] 盘剑. "新动画中国学派"的理论体系建构 [J]. 民族艺术研究, 2021 (1): 14-21.

[33] 盘剑. 中国动漫产业和动画艺术的发展趋势与流变 [J]. 人民论坛, 2021 (1): 134-138.

[34] 屈立丰, 白宇恒, 王佳楠. 中国动画电影产业发展的"彩条屋模式" [J]. 艺术评论,

2019（11）：81-87.

［35］斯塔姆．电影改编：理论与实践［J］．北京电影学院学报，2015（2）：38-48.

［36］苏锋．论中国动画产业发展模式的双重转型［J］．同济大学学报（社会科学版），2022（1）：33-43.

［37］唐月梅．日本古典小说之先驱：读《竹取物语》《伊势物语》《落洼物语》［J］．外国文学研究，1983（8）：72-76.

［38］特吕弗．法国电影的某种倾向［J］．世界电影，1987（6）：4-21.

［39］瓦格纳．《改编的三种方式》［J］．世界电影，1982（1）：31-44.

［40］王成焱．中国动画电影的民族风格新探索：试谈国漫精品《中国唱诗班》［J］．四川戏剧，2021（2）：142-144.

［41］王浩宇．吉卜力动画的商业探索与启示［J］．当代动画，2019（3）：74-77.

［42］王晓彤．跨媒介视域下电影艺格敷词的概念与分类［J］．电影艺术，2021（3）：37-43.

［43］王颖吉．从传统电影到奇观电影：电影叙事模式变化及其前景［J］．文艺争鸣，2010（1）：121-127.

［44］韦尔斯．动画语言［J］．世界电影，2011（4）：157-168.

［45］吴保和．花木兰，一个中国文化符号的演进与传播：从木兰戏剧到木兰电影［J］．上海大学学报（社会科学版），2011，18（1）：16-26.

［46］吴斯佳．论莎剧动画改编的传记性叙事：以《罗密欧与朱丽叶》的动画改编为例［J］．当代电影，2016（8）：170-174.

［47］肖明翰．《贝奥武甫》中基督教和日耳曼两大传统的并存与融合［J］．外国文学评论，2005（2）：88-93.

［48］徐大为．超现实主义炼金师：杨·史云梅耶［J］．北京电影学院学报，2012（4）：49-52.

［49］杨晓云．一部现象级电影：纯正中国创造的新篇章——国产动画电影《西游记之大圣归来》研讨会综述［J］．当代电影，2015（9）：198-200.

［50］尹岩．动画电影中的"中国学派"［J］．当代电影，1988（6）：71-79.

［51］余春娜．动画艺术表达中的"拟态"与"超共生"：当代动画语言在重塑中的演变［J］．当代电影，2019（7）：141-145.

［52］余红艳．话语变迁与法海形象的演变：基于民间传说多元发展的个案研究［J］．广西师范大学学报，2013（6）：58-63.

［53］赵霁，於水，赵欣．《新神榜：哪吒重生》：中国神话的当代书写和视觉表达：赵霁访谈［J］．电影艺术，2021（3）：83-90.

［54］赵霁，张娟．传统文化的时代重塑与生产体系的持续建构：《新神榜：杨戬》导演赵霁访谈［J］．电影新作，2022（4）：146-153.

［55］赵贵胜．21世纪初现象级国产动画电影的道德前提构建［J］．当代电影，2019（7）：154-156.

［56］赵晓珊．麦茨的电影符号学及其意义［J］．文艺研究，2008（10）：77-87.

［57］张中载．经典的重述［J］．中国外语，2008（1）：99-102.

［58］周宪．论奇观电影与视觉文化［J］．文艺研究，2005（3）：18-26.

［59］祝明杰．2021年中国动画产业发展报告［J］．电影理论研究，2022（1）：22-40.

［60］ABELES F F. Mathematics：logic and Lewis Carroll［J］．Nature，2015（527）：302-304.

[61] BECKMAN F. Becoming pawn: 'Alice', arendt and the new in narrative [J]. Journal of narrative theory, 2014, 44 (1): 1 – 28.

[62] Bell J. Disney's times square: the new American community theatre [J]. The drama review, 1998, 42 (1): 26 – 33.

[63] BRASCH W M. Racial and ethnic identification in American animated cartoons [J]. Negro history bulletin, 1986, 49 (3): 11 – 16.

[64] CARTMELL D, CORRIGAN T, WHELEHAN I. Introduction to adaptation [J]. Adaptation, 2008, 1 (1): 1 – 4.

[65] CHILO M. Paul Grimault, l'inventeur [J]. Cinema, 1957 (57): 77 – 82.

[66] COLLARD C. Adaptive collaboration, collaborative adaptation: filming the mamet canon [J]. Adaptation, 2010, 3 (2): 82 – 98.

[67] ROZARIO R. Reanimating the animated: Disney's theatrical productions [J]. The drama review, 2004, 48 (1): 164 – 177.

[68] ELLIOTT K. Adaptation as compendium: Tim Burton's "Alice in Wonderland" [J]. Adaptation, 2010, 3 (2): 193 – 201.

[69] FISCHER M. Snow white wars: adapting animation in Donald Barthelme's "Snow White" [J]. Literature/film quarterly, 2016, 44 (1): 34 – 47.

[70] GILBERT E L. The ceremony of innocence: Charles Dickens' "A Christmas Carol" [J]. PMLA, 1975, 90 (1): 22 – 31.

[71] GREGORY S. Disney's second line: New Orleans, racial masquerade, and the reproduction of whiteness in *The Princess and the Frog* [J]. Journal of African American studies, 2010 (14): 432 – 49.

[72] GUNNING T. Moving away from the index: cinema and the impression of reality [J]. Diffences, 2007, 18 (1): 29 – 52.

[73] PÉREZ M H. Animation, branding and authorship in the construction of the 'Anti – Disney' ethos: Hayao Miyazaki's works and persona through Disney film criticism [J]. Animation: an interdisciplinary journal, 2016, 11 (3): 297 – 313.

[74] HIRAMOTO M, WEE L. Kawaii in the semiotic landscape [J]. Sociolinguistic studies, 2019, 13 (1): 15 – 35.

[75] Hu T G. The animated resurrection of "the legend of the white snake" in Japan [J]. Animation: an interdisciplinary journal, 2007, 2 (1): 43 – 61.

[76] HURLEY D L. Seeing white: children of color and the Disney fairy tale princess [J]. Journal of negro education, 2005, 74 (3): 221 – 232.

[77] INGE M T. Walt Disney's "Snow White and the Seven Dwarfs": art adaptation and ideology [J]. Journal of popular film and television, 2004, 32 (3): 132 – 142.

[78] JACKSON P. Changing of the seasons: Isao Takahata's "The Tale of the Princess Kaguya" [J]. Metro, 2015 (185): 88 – 92.

[79] JOSHI A. Movie stars and the volatility of movie revenues [J]. Journal of media economics, 2015, 28 (4): 246 – 267.

[80] LAMARRE T. Speciesism, Part I: translating races into animals in wartime animation [J]. Mechademia: second arc, 2008, 3 (1): 75 – 95.

[81] LEE C. The legend of the white snake: a personal amplification [J]. Psychological perspectives, 2007, 50 (2): 235-253.

[82] LEITCH T. Adaptation studies at a crossroads [J]. Adaptation, 2008, 1 (1): 63-77.

[83] LESTER N A. Disney's the princess and the frog: the pride, the pressure, and the politics of being a first [J]. The journal of American culture, 2010, 33 (4): 294-308.

[84] LOUVEL L. Types of ekphrasis: an attempt at classification [J]. Poetics today, 2018, 39 (2): 245-263.

[85] LU A S. The many faces of internationalization in Japanese anime [J]. Animation: an interdisciplinary journal, 2008, 3 (2): 169-187.

[86] MASAHIRO M. The uncanny valley [J]. IEEE robotics and automation, 2012, 19 (2): 98-100.

[87] TOMOHIRO M. Managing the unmanageable: emotional labour and creative hierarchy in the Japanese animation industry [J]. Ethnography, 2015, 16 (2): 262-284.

[88] MURRARY S. Materializing adaptation theory: The Adaptation industry [J]. Literature/Film Quarterly, 2008, 36 (1): 4-20.

[89] NOHEDEN K. The imagination of touch: surrealist tactility in the films of Jan Švankmajer [J]. Journal of aesthetics & culture, 2013 (5): 1-14.

[90] OTMAZGIN N. Anime in the US: the entrepreneurial dimensions of globalized culture [J]. Pacific affairs, 2014, 87 (1): 53-69.

[91] PETEK P. The death and rebirth of surrealism in Bohemia: local inflections and cosmopolitan aspirations in the cinema of Jan Svankmajer [J]. Journal of contemporary European studies, 2009, 17 (1): 75-89.

[92] PRINCE G. The disnarrated [J]. Style, 1988, 22 (1): 1-8.

[93] ROSEN S. Guest editor's introduction [J]. Chinese sociology and anthropology, 1999-2000, 32 (2): 5-10.

[94] ROTS A P. Sacred forests, sacred nation: the Shinto environmentalist paradigm and the rediscovery of 'Chinju no Mori' [J]. Japanese journal of religious studies, 2015, 42 (2): 205-33.

[95] TAI P Y. The animator as inventor: labour and the new animated machine comedy of the 2010s [J]. Animation: an interdisciplinary journal, 2018, 13 (3): 238-251.

[96] VÄLIAHO P. Animation and the powers of plasticity [J]. Animation: an interdisciplinary journal, 2017, 12 (3): 259-271.

[97] VEREŞ S, MAGDAŞ I. The use of animation film in forming representations about the planet earth and the solar system [J]. Romanian Review of Geographical Education, 2020, 9 (1): 38-59.

[98] WALSH T. Re-animating the past [J]. Nordic Irish studies, 2018, 17 (2): 133-150.

[99] WARHOL R R. Narrating the unnarratable: gender and metonymy in the Victorian [J]. Style, 1994, 28 (1): 74-94.

[100] WHITLEY D. Learning with Disney: children's animation and the politics of innocence [J]. Journal of educational media, memory & society, 2013, 5 (2): 75-91.

[101] WRIGHT T M. Romancing the tale: Walt Disney's adaptation of the Grimms' "Snow White" [J]. Journal of popular film and television, 1997, 25 (3): 98-108.

[102] WU S. Small is beautiful: Japanese aesthetic consciousness in the animated adaptation of "the b orrowers" [J]. Critical Arts, 2023, 37 (3): 32-44.

[103] WU S. Posthumanism in recently animated adaptations of Chinese literary classics [J]. Animation, 2025, 20 (1): 59-71.

[104] YOON H, MALECKI E J. Cartoon planet: worlds of production and global production networks in the animation industry [J]. Industrial and corporate change, 2009, 19 (1): 239-271.

[105] ZUK R. "The Little Mermaid": three political fables [J]. Children's literature association quarterly, 1997-1998, 22 (4): 166-174.

参考影片:

1. [德国]《阿基米德王子历险记》(*The Adventures of Prince Achmed*), 洛特·莱妮格 (Lotte Reiniger) 导演, 64 分钟, 1926 年, 改编自阿拉伯民间故事《一千零一夜》。

2. [美国]《阿拉丁》(*Aladdin*), 导演: 罗恩·克莱蒙兹 (Ronald Clements)、约翰·马斯克 (John Muske), 90 分钟, 1992 年, 改编自阿拉伯民间故事《一千零一夜》。

3. [捷克]《爱丽丝》(*Alice*), 导演: 杨·史云梅耶 (Jan Svankmajer), 86 分钟, 1988 年, 改编自刘易斯·卡罗尔的小说《爱丽丝漫游奇境记》。

4. [美国]《爱丽丝梦游仙境》(*Alice in Wonderland*), 导演: 克莱德·杰洛尼米 (Clyde Geronimi), 75 分钟, 1951 年, 改编自英国作家刘易斯·卡罗尔的小说《爱丽丝漫游奇境记》。

5. [苏联]《爱丽丝梦游仙境》(*Alice in Wonderland*), 导演: 耶夫勒姆·普鲁赞斯基 (Yefrem Pruzhanskyy), 40 分钟, 1981 年, 改编自刘易斯·卡罗尔同名小说。

6. [美国]《爱丽丝梦游仙境》(*Alice in Wonderland*), 导演: 蒂姆·波顿 (Tim Burton), 108 分钟, 2010 年, 改编自英国作家刘易斯·卡罗尔的小说《爱丽丝漫游奇境记》。

7. [美国]《爱丽丝梦游仙境 2: 镜中奇遇记》(*Alice in Wonderland 2: Alice Through the Looking Glass*), 导演: 詹姆斯·波宾, 113 分钟, 2016 年, 改编自英国作家刘易斯·卡罗尔 (Lewis Carrol) 的小说《爱丽丝镜中奇遇记》。

8. [美国]《埃及王子》(*The Prince of Egypt*), 导演: 布兰达·查普曼 (Brenda Chapman), 99 分钟, 1998 年, 改编自《圣经·旧约》之《出埃及记》。

9. [比利时]《安妮·弗兰克在哪儿》(*Where is Anne Frank*), 导演: 阿里·福里曼 (Ari Folman), 99 分钟, 2021 年, 改编自《安妮日记》。

10. [美国]《奥丽华历险记》(*Oliver & Company*), 导演: 乔治·斯卡伯纳 (George Scribner), 72 分钟, 1988 年, 改编自查尔斯·狄更斯的小说《雾都孤儿》。

11. [中国]《白蛇: 缘起》(*White Snake*), 导演: 黄家康、赵霁, 95 分钟, 2019 年, 改编自中国民间传说。

12. [中国]《白蛇 2: 青蛇劫起》(*Green Snake*), 导演: 黄家康, 131 分钟, 2021 年, 改编自中国民间传说。

13. [日本]《白蛇传》(*The White Snake Enchantress*), 导演: 薮下泰司, 76 分钟, 1958 年, 改编自中国民间传说。

14. [美国]《白雪贝蒂》(*Snow-White*), 导演: 戴夫·弗莱舍 (Dave Fleischer), 7 分钟, 1933 年, 改编自格林童话《白雪公主》。

15. [美国]《白雪公主与七个小矮人》(*Snow White and the Seven Dwarfs*), 导演: 大卫·汉德 (David Hand), 83 分钟, 1937 年, 改编自格林童话《白雪公主》。

16. ［美国］《贝奥武甫》（Beowulf），导演：罗伯特·泽米吉斯（Robert Zemechkis），115 分钟，2007 年，改编自英国中世纪英雄史诗《贝奥武甫》。

17. ［美国］《冰雪奇缘》（Frozen），导演：克里斯·巴克（Chris Buck），102 分钟，2013 年，改编自安徒生童话《白雪皇后》。

18. ［美国］《长发公主》（Tangled），导演：内森·格里诺（Nathan Greno），100 分钟，2010 年，改编自格林童话《莴苣姑娘》。

19. ［俄罗斯］《春之觉醒》（My Love），导演：亚历山大·彼得罗夫（Aleksandr Petrov），28 分钟，2006 年，改编自伊万·什梅廖夫（Ivan Sergeyevich Shmelyov）的同名小说。

20. ［美国］《丛林有情狼》（Alpha and Omega），导演：安东尼·贝尔（Anthony Bell），88 分钟，2010 年，改编自莎士比亚（William Shakespeare）的戏剧《罗密欧与朱丽叶》。

21. ［中国］《大闹天宫》（The Monkey King），导演：万籁鸣、唐澄，106 分钟，1961 年、1964 年，改编自吴承恩的小说《西游记》。

22. ［英国］《动物农庄》（Animal Farm），导演：约翰·哈拉斯（John Halas）、乔伊·巴彻勒（Joy Batchelor），72 分钟，1954 年，改编自英国作家乔治·奥威尔的小说《动物农庄》。

23. ［日本］《哆啦A梦：大雄的平行西游记》（The journey to the west of male in parallel），导演：芝山努，91 分钟，1988 年，改编自吴承恩的小说《西游记》。

24. ［美国］《俄狄浦斯》（Oedipus），导演：杰森·威许诺（Jason Wishnow），8 分钟，2004 年，改编自古希腊戏剧家欧里庇得斯的悲剧《俄狄浦斯王》。

25. ［英国］《反叛的童谣》（Revolting Rhymes），导演：雅克布·舒赫（Jakob Schuh），60 分钟，2016 年，改编自罗尔德·达尔的诗歌《反叛的童谣》。

26. ［美国］《格列佛游记》（Gulliver's Travels），导演：戴夫·弗莱舍（Dave Fleischer），76 分钟，1939 年。改编自英国作家乔纳森·斯威夫特的同名小说。

27. ［美国］《公主与青蛙》（The Princess and the Frog），导演：约翰·马斯克（John Musker），97 分钟，2009 年，改编自格林童话《青蛙王子》。

28. ［法国］《国王与小鸟》（The King and the Mockingbird），导演：保罗·古里莫（Paul Grimault），87 分钟，1980 年，改编自安徒生童话《牧羊女与扫烟囱的人》。

29. ［日本］《哈尔的移动城堡》（Howl's Moving Castle），导演：宫崎骏，119 分钟，2004 年，改编自黛安娜·温尼·琼斯的同名小说。

30. ［美国］《黑炭公主与"骑"个小矮人》（Coal Black and De Sebben Dwarfs），导演：罗伯特·坎佩特（Robert Clampett），8 分钟，1943 年，改编自格林童话《白雪公主》。

31. ［韩国］《红鞋子与七个小矮人》（Red Shoes & the & Dwarfs），导演：宋浩宏，92 分钟，2019 年，改编自格林童话《白雪公主》。

32. ［美国］《花木兰》（Mulan），导演：托尼·班克罗夫特（Tony Bancroft），88 分钟，1998 年，改编自中国南北朝乐府民歌《木兰诗》。

33. ［美国／中国］《花木兰的秘密》（The Secret of Mulan），编剧：比尔·施瓦茨（Bill Schwartz）50 分钟，1998 年，改编自中国南北朝乐府民歌《木兰诗》。

34. ［俄罗斯］《荒唐人的梦》（The Dream of a Ridiculous Man），导演：亚历山大·彼得罗夫（Aleksandr Petrov），20 分钟，1992 年，改编自陀思妥耶夫斯基同名小说。

35. ［苏联］《黄鹤的故事》（The Yellow Stork），导演：列夫·阿塔玛诺夫（Lev Atamanov），11 分钟，1950 年，改编自中国民间故事。

36. ［日本］《辉夜姬物语》（*The Tale of the Princess Kaguya*），导演：高畑勋，137 分钟，2013 年，改编自日本物语文学《竹取物语》。

37. ［美国、墨西哥］《吉尔莫·德尔·托罗的匹诺曹》（*Guillermo Del Toro's Pinocchio*），导演：吉尔莫·德尔·托罗（Guillermo Del Toro），116 分钟，2022 年，改编自意大利作家卡洛·科洛迪的童话《匹诺曹》。

38. ［英国］《吉诺密欧与朱丽叶》（*Gnomeo & Juliet*），导演：凯利·阿斯博瑞（Kelly Adam Asbury），84 分钟，2011 年，改编自莎士比亚的戏剧《罗密欧与朱丽叶》。

39. ［中国］《姜子牙》（*Legend of Deification*），导演：程腾、李炜，110 分钟，2020 年，改编自明代神魔小说《封神演义》。

40. ［英国］《皆大欢喜》（*As You Like It*），导演：艾达·茨雅布里科娃（Aida Ziablikova），25 分钟，1994 年，改编自莎士比亚戏剧《皆大欢喜》。

41. ［德国］《皆大欢喜》（*As You Like It*），导演：汉内斯·莱尔（Hannes Rall），26 分钟，2020 年，改编自莎士比亚戏剧《皆大欢喜》。

42. ［日本］《借东西的小人阿莉埃蒂》（*Arrietty the Borrower*），导演：米林宏昌，94 分钟，2010 年，改编自英国作家玛丽·诺顿的小说《借东西的小人》。

43. ［俄罗斯］《老人与海》（*The Old Man and the Sea*），导演：亚历山大·彼德洛夫（Aleksandr Petrov），20 分钟，1999 年，改编自海明威小说《老人与海》。

44. ［美国］《罗密欧与朱丽叶：以吻封缄》（*Romeo And Juliet：Sealed With A Kiss*），导演：费尔·尼伯林克（Phil Nibbelink），72 分，2006 年，改编自改编自莎士比亚的戏剧《罗密欧与朱丽叶》。

45. ［美国］《美女与野兽》（*Beauty and the Beast*），导演：加里·特洛斯戴尔（Gary Trousdale），84 分钟，1991 年，改编自法国作家博蒙夫人的同名童话。

46. ［苏联］《木木》（*Mymy*），导演：华伦汀·卡拉瓦耶夫（Valentin Karavayev），18 分钟，1987 年，改编自屠格涅夫的小说《木木》。

47. ［美国］《木偶奇遇记》（*Pinocchio*），导演：汉密尔顿·卢斯克（Hamilton Somers Luske），88 分钟，1940 年，改编自意大利作家卡洛·科洛迪的童话《匹诺曹》。

48. ［中国］《哪吒闹海》（*Prince Nezha's Triumph Against Dragon King*），导演：王树忱，65 分钟，1979 年，改编自明代神魔小说《封神演义》。

49. ［中国］《哪吒之魔童降世》（*Nezha：Birth of the Demon Child*），导演：饺子，110 分钟，2019 年，改编自明代神魔小说《封神演义》。

50. ［爱尔兰］《囚徒》（*The Prisoner*），导演：蒂姆·布斯（Tim Booth），11 分钟，1982 年，改编自叶芝诗歌《因尼斯弗里湖岛》。

51. ［卢森堡等］《奇特的故事》（*Extraordinary Tales*），导演：里奇·加西亚（Rich Garcia），70 分钟，2013 年。改编自爱伦坡的小说。

52. ［美国］《热辣小红帽》（*Red Hot Riding Hood*），导演：特克斯·埃弗里（Tex Avery），7 分钟，1943 年，改编自格林童话《小红帽》。

53. ［苏联］《萨尔丹沙皇的传说》（*The Tale of Tsar Saltan*），导演：伊万·伊万诺夫 - 万诺（Ivan Ivanov - Vano），53 分钟，1984 年，改编自普希金童话诗《萨尔丹沙皇的传说》。

54. ［乌克兰］《森林奇缘》（*The Stolen Princess*），导演：奥列格·马拉姆兹（Oleh Malamuzh），91 分钟，2018 年，改编自亚历山大·普希金的长诗《鲁斯兰与柳德米拉》。

55. ［美国］《闪击狼》（*Blitz Wolf*），导演特克斯·埃弗里（Tex Avery），10 分钟，1942 年，

改编自英国童话《三只小猪》。

56. [俄罗斯]《神笔马良》(The Magic Paintbrush: A Story from China),导演:瓦勒瑞·尤伽洛夫(Valeriy Ugarov),15分钟,2000年,改编自中国作家洪汛涛的同名小说。

57. [苏联]《神驼马》(The Humpbacked Horse),导演:伊万·伊万诺夫-万诺(Ivan Ivanov-Vano),57分钟,1947年,改编自俄国作家叶尔绍夫的同名长篇童话诗。

58. [美国]《狮子王》(The Lion King),导演:罗杰·阿勒斯(Roger Allers)、罗伯·明可夫(Rob Minkoff),89分钟,1994年,改编自莎士比亚戏剧《哈姆莱特》。

59. [美国]《狮子王》(The Lion King),导演:乔恩·费儒(Jon Favreau),118分钟,2019年,改编自莎士比亚戏剧《哈姆莱特》。

60. [美国]《狮子王2:辛巴的荣耀》(The Lion King II: Simba's Pride),导演:戴罗·卢尼(Darrell Rooney),81分钟,1998年,改编自莎士比亚的戏剧《罗密欧与朱丽叶》。

61. [苏联]《十二个月》(The Twelve Months),导演:伊万·伊万诺夫-万诺(Ivan Ivanov-Vano),55分钟,1956年,改编自马尔夏克的同名小说。

62. [苏联]《死公主和七勇士》(The Tale of the Dead Princess and the Seven Knights),导演:伊万·伊万诺夫-万诺(Ivan Ivanov-Vano),30分钟,1951年,改编自普希金童话诗《死公主和七勇士的故事》。

63. [日本]《桃太郎:海之神兵》(Momotaro: Sacred Sailors),导演:濑尾光世,74分钟,1945年,改编自日本民间故事。

64. [中国]《铁扇公主》(The Princess of Iron Fan),导演:万籁鸣、万古蟾,73分钟,1941年,改编自吴承恩的小说《西游记》。

65. [日本]《我的孙悟空》(Boku no Son Goku),导演:杉野昭夫、吉村文宏,94分钟,2003年,改编自吴承恩的小说《西游记》。

66. [日本]《西游记》(Alakazam the Great),导演:薮下泰司,88分钟,1960年,改编自吴承恩的小说《西游记》。

67. [中国]《西游记之大圣归来》(Monkey King: Hero Is Back),导演:田晓鹏,89分钟,2015年,改编自吴承恩的小说《西游记》。

68. [美国]《小飞侠》(Peter Pan),导演:克莱德·杰洛尼米(Clyde Geronimi),77分钟,1953年,改编自英国作家詹姆斯·巴利的小说《彼得·潘》。

69. [美国]《小红帽后现代版》(Hoodwinked!),导演:柯瑞·爱德华(Cory Edwards),80分钟,2011年,改编自格林童话《小红帽》。

70. [美国]《小红兔》(Little Red Riding Rabbit),导演:福瑞兹·弗里伦(Friz Freleng),7分钟,1943年,改编自格林童话《小红帽》。

71. [美国]《小美人鱼》(The Little Mermaid),导演罗恩·克莱蒙兹(Ron Clements)、约翰·马斯克(John Musker),83分钟,1989年,改编自安徒生童话《海的女儿》。

72. [法国]《小王子》(The Little Prince),导演:马克·奥斯本(Mark Osborne),108分钟,2015年,改编自安托万·德·圣-埃克苏佩里的同名小说。

73. [美国]《先知》(The Prophet),导演:保罗·布里兹(Paul Brizzi)、尕尔坦·布里兹(Gaëtan Brizzi)、琼·卡罗尔·格兰兹(Joan Carol Gratz)、汤姆·摩尔(Tomm Moore)等,84分钟,2014年,改编自纪伯伦的诗歌《先知》。

74. [美国]《乡村小红帽》(Little Rural Riding Hood),导演:特克斯·埃弗里(Tex Avery),

6 分钟，1949 年，改编自格林童话《小红帽》。

75. ［中国］《新神榜：哪吒重生》（*New Gods：Nezha Reborn*），导演：赵霁，116 分钟，2021 年，改编自明代神魔小说《封神演义》。

76. ［中国］《新神榜：杨戬》（*New Gods：Yang Jian*），导演：赵霁，127 分钟，2022 年，改编自明代神魔小说《封神演义》。

77. ［日本］《悬崖上的金鱼姬》（*Ponyo on the Cliff*），导演：宫崎骏，101 分钟，2008 年，改编自安徒生童话《海的女儿》。

78. ［美国］《夜班灰姑娘》（*Swing Shift Cinderella*），导演：特克斯·埃弗里（Tex Avery），8 分钟，改编自格林童话《灰姑娘》。

79. ［苏联］《渔夫和金鱼的故事》（*The Tale of the Fisherman and the Fish*），导演：瓦拉·采哈诺夫斯基（Vera Tsekhanovskaya），32 分钟，1950 年，改编自普希金童话诗《渔夫和金鱼的故事》。

80. ［美国］《钟楼怪人》（*The Hunchback of Notre Dame*），导演：加里·特洛斯戴尔（Gary Trousdale）、柯克·维斯（Kirk Wise），90 分钟，1996 年，改编自法国作家维克多·雨果的小说《巴黎圣母院》。

81. ［波兰］《罪与罚》（*Crime and Punishment*），导演：皮奥特·杜马拉（Piotr Dumala），30 分钟，2000 年，改编自陀思妥耶夫斯基同名小说。